南京

抵抗と尊厳

阿壠 著

関根謙 訳・解説

五月書房新社

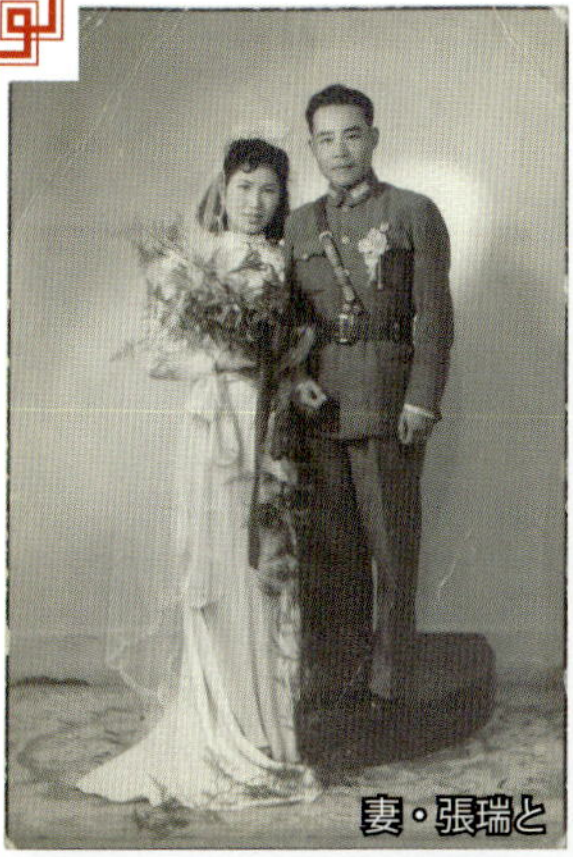

妻・張瑞と

一子・沛と

阿壠《アーロン》こと陳守梅《チェンショウメイ》（1907 ～ 67）

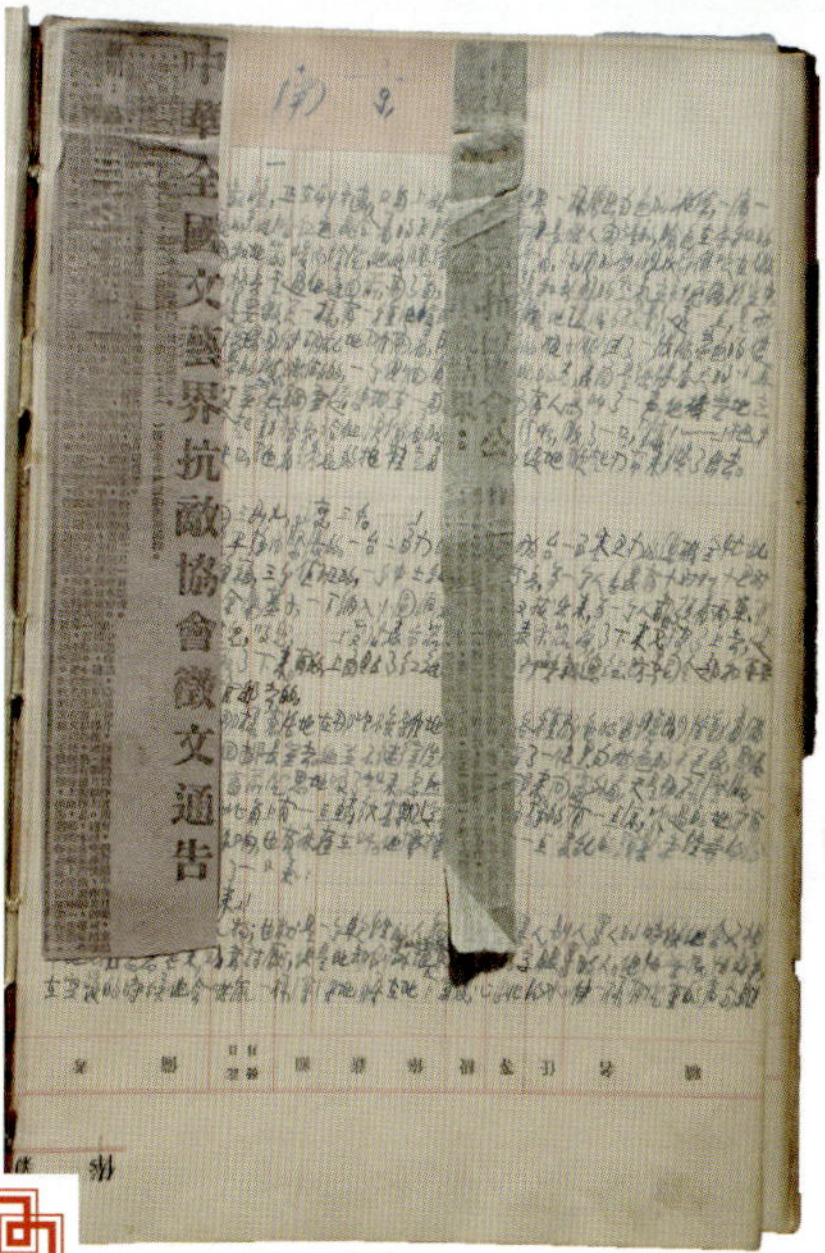

没後 20 年の
1987 年に出版
された原著『南京血祭』

『南京慟哭』
というタイトルで
1994 年に邦訳された
本書の旧版『南京慟哭』

中国公安に押収された
「南京」原作ノートの冒頭部分。
公募の切り抜きもある。

老婦人の前に
泣き崩れる日本兵に
ついて書かれた
原稿ノート部分

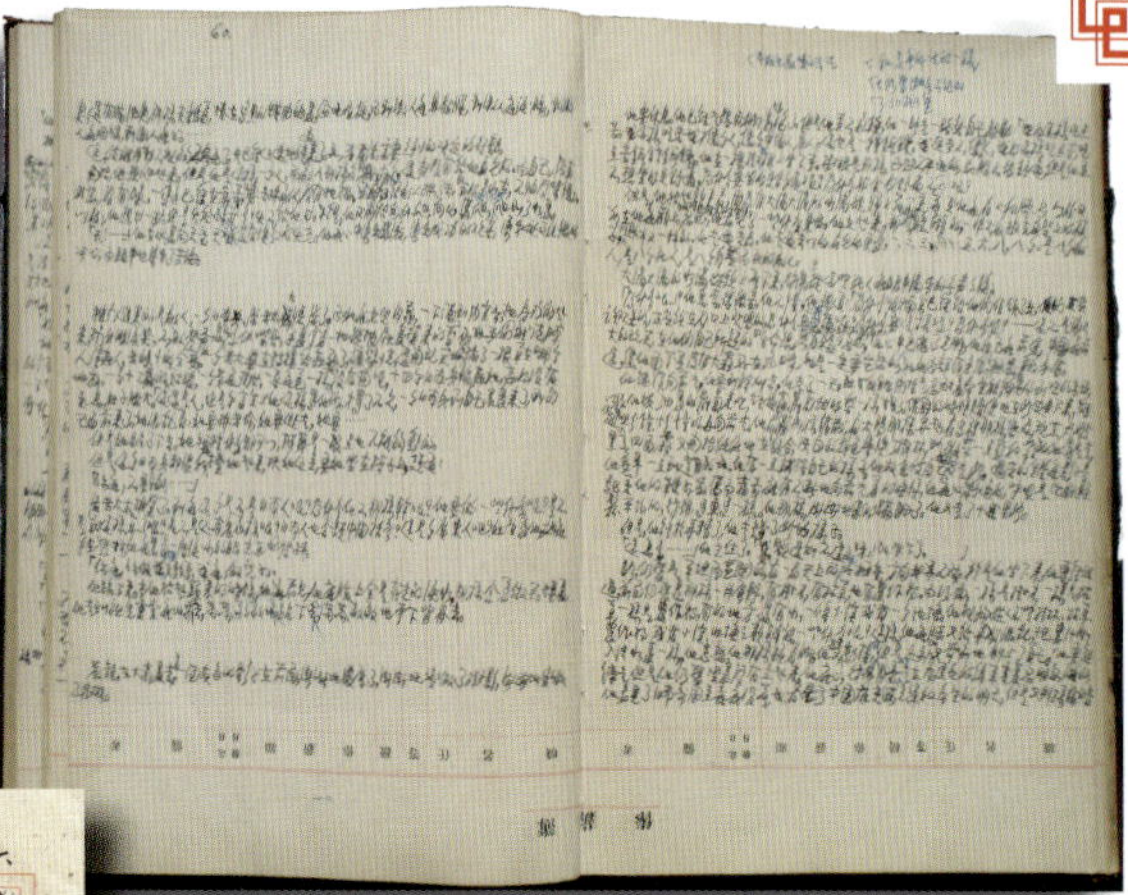

公平な対応を求める
阿壠の毛沢東宛
書簡（1950 年）

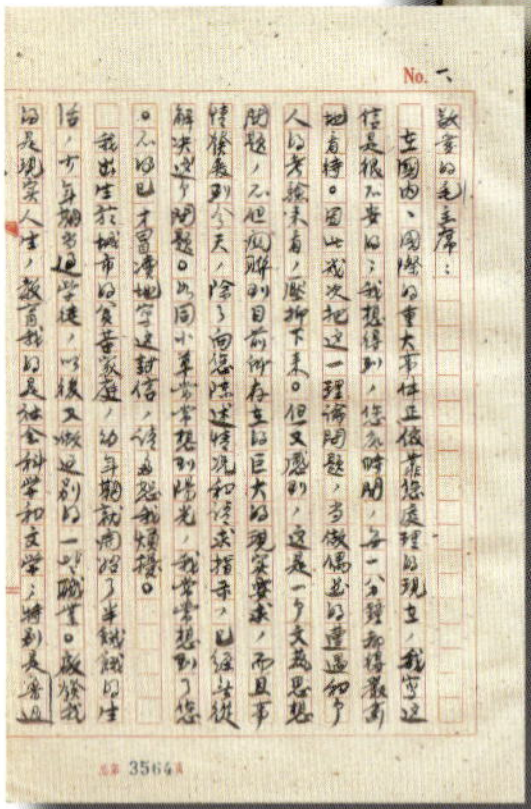

悲劇の長江川岸付近

現在の挹江門

訳者まえがき

関根　謙

阿壠《アーロン》原作の「南京」が書かれたのは一九三九年だが、『南京血祭』として中国で正式出版されたのは半世紀後であり、拙訳による『南京慟哭』の日本での刊行は一九九四年のことだった。しかしこの邦訳は様々な制限もあって全訳ではなく、翻訳者として実に忸怩《じくじ》たる思いを抱いていた。当時刊行を急いだのは、ほとんど顧みられることのなかった阿壠を少しでも早く、少しでも多くの方に紹介することを優先したからであり、まだまだ未公開の資料も多く、やらねばならないことばかりが山積している状態だった。その『南京慟哭』刊行からもすでに四半世紀が経ち、阿壠に関する研究紹介はこの間一定の成果をあげてきたと言っていい。今年（二〇一九年）に入って、本書の英訳本の刊行が決定したことは、その一端を示すもので、筆者自身も、遅ればせながら阿壠研究の成果を『抵抗の文学——国民革命軍将校阿壠の生涯と文学——』（慶應義塾大学出版会、二〇一六年）としてまとめることができた。また阿壠の全集刊行の企画も中国において着実に進んでおり、阿壠研究は現代文学の課題として明確に認識されつつある。

本書『南京　抵抗と尊厳』は前書『南京慟哭』を踏まえて完成した『南京血祭』の完全邦訳版である。前書では南京陥落の惨状の描写を中心に、「爆撃」「灰塵の街」「南京防衛」「陥落からの出発」という四つの章に編集して翻訳紹介したのだが、本書では中国版に立ち返り、「尾声」を含む十の章そのままを訳出している。その結果、阿壠の描く南京防衛戦の生々しい戦闘と苦悩する群像の姿をすべて紹介することができた。また本書では巻末解説の中で、様々な観点から阿壠「南京」の意義を詳細に検討している。同じく「阿壠年譜」にはこの間に筆者が調査して判明した事実が盛り込まれており、合わせて本書を読むための参考としていただきたい。

「南京」原作の三十万字に及ぶ原稿は失われてしまったが、阿壠は困難な日々の中でかつての記憶をたどり、原作の原稿ノートを書き綴った。数奇な変遷を経て甦った『南京血祭』には、戦う文学者阿壠の魂が込められている。今、その完全版を日本の読者に届けることができ、年来の責務を果たした安堵感とともに、大きな喜びを感じている。

本書について

一、本書は阿壠著『南京血祭』（人民文学出版社、一九八七年、北京）を底本としているが、一部阿壠の原稿ノートから直接訳出した部分も含まれる。
二、本書では、本書の旧版である『南京慟哭』（五月書房、一九九四年、東京）に大幅に手を加え、旧版で割愛された章を含め、全面的に補訳した。
三、本書の底本である『南京血祭』は、阿壠原稿ノートを遺族・友人らが清書して刊行したもので、阿壠自身が最終校正をした完成稿ではない。この状況を踏まえ、本書では日本語の読みやすさを考慮して、行替えを多く取り入れることにした。
四、本書では登場人物の名前についてのルビは、中国音を基にカタカナで表記したが、地名などに関しては、読みにくい漢字を対象に日本語の漢音の読みをひらがなで振った。ただし一部の地名については、その重要度や間違いやすさに応じて中国音の読みをカタカナで表記しているものもある。
五、本書の注釈は旧版では付けられなかったもので、今回は旧版刊行後に判明した内容も加味して、該当語句の後ろに付した〔　〕内にわかりやすく書き込んでいる。なお、原文に付された原著者自身による注釈は（　）で示した。
六、本書巻末の解説（附、阿壠年譜）は、拙著『抵抗の文学　―国民革命軍将校阿壠の文学と人生―』（慶應義塾大学出版会、二〇一六年）の第四章を本書のために書き直したものである。しかし本書では詩人、文芸理論家としての阿壠についてはほとんど触れていないので、阿壠文学のより深い理解のために、ぜひ『抵抗の文学　―国民革命軍将校阿壠の文学と人生―』を参照していただきたい。

七、本書巻末の解説で引用している中国語の文章の翻訳で、出典の明示のないものはすべて拙訳によるものである。

日本での出版に寄せて

陳《チェン》　沛《ペイ》

抗日戦争の五十周年目にあたる一九八七年に、父の「南京」は出版された。私はただ一人の息子として、深い尊敬と情熱をもってこの作品の整理にあたった。原稿は父の勤務していた南京気象台の給料出納薄ノートの裏に、小さな文字でびっしりと書かれていた。私はその小さな文字を一つひとつ清書していく作業の途中何度も、父への想いに胸が熱くなり、ペンが進まなくなった。父は不幸な出来事のために、幼い私を置いて一人去っていき、ついに再び帰ってこなかったのだ。しかし半世紀近くも埋もれていたこの作品が、私のペンの下で少しずつその姿を現していったとき、私は父の作品の迫力に我を忘れて感激していた。

私たちの世代は戦争の経験がない。戦争といえばテレビや本から得た知識でしかなく、実際の戦争のもたらす苦しみや痛みを自分のものとすることが非常に難しい。しかし父の原稿は私を一気にあの戦争のただなかへとタイムスリップさせてしまった。私はまるで自分の目の前に、硝煙のたなびく戦場や屍の累々と続く焼け跡が広がっているような錯覚に陥った。それは地獄そのものの世界だった。

人類の文明を破壊し尽くし、貴い生命を簡単に奪い、人間の尊厳を蹂躙《じゅうりん》するのが戦争なのだ。戦争は中国人民に大きな災いをもたらしたが、日本人民にとっても、同じようにたいへんな災難であったことは疑う余地がない。戦争は私たち中日両国人民の共同の不幸だったのである。

戦争の時代を過去に押しやって、歴史は着実に進んでいる。南京で起こった惨劇についても、日本ではさまざまな議論があると聞く。しかし真実の記憶は永遠に消滅しないだろうし、消滅させてはならないものなのだ。多くの障害を乗り越えて甦った父の小説が、この真理をはっきりと物語っている。

私は現在の平和がこれからもずっと続き、中日両国の人民の友好がますます深まることを心から願っている。これは私だけではなく、両国の大多数の人々の理想に違いない。過去の出来事は、現在の私たちに強さと理性をもたらし、友好の大切さを教えてくれた。戦争の傷跡も次第に癒され、私たちはかつて起こった不幸を、客観的に見つめる勇気のもてる時代を迎えていると思う。

こういう時代であるからこそ、日本で父の小説の出版計画があると聞いたとき、私は嬉しくてたまらなかった。不遇の父の霊もこれで慰められるだろう。私は父の小説が、中日両国人民の共同の財産になり得る作品だと確信している。ここには私たちがともに歩んできた血の歴史が、その真実の姿で描かれているからだ。

最後に私は、父の書の出版のために奔走していただいた、中日両国の人々に心から感謝したい。

とりわけ関根先生のご努力に対して、この場を借りて深い謝意を表したいと思う。

一九九四年八月

中国天津にて

目次

訳者まえがき（関根 謙） 1
本書について（同） 3
日本での出版に寄せて（陳沛） 5
第一章 15
第二章 75
第三章 121
第四章 147
第五章 195

第六章 217
第七章 237
第八章 261
第九章 283
尾声——エピローグ 313
後記（阿壠） 323
旧版（一九九四年）の訳者解説（関根 謙） 341
完全邦訳版の訳者解説（同） 349
阿壠年譜（同） 390
訳者あとがき・謝辞（同） 395

中支那方面軍作戦経過要図

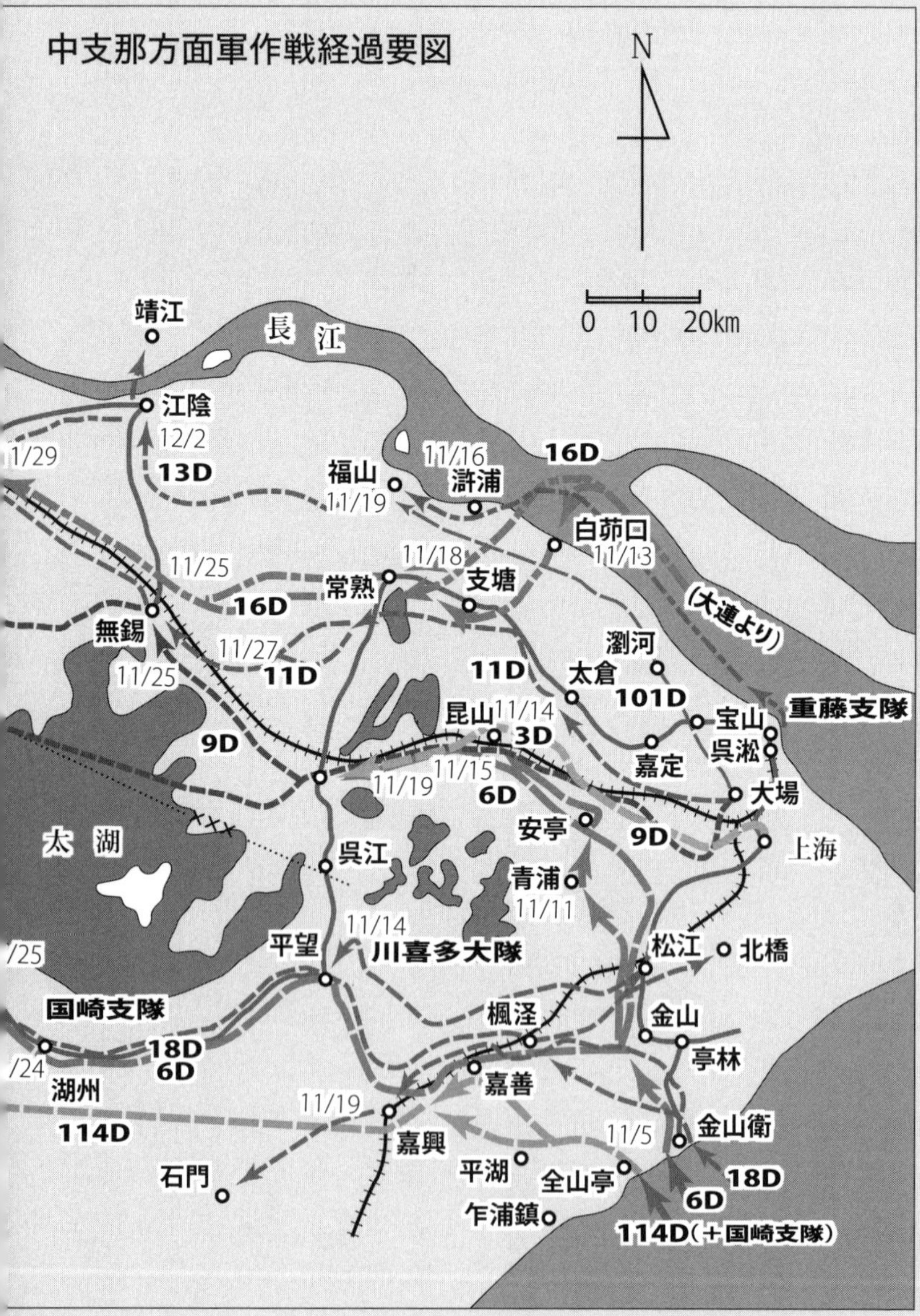

D　師団
i　歩兵連隊

……… ××× ………
の北は上海派遣軍、
南は第10軍の担任

南京戦史編集委員会編纂『南京戦史』
（(財)偕行社 1989年）を基に作成

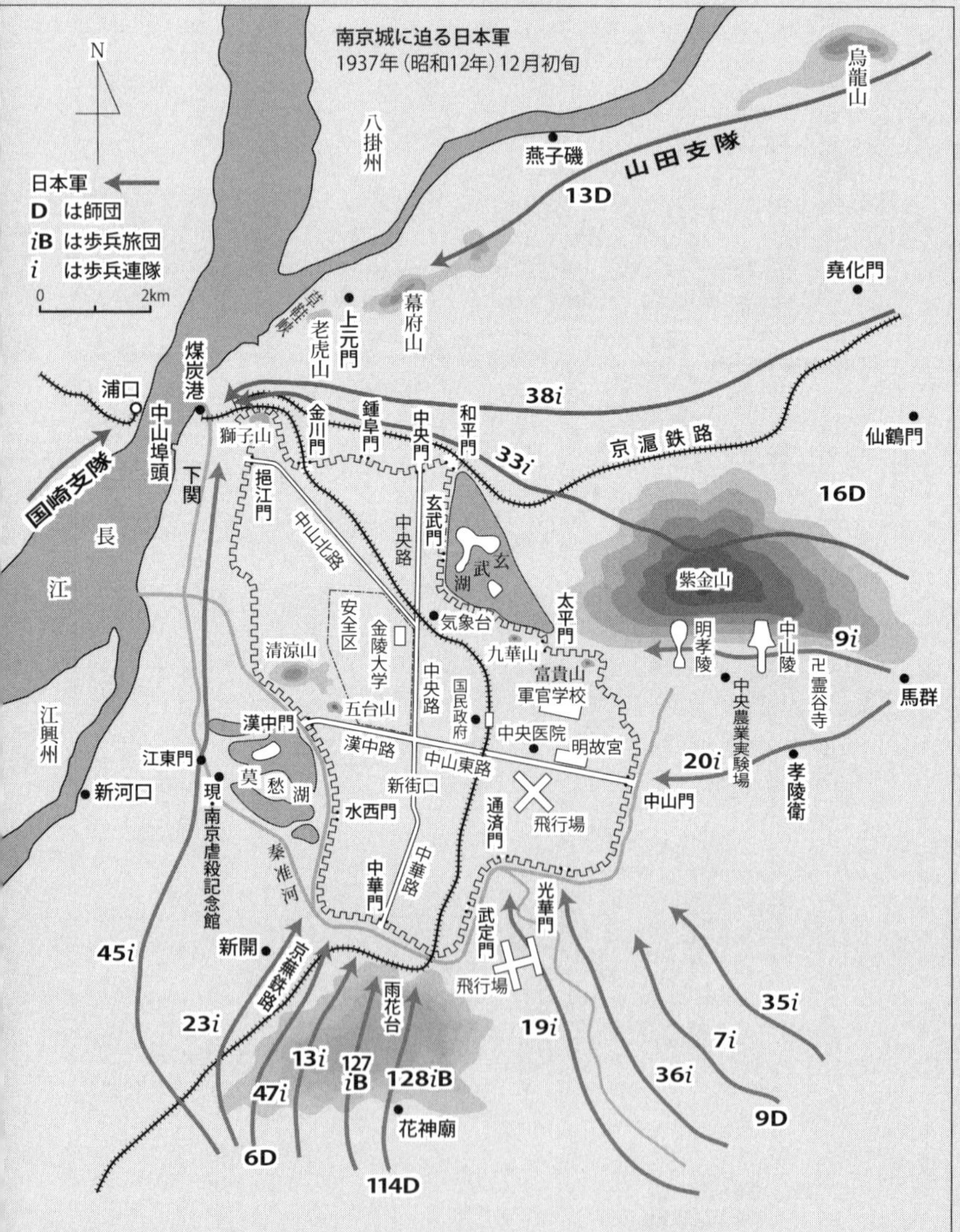

防衛庁防衛研修所戦史室著『戦史叢書　支那事変陸軍作戦①』などに基づいて作成

南京　抵抗と尊厳

阿《アー》壠《ロン》 著
関根謙 訳・解説

第一章

通信小隊長厳龍《イエンロン》中尉はちょうど歯磨きの最中だった。どろどろした白い液体が口から垂れて、足もとの臙脂《えんじ》色の化粧タイルに映る自分の薄い影の中にポタポタと落ちている。彼は突然起こされてしまったらしく、険しく暗い表情で腰を上品に軽くひねり、紗のワイシャツをプルプルと震わせている。この陰険さはあまりにもこの部屋のソフトな雰囲気にふさわしくなかった。

当番兵が彼の前を通って窓を開けると、さわやかな光と空気がたちまち部屋中を満たした。その光を浴びて、テーブルの三つの林檎《りんご》がつややかな紅の光沢をたたえてほほえみ、淡い影を作った。少し向こうには煙草《たばこ》の白金龍が一缶と読みさしの『蕩婦の自伝』〔ダニエル・デフォー『モル・フランダーズ』（１７２２年）原作〕、それにオレンジ色の古い芝居のチケットとその上に置かれた細首の小瓶が見える。高級なガラス製のこの小瓶には、若草色のパリの香水が入っていた。窓から差しこむ光がこの小瓶に透明なラインを描いている。テーブルの隅には薄緑色の万年筆が無造作に転がっている。

突然表で誰かが大声で叫んだ。彼はハッとして身構え、当番兵がテーブルに用意したコップを取って慌てて口をすすいだ。それから歯ブラシを洗面器にカーンと投げ入れてサッと口を拭くと、ドアの厚いカーテンをはねあげ、花柄のサンダルのまま外へ飛び出した。

兵たちが走り回っている。

「九十九機、方向三から七、高度三〇〇〇……」

電話交換室は落ち着いていながらも緊張した仕事ぶりだった。三百通話一台と百五通話が二台、交換台は晴れた春の日の蜜蜂箱を思わせるせわしなさで動いている。

それぞれの交換台の前に、当直の軍曹一人と上等兵二人が十個から十五個のまさに蜜蜂のように活動する金属の端子を持って、目まぐるしく小さな穴に出したり入れたりしていた。彼らは機械的で単純な言葉を繰り返している。ジーッ、ジーッという音をたてて受話表示器と終話表示器が落ちると、その穴に新しいのを差しこむ。差しこんだとたんに別のものが落ちていく。中には赤い紙が貼り付けてあるのもあって、警報センター、防空指令部、そのほか重要な軍と政府の機関あるいは要人の官邸の電話を示していた。

通信兵の手が複雑に交差する色とりどりのコードの中で敏捷に動いている様子を見て、厳龍《イエンロン》は満足そうにあごを撫でながら小隊長室に戻っていった。洗顔を続けるつもりはなかった。彼は黒白二色のウールのセーターを着込むと、けだるそうに煙草をつけた。

窓から見える空は、うろこ雲が東北の隅をわずかに隠しているものの、澄みきって深い藍色をたたえ、果てしなく広がっている。風はおだやかに微かな冷気を運び、色づきはじめた木々の葉をさやさやと震わせている。雀のさえずりも聞こえてくる。しかし急に彼は頭を掻きむしり、まだ整っていなかった髪を思いきりぐしゃぐしゃにした。そして大きなため息をついた。

「ちくしょうめ、また来やがったな！」

彼は上品な人物なのである。つまりいくぶん気の弱い人物でもあった。彼は人を悪く言えない。口論している場面に出くわしたら、無関係を装ってばつの悪い思いをするか、まったく嫌になってしまうかのどちらかである。もちろん例外もあった。彼は当番兵をクソミソに怒鳴りつけられたし、敵を下劣この上ない雑言でやっつけることもできた。しかし彼は警報も戦闘も怖くて、空襲になると鼠のように地下室の奥深く隠れ、胸をドキドキさせながら怯えきっているのだ。勇敢にならねばならぬ、気骨のある人間はこんなときにこそ真の軍人になるんだと自分自身に言い聞かせたり、人に話したりもしてきたが、この性格ばかりはどうにもならなかった。

厳龍は美の愛好家で、甘党で、洋装派だった。しかもこの洋装の時には、胸に小さな白い花を一つ二つ挿すとか、いろいろな絹のハンカチをつけるとかしなければ満足できなかった。また彼の趣味は、映画鑑賞と京劇の隈取りの面や古い切手の収集、金魚を飼うことといった他愛ないものばかりだった。こういう趣味のために彼は平和主義のシンパになっていたこともあった。だからこれまでずっと戦争を文化の破壊としてとらえていた。彼は日本ファシズムの発展や没落の話であれ、中国の解放や独立自由の話であれまったく関係なく、戦争は結局戦争にすぎないという結論にもっていった。厳龍《イエンロン》はこんなふうに、軍人としては軟弱な、確固とした信念のない人物だったのだ。

しかしあの九月五日の空襲〔南京に対する日本軍の重爆撃機による空襲は八月から始まっていた〕以来、彼は変わった。彼は爆撃で倒された木の枝に首を貫かれて、狂犬のように吠え叫びながら悶え死んでいった体格のいい青年を目撃した。自分が結婚式を挙げた安楽酒家〔当時南京で最も豪華なホテルだった〕が爆撃で完全に吹っ飛んだのも見た。それから銀色のハイヒールを履いた足が切断されて、血まみれのまま道に転がっているのも見た。以前彼は戦争というものが自分とまったく縁遠く、無条件に呪うべきものだと思っていた。しかしもはやそんなことは考えられなかった。いやそればかりでなく、自分の血が報復の衝動にふつふつと滾《たぎ》るのを感じるのだった。

彼はこう思った。平和か、平和なんて昔のことさ。平和なんかは落日のようなもので、光も力も希望も何もなく、果てしない地平線に寂しげに沈むものなんだ、いや沈まなければならないものなんだ。

彼はこの真っ赤な血の光景をどうしても忘れられなかった。とくに最初の何日かは、何かに集中していないようなとき、銀色のハイヒールの血まみれの足が目の前にまざまざと現れた。そのあまりにもリアルな幻影に彼は驚き、その度にあのときの悲痛な思いが甦った。そしてあのときと同じように激高して顔色を変えるのだった。

彼は上着を身につけた。草緑色のサージの軍服である。そのとき突然空が恐怖の叫び声をあげた。彼は革靴の片方がまだだったので、力いっぱい床を踏みつけてむりやりに足を通そうとした。胸が張り裂けるようにドキドキと躍っている。革靴はそれでもうまく履けず、慌てて右手の指まで踏みつけてしまった。彼は憎々しげに罵った。

「てめえら、外道《げどう》が！　見てやがれ、今日てめえらなんか絶対にぶち墜《お》としてやるからな！」

ウー！……ウー、ウー、ウー！　サイレンの音が鳴り響く。

サイレンは、吹雪の夜に飢えた狼が獲物を求めて吠えている叫びのように聞こえた。それは低く抑えて遙か彼方から起こり、突然高まっていくと、狂風となり大空を駆けめぐる。そして己の鬱積《うっせき》を、己の貪婪《どんらん》を、己の残酷を訴えながら、空漠《くうばく》たる原野に鳴り渡り、やがて低く低く沈んでいく。あたりには死ぬ間際のうめき声のような鼻音が、ずっと尾を引いているだけだ。しかし次の瞬間、それはまた威嚇するような響きを帯びて吠えはじめる。神を叱責し、生命を叱責し、そして一切を叱責して人類を戦慄させ、地上に不安を撒きちらすのだ。

サイレンはまた古代恐竜の絶叫のようにも聞こえた。地層が崩れたとき、あるものは火山に焼かれて炎に身を包まれた。このとき恐竜は果てしない彼方を目指して巨大岩石を飛び越しながら逃げまどい、爪で自分を引き裂き、牙で自分に噛みついた。悲しさと恐ろしさ、怒りの混じりあった辛い思いが恐竜を襲う。そして恐竜は真っ青な大空に向かって助けを乞う絶叫を放ったのだ。

あるものは不安に轟く海の波に呑みこまれ、襲いくる力にその呼吸を止められながらも、自分のいた岸辺と大陸を見つめた。恐竜はかつての場所へ、穏やかでのびのびとした生活に戻ろうとして本能的に泳ぎはじめたが、海水はその手に流れ来てはたちまち流れ去り、巨大な体のどこにも力の入れようがなかった。波は大きな手がゴムマリをいじるようにこの恐竜をもてあそんだ。放りあげたかと思うと硬い地面に落とし、捕まえては打ち、押さえつけた。恐竜の剛健な力がかえって疲労をいっそう蓄積させ、その口がすでに幾度も水中に没していた。もはや海に沈むしかなかった。このとき恐竜はもう一度海面に首を突き出し、時間と空間に向かって最期の絶叫を放ち訴えた。世界はこんなに穏やかに、この巨大な生物が世の終末以前に絶滅する様を眺めているのかと。

しかしまた無傷の恐竜もいた。その恐竜はこの変異に激しく怒り、その爪を高く挙げると、暴風に吹き飛ばされてきた岩と、地の裂け目から噴きだしてきた溶岩に襲いかかった。もはや後には退けなかったし、退こうとも思わなかった。そして両の目を血走らせて荒々しく柱状の熱い鼻息を吹き、鋭い牙を剝きだしてずっしりと重たい尻尾を振りたてた。挑戦し格闘しなければならなかった。恐竜は歴史を、自分と仲間の歴史を決定しようとした。こうして彼は続けざまに幾度も、大きく轟きわたる雄叫《おたけ》びをあげた。

車両、人、落ち葉、そして風塵が混じりあって、道路の一筋一筋を騒然と突き進んでいた。あちこちで大慌ての店仕舞いが始まる。大きな音を立てて看板が歩道に倒れた。子供が一人猛り狂った父に手を引かれ、東のほうに向かっている。その子は泣きわめきつまずきながらも危うげな足どりで引っ張られていたが、とうとう転んでしまった。しかしすぐに起きあがり、必死な歩調で父にしがみついている。

銅貨を道に落としてしまった女がいる。女はかがみこんで拾おうとしたが、いくつか拾い上げると又落とした。落ちた銅貨が軽やかな音を響かせてかなり向こうまで転がっていった。追いかけていく女の背中にぶつかった男がいて、双方真っ赤になって口げんかを始めている。

黒い制服の警察官と紺の制服に黄の腕章の保安団員がたちまち街中に広がった。憲兵隊が木の枝と泥で偽装したトラックに乗ってやってくる。そしてこういう男たちが交差点に立ったり、砂嚢の遮蔽物に身を隠したり、あるいはセメントで固めた防御陣地で歩行者を指揮したりしはじめた。

黒服の老女が木の杖をつきながら、やせ細った纏足《てんそく》で歩いてくる。普通の一歩を女は三歩かかって歩まねばならない。老女は濁った目を見開いて、ただがむしゃらに前へ殺到していく人の群れを苛立ちながら見つめた。深いしわを刻んで垂れた頬に涙が光った。女は震える声でつぶやいた。

「死んだ方がましだよ。本当に死んだ方が……私らみたいな年寄りがどんな悪いことをしたと言うんだい……前世に悪事を働いたことだってありゃしない、私らみたいなごく当たり前の人間が……」
まもなく南京全市にまったく人影がなくなり、まるで地下から発掘したばかりの古代都市のようになった。紫金山は濃い藍色を帯びて街の東にどっしりそびえ、厳粛な白石の中山陵はいっそう気高く見えた。生い茂る小松林は誇り高い青年の姿で戦争の前にすっくと立ち、防空要塞の上に見える天文台の銀色の屋根は、のびやかな文化の輝きをきらめかせていた。玄武湖の波はまったく静かで、小さな魚たちが岸辺から流れてきた柳の葉を追っている。小鳥は枯れかかった木の枝や舞い散る落ち葉のあいだで群れをなしてさえずり、凋《しぼ》みかけた蓮はすがすがしい香りをまだ微かに漂わせていた。

南京は生命の衝動に満ちており、戦争の前に脅えてはいなかった。しかし戦争に大胆な沈黙で接近したのではない。南京は戦争を通して、その存在を顕示したのである。

緊急警報が鳴りはじめた。

ウー！……ウー、ウー、ウー！

それから十数分後、九六式重爆撃機二十七機編成による編隊がうろこ雲を掠《かす》めて東南の空から現れ、引きつづいて烏《からす》の群れのような黒点が次々と市街地を目指して飛来した。

戦闘機の一群が高空をさっと二分した。飛行機の群れは血の滴る肉に食らいついた野獣の恐怖とも満足ともつかぬうなり声をあげて、静かな日の光を、端正な山々を、穏やかな街並みを、そして古い大地を震わせた。大気は完全にかき乱され不安に満ちた疾風が巻き起こっていった。

飛行機の群れが街を半周ほど旋回したとき、各所の高射砲が射撃を開始した。

ダン！――ダン！　ダン！　ダン！　ダン！……二〇ミリのゾロターン〔スイス製の対空機関砲〕が五台山の方向から吠えている。

パン！――パン！――パン！――三七ミリの三〇式山砲が紫金山の付近で応え、白い硝煙の塊が海面のような大空に一つ一つ結ばれていく。

ガンラーン！……ララララバン！　バン！　バン！　ガンダーン！　ハラララ……七五ミリの大口径高射砲が狂暴に射撃を始め、四個ずつの白い硝煙の塊が大空をまっぷたつに引き裂く爆音の中で激しく広がり動いていく。

突然、敵一機が機首から赤と黄の炎を噴いて絶叫し、細長い根のような黒煙を曳きながらくるくると墜落していった。その近くにいた敵機は両翼をさっと振って右に旋回し、硝煙をくぐり抜けてうろこ雲のほうに逃げていく。

ゴン、ゴン、ゴーン！……連続する猛爆撃。

ゴーン！　ゴン、ゴン、ゴン、ゴーン！……

南京全市が爆撃され、黒煙が次々に湧きあがった。通りが焼かれ、黒ずんだ炎が空に伸びひろがって舞っている。暗黒が街を覆って空の色を変え、陽の光を遮った。

厳龍《イエンロン》は慌てて地下室に飛びこんだ。目の前が急に真っ暗になったので、手探りで地面に敷いておいた布団に座った。これには薔薇《ばら》の香りが染みこませてあった。彼は力なくうなだれた。指は神経衰弱のように引きつり、耳鳴りがして動悸が収まらなかった。

彼はため息をつくと隅にある煙草の缶を探りあて、中からコーヒードロップを一粒取り出した。包み紙を剝くのに手間取って、ようやく口にほうりこんだが、甘さはまったく感じられなかった。彼は横になった。外では又爆撃の音がして、地下室が川に浮かぶ小船のように揺れた。土砂が上からサラサラ落ちてきて首に降りかかる。彼はカッとなってドロップを吐き捨てた。そして立ち上がると、今度は上の建物が崩れてくるような不安に駆られて、地下室の入り口を片手で支えた。それから少し舌をもつれさせながら怒鳴った。

「き、きさまら、ちくしょうめ！　きさまらの一、二機もぶち墜《お》とせなかったら、それこそ、お、お笑いだぜ！」

空では味方の戦闘機の追撃で、敵機の隊形は気まぐれな鳥の群れのようにばらばらになっていた。戦闘機は水面を掠めて飛ぶ燕のように敏捷だ。彼らは敵の頭上から見事な勢いで急降下すると、円を描いてそののろまな尻尾にかみつく。敵機の迎撃能力のない腹の下にもぐりこんでは奇襲をかけたりもする。こうして敵の一機がたちまち茸形の白煙に変わった。遠くではまた一機が、空中に黒い螺旋《らせん》形の軌跡を残して、回転しながら墜ちていく。

空襲警報が出されたとき、人々は蟻の大移動のように水西門に集中していた。人々は道路を塞いで取り乱した騒がしい声を張り上げている。この人々の頭上に、汗びっしょりの警察官たちが憤怒の形相で棍棒を振るい、かすれきった大声を浴びせかけていた。

黒い綿入れを着た老女が、この城門に近寄られずに弱々しく立ち止まった。目にはもはや輝きが失せている。女は自分の力に絶望し、通りの黒ずんだ壁に呆然ともたれかかった。女の手と額にはくたびれきった静脈が痛々しいほど浮き出ている。青白く顔を曇らせたこの女は五十六であった。彼女は色が落ちて薄黒くなった包みと、八カ月になったばかりの来弟《ライディ》という孫を両腕に抱えていた。

女は救いを求めるような眼差しを、走りすぎて行く人の群れに投げかけている。来弟は女の溺愛するたった一人の孫だ。息子は小さな豆腐屋をやっていて、一杯の紹興酒で満足するような平凡な暮らしをしていた。嫁は痩せこけた女で、鈺興門《ぎょくこうもん》で安売りされているアヒルの干し肉のようだったが、きつい仕事も家事もみなうまくこなしてくれていた。それはいいのだが、もう一人の孫をこの若い娘に望むのは無理というものだった。さっきまで息子夫婦は店にいた。今はどうなってしまったかわからない。

来弟の頭は細い首に不釣り合いなほど大きく見える。栄養不足だった。眼窩《がんか》が深くへこみ、大きく見開かれた目にいつも怯えているような、何か求めているような表情を宿していた。しかし今は祖母の腕の中で熟睡している。十一月の明るい日差しがこの二人に優しくふりそそいでいる。

女がもう一方の腕で抱えている包みも、ずっしりと重かった。この包みも女の宝物だった。夫はすでに灌木の生い茂った墓に入ったが、夫婦の一生の血と汗の沈澱物がこの包みだった。息子の三十年近い働きもこの中に入っている。

女が真っ先にこの包みを持ち出したのにはわけがあった。それは前の空襲のときのことだった。ある親戚が爆撃されて家財一切を失った。女が駆けつけたとき、一家は為すすべもなく硝煙の立ちこめる瓦礫の前で寒風に吹かれながら呆然と立ち尽くしていた。女が耳元でささやいた同情の言葉は、砂塵や喧噪を巻きこむ疾風で消されてしまったし、彼らの涙までもすぐに煙が黒く汚していった。こういう災難に女は絶対耐えられないと思った。無一文で生き延びることなど考えられなかった。

しかし今女はこの包みと来弟《ライディ》にすっかり疲れきっていた。確かに抱えあげたときはそれほど重く感じなかったが、今ではまるで石のようだった。ここに来るまでも二つとも何回か落としそうになった。それで来弟はすっかり怯えて泣きだしたのだが、何とか今は寝入っている。彼女は困り果て、どうしていいかわからなくなっていた。腕がひき臼に繋がれたようだった。それも女をかろうじて繋ぎ止めているだけの細い縄のように思われた。このままでは来弟を落として怪我をさせてしまうか、包みを混乱した群衆の中でなくしてしまうかしかない。それに第一この人込みを掻きわけて城外に逃げ出せるはずもない。悪くすれば、飛行機が真上にやってきたときも、まだここでうろうろしているかも知れない。

こういうことを考えながら、女は塀のわきに腰を下ろした。そして包みを前に置くと、孫の肩や背中を撫でさすり、唇まで垂れていた緑色の鼻水を拭いてやった。

「ホーッ」

女は救われない気持ちでため息をつき、まばゆい青空を仰いだ。額に垂れたうす汚い白銅色の髪が微風《そよかぜ》に揺れる。そうして、干からびて木切れのようになった唇をもぐもぐさせながら、女は声をたてずにお経を唱えた。

女は考えこんでしまった。女は焦燥と不安に駆られて空を見上げ、またどうしようもなさそうにむずむずする黒ずんだ左足をもんだ。何気なく向かい側の路地を見ると、そこに井戸があった。井戸は年代もので、花崗岩の囲いがすり減り、無数の大きく滑らかな汲み跡を残していた。雀が一羽だけ何か啄《ついば》みながらぴょんぴょん跳んでいたが、不意に飛び去った。

女は考えあぐねていた。抱えこんだ二つのもの、孫と包みとをどうにかしなければならない。このままではもうこれ以上絶対に行けないのだ。しかし預かってくれそうなところもなかった。女はどうしようもなかった。

こうしているうちに、緊急警報の狂ったような叫びがあたりを震わせた。城門の群衆はすでにかなり少なくなっていた。しかし避難していく人々が依然として断続的にあちこちの通りから流れこんできており、城門の前での押し合いはやはり続いていた。警察官と憲兵が相変わらず人々を怒鳴りつけている。中には混棒を振り上げて手あたり次第に殴りかかっているとしか思えない警官もいた。

女は行かねばならない、しかもただちに行かねばならなかった。そこで女は孫と包みをそれぞれ両腕に抱えて、つらそうに立ち上がった。しかしさっきの一休みでかえって力が入らなくなっていた。腕は湖畔の柳のようにだらりとし、骨もばらばらになった感じがした。それにだるくしびれる軽い痛みが腕全体に広がって、もはやこの二つの宝物を抱えることなどできなかった。まして抱えて歩くことはもちろん、あの群衆の中をかき分けていくなどまったく論外であった。

しかしどうあっても行かねばならないのだ。どうすればいいのか。女は愚かな子羊のように心臓がどきどきするばかりだったが、無意識のうちにまた黒い井戸を見つめた。

パーン！

どこかで拳銃の鈍い音がした。

女は気力をふり絞って無人の路地に入っていった。その姿は泥棒のようで、皺だらけの痩せた首を回してはきょろきょろとあたりをうかがっていたし、落ち着きがなく醜いうえに、多少陰険な様子もしていた。

井戸の囲いから見下ろすと、井戸水は揺れ動いて光を黒と白に目まぐるしく反射させていた。この井戸は人々に忘れ去られ、いまはもう飲み水にも洗い水にも使われず、ただひっそりと水面に木切れや汚物、枯れ葉そして泡を浮かべているだけだった。

女は自分に残された唯一の方法を思いついた。それは包みを井戸の中に投げ入れておいて、警報解除後に息子に取りに行かせることだった。自分は孫を抱いて城外の避難場所に行けばいいのだ。こうすればうまくいくに違いない。

ほかの方法は思いつかなかった。こうしなければ、どちらかをなくすに決まっている。いや、すべてだめになってしまうかもしれないのだ。

しかし女は井戸を覗きこんでいるうちに恨めしい気持ちで胸がいっぱいになり、涙が干からびた目尻からこぼれ落ち小鼻を濡らした。女は衝動的にくるりと踵《きびす》を返すと、おんどりのような虚勢を張って、来た道を戻っていった。

自分の家に無性に帰りたかった。爆弾にきれいさっぱりやられたっていいじゃないか。逃げてどうするというんだ。絶対安全な場所なんてどこにある。そんなこと誰もわかりはしない。

しかしこの勇気もたいしたものではなく、決心はすぐに揺らいだ。路地の入り口まで戻ってきたとき、女の目に警察官や保安団員そして避難民たちが飛びこんできたのだ。みんな城門に密集して一歩も動けず、怯えきってはかり知れない高さの空を眺めながら、ただひたすら何かを待っていた。女はまた引き返すしかなかった。

女は再び井戸の所に戻ってきた。しかし井戸を覗くとまた頭が混乱し、無数の毛虫に這い回られるような気持ちになった。この井戸はとても深いかもしれない。もしそうなら、この包みを投げ入れたあと二度と取り出せないかもしれない。そうでなかったら、あるいはとても浅かったら、人に取られてしまうかもしれない。そうしたらどうしよう。……女は決心しようとするたびに動揺を繰り返した。

しかしやがて素早く路地の入り口あたりを見回すと、まぶたをこすり、何本か残っている浮いた歯を噛みしめて頬を震わせながら、ほんとうに包みを井戸に投げ入れた。

ドボーンという水の音がして水しぶきがまわりの壁にかかり、水に映る影が激しく変化した。少しまがった背中を屈めて覗きこんでいる自分の影も、特殊な曲線で不可思議に歪曲され、分裂しては溶け合っている。それに泡が井戸の底から絶え間なく湧き上がってきて女の視線を惑わせた。女の木の切れ端のような唇に満足した苦笑が浮かんだ。

女が怒声の飛び交う城門のあたりまで戻ってくると、憲兵が銃剣をぎらぎらさせながら遮った。しかし年寄りだから殴られるのだけはどうにか免れた。

このときはすでにいかなる人間のいかなる行動も厳禁されており、人々はまるで飛び疲れた鳩のように、城門の黒い影の中でひしめき蠢《うごめ》いていた。遠くの空からまたエンジンの音が響いてきたが、中国の飛行機か日本の飛行機かはわからない。

女は孫を抱きしめてやさしく背中を叩きながら、用心深く人々の表情を一つ一つ見つめた。そして急に不安になった。この人たちはどうやら包みを井戸に投げ入れたことを知っているらしい。それにそれぞれ人に言えないような怪しげな目付きをしているではないか。気にも留めないふうによそを眺めている人もいるが、実は皆わざとそういうふりをしているのに違いない。女にはそう思えた。そして気持ちが揺れ動き、何が何だかわからなくなって、泣き出したくなった。こういう悪人たちから守らなければならない……

突然、どこかで爆撃が始まった。ゴーン、ゴーン！　ドガーン！……

人々がいっせいに押し縮まった。隅にいた人は城壁にぎゅうと押し付けられ、胸がつぶれそうになった。一人の子供が泣きはじめた。

来弟《ライディ》はすぐ泣く子ではないし、今もよく眠っているが、びっくりして怯えてしまうかもしれない。そう思ってよく見ると、なんと自分が抱いていたのは来弟ではなく、あの包みではないか！　女はまるで狂風に吹かれた蜉蝣《かげろう》のようになってしまった。そして顔色がマラリアの発作のように黄色く変わり、口をだらしなく開け、混濁した目で包みをじっと見つめた。

急に、女はその包みを地面に投げ捨てると、鋭く哀しげな叫び声をあげた。それから気違いのように荒れ狂ってむりやり人をかき分け、来弟の所に行こうとした。……みんな騒ぎはじめ、一人の男がよく通る声で女を怒鳴りつけた。

「外は飛行機だぞ！　また動きやがったら、ぶち殺してやるからな！」

そうしているうちに銃剣を振りかざした憲兵があわててやってきて、銃床《じゅうしょう》をふりあげて彼女の尻を打った。女は呻き声をもらしながら倒れていった……

五台山は街の中心にあった。ここは多様に起伏する黄土丘陵の一部分で、山麓付近には最近建築された瀟洒《しょうしゃ》な住宅が建ち並んでいた。ときおり林の中に点在する学校から、ざわめきや笑い声がレコードやラジオの音と混じり合い、風に乗って響いてくる。山上には給水塔が巨人の威厳と神の崇高さを思わせる姿で聳《そび》えたっていた。それは、すきとおるような五月晴《さつきば》れの日には灰色に映り、うっとうしい曇り空になると突然真っ白になって天使のドレスのように見えた。実際これは一種の権威であり一種の恩恵であって、市民の日常生活を左右していたのだ。

この神聖なものを守る任務が、軍事教練中の青年たちに与えられた。彼らは皆二十歳ぐらいだった。彼らは空が明るくなって雀が喧嘩するころから、死んだ魚のようになって甘い夢の中に眠りこむときまで、笑い声と歌声と冗談に包まれ、いつも何かしら食べていた。そして誰もが戦闘未経験者だった。

宿舎は山の麓《ふもと》の茅ぶきの建物で、小川がそこをめぐり、岸辺には静かで小さな木立があった。暇なとき彼らは、入り口の前に集まって黒っぽいバッタを捉まえて脚をもぎ取っては蟻に食わせたり、お互いに鷹のように追いかけ合ったり、石をぶつけ合ったりしていた。これを止めさせるのはいつも怒り狂って飛び出してくる隊長だった。

画報を眺めること以外には誰も読書などしようとしなかった。ただその日の新聞と号外はとても好きだった。朝食が終わるとすぐ誰かが入り口のあたりをうろつき、通りのほうをなぜこんなに遅いんだという顔つきで見張っている。新聞が来るとみんな奪い合いの大騒ぎとなり、たちまち新聞のまわりに丸い輪ができて、内側の者はできるだけ縮こまり、外側の者はできるだけ背伸びすることとなるのだった。

彼らが高射砲陣地に行くことはあまりなかったし、行く必要もなかった。戦争が彼らにもたらしたのはのんびりとした暇と遊び、そして張りつめた空気の中に溶けこんだ快楽だった。戦争は彼らにとってエネルギーを思いきり発散させる場でもあったのだ。

高射砲陣地は木の枝などで偽装されていて、草緑色と茶色の雑多な植物の塊のように見え、うっかりしていると気づかずに通りすぎてしまうぐらいだった。警戒の兵士は銃を肩に、このあたりを散歩のように行ったり来たりするか、あるいは背の低い常緑樹の黒い影の中に半ば隠れるようにしていて、人を陣地に近づけなかった。

高射砲は一九三六年式のゾロターンで、砲身には濃い緑と褐色の迷彩が施され、独立した照準器が装備されている。口径は二〇ミリ。これはこれまで第一線の歩兵が使っていたもので、都市防空の兵器として使うには、あまりにもふさわしくないものだった。そしてその近くには直立式の散兵坑がいくつか掘られ、遮蔽物が草むらの中に散らばって配置されていた。

今、七、八人の青年の目が上空を凝視している。彼らは血を燃えたぎらせていた。それは静かな谷川が突然の豪雨で激しく流れていくようなものだった。そして心臓の動悸は激しい運動をした後のように、咽喉《のど》からいきなり聞こえてきた。一人一人皆緊張していたが落ち着いており、自分の呼吸と感情を抑えながら、すでに頭上に飛来した戦闘に加わる機会を待ち望んでいた。

真っ青な上空に、白や灰色の敵機が三機で一編隊となり、行ったり来たりしている。その傲慢でしかも敏捷な姿は、引き潮のときの湿った海上をゆったりと飛ぶ信天翁《あほうどり》にとてもよく似ていた。敵機は、それぞれ二つのエンジンと二つの方向舵を備え、千三百キロの爆弾を積んでいるのだ。

観測手が一メートルの立体測高儀の中の三角形を見ながら、敵機との距離を大声で報告している。高射砲長は八倍の望遠鏡をしっかりと目に押し当て、黒点の一群が敵機編隊の中から急に斜線を描いて、遙か遠くに落下していくのを見つめていた。……東のほうに高射砲の煙が何本か立ちのぼったが、それは広野で草を食む羊のようにのんびりと見えた。

高射砲長は濃い髭を生やし広く厚い胸をした人で、まだ学生ではあったが、すでに何事にも驚かない老兵の落ち着きを身に備えていた。彼は敵三機が弧を描くやいなや、真っすぐにこちらに飛んでくるのを発見して大声で叫んだ。

「目標！　右前方から後方への敵機！　速度六〇！——三〇〇〇」

照準座に座っていた痩せて背の高い第四砲手が高射砲長の号令を聞き、左手で方向ハンドルを操り、右手で高低ハンドルを握りながら、乳白色の十字が刻まれたガラスの照準鏡を通してその三機の飛行機を見つめ、ただちにそれらを十字の交叉点上に合わせた。すると砲口がゆっくりと移動して敵機を追いかけた。同時に第五砲手が毛むくじゃらの手で飛行速度を区分するつまみを回し、飛行速度計の指標を「60」にした。

彼の願いは敵機をただちに撃墜することだけだった。そこで思わず上空を凶暴な目つきで見上げてしまった。しかし飛行機の爆音の方角は間違いないものの、彼には何一つ見えず、ただまばゆい青い光が広がっているだけだった。彼の任務において、このように飛行機を見上げることは、たとえ弾丸を発射するときでさえも許されていなかった。彼は少しばかり申し訳なさそうな、ばつの悪い子供のような様子をして、予測計の筒の中の赤、白、青、黄、緑の円形や三角形を見つめた。そしてそれ以後彼は、細かい区分と各種の色彩の指標がびっしりと刻まれた距離区分計だけに全神経を集中させた。

　第六砲手は美しい光沢に輝く箱型の方向指標を片手で握りながら、夢想に耽《ふけ》る詩人のように悠然と空を眺め、もう一方の手では疲れたように下あごをこすっていた。観測手は年端のいかない子供のように見えた。この「子」はまわりに配置された散兵坑に直立し、距離の報告を続けている。

「二三〇〇！」

　高射砲長が第二の号令を下す。

「中央敵機！　二一〇〇！」

　第四砲手がすぐに十字の照準を中央機の機首に合わせた。彼は呼吸を整えて、己を慎んでいるように見えた。

　観測手がまた数字を報告してきた。

「二二〇〇！」

　高射砲長がまた号令する。

「二〇〇〇！　発射！」

　発射角度は四十五度前後だ。第四砲手の高低ハンドルがゆっくりと回ると、それに応じて砲口がゆっくりと上に向きあがっていく。

　第五砲手は予測計の筒の中を蝸牛《かたつむり》のように這っていた黒色指標が青い図形の所まで這っていっ

たのを確認すると、ただちに下を向いて毛むくじゃらの手で真鍮《しんちゅう》の距離区分のつまみを回し、距離区分指標盤の青い図形を「20」の位置に固定した。この動作は体を吹き抜ける風と同じぐらい迅速で、射撃のチャンスを逃さなかった。

ダーン！　それほど大きくない白い硝煙が突如先頭の飛行機の前で凝結した。

これは当たったかのように見えたが、敵機はこの硝煙をくぐり抜けて飛びつづけ、怒りの爆音がさらに高くなった。

観測手は子供のように興奮した。

「二一〇〇！――二〇〇〇！――方向、左へ一〇、高低よし！……」

彼は叫びつづけ、声もひどく甲高くなって耳ざわりなぐらいだ。彼は目標とした九六式重爆撃機がちょうど「20」の指標にいながら、砲弾がその左側で炸裂したのをはっきり見た。だから砲身の軸線を右に十ミリ回せばいいんだ、と彼は思った。

高射砲長の号令が下る。

「右へ一〇！　一七〇〇！　発射！」

発射角度は約六十度。予測計の筒の黒い指標がちょうど青い三角形の所に這いあがってきた。第五砲手は敏速に距離区分指標盤の青い三角形を「17」に固定し、それと同時に方向修正螺子《ねじ》を左に回して、指標が黒い「10」の字を指すようにした。そして、第四砲手が細長い左足で左側の発射ペダルを踏みこむと、ただちに砲弾が発射された。

ダーン！　ダーン！　ダーン！　三個の硝煙が空中に浮かぶ。

観測手の一メートルの立体測高儀の中で、飛行機の投影が「20」から「10」の系列の指標上に斜線を構成し、ますます接近してくる。彼は、甲高い声で叫びつづけ、まったく疲れを知らない。

「一八〇〇！――一七〇〇！――」

高射砲長もまた号令する。

「一五〇〇！――連射！」

観測手は叫ぶ。

「一六〇〇！――一五〇〇！」

発射角度は約八十度。予測計の指標が黒い長方形と青い三角形の交わる所を指し、第五砲手は距離区分指標盤の「15」を黒と青の二つの指標の間に固定した。第四砲手の細長い左足が左側の発射ペダルをまた踏みこんだ。しかし今度は歯を噛みしめ、あごの筋肉が盛り上がるほど力をこめた。

ダーン！　ダーン！　ダーン！　ダーン！……硝煙が空中いっぱいに広がる。

しかし敵機は真上を飛び過ぎてしまい、第四砲手は砲身を百八十度回転させた。皆も大急ぎで高射砲座のまわりを追いかけて、全体の向きは変わった。第二砲手が空の薬莢《やっきょう》を取り出し、新たに砲弾の弾倉を装填した。

観測手が叫ぶ。

「一四〇〇！――一五〇〇！」

高射砲長が命令する。

「一六〇〇！――連射！」

ダーン！　ダーン！　ダーン！……ダーン！　ダーン！　ダーン！……

観測手が片手を振って、突然、歓呼の声をあげた。

「三発命中だ！　後ろから煙を噴いてるぞ！　ヤッホー！……」

被弾した敵機はウーという驚愕の叫びを残して哀しげな濃い煙を尻尾に曳き、頭を少しあげてその重みにもがきながら下へ下へと沈んでいった。そしてガラス窓にぶつかった蠅のようにふらついて中国の大地に墜落していった。

みんな喜んで大騒ぎを始めたが、これは規律に違反することだった。なかでも例の少年は立てた親指を仲間に向かって振ってみせ、あたかもこの一機のマヌケを彼が撃墜し、彼だけが世界の栄誉に値する人間であるかのようにはしゃいでいた。そして、今戦闘中であることを完全に忘れ去り、病人のうわごとみたいにしゃべり続けた。

「ほら見ろ！　一機だぜ！　一機撃墜したぞ！」

第四砲手は照準座にゆったりとすわり、開いたピンセットのようにして細長い両足を伸ばし、左手を独立照準装置にかけて、困ったとも心地よいともつかぬ表情をしていた。第五砲手は健康そうな高笑いを続けるだけだったが、仰向けになるほど頭をあげて体を激しく震わせていた。もちろん高射砲長も嬉しそうで、その後ろ姿がこのときますます大きく見えた。そして彼はなにものも恐れずすっくと立っていた。しかし次の瞬間、彼は急に接近してきた爆音にハッとした。彼が濃い髭の伸び放題の顔で振り向くと、敵機の第二編隊が第一編隊の航路に沿って飛来し、すでに高射砲陣地に非常に接近してきている。彼は少しあわてたが、すぐに自分をコントロールした。そして冷静に高い声で叫んだ。

「目標！　後方正面の敵機！　一八〇〇！　連射！」

観測手はもうとっくに例の穴から這い出ていたが、号令を聞くと青蛙が水に飛びこむようなスピードで元の穴に飛びこんだ。それから二秒以内に彼は距離を読み上げた。

「二〇〇〇！――一九〇〇！――」

砲手たちは発狂したように高射砲座のまわりを猛烈に駆けめぐった。

ダーン！　ダーン！　ダーン！　ダーン！……

「一八〇〇！――」

「一六〇〇！――連射！」

ダーン！　ダーン！　ダーン！　ダーン！……

「一七〇〇！――一六〇〇！」

敵機が投下した爆弾の黒点は空中でシューシューファーファーと吠えながら、飛行機の轟音と交じり合って急速に落下してくる。

高射砲長は濃い黒髭の下あごをあげ、頭をしかめて大声で叫んだ。

「落下弾に注意！」

「来るぞ！」

第五砲手は毛むくじゃらの手で落ち着いて仕事をしていたが、前よりもさらに荒々しい目つきでこっそりと上空を睨んだ。

空想好きの第六砲手は現実を遠く越えた所にその思想を結んだ。彼が見ているものは接近してくる敵機ではなく、また一歩一歩近づく危機的な戦闘シーンでもなかった。彼はずっと高く、ずっと深い所を見ていた。そこは宝石が散りばめられ、輝きに満ちていた。細長い脚がペダルを踏みこんだ。十字が敵機を追いかける。それは敵の死の象徴となった。

ダーン！　ダーン！　ダーン！　ダーン！……

砲手たちはみんな自分の定位置に着いて砲撃を続けた。ただ例の観測手だけは気紛れな兎のように、傍《かたわ》らの草むらにさっともぐりこんで、すぐに見えなくなってしまった。遮蔽物の影に隠れてしまったのだ。

ドドーン！　ガーン！……

何発かの爆弾が付近に落ちて、土の混じった火薬の臭いが濃霧のように広がった。それはあたり一面を呑みこんで、青い大空も親しい仲間たちも隠れてしまい、自分の手の色さえもわからなくさせた。砲弾の破片が一つ、高射砲長の頭をピューと掠めた。次の瞬間、彼は何か凶暴なものがぶつかったような気がした。知覚がゆらゆらとして定まらない。

「やられたか！」

彼はこの事態に驚いた。しかし、自分の若さの一切が惜しいとは思わなかったし、少しも悲しくはなかった。そして、静かにこんなことを思った。

これでいいんだ。最初の戦闘で祖国に命を捧げたんだ。ぼくは学生に過ぎないが、中国の軍人の誇りを汚さなかった。ぼくらはその代価を支払ったんだ。ただ……少し高すぎたとしても……

それから間もなく彼は意識を失った。

敵機は依然として頭上を旋回している。隊長が宿舎の入り口に現れた。彼はしばらく苛立ちながら入り口の柱を握っていたが、とうとう我慢できずに飛び出し、すごい勢いで坂を駆け登ってきた。

硝煙はまだとても濃く、黄に混濁して空の色を染め、あたりを朦朧とさせながら広がりつづけている。彼は驚き、そして心配そうにあたりを見回し歩いていった。その顔色は長患いの病人のように、醜いほど真っ青だった。灰色がかった黄色の新しい土が高射砲陣地にかぶさり、かなり遠くまで撒き散らされている。そして折れた砲身が日光を反射し、さまざまな大きさの爆弾の破片の中に横たわっている。

「しまった！」

彼は愕然とした。それから真っすぐに高射砲陣地に駆け寄った。

「ああ、学生たちが……」

　高射砲は完全に破壊されていた。

　彼は地面から白い金属の塊を拾いあげ、優しく撫でてまたそっと元の場所に置いた。そして残酷すぎる光景を憂いに満ちた眼差しで見つめた。蛇のような腸、かぶさった土からぬっと出ている血だらけの腕、直径一〇メートル以上もある重爆撃弾の作った漏斗《ろうと》状の穴。

　悲しみがどうしようもなくこみあげてくる。それは気管に酢を入れられたようなつらさで、この悲しみに彼は息が詰まった。それから烈しい火のような怒りが胸をついて燃え上がった。そして突然、憎しみに黒く光る目で、ぐっと頭をあげた。

　山上の給水塔はやはり巨人のようにすっくと立っていて、かすり傷一つ受けず、戦争の威嚇をはね返していた。この学生たちは任務を成し遂げたのだ。これを見て、彼の苦しみに歪んだ口元からようやくほほ笑みがこぼれた。

　観測手が両腕を突っ張って体を起こし、遮蔽物の陰からもぐり出てきた。彼は今起こったことが信じられず、大きく目を見開いてみんなの姿を探し求めた。そして隊長が坂の上に立っているのを見つけ、親しげに大声で呼びながら走りよってきた。

　生きている人間の姿に隊長の涙はあふれた。隊長は彼の姿に金星を見たのだ。それは夏の日の黄昏に、淡い緑色の空の縁で揺れていた。

　少年のような観測手は、爆死してゆるやかな泥土の中に埋められてしまった級友たちを見つめていた。彼らはほんの少し前まで自分と一緒に息をし、一緒に戦っていたのだ。それなのに今彼らは、血肉でできた真っ赤な蓮の花となって、地面いっぱいに敷きつめられている。高射砲も爆弾で破壊されて変形してしまい、屑鉄を少しばかり残しているだけだ。

彼は何が何だかわからなくなり、気持ちが激しく揺れ動いた。しかしすぐさま、ふつうの子供からは見いだし得ない奇特さと老練さそして冷静さを見せ、逆に隊長を慰めて言った。

「隊長！　なんで泣くんですか。彼らは死によって中国に生をもたらしたんでしょう。だからぼくは、喜ぶべきだと思うんです——とりあえず、生きている人がいないかどうか探しましょうよ……」

隊長は彼の言葉に答えず、涙にむせびながら言った。

「君たちは皆まだ学生じゃないか。教育を受けるために来ていたんで、兵隊じゃなかったんだ……」

「それこそ、ぼくら中国の学生が誇りに思っていることじゃないですか！——」

「しかし、どう考えても、どう考えても残念でならん。君らが卒業したら、少なくとも、一人一人に一小隊分の力があったはずなんだ」

「ぼくは自分の命が惜しいなんて、今まで一度も考えたことはありません。どこにいたにしろ、一人の力は結局一人だけの力じゃないでしょうか」

「それならおまえ、今どうして……」

「ともかく、まず生きている人がいないか探しましょうよ」

敵の飛行機が遠くに飛び去り、空は何事もなかったかのように明るくなってきた。宿舎近くの防空壕に隠れていた学生が、一人また一人と、木立や草むらの中から出てきた。

八人の高射砲手のうち七人が死んだ。第七砲手と第八砲手は崩れ落ちてきた弾薬遮蔽置場の下敷きになり地中深く生き埋めになった。第五砲手と第六砲手は粉々な肉片だけを残していた。それは、鷹や鷲が食べ飽きて山の岩陰に捨てた雉《きじ》の肉のようだった。第四砲手は下あごの飛んだ顔だけになっていた。巨大な漏斗状の穴が十七個、無傷の給水塔を取り囲んでいる。このほか、麓の住宅も何軒か爆撃を受け、瓦礫と化していた。

その日の夕暮れ、何人かが暗い面持ちで入り口の前に集まっていた。しかしいつまでたっても、誰も話をしようとしなかった。そのとき不意に、観測手がきちんとした服装で宿舎から出てきた。それを見て、石に腰掛けていた人がちょうどいい話の糸口だと思い、彼に話しかけた。

「明日はもう使える大砲がなくなっちゃったなあ」

観測手はこの男を睨みつけると、鋭い声で冷淡に言い放った。

「明日だと？　砲はまだ一門残っているけど、そんなこと関係ないさ。奴らなんか石をぶつけてでも落っことしてやるよ。おまえにもやる気があるんなら、地面には腐るほど石ころがあるんだぜ」

ほかの男が口を挟んで聞いた。

「黄九成《ホワンチョウチャン》、おまえどこに行くんだい」
「休みをもらって、従兄のうちに行くのさ」
「へー！　そんなら厳龍《イエンロン》と口喧嘩でもしに行くのか、それとも、愛敬をふり撒いてドロップをせしめにか」
「もちろん奴と口喧嘩しにさ。それにドロップもな」

　鐘玉龍《ツォンユイロン》はすらっとして人の目を引く男だった。彼は群衆の中にいると、雑多な蒙古馬の中に混じった毛並み艶やかな颯爽たるアラブ馬の風格があった。年齢は四十一、二歳、いつも黒い絹の表地で作った駱駝の毛の袍子《パオヅ》〔衣長〕を着ていた。しかし性格と感情は、見かけとは違ってとても優しく気弱で、まるで年老いた婦人のようだった。そして精進料理と読経・黙想の日々を送り、殺生を慎み輪廻を信じて人にも善行を勧めていた。

　その彼が打ち割られた頭蓋を見てしまったのだ。彼は自分が濃霧の中を飛ぶはぐれ鳥になってしまったような感じがした。自分は今未知の恐ろしいものばかりの暗い荒野をあてどもなく彷徨《さまよ》っているのだと思った。

　従来彼は血が嫌いで、蚊が手の甲にとまっても、そっと息を吹きかけて逃がしてやるし、たまたま蚤を捉まえたとしても、地面に放してやるほどだった。そしていつも善良で寛大な満足に心が充たされていて、報復ということの影すらそこには見いだせなかった。「八・一三」戦争〔一九三七〕

年八月一三日第二次上海事変〕が起こったとき、彼はこう考えた。これは仏が昭示《しょうじ》した「刀兵劫《とうへいごう》」で、この世界の十万八千人が遭難する。しかしもし善を為そうとする人が、夜明けに毎日敬虔な気持ちで「心経《しんぎょう》」一巻を唱えれば、これを免れる。そして将来「瘟疫劫《おんえきごう》」と「罡風劫《こうふうごう》」がやってくるが、これはもっと恐ろしいものであると。

だから彼は毎日、庭の青桐に鵲《かささぎ》が第一声をあげるときにすぐ起きて、ちっとも雑欲のない水のように清らかな心で小さな木魚を敲《たた》きながら「心経」十巻を唱えていた。それから昼食後は、手と口を清めて「太上感応篇《たいじょうかんおうへん》」と「文昌帝君陰騭文《ぶんしょうていくんいんしつぶん》」をそれぞれ一回ずつ唱えていた。

今日、彼は寺の集まりから帰ってくるところだった。しかし近ごろの集まりでは、お仲間の人たちの敬虔さがなにか味の薄いものになっていた。この集まりにやってくる人も日に日に少なくなった。集まってきた少数の人たちでさえこそこそと心配ばかりして、仏の御加護を信じていないように見え、不思議でならなかった。この人たちを支配しているのは仏ではなく、戦争と生死であるように思えた。革命が突然起きて戦争が仏の宝座を奪い取ったのだ。そして戦争の前に運命を従わせ、震えあがらせて六丈の金身から光を奪い闇に閉ざしてしまった。お仲間の人たちが集まりにやってくるのは一種の習慣に過ぎず、仏にまだ少しばかりの威力や慈悲が残っているかもしれないという、一種の希望があったからに過ぎない。

緊急警報が彼を、とある袋小路の中に閉じこめた。疾風がサーッという音をたてて吹き起こった。それから急に爆撃音がすぐそばに響き、飛び上がるほど地面を震動させた。爆撃の度に家々の戸がギィーと開きそしてバタンと閉まった。空では黒い煙が猛烈な勢いで広がっていき、遠くの白い雲をおおってしまった。彼は塀の下にうずくまり、「阿弥陀仏！　阿弥陀仏！……」と心の中で唱えていた。

突然、巨大な爆音が起こった。それは雷のように荒々しく、煉瓦の崩れ落ちる音やその他おびただしい音を入り混じらせていて、まるで自分のすぐわきが爆撃されたような気がした。

彼は完全に怯えきってしまった。そして恐ろしさのあまり地面の枯草を握りしめたが、握った掌《てのひら》はひ弱な冷汗に濡れ、少し目まいもするようだった。今までこんなに大きな恐ろしい音を聞いたことがなかったのだ。これこそ「天、東南に陥れ、地、西北に傾く」ということではないか。

このときふと、人喰いで有名な銀角大王の顔がうかんだ。そして、今まさに自分は銀角大王につまみあげられ、その真っ赤な口に呑みこまれる寸前なのだと思った。自分の目の前に、恐ろしげに笑い狂う銀角の大きな口が迫っているのだ。彼は落ちかかった枯れ葉のように震えが止まらなかった。それでも一心に仏の名を唱えてみたが、酒に酔ったみたいに口がまわらず、まともな言葉が出てこない。彼は今はじめて寺のお仲間の気持ちがわかった。彼らがなぜ出がらしの茶の葉みたいに信心を薄めてしまったか、いつからこんなふうになってしまったかということが彼にはよく理解できたのだ。これは戦争が原因で、その勃発からこういうことが始まったのはもちろんだが、今、その理由が身に染みてわかったのである。

しかし、こんなことを考えているうちに自分の信心が再び呼び覚まされ、今度はそれに震えあがってしまった。こんなふうに思っているのは邪気に取り憑かれたせいではないか。これは仏に対するもっとも汚らわしい冒瀆ではないか。

彼はただちに自分を厳しく責め立てた。しかし心が悩み乱れてひどく苦しかった。そこで、手で腿を力いっぱいつねって、心が明月のように澄みわたり、晴天の理知が戻るべく努めてみた。彼は一切の邪念を心底から追い払いたかった。そして深く後悔して、これこそいわゆる「六賊、弥陀に戯れる」ということなのだろうかと恐れた。

敵機が三機、続いて六機、頭上を飛んでいった。飛行機が真上で唸りをあげたとき、彼は耳鳴りがしているのかと思った。遠くに秋の虫の声も聞こえている。

こうして彼が痛苦と恐怖と後悔に心を掻き乱されていると、ふいに、一人の男が狂ったように走ってきた。男は息も絶え絶えに苦しそうな手振りをしながら何か言おうとしている。だがアウアウアウと言うだけで、まともな話ができず、ただもどかしそうに路地の入り口のほうを指差している。

彼は地面から半分体を起こし、男の大理石のように真っ白な顔を呆然として見つめた。男の眼は失神せんばかりに動顚《どうてん》して定まらず、髪の毛は灰と埃をかぶり、衣服は黒く汚れていた。

少したつと彼はうずくまり、だんだん落ち着きを取り戻して、顔色にも赤みがさしてきた。それからようやく、向こうの建物が爆撃で倒れて人が壁の下敷きになっているから、一緒に助けに行ってくれないかということを話した。

鐘玉龍《ツァンユイロン》は頰をピクリとさせて苦笑した。そんなこと、今の自分には、無理に決まっている。仏弟子の論で言えばいわゆる「慈航普渡《じこうふど》」ということで、身を捨てて世を救わなければならない。人を救うために、仏も「我地獄に入らざれば、誰か地獄に入らん」と教えている。しかし彼は自分が一種の欠陥人間であることをよく知っていた。血を見ることが絶対にできないのである。うっかり自分の指を針で刺しただけでも震えあがってしまうのに、血まみれの所に行って人を救うなんて、とうていできる相談ではない。

「あのう」

彼はきまり悪そうに一言だけ返事をした。

「私は、私は力がないんです」

「大丈夫ですよ。何も力なんていりはしない。手伝ってくれますよね」

「いや、私は病気なんです」

彼は恥ずかしそうに言い訳した。もちろんこれは嘘で、言ってからやましい気持ちになった。

「大丈夫ですったら、ほんとうに。さあ、善行を積むことなんですよ」

「ああ、私は、……阿弥陀仏！　罪深い！」

彼らは言い争った。しかし最後には結局この男について路地の入り口のほうに向かった。

彼がいつも男から遅れるので、男は何度も前のほうで立ち止まったり、振り返って彼のほうを見つめたりした。それはまるで刑場に曳かれていく死刑囚のようで、故意に引き延ばしているかのごとく見えた。

そこは、一つの壁全体が破壊され大きな穴になっていた。そこにうず高く積み上げられた小山は、粉砕されたさまざまなものや、石灰質の黒や白い色のものの雑多な堆積だった。幾重にも折り重なった白骨と破片、壊れた煉瓦……。散らばったたるきや柱の間から、切断された樹木が突き出ている。奇妙な臭気が猛烈に鼻をつく。蓮の花をあしらった水瓶《みずがめ》がばらばらに割られ、そこらじゅう水浸しにしている。瓶はこまかなオレンジ色の破片となって散らばっている。

ここは小さな庭だったらしく、爆撃されなかった所は、不ぞろいの鳳仙花がまだ残っていた。小綺麗な庭石もいくつか見えた。ここには防空壕が掘ってあったが、爆撃されたとき地雷弾がその左側に落ち、庭の築山全部を防空壕の中に吹き飛ばしてしまったのだ。

彼はすぐさま、栗色の上着を着た人がそこに倒れているのを発見した。この人は下半身が土に埋まっていて、まるで川から釣り上げられてそのままにされた魚のように、力なく息をしている。この人を引っ張りださなければならない。

鐘玉龍《ツァンユイロン》はどうしていいかわからなくて、捕まえられたこそ泥みたいに、この場から逃げることばかり考えていた。しかしやはり仕方なく無条件に男の指揮に服従した。

二人はそれぞれ埋まっている人の腕を一本ずつ持って引き上げた。すると急にその人は大きく目を見開いて泣き叫んだ。その声は痛々しく、そのうえ驚きに満ちていた。

「足が！　俺の足が！……」

泣き叫ぶ声はこの世のものとは思えぬほどだ。それはうす黒い大きな杉にとまった梟《ふくろう》が深夜の暗闇に泣く声を思わせ、寒々としたものが体の奥底を吹き抜け、ざわざわと鳥肌がたった。

彼は身震いし、あわてて仏の名を唱えた。しかしこの作業はそれほど難しくはなかった。やってみるとあっけなく土の中から引き上げられたし、足も無傷に見えた。

それでもこの埋まっていた人は泣き叫ぶので、少し小高い所に彼を寝かせてみた。だが、彼はやはりいらだちながら、泣き叫ぶ。

「足が！　俺の足が！……」

男はうずくまって、おだやかに彼を慰めた。しかし、その声はいくぶん弱々しく途切れがちだった。

「鶴卿《フェチン》！　君の足は何ともないよ。鶴卿！　足は何ともないんだよ。自分で見てみなよ」

「俺の、俺の足は日本の馬鹿野郎にやられちまったんだ！　ち、ちくしょうめ！　ウゥ、ウゥ、ウゥ……」

近くをまた敵機が爆撃し、建物の倒壊する音が響いた。

鐘玉龍はぞっとして、やはりうずくまり、それから優しく慰めるように話した。

「あなたの、あなたの足はあります、ありますとも、……阿弥陀仏！」

「嘘だ！」

埋っていた人は首を振った。そして真っ赤な顔になり、指を突きつけて怒った。

「どこだって！　俺をだまして何になるって言うんだ。俺の足がどこにあるんだよう！　ウゥ、ウゥ、ウゥ、クッ、クッ、クッ、……」

鐘玉龍《ツァンユイロン》はまた怯えてしまった。そしてあたりをもう一度よく見まわしてみた。よく見てみると、この人の言うとおり、切断された血まみれの足が草地に転がっていたのだ。

さきほどの男がその切断された足を拾ってきてぼんやりと見ている。

「俺の！　俺の足だ！……」

鐘玉龍は酒を飲みすぎたように全身から力が抜け、倒れそうになった。彼は両手で目をおおった。そして心の中でこの惨劇に叫ばずにはいられなかった。天よ！　おまえはこれを正視できるのか、まともな目を持っているのか、仏にまだ魂があるというのか！

しかし、男はこの埋められていた人をなんとか慰めると、また彼を呼んだ。二人は破壊された壁を乗り越えて、細い竹のまがきのある中庭に出た。そこに一人の女の人が横たわっていた。血で汚れた胸がはだけて、床一面に血が流れている。衣服も赤く、陽の光に照らされて国旗のように燃えている。そして、一歳ぐらいの子供が女の体の上に腹ばいになり、手をばたばたさせて母親の胸をうちながら乳首を吸っている。女の人は右手を弱々しく少しあげたが、すぐに力なくおろしてしまった。

鐘玉龍はこの光景を見たとたん、そこに立ちすくんでしまった。もはや自分を支える勇気がなかった。そして目の前が真っ暗になり、苦痛で気を失いそうになりながら大声で叫んだ。

「この世に仏なんかいない！　ああ、なんと罪深い！……私には日本をやっつけられないのか、ああ、阿弥陀仏よ、どうやって日本をやっつけたらいいんだ、こんな、こんな有様なんて見たくない！　それより、俺を、俺を死なせてくれえ！」

男は彼の様子に驚き、とまどいながら戻ってきた。彼は神経を落ち着かせるためにしばらく目をつぶっていたが、また目を開け、手を振って軽く言った。

「行きましょう。何でもありません」

男は屈みこんで子供をそっと抱きあげた。子供が乳房から離れると、母親ははっきりと目を開け、疑わしげに彼らを見つめて、また手をあげようとした。しかし女にはまったく力がなく、その動作はひどく緩慢で、腕もほんの少ししか動かなかった。それから何かはっきりしない声が口からもれた。

「安心しなさい」

男がわざと楽天的に、瀕死の女に語りかけた。

「子供は大丈夫ですよ」

「ああ、良かった」

急にはっきりとこの一言を言うと、次には絶え絶えになりながら、

「大きくなったら……忘れないでね……母ちゃんは……日本に」

と、言葉を吐き出すように続けた。それから、出血した唇に微笑みを浮かべて満足そうにうなず

いたが、突然両足をものすごい力で伸ばしたかと思うと、目つきがぼんやりとなっていき、首が力なくがくりと曲がった。女は死んだ。

「俺はもう、生きていたくない、死んだほうがましだ……」

鐘玉龍《ツァンユイロン》はしきりにつぶやいた。彼の血は熱湯と化した。それは煮えたぎり、泡立ち、もはや冷静にさせることは不可能だった。

彼は自分の痩せ衰えた母親を思い出した。母は彼が八歳のとき世を去った。あの深夜の死の床で手を取り合って涙にくれた光景が、このとき目の前に現れたのだ。この光景は心の奥底に深く刻まれ、身を裂かれる思いでいつもはっきりと甦るものだった。そしてどうしても忘れられなかった。

彼の前のこの、もうすでに死んでしまった女、この若い母親と不幸な何もわからない赤ん坊に対し、忘れられない思い出が深い同情の気持ちを掻きたてた。彼らの間には言葉にならない共通のものが生まれていた。

彼はもう気が狂いそうだった。そして大声で叫びたかった。地にひざまずき天の犯した罪を責めずにはいられなかった。この世界は、この暴虐に苦しむ世界は、仏の御心によって創られたのではなかったか。残忍な日本の飛行機は仏の掌から生死をつかさどる大権を奪ってしまったのか。そして日本人が中国人より善良で穏健だからといって、仏は千災百劫の罪を中国人にだけ下したもうたのか。それもこの年若い母親やかわいらしい無那気な子供までも容赦せずに。

しかしあの男はまた彼を呼ぶのだった。彼らは破壊された煉瓦の山をよじ登った。子供は男に抱えられていた。彼は夢の中にいるかのようにふらふらと、恐怖に震えながら登った。

そうしているうちに、彼らはまた目撃したのだった。そこには壁が一面だけ完全な姿で切り立っていた。壁は孤立していた。そのまわりはすべて、木切れ、泥土、灰、煉瓦、戸や窓枠等からなる廃物だった。そしてその外側に、柱が折れて瓦が崩れ落ちた離れがぽつんと残っていた。ここには四、五人の人が爆撃を避けて逃げこんでいた。中年の女の血の気の失せた青白い顔が閂《かんぬき》のかかっていない戸の隙間から見えた。その顔は天井を通して空を見上げていた。軒下には半分吹き飛ばされた頭がころがっている。

突然、敵機が三機、真上に飛来して、強風を地上にたたきつけた。

次の瞬間、彼がまだ訝《いぶか》しさも恐ろしさも感じないうちに、爆弾がドーンという音とともに投下され、ちょうどこの天井に命中した。そしてあたり一面まったくの暗闇となり、鼻をつく硝煙と灰燼《かいじん》に包まれた。壁はバタッという音とともに完全に倒壊した。子供が一人泣き叫んでいる。破片、煉瓦や泥土などが空中に舞い上がり飛び交っている。

何か柔らかいものが鐘玉龍の口の中に飛びこんできて、危うく喉を詰まらせるところだった。

「なんだこれは?」

彼は意識がまだ幾分はっきりしていた。そして毎朝硬い痰を吐き出すのと同じように、それを吐き出した。

右の掌に受けて、このわけのわからないものに目を近づけてみると、それはまるで熱しきった水蜜桃の嚙みとられたかけらのようで、生々しいほど赤く、グチャグチャしている。彼はさらにしっかりこれを見つめた、――なんと、これは肉片ではないか！

彼は蠍《さそり》に触ったように、反射的にそれを投げ捨てたが、その手は罪の意識に縮まった。それからすぐに嘔吐した。腹の底から猛烈な力をもった嫌悪感が、怒った雄牛のように外へ外へと突進してくる。その力はポケットを裏返すように、彼の臓腑を完全に引っくり返そうとしていた。

彼は目を見張り、太った頰と唇をふくらましてはへこませた。そして空を仰ぎ、不実な親友を責めるような口調で、悲痛な声を張り上げた。

「私は、私は、――今まで一度も、――一匹、――たった一匹も、蟻もバッタも踏み殺したことはない！　私は、今まで一度も、――豚も、――鮒も、――一口だって食べたことはないんだ！　それなのに、――私が、今日食った、食った、食ったのは人肉だ！　人肉だ！　ジン――ニク！――」

彼はワアーッと叫ぶと走りだした。そして怯えきって瓦礫の堆積に突き進み、幾度も転びながらそれを乗り越えて、路地から飛び出した。それから爆撃の続いている大通りをまるで旋風のようなすごい勢いで走り回った。

鐘玉龍《ツァンユイロン》は狂ったのだ。

解除警報を聞くと、厳龍《イエンロン》は気分が軽くなって、暗い地下室から表に出た。急に明るい世界に出たので目がくらんでいたが、口笛を吹きながら歩いていった。メロディは「パリよ、さようなら」である。続いて彼は指折り数えて自分に言い聞かせた。

「第一に、被災地を視察する。第二に、家に帰って様子を見てくる。第三に、それからまた……」

ここで彼は急にため息をつき、

「ああ、今日また、かなりの人が晩飯を食えなくなったんだろうなあ」

と、つぶやいた。

彼は小隊長室に行き、ドアの厚いカーテンをはね開けたが、そこはもはやお気にいりの配置を完全に乱していた。テーブルは埃が拭かれていないし、林檎の位置が動いてしまって、美しい角度ではなくなっていて、お茶は冷め、煙草の缶の蓋はきちんと閉まっていなかった。

彼は顔を真っ赤にして怒り、上にあるあらゆるものを震わすほどの力でテーブルを叩き、怒鳴った。

「当番兵！　当番兵！――」

当番兵は表で返事をすると、ただちに走ってきて、田舎丸出しのぼんやりとした表情で彼の前に不動の姿勢をとった。

彼は当番兵の顔を指差し、叱り飛ばした。

「犬を飼っていたら、見張りをしてくれるし、牛を飼っていたら、畑を耕してくれる。豚でさえ、肉を食わしてくれるんだ。それなのにお前はいったいなんだ！　俺に養ってもらっているのに何一つできないじゃないか！」

それからまた大声で命令を下した。

「早く洗面器に水を汲んでこないか！　出ていけ！」

人を罵ると、気分は爽快になった。そこで煙草に火をつけ、一口吸った。そしてまた口笛を吹きながら、当番兵が洗面器を持ってくるのを待った。

それから服を着替えた。上等な羅紗《らしゃ》の乗馬用軍服である。これを着ると、腰が繊細な曲線を描き、彼を瀟洒《しょうしゃ》に見せた。すべてがきれいにアイロンをかけられており、まるで第二の肌のようにぴったりと合っていた。そして髪の毛を艶《つや》やかにすき整えて、縁がやや左に曲がった空軍式の軍帽をかぶった。最上の油で磨き上げたばかりの柔らかな乗馬靴を履くと、かぐわしい香りが漂った。この靴は革のすみずみまで、明月に照らされた湖のさざ波のように優雅な黒い光をたたえていた。そのあと、小粋な短剣と小さな赤いハンカチーフを着けた。するといっそう雄々しく見えた。こういう自分の姿にすっかり満足し、これも自分と同じように磨き上げた自転車を、ゆったりと引きながら彼は出かけた。

彼は見事なハンサムぶりで外へ出たのだが、戦争の影はたちまち彼を暗くおおった。人々は慌ただしく街を行き交い、街路樹の枯葉が風に吹かれて通りを掃いていく。そして、遠くの空は埃っぽく黄色に曇っていた。

目の前を、血や肉でわけのわからなくなった死体を満載して、タイヤの六本ある大型トラックが、カブト虫のようにのろのろと這っていった。消防自動車が三台、緊迫した鐘を打ち鳴らしながら、一団となり全速力で走りぬけて埃を巻きあげた。首から上を包帯で巻かれて目が一つだけ黒く覗いている人が、担架で運ばれていった。路地は壊れた古い塵箱と化し、誰かがあちこちを掘り返している。大通りは爆撃で大きな穴が開けられて地下の水道管が見えていた。電柱が真ん中で二つに折れ、通りを塞いでいて、通りかかった人力車が大回りしている。電線は雑然と道いっぱいにばらまかれていた。

厳龍《イエンロン》はまず、新街口に行った。爆撃された大華戯劇院を見ておきたかったのだ。彼は無二の親友が爆撃で殺されたような気持ちになり、痛苦と憤怒に震えた。

大華戯劇院は、優雅壮麗な貴族的雰囲気の感じられる首都の最高の劇場だった。この劇場の四本の深紅の柱は人々を神話の宮殿の中に入りこんだような気分にさせた。そして青と緑によってさまざまな図案が天井いっぱいに描かれていて、春の森の中を歩いているような心地よさを人々に与えていた。精緻な金のラインが施された蜂蜜色のフロアーは、滑らかに輝くほど磨かれていた。あるとき、大股でその上を歩いていて、滑って転びそうになり、黄色の絹のドレスを着た女の人にぶつかったことがあった。ここでもっともふさわしいのは女の人とフォックス・トロットなどを踊ることであって、スケートになってしまったのでは粗野すぎる。このことがあって、彼は少しこのフロアーが嫌いになった。十分間の休憩のときは、いつも春草のような絨毯が敷かれた休憩室の長いソファーに座って、煙草を一本吸っていたものだった。この四つの壁には高級な織物が静かに掛けられていて、俗世間の塵埃《じんあい》や喧《かまびす》しい物音を遮っていたし、七色の照明は疲れた目にとても優しく、瞳の収縮と拡大に調和して神秘的な夢心地を味わわせてくれた。それに冷暖房設備も整っていたので、ここではいつも春だった。

まだ何事もなかったころ、出しものが変わるたびに彼は見にきた。新妻を連れて見にきたことも二度あった。そして戦争が始まっても、爆撃の危険を冒していつものように見にきていたのだ。

彼は心の虚しさに耐えられなかった。それはまるで亀裂の入った畑に播かれた種が、ただ干からびてしまうのを待っているような思いだった。「僕はすでに、日本帝国主義を打倒する聖なる戦いの前線に立っているのだ」というような話は彼もしたことがあったが、心の底では、戦争の血に耐えて寂しさを紛らわすための刺激をつねに必要としていた。それに彼自身こんなことも言っていた。「僕は君たちの言うプチブルジョワなんだ。そんなこと自分でわかっているさ」

まわりの人々を見ると、あるものは嘆き、あるものは議論し、あるものは指差し、そしてあるものはただ彷徨っていた。彼は自転車を曳いた、この行き交うひどい人込みの中に立った。長衣を着た人が何事か嘆き、あらぬ方向を見ているうちに彼の背中にぶつかった。どこかの労働者が足を自転車の車輪にひっかけられて転びそうになり、彼と憎々しげににらみ合った。

なにもかも変わったのだ。珊瑚樹のような深紅の柱はもうない。高級な西洋の織物ももうない。

金色の曲線で縁取りされた青と緑の図案もない。艶《あで》やかなドリス・デイも、上品なアンナ・クリスティも、雄壮なニーベルンゲンも、滑稽なチャップリンも、みんないなくなってしまった。すべて無用のものに変わった。一文の値打ちもないおびただしい塵に変わってしまったのだ。

地下室の電話でこのような知らせはわかっていたのだが、実際にこの乱雑な廃墟を目にすると、かえって信じられない思いがした。そしてこれは悪夢ではないかと思った。いや、悪夢であってほしいと思った。しかし、不幸にも、この輝く太陽に照らされた恐るべき光景は現実であり、彼には否認することができなかったし、この状況を変える能力もなかった。彼にとってこのことは棒で一撃されたのと同じことで、あまりにも痛々しい打撃だった。そして大軍の統率者が突然全軍壊滅の知らせを手にしたときのように、手足に力が入らず、泣くべきか怒るべきか判断ができなかった。

実際彼は泣きもしなかったし、怒りもしなかった。ただまったくなすすべがなく、虚しさにとらわれて、気持ちを奮い立たせることができなかったのだ。

これからはどこで映画を見たらいいのだろう、いや、映画を見られる日がまだあるのだろうか、自分には何ができるのだろうか、何をしなければならないのだろうか。こういうことを考えながら、彼はどうしたらいいかわからず、棒切れのようにそこに立ち尽くした。

しかし、しばらくして彼の顔はかっと赤くなってきた。それはただちに耳元まで伝わり、うなじまでも薄く赤みを帯びた。そして呪詛の叫びが彼の口からほとばしった。

「馬鹿野郎！　ちくしょうどもめ！　ここは軍事機関なんかじゃないぞ、ここが軍事機関に見えるというのか？　おまえらに軍事機関を爆撃できるわけがないじゃないか！　おまえら、いったいなんのために、ここを爆撃したんだ？――ほんとに頭に来るぜ！　おまえら、明日もういっぺん来てみろ、俺だって高射砲で撃ち落としてやるからな！」

言うまでもなく、高射砲などなかったし、かりに彼に高射砲を渡したとしても、どうやって使ったらいいかわからなかった。

彼は神経を冒されたもののように、突然がっくりと頭《こうべ》を垂れたが、また急に怒った羊のような勢いで自転車を走らせて群衆の中に突っ込んでいった。大華戯劇院に未練が残っていたのだ。それは最愛の妻を葬った人の未練と同じであったと言っていい。しかし二時間後には、大華戯劇院はまったく忘れ去られていた。

大行宮に着いたとき、また自転車を降りなければならなかった。戦争の前、太平路はいちばんにぎやかな大通りだった。流線型の自動車、痩せた馬の曳く馬車、ご婦人方、林檎を食べながら歩く小学生、ボロをまとって震える乞食など、あらゆる種類の人々がみな自由に行き来していた。彼も暇なときには、妻と一緒によくここを散歩した。べつに買物をするというわけではなく街角から街角へと歩いていくと、ラジオが同じ小唄を流していたりして、どんな文句も聞き漏らさなかったし、それなりに風流な気分にひたることもできた。午後も七、八時ごろになるとネオンの広告に灯がついて春の花園のようになる。そしてすべてがいっそう鮮やかに映え、女の人たちもぐっと増えてくる。

彼の好みはこの大通りとぴったりと一致していた。そればかりでなく、日常生活のすべてがここから離れられなかった。徳復興のアヒルの臓物、チョコレート、マンゴー、国泰の口紅、白檀香、ネクタイ、ウール製品、タオルケット、ステンレスナイフ、安楽酒家の朝のお茶とお菓子、こういうものがみな、彼にとっては毎日の必需品だったのだ。

いま、この大通りがまさに地獄と化している。死人、血、砕けた坂、瓦礫、曲がった鉄柱、変形した鉄の扉、後足のない三毛描、電線、これら恐怖と痛苦に満ちたものが、この大通りのすべてだった。建物の並びが一列完全にふっ飛んでいた。乗用車が一台灰と鉄骨を残して真っ黒に焼かれている。そして路面は裂け、上海銀行近くでは、焼け残った木からまだ激しく煙が噴きでていた。

誰かが消防隊員に担ぎだされてきた。その男は完全に気を失っていて、体が藤蔓《ふじづる》のようにぐにゃりとし、力なく落ちた頭が棚からこぼれた南瓜《かぼちゃ》を思わせた。額は泥でべとべとになっている。救急隊員が男を道路に寝かせた。ちょび髭の若い医師が屈みこんで手を握りながら、ゆっくりと人工呼吸を施す。やがて男は気がつき、目を開けてゆっくりと、自分を囲んでいる人々を不思議そうに眺めた。それから突然、上半身を起こして黒く汚れた手を見つめて零えだし、また弱々しく横たわった。そして断末魔のような叫び声をあげた。

「血だ！——」

しかしその手には血などまったく付いていなかった。ただ泥で濡れていただけだった。

「血ではありませんよ」

と、誰かが教えた。

血でないということを聞いて、男はすぐに嬉しそうに目を開けて口元に影のような微笑《ほほえ》みを浮かべた。しかしそれはまたすぐに冷たく消え失せた。もう一度額を撫でてみて、やはり血のように思えたからだ。恐怖の冷たい光がその瞳を貫いた。この男の急変は、まるで湖水が風に吹かれていっせいに小波が立ったようだった。

「血！　血だ！――」

男の声はふいにかぼそく消えてしまった。そしてぐったりとなって、目を閉じた。

看護婦がにこにこ笑って真っ白な脱脂綿を取り、額の泥を拭いてやろうとしたが、体に触れられたとたん、男は機敏に目を開けてぶるぶる震える両手で処置を拒んだ。そしてまた痛そうに、「血だ！」と叫ぶのだった。

これを見て看護婦はおかしそうに笑いだした。その口元からはきれいな白い歯がこぼれていた。彼女はそっと別な脱脂綿をちぎると、素早く男の額から、泥を拭き取って見せた。

「ほら、これが血かどうかよくご覧なさい。泥ですわ」

「泥だって？　どこに泥が？……」

男は信じなかったが大きく目を見張り、医師に支えられながらまた起きあがった。そしてようやく、それが泥だということを納得した。それから大きく一回深呼吸をして、安心して横になった。まわりの人々もみんな笑いだした。

男はというと、すっかり満足したのだが、何となく決まり悪そうに看護婦の処置をおとなしく受けていた。びっくりして気が動顚したのだろうと、医師は首をふりながらみんなに言った。

厳龍《イエンロン》も釣られて笑った。看護婦の笑い顔、赤い唇と白い歯を見て、開いたばかりの赤い朝顔や白い芙蓉のつぼみが脳裏に浮かんだ。それほど彼は、そこに一種の美しさを感じていたのだ。しかしすぐさま、これは火山の噴火口で大騒ぎして踊り狂っているようなものだと考え、自分自身を戒めた。そして自転車を押して人々の間を掻き分け、足にまとわりつく雑多なものを踏みつけ、進んでいった。

彼は歩きながら考えた。

このように爆撃することにどんな軍事的な目的があるというのだろう。これによって中国の戦闘力をどれだけ破壊したことになるのだろう。こういうふうにすれば中国人を怯えさせることができると思っているのだろうか。それとも中国人皆殺しを考えているのだろうか。

しかし、これは一種の恐怖をつくり上げているだけに過ぎず、他にはなにも効果がない。そしてこれは、一種の原始的な残酷性の表現に過ぎず、他にはどんな結果も生んでいないのだ。それに、今まで十数回も爆撃されていながら、中国は天皇に対して膝を屈していないし、これからも膝を屈するはずがない。青天白日旗は依然として高々とひるがえっているではないか。

爆撃のとき、市民たちが恐れ苦しむのは言うまでもないことだが、爆音が消えるとこの恐怖を苦痛も消えてしまう。漏斗《ろうと》状の砲弾の穴が平らに埋められると、心の虚しさも一緒に埋められてしまう。流された血が洗われると、敵に対する恨みの借りを少し付け加えただけで、通りは元どおりに戻ってしまうのだ。しかも廃墟には新しい煉瓦が積まれはじめ、新しい微笑みが人々の顔に輝き、新しい戦闘が絶えず準備されて隊伍は発展していくのだ。だとすれば、こんな爆撃にいったいどのような効果が期待できると言うのだろう。

自分自身について言ってもこのことは間違いない。彼はもともと紳士的な軍人で、戦争を嫌い、爆撃を恐れていた。しかしこのような爆撃が彼を変え、今では以前とは少し違っていた。いや、ある意味では、はっきり大きく変わったと言っても、過言ではないぐらいになってしまったではないか。

彼は戦いたかった。日本に対しはっきりとした回答を与えたかった。そして屈伏よりも死を選んだ。もし爆撃機が一機あれば、彼は東京まで飛んでいきたかったし、土肥原賢二や荒木貞夫らを捕虜にできたら、狂犬のように嚙みついたに違いない。

こんなことを考えているときに、彼はうっかり人にぶつかってしまった。しかし謝らないばかりか、逆に相手に食ってかかった。

「てめえの背中に目が付いてねえからって、他人様《ひとさま》にぶつかるんじゃねえ！」

泰山公司製の煉瓦の山ときらきら光るガラスの破片が彼の行く手を遮《さえぎ》った。あの頃はいつもここを通るたびに、さまざまな色の花を入れた楕円形の籠を見かけたものだと思いだした。そこには四季それぞれに特有のものが入れてあり、春には椿、はまなす、夏には木香《もっこう》、宵待草、秋には木犀《もくせい》、菊、雛芥子《ひなげし》、葉鶏頭《はげいとう》、そして冬には、南京梅などが見られた。それから、つぎつぎと咲く薔薇、斑の葉を付けた温室栽培の海棠《かいどう》、そして西洋種のダリア、チューリップ、アラセイトウなどもあった。

ここを通りかかるたびに、彼は花を何本か買うことにしていた。真っ赤な椿の花をコーヒー色の背広の胸に挿すととても素敵だったし、深紅のネクタイにジャスミンの花をあしらうのもなかなかのものだった。それに花を買わないとしても、豊かで濃い香気を胸いっぱいに吸いこむだけでも結構な気分になれた。しかも花を買うときには、いつも若い売り子の水晶のような瞳から葡萄の果汁を思わせる視線が注がれていたし、代金を渡したり釣りを受け取ったりするときに、その小さな柔らかい手を握ることだってできた。

だが今、彼の目にしているのは花でも売り子でもない。花は、売り子は、どこへ消えてしまったのだろう。

「日本が仕掛けているからこそ、戦争は罪悪と言えるんだ」

彼は爆撃で破壊された建築物を見渡しながら、こう言った。

「ちびの黄九成《ホワンチョウチャン》が言うことももっともだ。日本がやっている戦争の目標は中国の民衆ばかりで、軍隊ではないんだ――」

それから彼は、またぶつぶつとつぶやき続けた。

「日本は花がわかっていない、花がどんなに人間を理解しているかわかっていない。だから、大和魂などというものはこんなに野蛮で反文化的なんだ……」

そのあとまたいくつかの所を歩き回った。

中央医院は瓦礫の荒れた丘と化し、病人七十数人と三人の負傷兵が殺された。保健所は焼かれて、外側だけがぽっかりと残っていた。

彼が目にしたなかでもっとも恐ろしい光景は、あるスラム街の惨状だった。そこの壁一面に点々と付着していたのは、すべて爆撃で吹き飛んだ人の肉片だった。それは芸術家の描く「桃の林に、春、馬を試す」という図案そのものだ。赤や紫の色をした腸が、葉をすっかり落とした木の枝にひっ掛かっている。そこはちょうど高くも低くもない位置で、故意にその姿を見せびらかしているかのように見えた。家の軒の上まで飛ばされた子供の首が一つ、やり場のない怒りをこめ太陽を睨みつけている。そして、判別のつかなくなった血や肉のかけら、もぎ取られた腕、側頭部の髪の毛と皮膚だけが付着している耳たぶなどが、あちこちにぽつぽつと散らばっている。

掘り返している人たち、埋めている人たち、片付けている人たち、泣いている人たち、夫や子供を探している女たち、言葉もなく腕組みし立ち尽くしている人たち。毛の抜けた犬が、錆付いた鉄板の上で何かにむしゃぶりついていた。

戦争の前、彼はここに住む人々に一種の嫌悪感を抱いていた。この人たちは道端で大便をし、緑色に濁った水で米を研ぎ、蝿の飛び交う中で変質したものを食べていたからだ。彼らの生活がまるで虫けらのようだったからだ。こういう生活は人間のものとは言えず、人間に対する侮辱でさえあった。

しかし嫌悪の反面一種の同情も感じていた。彼らのことをずいぶん考えたことがあったのだ。このようにして暮らしていくのは何の意義もなくおもしろくもないはずだ。それなのに、彼らはなぜ、やってこられたのだろう。そして、今後どうやって生きていくのだろう。だが、彼らの生活がどのようなものであるのかはどうしてもわからなかった。こんなにひどい暮らしをしても生きていかねばならぬぐらいなら、いっそのこと死んでしまったほうがましだと、はっきりと口に出したこともあった。自分の手に絶対の権限があれば、ある種の法令を作ってこの人たちを殺してしまう。これは自分がこの人たちを深く哀れんでいるからこそだと彼は言ったのである。

しかし今日、この惨状を目撃した彼には、以前の考えはまったく起こらなかった。厳龍《イエンロン》はどす黒いボロ布をかぶせただけの血まみれの死体の側に立ちつくし、ただただ震えているばかりだった。

これ以上見つづけることはできなかった。これ以上の衝撃に耐えることはできなかった。こうして逃げ帰るように自宅に戻った。

厳龍は回転椅子に座り、深い思いに沈みこんでいた。西日が低く射している。何とも寂しい気持ちだった。ベッドに掛けられた妻の写真はにこやかに微笑んでいる。半月前までは、彼女はここにいたのだ。消え残った女の香りがまだ部屋に漂っている。爆撃が情け容赦なく二人を隔てて、今彼女は遙か安慶にいる。あそこも爆撃の目標だから、少しも安心できないのだが。あの頃は家に帰ってくるとすぐに笑い声があり、言い尽くせない話があった。しかし今の彼は、あごに手をやり髭を剃るべきかどうか考えるような、単なる孤独な青年に過ぎない。

彼の頭の中で、あのもぎ取られた銀色のハイヒールを履いた足やら、被災地区を「視察」した印象やら、そのほかあらゆるものがすべて繋げられ、彼をいっそう苦しめた。もうこれ以上寂しさや血の衝撃に耐えられそうもなかった。

煙草を吸おうと思ったが、マッチが折れた。そして次のマッチも折れた。癇癪《かんしゃく》を起こした彼は、マッチ一箱全部をエナメルの痰壺に憎々しげに投げ捨てた。

ドアがノックされた。客は背のあまり高くない、二十五歳ぐらいの湖南人である。広い額で目つきが鋭く、薄い唇は厳しく閉じられていた。着ているのは乙種の羅紗の軍服で、歩兵少尉の襟章と認識票を付けており、歩き方は重々しく、しっかりとした姿勢をとっていた。

「おう、君か！」

厳　龍《イエンロン》は嬉しそうに叫んだ。苛立たしく寂しい思いはどこかに消えて、こわばった暗い表情がたちまち明るく穏やかになった。二人は手を握り合った。彼は客が腰の革ベルトを緩めて座るのを待ちきれず、手振りを交えながら興奮して、心に欝屈した思いを語りはじめた。

「今日はずいぶんひどくやられちゃったぞ！　君はまだ見ていないのかい。大華戯劇院、あの何十万元もするやつ、まったく惜しい！」

「そんなもののどこが惜しいんだ」

客は革ベルトを薄紅の色をした枕に放り投げて、彼のほうに振り向きざま冷たく言い放った。

「なんで、そんなふうに言うんだ！」

彼は負けずに叫んだ。

「中国にこんな劇場がいくつあると思っている——金のことはいいとしても、娯楽、いや、文化については……」

客は手を振りながら、彼の話を遮ってこう言った。

「今はもう、娯楽も文化も問題じゃないんだ。戦争なんだぞ」

これを聞くと彼は、眦《まなじり》のあたりで不満そうに掌を振り、回転椅子に力なく座りこんで恨めしげな口調で言った。

「袁唐《ユエンタン》、君は人間らしい感情や文化がわからないのか」

「そうじゃないんだ」

袁唐は力んで言い返した。

「戦争のなかで、人間は、大きな視野から見れば、国家や民族などまったく顧みず、運命のすべてを賭けて歴史に一か八《ばち》かの勝負を挑まなければならない。小さく考えても、自分を顧みずに自分の血肉を捧げるのは言うまでもないことだ。これから考えれば、大華戯劇院であろうと皇宮であろうと惜しむべき何の値うちもありはしない。自分自身の命すら惜しくなくなっている人間にとって、なくなって惜しがるほどの値打ちのあるものなんか存在すると思うか？」

厳龍《イエンロン》はかっかとして、怒りのために耳たぶやうなじまで真っ赤になった。そして突然どもりながら問い詰めた。

「そ、それなら、日本がこんなに爆撃するっていうことも、あ、あたりまえだってお前は言うんだな！」

「俺はそんなこと言ってはいないぞ。お前が言うのは、すべて死んでしまったものばかりじゃないか。いまさらそんなものを惜しんだって、何にもなりゃしない。聖書のなかでイエスが約束した復活の日を待つしかないんだ。それに、過去に未練たらしくしているのは、現在をいい加減にしているってことなんだぞ。そういう連中は、たとえ、鳥が鳴いたり花が開いたりするとかいう明日はわかったとしても、遙か彼方まで続く明日は見えないのさ。いつまでも毛虫でいたいやつは、結局、蝶にはなれないんだ」

厳龍は友人に憎しみを感じ、また手を大きく振って、こう言った。

「馬鹿な！　人間っていうのは、過去をじっくり振り返ってみて、はじめて現在がわかるんだ。お前は、過去などいらないって言うがな、本当に過去が不要なら、なぜみんな復興なんていうことを持ち出すんだい！」

「へっ！」

袁唐は笑いだした。

「後ろを振り返って、道にばら撒かれたオリーブを拾い食いすべきかどうかとか、明日死にますので、今日は豚肉を腹いっぱい食っておきましたとかいうお話なんか後回しだ。今はとりあえず、復興についてだけ言っておくぞ。だが、これもお前の言うような大華戯劇院みたいなことじゃない。復興と言うのはな、今日という時点を通って、明日へ向かっているんであって、後に引き戻しているんじゃないんだ。まして、お前みたいに墓の前でめそめそしているなんてことは、問題外だ」

「もう、止めよう」

厳龍は議論好きだったが、過激にまでなってしまう議論は嫌いだった。真理と事実は客観的な存在であって、いくら議論を重ねても、その存在には何の影響もないと思っていたのだ。それに彼にとっては、お互いの感情を断絶させてしまうことはまったく意味がなかった。だから議論の途中で、疾走している馬の手綱をぎゅっと引き絞るように、自分の意見を止めてしまうことがよくあった。こういうことは、自分がすでに相手を言い負かしているときも、あるいは自分がはじめから失敗しているときも関係なかった。そこでいつものように、彼は話題を変えた。

「人でなしの奴らの爆撃なんか、これ以上話さないことにしようぜ。それより、蘇州のニュースを君はもう知っているかい」

ちょうどこのとき従弟《いとこ》の黄九成《ホワンチョウチャン》がドアを開けて入ってきた。あの少年のような観測手である彼は厳龍《イエンロン》からいつも「ちび」と呼ばれていたのだ。しかし黄九成の顔色は真っ青で、厳龍の見慣れたあの意地でも騒ぎ回っているような態度は、どこに消えてしまったものか完全になくなっていた。

「ちび、いったいどうしたんだい」

と言いながら厳龍はいそいで出迎えた。袁唐《ユエンタン》も少し驚いている様子だった。

彼がここにきたのは厳龍と口喧嘩したうえ太妃ドロップをせしめるためだったのだが、当の厳龍が誰かに侮辱されたかのように、弱々しくうなだれている様子が目に入ってしまったのだ。黄九成は厳龍に、自分が伯父の家に行ったところ一家全員爆撃でやられていたこと、しかし辛うじて子供一人だけは救いだしたこと、自分たちの高射砲もやられて級友七人が死んでしまったことなどを話した。

立っている者も座っている者も、その姿勢のまま、もはや誰も動かなかった。そして、誰も話さなかった。

一九三九・八・二七。
西安、崇恥路、六合新村。

第二章

十一月の末から十二月の初めにかけて、朝は少し冷えこむ。紫金山のふもとには白い霧が低く流れ、落葉がアスファルトの道をくるくると飛ばされていった。袁唐《ユエンタン》は中山陵の石段を片手を腰に当てて一段一段確かめるように上っていった。

拍車のついた革靴の音が心地よく軽やかに遠くまで響いている。空には馬の尻尾のような雲が薄くかかっており、遠くには黒っぽい雲のかたまりも見えた。まだ暗い地平線から突然太陽のまばゆい光が空に延びたかと思うと、またすぐに混沌とした雲の中に呑みこまれて、暗い灰色のベールにかすんでいった。

袁唐は石段の上でしばしば立ち止まり、振り返ってこの景色を眺めてはまた上りはじめた。白い霧は潮のように絶えず湧きあがり、這いつくばった村里や不揃いな木々などのすべてを包み隠して見えなくさせた。しかし真上は明るく晴れた空でときおり冷たい風がさっと吹き渡った。太陽の光線が何本か、また雲の隙間から太く射してきた。光線の強度はそれぞれ違っていて、まるで観測隊が白い雲の縁で光を操作しているようだった。小松林は濃い黒い影となってどこまでも続いており、遙か彼方で淡い色になり空の色に溶けこんでいた。その中で中央農業実験場の屋根だけがくっきりと見え、朱色の瓦が太陽の光を鋭く反射していた。方山《ファンシャン》〔南京南郊の山〕も白い霧のうえにうっすらと浮かび出て、海の彼方に浮かぶ島のように見えた。

袁唐《ユエンタン》は項上に立った。旅行客も陵の警備兵も誰もいない。彼は思索に耽《ふけ》っているように見えた。思索とは論理的で系統的な考察から成り立つものだが、このときの彼の思いはそういうものではなかった。彼の思いは大量の泥砂によって混濁した黄河のように、大きく膨れあがっては激しくほとばしった。それは思索というよりもむしろ力と言ったほうが当たっていた。この激しい流れのなかで、何かはっきりしないものの影が常に浮かんでは消えていった。

彼の視線は白い霧を越え、樹林の影を越え、地平線の彼方の雲に放たれていた。しかし雲を見ているわけではなかった。彼は雲の中に沈んだままなかなか現れない太陽の姿を求めていた。しかしこれも正確に言えば、意識して求めていたのではなく、ただ光の刺激に反応していただけなのだ。

やがて虚ろな視線が白い霧の中できらきらと輝く朱色の瓦に集中した。このときはじめて彼の意識は清らかな流れのように澄みきった。

彼は驚き、思わず「あっ」と叫んだ。

この輝きが激しく燃える炎に思えたのだ。

彼にはすでに、着弾地帯の撤去と破壊の命令が出されていた。しかも曾広栄《ツァンクァンロン》も昨日彼に話していたが、いくつかの地域では早くも軍の行動が開始されたらしい。しかしこの朝焼けのように輝くものが、瀕死の光であり得るだろうか。そしてこれに火を放つものが中国の軍隊であり、自分自身もこの放火に加わらねばならないなんてあり得ることなのだろうか。……彼は朱色の瓦を見つめて堅く口を閉じ、貪欲な鼠に齧《かじ》られるようなきりきりとする痛みを感じた。

戦争の始まったあの日から、自分のすべてを犠牲にする覚悟はできていた。だから彼は自分と自分を取り巻く一切を紙屑のように見なしていて、無情な北風に吹き飛ばされるに任せればいいさと思っていた。希望はすべて明日に託してあり、この明日というのは彼にとって一日しかないものだった。今日あるすべて、たとえば朱色の瓦の中央農業実験場、木や花に深く覆われた総理孫中山の陵、回廊と高い塀の野外音楽堂、幽玄で静寂な霊谷寺、西洋の小貴族風な新しい住宅地、森のような孝陵、そしてこの南京全市ですら、自らの放火によって焼け落ちたとしても、何も悪いことはないはずだった。まして目的は敵を討つためであり、敵に完全な瓦の一枚も残さぬためなのだ。泣いたり嘆いたりする理由は何もないではないか。

彼の意思は確かに錨《いかり》のように不動で、感情は岩のように強固だったが、今日はいつもと少し違っていた。彼の体に小さな穴が開き、そこから蟻みたいに小さな虫がもぞもぞと入ってくる感じだった。惜しいのでも未練がましいのでもなかった。ただ焼かれていく運命にあるものたちと、その心の底において通じ合う何かを感じていただけなのだ。これらは全部中国人の作り上げてきたものであるのに、それを中国の軍隊が自ら焼いてしまうのだ。しかもその火をつける任務は自分に下っているのだった。このような命令の全体が、そして自分の手で焼かねばならぬということが、彼にはどう考えても不自然すぎることだった。

光り輝く朱色の瓦で飾られた中央農業実験場は、伝説の古代巨獣のように全身から輝く炎を発して、傾斜面の中ほどにうずくまっている。数百ヘクタールの肥沃な土地がこのまわりに広がり、各種の穀物、野菜、苗木が植わっている。ここで働く陽気な女子作業員たちは突然いっせいに笑うのを止めたりして、まるで鈴を付けられた鳩の群れみたいだった。

夏の初めには、黒々と大きいアメリカ種の麦が日の光りを浴びて海の波のように揺れ動いた。この風が吹くたびに高く低く揺れる麦の穂は、一粒一粒大きいうえにたくさん実っていた。田舎のお百姓などがここを通りかかると、羨望と好奇の眼でこの光景を見つめながら、ここの麦はなんていいんだ、自分にも少しばかりもらえたら最高だ、と必ず思ったはずだ。

この麦といろいろな種との交配実験もそれぞれ行なわれていて、新しい種はたくましく生長しはじめ、形もだいぶ似てきていた。実験室の中では、種子、土壌、温度と湿度、植物病、害虫などについて、各種計測器や顕微鏡、試験管やガラスの瓶を使って研究していた。そしてさまざまな図表があちこちに掛けられ、標本が陳列されていた。

以前、袁唐《ユエンタン》はこういう光景を見ながら、この建物の建設に従事していた。あの頃彼はまだ草履《ぞうり》ばきで、この付近の草刈りさえやったものだ。

最初は単なる農場にこんな宮殿みたいな建物を作ること自体まったく気に入らなかった。そして三、四年間、彼はその意義をつかめないまま、この仕事に埋没し沈黙していた。しかしこの農場が成果を見せはじめるにつれて、この建物を完全に許容する気持ちになっていった。薩家湾一帯の建物、たとえば交通省、鉄道省、励志社〔蒋介石創設の国民党員・軍人のための総合福利施設〕などとは異なった意義をこの農場は持っている。ここでは古くさい農業だけの中国に新鮮な血液を注入しているのだ。こう考えるようになって、ここは彼の大切な所となった。

ここはいつまでも、まさに今のように、光り輝いていなければならないのだ。

しかしすべては今日が最期となる。

あらゆるものを白い霧の中に沈めてしまわねばならぬとき、もはや自分自身に語り聞かせるまでもなく、中央農業実験場も戦争に頭を下げて他のものたちとともに運命に従わねばならぬのだ。日本人が中国人にもたらした災難とはこれなのだ。我々が最大の勇気をもって受け止めなければならない重大な危機とは、これのことなのだ。

彼は白い霧を見つめた。孝陵は依然として霧の海底に沈んだまま、運動場の痕跡も見えない。しかし、陵の稜線に点在する新住宅地では建物がうっすらと輪郭を現し、小松林がふたたび山麓に影を作りはじめた。ところどころで木々の樹冠が黒雲のようにくっきりと露出してきた。そしてこのとき、太陽はブロンズ色の強烈な光線を厚い雲の中にあふれさせているのだった。

「何が何でも、もっと強くならなくちゃ。戦いのためなら、自分で自分を殺したっていいんだ。俺にあれを燃やせというんなら、眉毛一つ動かさずにやってやろうじゃないか。俺の、俺のいちばん大切なものの息の根を、俺の手で止めてやるんだ、こうすれば敵に辱められなくなるんだからこれは間違いなくいいことなんだ。しかし、ああ、どうして俺の気持ちはいつもこんなにふらつくんだろう。まるで自分のものが一つ多いとか、少ないとか言って騒いでるみたいだ。こんな精神では、戦争の真っ只中にいる資格なんかない。……戦争、戦争はもうそこまで来てるんだ！」

曾広栄《ツァンクアンロン》は依然として言い張っていた。周囲をとても不機嫌にさせている。紫竹《しちく》の茶卓に片足を乗せていた劉煜元《リュウユイユエン》は、決めつけるような手振りで彼に向かって話しだした。

「わずかばかりの残忍性すらないことは、軍人にとって絶対にいいことじゃない。お前は任務をもてあそんでいるんだ。そうして我々軍人に鬱憤を晴らしているだけさ」

曾広栄は低く呻《うめ》いてうつむき、しばらく考えていたが、またもやこう言った。

「まだ彼らに説得を続けてもいいと言うならばの話だが、ぼくの言いたいのは、なぜ強制執行以外の方法ではいけないのかということなんだ。これは軍人に残忍性が必要かどうかということや、あるいは今以上の残忍性が必要かどうかという問題ではない。ぼくの言いたいのは、人民の了解を取る必要があるということだ。そうしなければ我々の行動が政府の意志を誤解させる引き金になるかもしれないじゃないか。このことは抗日戦争に直接の影響を及ぼすことだぞ。もちろん君たちの言うような非常手段に比べれば、この説得はかなり難しいに決まっているがね」

部屋の隅のほうに腰掛けていた李家琴《リーチアチン》は口数が少なかったが、突然さえぎるような手振りをすると、みんなに向かって話しだした。

「どうしても説得したいというんなら、あいつ一人だけ説得に回らせればいいじゃないか。いずれにしても、俺たちはもう頭が痛くなってしまったよ。もうたくさんだ。残された時間もあと二日だけだ」

ここまで言うと、彼は曾広栄のほうを振り向き、指を二本立てて見せた。

「今日半日と明日の一日だけだ。もうこれ以上会議を続けて唾を飛ばし合う時間なんて持てない。彼らをどうしても説得したかったら、お前はすぐにでも出掛ければいいだろう。俺たちを説得してから始めようなんて考えるな。もし効果があがらなかったら、お前の手伝いに他の連中も派遣してやるよ。ともかく俺たちはお前のいい知らせを待つことにする」

憲兵少尉曾広栄は一人で清涼門を出てきた。彼には勇気があった。撤退の説得に応じないあの三人を、どうしても説き伏せてやろうと思った。そして、同僚たちの軽蔑の眼を考えれば考えるほど、この困難な説得工作を成し遂げなければならないと思うのだった。これは自分の方法が実現可能だと証明するだけでなく、説得の価値を同僚たちにわからせることでもあった。

しかし通りに出ると、この自信はたちまち苦痛と困惑に変わってしまった。

黒い鍋が打ち割られて道端に転がっていた。古着、布切れ、いろいろな大きさのガラス瓶、ブラシ、壊れた鳥かご、その他雑多なものがあちこちに投げ捨てられている。店の入り口が開け放されているので、陽はそのままカウンターに射しこみ、風が広告の貼り紙を揺らしていた。そして鼠が我がもの顔にテーブルの上を駆け回り、竈《かまど》で飛び跳ねていた。猫が一匹、屋根の棟で尻尾を振りたて、間延びした鳴き声をあげている。

この通りの何百棟もの建物の中に、人間は一人も住んでいないのだ。それはまるで悪性の伝染病に見舞われたようだった。人々は黙ってここを撤退しあちこちに散っていった。その凛として落ち着いた足取りは、巣を移る蟻の姿に似ていた。息子は父を助け、年寄は子供を抱え、妻は夫に従い、遙かな地平線まで延々と続く列をなし、彼らはこの地を去って行ったのだ。

その光景はあまりにも悲壮感に満ちたものだった。中国人一人一人が恨み言一つ洩らさず犠牲となることに耐えたのだ。これはなんとすごいことかと彼は思った。第一線の部隊が敵の砲火を冒して突撃していく姿に匹敵すると言ってもいい。あの姿を見て心を動かさなかったものはなかったはずだ。そして彼らに何かしてやれないかと誰もが思ったはずだ。

こういう記憶の生々しい通りを歩いていくうちに、彼の足取りは知らず知らず遅くなっていった。

「三家族か！」どういうふうにもっていったらいいものか、彼はいろいろと考えてみた。

彼らを落ちこぼれた連中だと決めつけるのは当たっていない。彼らは植物のようなもので、生まれ育ったところに根を下ろすのだ。適した土地があれば、彼らの生命はその土地にぴったりくっついて離れない。その土地を離れてしまうと彼らの命はたちまち枯渇してしまう。彼らに移動を命じることは彼らを根こそぎ引き抜くのと同じことなのだ。他の場所では生きていけるはずもないとわかっているのに、今さらなぜ移動させなければならないのか。彼らにどこへ行けと言うんだ。それに彼らにだって、行くあてなどありはしないんだ。貧乏人は、どんなに運命に従いたくないと思っていても、その運命の指し示す道を歩むしかない。この三家族とはこういう連中なんだ。

いったいどこから手を着けたらいいのだろう。いちばん頑固な所からやるべきか、それともいちばん弱い所からか。もし頑固な所から手を着ければ、弱い所だけ残るのだから、やりやすくなるかもしれない。しかしもし、弱そうな所から手を着ければ、初めに成果をあげる可能性はもちろん大きくなる。それに最後にはもっとも頑固な奴が残って孤立してしまうんだから、各個撃破が可能だ。

しかし、いったいどこがいちばん頑固な所なんだろう。あの婆さんの所だろうか、それともあの焼き芋売りの寡婦の所だろうか、いや、あの学習塾の先生の所なのかもしれない。

彼はある家の戸口までやってきて立ち止まった。

子供が三人地面に寝転がって遊んでいたが、彼の姿を見ると急いで家の中に逃げていった。いちばん小さい子がみんなに追いつけず、敷居につまずいて転んでしまい、ワーと泣きだした。薄汚い煤《すす》で描いた絵と青い色のビー玉が地面に投げ捨てられていた。

ここが例の焼き芋売りの寡婦の家である。芋を焼く釜がぽつんと家の前に置いてある。これはエンジンのオイルタンクを改造したものだ。黒い子猫がその釜のうえに寝そべって、蚤にでも食われたのか、後足に嚙みついている。戸板には裂目があり、家の中は暗い。めんどりがコッコッコッと鳴きながらゆっくりと行ったり来たりしていて、木製の盆の半分が戸口からはみ出ている。

彼はもう何回もここに足を運んでいるので、これらの一切をよく知っていた。寡婦のことを非常に丁重に扱っていたのだ。彼女の夫が死んでもう二年になる。一家の生計は彼女が芋を焼いて売りに行くのと洗濯物を引き受けることにかかっていた。こうして七歳の男の子と五歳、三歳の女の子、そして中風で寝たきりの姑を養っていたのだ。

彼女はとてもがっしりとした体格で、大樹のように太い腰と男のような手をしていた。仕事をしはじめると一休みする暇もなく働きつづけ、あくび一つしなかった。顔は角張っていて赤い頰をしていた。子供たちの服も皆彼女が縫ったもので、ほころびや汚れなどまったくなかった。

子供の泣き声を聞きつけて、彼女は中から飛び出してきた。何か洗い物でもしていたらしく、袖がまくりあげられていて手が濡れていた。しかしその眼は落ちくぼみ、顔色は青白く変わってしまっていた。彼を見て彼女は立ちすくみ、前掛けでしきりに手を拭いている。顔に絶望的な表情が浮かび、頰を少し痙攣させていた。二人の大きい子は彼女の後ろに隠れ、おっかなびっくりこちらを見つめていた。小さな子は足にしがみつき、可愛らしい手で目をこすっていた。彼は彼女の姿からかえって無言の抵抗や反撃をひしひしと感じた。

彼らは見つめ合ったまま少しの間沈黙を続けた。

「あなたはまだ移動しないんですか」

曾広栄《ツァンクアンロン》が言った。実は、どこから切りだしたらいいのかわからず、こんなことから話しだすのが適当かと思っただけなのだ。

「すぐに移動してもらえませんか……」

彼の声はおどおどしていて、まるで彼女を怖がっているようだった。彼女は何も答えようとしない。ただ彼を見つめるばかりだ。そして手などもうきれいに拭きおわっているのに、指の一本一本を前掛けで何回も拭いている。

「これじゃ、いけませんよ」

彼は言いつづけた。

「みんなもう行ってしまって、焼き芋を買ってくれる人も、洗濯物を出してくれる人もいないじゃありませんか。明日になれば我々はこの建物に火をつけなければならないんですよ。出て行かないとなると、それじゃ……この子供たちをあなたは、いったい、いったいどうするつもりなんですか？」

寡婦はこの言葉で子供たちに目をやったが、首を振りながら、これも小さな声でひとこと言った。乱れた鬢《びん》が少し揺れた。

「それじゃ、いったいどうすればいいのか、私に教えてください」

彼は答えようがなかったが、やはり言った。

「絶対に移動しなければなりません」

返事はない。

「明日は本当にこの家を焼いてしまうんですよ！」

今度は彼女に警告した。

返事はない。

「ただちに移動しないと」

少し強硬に命令してみたが、返事はない。

「ああ！　私はもう何回も何回もあなたに言ってきたでしょう」

彼は失望した手振りで両腕を大きく広げた。

まったくなす術《すべ》がなかった。彼はちょっと腹を立てて、にらみつけた。それから真っ正面にやってきて階段に座りこみ、がっくりとうつむいて手の爪をいじりはじめた。階段には野菜くずや、破れた靴、煉瓦などがあった。彼は水に落ちた泳げない人のような心境で、あちこちにしがみつこうとするのだが、手がかりとなる藁くず一本もつかめないのだ。

そのまま七、八分もじっとしていて、彼はまた歩きだし、不器用に話した。

「日本人が来るのに、あなたはまだ移動しない……」

寡婦はうつむいて、前掛けはとうとう放したものの、両手は堅く握り締め、死んだ魚のような目をして黙りこんでいる。

「穏やかにお願いしているうちに移動したほうがあんたのためだよ。兵隊がやってきたらどんなに頑張ったって無駄なんだから！」

彼は脅迫した。しかしこの態度の豹変に我ながら驚いていた。そしてこっそりと彼女のほうを見た。あまりいい気分ではなかった。

寡婦は前掛けで顔をおおって泣きだした。三人の子供たちもいっせいに大声で泣きだした。いちばん小さいのは地べたに座りこみ、空に向かって大きな口を開けている。

この泣き声は彼の怒りに火をつけた。彼はやたらに意味もなく行ったり来たりしながら歩き回った。そして思った。

俺は完全に失敗した。俺は残酷にはなれない、まったく女々しい！　説得しようとして、俺は結局、いともたやすく癇癪《かんしゃく》を起こしてしまったじゃないか。こんちくしょう！　何が説得だ！

このとき突然、寡婦が彼の前に狂ったように駆け寄り、恨みをこめて両手で彼の顔を指さした。彼女の指はもう少しで彼の鼻にくっつきそうだった。そして大粒の涙を流しながら、馬のいななきみたいな叫び声をあげた。

「日本人を来させればいいんだ！　日本人を来させればいいんだ！　いっそのこと日本人の手にかかって死にたいわ！　どうしてこんなに毎日やってきて、私たちを脅かすんです。……あなたは一日だって私たちを生きていかせてはくれないのね。私たちは生きていたいのに！　あなたは他の人たちをみんな一人残らず追い出してしまった。私の焼き芋を買ってくれる人なんか誰もいないわ。そして今度は私の家を焼くから出ていけだとか言って、私を脅かしているんだわ。もう私たちには生きる道なんかなくなってしまったのよ。日本人が来るより先に、私たちはあなたの手で殺されてしまう！」

こう言い終わると、彼女はヒステリックに彼の手を引っ張り、狭く暗い部屋の中に連れこんだ。その勢いはこの地を吹き荒れる西北の烈風を思わせた。

この急な展開に、彼はまったく何が何だかわからなくなってしまった。彼の怒りなど瞬く間に消えてなくなり、初めはどこに連れていかれたのかもわからなかった。

そこには木の寝台があり、そのうえにおびただしく雑多なものが載せられていた。灰色の綿布団、古い綿入れの上着、その下に、醜悪な老女の顔があった。老女は痩せ衰え、肉屋の山羊の頭のように目をつぶり、呼吸しているのかどうかさえ見分けられなかった。天井の柱から竹で編んだ籠が汚い縄で吊り下げられ、中にはいろんなものが山盛りになっていた。陶器がいくつか部屋の隅に置いてある。

「おかあさん、おかあさん」

寡婦はつぶれた声で何回か姑を呼んだ。

老女は何やらぶつぶつつぶやき、まぶたを少し動かしたかと思うと、急に目を大きく見開き、彼らをじっと見つめた。

このとき寡婦はふいに平静さを取り戻し、片手を寝台の縁につき、もう一方の手で年寄りの薄い髪の毛を撫でながら、彼に向かって今度は哀れみを乞うような口調で話しだした。

「長官さま！　私はどういうふうにして引っ越せばいいのでしょうか。……よぼよぼの年寄と年端のいかない子供たちばかりなんです。古いことわざにも、家から出れば知らない人ばかりとか、ちょっと動いても金が飛ぶとか申しますでしょう。長官さま！　御覧ください、私はどうしようもないんですよ。日本兵がやってくるから、あなた方は私たちのために戦ってくださるということぐらい、私はようく存じております。だからここを出なければいけない理由も存じているんです。でもね、私たちって、天に家なく地に道無しという言葉通りで、もう死ぬしかありません。私たち一家、年寄りも子供もここで死んでいくしかないんです。……ああ、日本兵なんか呪われればいいんだわ！」

彼女はまた前掛けで目をおおい泣きはじめ、肩を激しく震わせた。下の女の子は顔をぴったり母親の脚にくっ付け、涙と鼻水で母親のズボンを濡らしていた。上の二人も泣いていたが、これは声だけで涙はもう流れていなかった。一人の子は戸の外に立って片足を敷居に掛け、もう一人は寝台の傍《かたわ》らで母親の手を引いていた。

曾広栄《ツァンクアンロン》は胸のボタンをいじって、それから頭を掻いた。彼は何一つ解決の方法が思いつかず、慰める言葉も見いだせなかった。説得も脅しも羽が生えたようにどこかに消えてしまった。頭の中は舞い上がりぐるぐる回転して、酒に酔ったみたいにあらゆる能力を失ってしまった。思索、考慮、計画、まったく何一つできなかった。

彼はこの場を逃げて、こういうことを全部同僚に任せてしまいたかった。まったくひどいことになったものだ。いくら自分から言いだしたことだといっても、これじゃ、お粗末すぎる。最後に赤いなめし革の札入れを取り出した。中には紫色の模様が印刷された中南銀行の十元札二枚、緑色の中央銀行の五元札五枚が入っていた。彼は緑色の札一枚だけを残して、六枚の紙幣を取出し、彼女に尋ねた。

「お兄さんは、滁州《チュウジョウ》〔安徽省の都市。『麦と兵隊』の徐州とは異なる〕にいるんでしょう。あなたは前に滁州出身だと言ってましたよね」

「そうです」

寡婦が答えた。彼女はその意図を測りかねて、彼をいぶかしげに見つめたが目だけはキラッと光っていた。

彼は手を差し出して金を渡した。

「使って下さい。滁州まで行くには充分な額です。これでもあなたが移らなかったら、もう私にはどうしようもありませんよ」

こう言って彼女の手に札を握らせた。

彼は自分に対する感謝も返事もいらなかった。彼女の驚きと喜びに混乱した気持ちが落ち着くのを待たず、後ろも振り返らないで彼は出ていった。ふいに後ろのほうで追いかけてくる足音が聞こえたが、それはすぐに消え、また何の音も聞こえなくなった。

曾広栄《ツァンクアンロン》は次の家に向かった。そこは汚い路地にある古い木造の家で、近くにはごみの山と亀の絵などが描かれた便所があった。家は歪んでいて、まるで支えなしには立っていられない老人のように、もし両隣の家がなかったら、すぐにでも倒れてしまいそうだった。

路地を入るとすぐに、猫背の老女が戸口の敷居に座っているのが見えた。黒ずくめの服を着て眠った猿みたいに見える老女の胸と膝に陽の光が射していた。

しかしこの老女はなかなかしたたかだった。すぐ傍に立って話をしても、まるで見えも聞こえもしないふりをするし、何が何でも話をさせようとすると、今度は唖《おし》のふりをして、オウとかアワワワとか言葉にもならない声を出してごまかすのだ。

今日は突然現れた彼に、老女は慌てていた。だが相変わらず座ったまま立とうとしない。その目は怯えて震えていたが、狡猾に暗く光っていた。彼が何も話さないうちに、老女は蝸牛のように体を縮めてすっと家のなかに滑りこみ、戸を閉めてしまった。

閉め出された曾広栄は慌てて戸を押してみたが、すでに貝のようにしっかりと閉じ鍵が掛けられていた。彼は不愉快になり、ざらざらした感触の戸をこぶしで力いっぱい叩いた。

「開けてください！　開けてください！……どうして鍵を掛けるんですか」

中は脱け殻のように物音一つしない。

彼は何回も何回も戸を叩いているうちに、とうとう手が痛くなってしまった。しかたがないので、脚で蹴ってみた。すると戸はびりびりと太鼓の乱れ打ちみたいに震えだした。彼は積もり積もった鬱憤でますます頭が熱くなり、汗だらけになった。

「ちぇ、まったく今日はついてねえや！……この妖怪ばばぁめ！」

もうどうしようもなかった。彼は老女の手にはまってしまったのだ。なぜ一歩先に飛びこんでしまわなかったのかと悔やまれた。そして、こんないい加減な作りの戸なのだから打ち壊して中に入ろうかとも考えた。

彼は石段に立ち、測るような目つきで戸の上から下までをずっと見回した。それから戸板の大きなに隙間に顔を近づけ、家の中を覗きこんだ。中は真っ暗で何も見えない。

彼は気まぐれな馬のように、またためちゃくちゃに戸を蹴りはじめた。中ではしきりに家具を動かしている音やもののぶつかり合う音がしている。今度は蹴るたびに戸がしっかりと固められていくのだった。

「お婆さん！　開けてくださいよ。開けてくれないのなら打ち壊して入りますよ！……開けてくださ い。話があるんです。六時にはこの辺を焼き払うことになっています。このまま焼け死んでもかまわないんですか？……」

この家は老女の財産で、老女一人だけのものだった。死ぬのはかまわないが、離れることなど考えられなかった。彼にはこういう気持ちがよく理解できた。そのうえ老女は世間のことを何もわかっていなかった。戦争とは何か、犠牲とは何かなどはもちろんのこと、彼の言っていることさえわからなかった。老女と話することは、まるで鉄に水を掛けるみたいなもので、老女は何一つ受け入れようとはしなかった。

今や老女は田螺《たにし》のように閉じこもり、彼を閉め出してまったく相手にしないのだった。

彼は急に決心した。

「生きてるんだか、死んでるんだかわからんような奴なんか、相手にして何になるんだ。もう、放っておこう！」

しかしこれが彼にとって任務だったから、この場を立ち去るわけにはいかなかった。しばらく歩いてからふと立ち止まり、さんざん考えたあげく、けだるそうにまたゆっくりと戻ってきた。何回も戸の隙間から覗いてみたが、何かで塞《ふさ》がれていて何も見えない。彼は疲れきって石段に腰掛け、軍帽を脱いできれいに剃った頭を外気に当てた。そして小指を耳の穴に突っこんで耳くそをほじりはじめた。待つしかない、きっと開けて出てくるんだから、と彼は思った。

やがて彼はまた我慢できなくなり、狂ったみたいに大声をあげながら、ひどく凶悪な顔つきで、柵を突き破ろうとする牛みたいに飛び跳ねた。そして戸を叩いたり蹴ったりして荒々しく揺さぶった。戸は打ち割られそうなギシギシギシという呻き声を立て、すぐにも倒れそうになった。

説得ということを考えると、彼はいっそう怒り狂うのだった。

そのうちに彼は完全に絶望してしまった。そして天を仰ぎ、どうしようもないという手振りで何度も両手を大きく開いた。それから土の穴を探している土蜂みたいに家のまわりをぐるぐる歩きはじめた。

裏手に行くと盛り土にすっかり葉の落ちた桃の木があった。そのすぐ傍の黄土の壁に木の格子の窓が二つあり、黄色くなった古新聞が貼りつけられていた。彼は近寄って中の物音を聞こうとしたが、自分の息づかいが聞こえるだけであとはしんとしている。そこで近くの枯れ枝を折って新聞紙に小さな穴を開け、中を覗いてみた。例の老女は寝台の縁に座り手を握りしめ、尖った小さなあごを突き出して一心に外の様子をうかがっている。

「ああ、しょうがない婆さんだなあ！」

彼は低い声でつぶやいたが、またなんとかなるような気になってきた。

彼は格子窓を何回か叩いた。すると何か臭いほこりが舞い上がった。彼は大声で叫んだ。

「おばあさん！　どうしても出てこさせようと言ってるんじゃないんですよ。あなたが戸を開けなくても、移っていかなくても、私には何の関係もないんですから。私がこんなに口を酸っぱくして言っているのはですね、あなたがたを安全な所に移動させなさいという政府の命令があるからなんです。こういうことはみんなあなたがたのためなんですよ。おばあさん！　おばあさん！」

老女が立ち上がったのが見えた。彼の声はますます切羽詰まった、そして心底からのものになっていった。彼は釣り師が手ごたえのあった屈強な大魚を釣り上げるときのように、細く長い釣り糸を少しずつたぐり寄せた。

「おばあさん！　今までここにずっと住んでいてけっこういい暮らしをしていましたよね。あなたがたに引っ越ししろなんて脅かす人もいなかったでしょう。でも、今はなんで移らなければいけないのかよく考えてみてください。日本兵が来るからなんですよ、奴らは南京を叩こうとしてるんです、戦争になるからなんですよ。おばあさん！　本当によく考えてみてください。戦争になったら、家があるかどうかなど問題になるとお思いですか。ほら、またどこかで爆弾が落とされた、聞こえたでしょう。日本との戦争が終われば南京はまた私たちのものになるし、この家だってやはりまたあなたのものになるんです。日本と戦わなかったら南京は守られないんだ。もちろん、あなたの家だって。青桐の木が焼けたら鵲《かささぎ》の巣は残らない、と昔から言うじゃないですか。おばあさん！　いつまでも閉め出さないでくださいよ、中国兵は中国人を取って食うなんてしやしないんだから。おばあさん！　返事してくれませんか……」

彼はしゃべりすぎて溜まってしまった唾《つば》をぐっと飲みこんだ。

老女は部屋の中からこちらを指差し、顔中を皺くちゃにしてようやく話しはじめた。その声はまるで猫みたいだった。

「そんなら……あんたは……自分の家を……捨てられるって言うのかい」

「おばあさん！　昔からよくこう言うじゃありませんか……」

彼は嬉しくなった。そしてとうとうこの婆さんも話しだしたぞと心の中で快哉を叫びながらまた一枚新聞紙を破り、窓の灰色の格子を剝《む》きだしにした。そしてその木の格子を握りしめて話しかけた。

「蟹が命がけで逃げるときは脚を一本捨ててしまうとか、死んで花実が咲くものかとか、昔から言うじゃありませんか。おばあさん、生きていれば、道は必ず開けます。私たちは絶対に、絶対にこの戦争に勝ちますから」

「生きていればだって？　生きていくには住むところと食い物が必要なのさ。天まで上って住みついたり、西北の風を食らったりしてるわけにゃいかないんだからね」

この老婆は耳も口も達者だった。はっきりとぺらぺらまくしたてている。

「私と一緒に来れば、あなたの食住はきっと保証します。だから開けてください」

「開けないよ。……任務だと言うんなら、入ってきて捕まえればいいじゃないか」

「おばあさん！」

彼は冷水を浴びせられたようだった。

「やはりあなた自身の手で開けてください。私はあなたを捕まえたくありません」

「あたしのことを捕まえられるんなら、あたしはついていくさ。あたしは鼠じゃないんだからね、自分から猫の口の中に飛びこんでいきゃしないよ」

「何を言ってるんですか、開けて出てきなさい！」

「いやだ！　いやだ！……」

老女は首を振りながらきっぱりと言い放った。

彼はまたもや狂暴な気持ちに駆られて怒鳴りだした。そして格子を力いっぱいにつぎつぎとへし折り、新聞紙も窓枠も破り捨ててしまった。土ぼこりがぱらぱらと落ちた。

ついに彼は窓から家の中に躍りこんだ。

小松林の中には石炭ガラの小道が曲がりくねって続いている。袁唐《ユエンタン》の歩みにしたがって影が木の枝や葉の上を掃いていく。

やがて彼は小さな野原に出たが、草はすでに枯れていた。しかし芙蓉の花はまだしぼんで間もないらしく、色褪せた花弁が、風に飛ばされてきた落葉とともに、穏やかな陽の光の中でひっそりと眠っていた。

そこには凸字の形をした洋風の優美な建物があり、赤煉瓦の塀に囲まれている。枯れた藤蔓の這っている緑の鉄柵《さく》があり、そこから薄紅色の花をつけた蘇芳《すおう》の木と白い石段に対称的に植えられた四本の龍爪槐《りゅうそうえんじゅ》の木が見える。それから静かに窓辺を覆う臙脂《えんじ》色のカーテン、恋人と一緒に日の出を見るようなバルコニーも見えた。灰色がかった松の樹皮を思わせる壁に、木の影がゆらゆらと映っている。

このとき彼は、その中からけたたましい笑い声を聞きつけた。鉄の門をくぐると小さな旋風がさっと吹き、枯葉と砂を少しばかり舞い上げた。

突然ばね仕掛けの黄色のドアが開き一人の兵士が出てきた。右手に十五箱ほどもあろうと思われるドロップ菓子の箱を高々と抱え、左手はウイスキーの瓶を三本つかんでいる。兵は彼を見るとただちに直立不動の姿勢をとった。そのはずみでドロップの箱が一つ地面に落ち、金髪の少女がにこにこしながら紫色の巨大な馬の頭にすり寄っている絵が見えた。

「おまえ！　舶来品で大儲けするつもりか！」

袁唐《ユエンタン》は大声をあげて怒鳴りつけた。その目は憎しみに満ちていて、夜明けの太陽のような特別な威厳が感じられた。

兵はどうしていいかわからず顔を真っ赤にした。手から力が抜けたとたん、ウイスキーの瓶が二本落ちて、褐色の濃密な液体が蛇のようにセメントの道に流れた。黒いガラスの破片と瓶の首に貼られていた銀紙が明るい陽の光を反射し、強烈な芳香があたりに漂った。

「おまえ、何をしているんだ！」

彼はこの兵を憎んだ。そして心が痛んだ。広大な流れが突如堤防を突き破るように、一切が憎しみに呑みこまれていった。彼は大股で兵に近寄り、数回往復びんたを食らわした。彼にはこんな力がどこから生じたのかわからなかった。

「おまえは中国兵だぞ！　それでも中国の兵隊か！　中国兵はどいつもこいつもみんなおまえみたいな奴なのか！　恥知らずめ！　おまえ、中国兵の面汚しめ！」

兵の目から大粒の涙が落ちた。三本目のウイスキーの瓶も振り落とされた。彼は打たれるたびに目をしばたたかせ、避けるように顔を少し動かし、目まぐるしく足場をかえた。最後にはドロップ菓子の箱もみんな地面に放り出され、そのうち一つはこの兵によって踏みつぶされてしまった。

そのとき袁唐は銃を持ってきていなかった。もし銃があれば、ただちに引き金を引いていただろう。彼にはこのようなときにこのようなことが起こるなど考えもつかなかったのだ。

「小隊長に申し上げます！……」

兵は急に話しだした。その顔は悲痛に歪み、歯が噛み締められて、顎《あご》のあたりは痙攣していた。

「恥知らずめ！　舶来品で大儲けして良かったな！　おまえは中国兵か、それとも中国の強盗か！　なんでこんなことを！……」

彼は兵が話すのを許さなかった。拳を握り、まだ殴りつづけようとした。

「小隊長に申し上げます！……」

パーン、パーンと彼は二度殴りつけた。

兵は一歩退いたが、石段でつまずいてしまった。それでも彼は強引に言い張った。

「小隊長に申し上げます！　小隊長に申し上げます！　銃殺されても結構ですから、私に話させてください！……」

「おまえに何か理由でもあるのか！」

「何もありません！」

「理由もないのに何が言いたいんだ！……おまえはどこの所属だ？」

彼はこの兵に食いつかんばかりに兵の胸を殴りつけた。兵は地面に倒れてゴムマリのように草地を転がった。軍帽はさらに遠くまで転がっていき、南天の木に引っ掛かった。

しかし、この兵はすぐさま立ち上がり、手のひらを腿《もも》の脇にすっと伸ばし、姿勢を正した。

「私は第八中隊です。小隊長！　男子たるもの、為すべきことは一人でもやるものです。私は中国兵の名誉を汚してはおりません！　銃殺だろうと、首切りだろうと私は一人でまいります。ただ、私には自分が間違ったことをしたという理屈がよくわからないのです。……私は、焼いてしまうものなら持っていったって構わないと思いました。私に難しいことなどわかりません。私は普通の人間で、けっして中国兵とか、全体とかでは……」

袁唐《ユエンタン》はその場に立ち尽くした。彼はこの兵を連行しようと思っていたが、その言い分を聞きながらまじまじと見直してみると、頬骨のあたりが赤く腫れ上がり鼻が曲がって口角から血が垂れている。兵の言い分は彼の考えてもいなかったことだった。そして兵を許せるようになった。こういうことは素朴な兵士に特有な無邪気さの表れでしかないのだ。そう思うと、彼の怒りは引き潮のように鎮まっていった。

これは教育の不足で制度上の問題であることは明らかだと思われた。兵というのは百姓でもあるんだ。連中がどれだけわかっていると言うんだ。俺は殴るべきじゃなかった。……初めて人を殴ったのに、間違ってしまった。俺はまず事情をよく聞いて、教えてやらなければいけなかった。そうすれば奴は誤らなかったろうし、俺だって間違うはずはなかったんだ。……ともかくこの兵の勇気はたいしたもんだ。こう彼は自分に言い聞かせた。それから手を振って兵に向かって言った。

「これから、市民のものは何一つ、草や髪の毛一本だって、道に落ちている金であっても絶対に持っていちゃいかんぞ。中国兵というのはこうでなければいけないんだ。もう、行け！……」

兵は彼に敬礼した。彼は兵が服装を直すのをじっと見ていた。

兵は草地にしゃがんで解けたゲートルを巻きなおし、ベルトをしっかり締め去って行った。それからこの兵は、服のあちこちをいじりながら、生い茂った小松林の深緑色の中に消えていった。

袁唐はドアを押して中に入っていった。

いくつかのソファーがひっそりと人を待っていた。広い縁のある金色の額縁に入った黄山の油絵が、玉で作ったように見える薄緑色の壁に掛けられている。青と緑二色の厚ぼったい絨毯《じゅうたん》が敷かれた床には、白地に黒い斑《まだら》のある大理石の円卓があり、十一月の柿のような深紅の色をした大口の花瓶がその中央に置かれている。そこには六、七本の細長い孔雀の羽根としなびてしまった花の枝が入れられており、くるくると縮んだ花弁がテーブルの上や床に散らばっていた。彼は何枚かの花弁を拾って、手のひらにそっと置いた。それらは少しもむと憔悴した茶褐色の粉末に変わってしまうのだった。

紫色のピアノが傍に置かれている。それは何とも気持ちのいい角度であったが、一面にうっすらとほこりが積もっていた。掌を開くと指の間からもまれた花弁が粉となって、方形のデザインの施されたオレンジ色の柔らかい絨毯の上に音もなく落ちていった。彼はピアノに歩み寄った。そのときふと、絨毯にばらまかれたココアが目についた。ココアの缶はソファーのそばに転がっていた。そっとピアノの蓋を開けると、黒白と続く鍵盤が何か言いたそうに、微笑みかけているように見える。彼は一本指で軽く鍵盤を叩いてみた。ポロンというその音は、あまりにものんびりした、俗世間を遠く離れた響きだった。人の感情がその響きに乗って、どこか違う世界の花の咲き乱れる所へと運ばれていくようだった。

彼は低くうめいて窓に寄り、臙脂色をしたビロードのカーテンを開けた。外は晴れわたっていて、遠くに連なる山々の淡い色合いが美しく映え、丘陵には黒々とした小松林が展開し、林の陰に赤い小さな建物と黄色の径《こみち》が見え隠れしている。これはまったく一幅の絵そのものだった。窓の上から枯葉が絶えず舞い落ちていた。

彼はピアノの傍に戻り、物思いに耽って立ち尽くした。やがてポロンポロンポロンと、左手の人差し指で並んだ鍵盤を叩き、無秩序な音を弾きはじめた。

それから急に大きく首を振り、ピアノの蓋を閉め、その場に立ち尽くしたままつぶやいた。

「音楽とは、人の頭を撫でながら慰めるためのものだ。しかし、今はけっしてそんなときじゃない。戦争なんだ！　そうさ、今は戦争なんだ……戦争になってしまったんだ」

ふと振り返ると、ドアのそばに積み重ねられたハイヒールが目についた。全部で十四足と片方だけのが一つある。高級な黒のエナメル、金ラメの付いたもの、花をあしらった赤皮など、そのすべてがあまり履かれていない感じで、汚れても壊れてもいなかった。壁の暖炉にはフランス語の新聞と葉巻の入った木箱が押しこまれてあった。

これらを眺めているうちに、彼の脳裏に数名の人物が彷彿《ほうふつ》としてきた。若い紳士がソファーに座って、右足を左足の上に組み、薄底で黒光りのする革靴を高くあげている。彼は清潔な白いあごを少し突きだし、葉巻をくわえて暖炉の淡い炎のほうを向いている。あたりにはゆったりと葉巻の青い煙が漂い、彼はフランス語の新聞を手にしている。彼の手の届くところには、飲みかけの熱いココアのカップが置かれている。

魅惑的な曲線をした若い妻が、赤いハイヒールを踊らせながら忙しそうに行ったり来たりしている。そのハイヒールの花をあしらったところから、新鮮な果物のような肌が覗いている。彼女はあの真っ赤な大口の花瓶に白い花の一束を生けたところだ。今ちょうどチョコレートを口に含んでいるので、鮮やかな口紅を引いた薔薇のような唇がかすかに動いている。剝《む》かれた赤や緑の銀紙は白い磁器の皿の上にある。

同じように若くて軽やかな女性がもう一人いて、細く滑らかな美しい腰つきでピアノの傍に立っている。半袖のチャイナドレスの薄緑色が彼女の腕を七月の蓮のように若々しく見せている。彼女はマニュキュアのきれいな手で、燕が春の川を掠めるように、いそいそと鍵盤を拭いている。その度にピアノの音色が泉のように流れ出てくる……

うなだれながら彼は考えた。これはいったい何という生活ぶりだ。どういう連中なんだ。生活というものは人を何種類かに分類してしまう。家の中で安楽にしている者もあれば、通りを寝床にしている者もある。命がけで何かしようとしている者もいれば、飲み食いしかできないような者もいる。戦争になって彼らはいったいどこに行ってしまったんだ。彼らは戦争を何だと思っているんだろう……一方には恥知らずな猥雑さ、一方には厳粛な任務。彼らは今どんな生活をしているんだろう……

突然、巨大な爆破音が響いてきた。彼が急いで表に出てみると、驚いている暇もないほど連続して嵐の雷みたいな数発が響いた。東南の空に火山の爆発を思わせる激しい煙が赤々と立ちのぼり、付近の小松林は恐ろしさに震えていた。

「おう！　工兵隊がやりはじめたんだ！」

彼は叫んだ。

彼は心の高ぶりを抑えることができなかった。その激しい高ぶりは、吹きまくる山風を馭《ぎょ》して百尺の崖からなだれ落ちる滝のようだった。鼓動も打ち破らんばかりに高鳴っている。彼の左手は、まるで自分自身を引っ張っていこうとしているかのように、しっかりと上着の胸ぐらをつかんでいた。

あれは中央農業実験場だ。あの小さな丘陵の、あの密生した小松林の後方からどす黒い煙がつぎつぎに巻き起こった。それは、おびただしい人々が勝利の軍旗を高く掲げて天空にその位置を占めつつあるように思えた。

「こんな生活をしているような奴らを、来る日も来る日も蟬みたいに飲み食いし、飛び回っては歌うだけしか能のないような連中を、戦争に直面させて灰のように焼き尽くしてしまえ！　俺たちは戦争の中に飛びこむんだ。いいものも悪いものも、奴らが何を考えているかなんて関係なく、すべて戦争に渡してしまえ。そして戦争の中で、その重さがいったいどれほどのものか、はっきりわからせるんだ。戦争の中で、もっと美しく、しかも不合理ではない生活を、俺たちは築いていくんだ！……」

二階の淡い緑がかった雨戸を打ち破って中から濃い黒煙が噴き出し、貪婪《どんらん》な獣の舌のような紅《ぐ》蓮《れん》の炎が吐き出されたり呑みこまれたりしている。四〇メートル先にあるフランス式の別荘二棟も、轟々という音を立てて、まるで殉葬であるかのように焼かれている。

燃え上がる音は、小松林を吹き抜ける風に元宵節《げんしょうせつ》〔旧暦一月十五日〕の爆竹の破裂する繁雑で小さな音を混じらせているように聞こえた。焼かれて打ち砕かれた破片が絶えず上から降ってきて、炎の中や草地の上に落ちては、黒い炭や白い煙と化していった。

火の粉は烏のように上空で舞っている。灼熱の瓦の上にいた赤毛の猫が尻尾を真っすぐに立てて鋭い悲鳴をあげている。猫は不安そうに走り回っていたが、草地を見下ろして爪をぐっと剝き出し足場をつかんだかと思うと、とうとう飛び下りた。それから体をぶるぶるっと震わせ、自分の毛を嚙みはじめた。

班単位に分けられた兵士が近くに散らばっていて、あちこちの丘陵からもきらりと輝く銃剣の列が見える。五ガロン入りのガソリン缶がそこらじゅうに山と積まれている。陵付近の新住宅地、馬群、麒麟門、孝陵衛、四方城……そして紫金山全体を、海から襲ってきた七月の嵐のような激しい炎と黒い煙が覆い尽くしていた。

袁唐《ユエンタン》は早足で近づいていった。下級将校数名が一箇所に集まっている。

「この炎、見てみろ、なんてでかいんだ！」小太りの将校が話している。

「怖いのかい……」そばにいた男が訊き返す。

「怖いことなんかあるもんか！」小太りの将校が色をなして、鼻に皺を寄せ、連れのほうを睨みつけた。「天が焼け落ちたって、怖くなんかない」

「じゃ、喜んでいるってわけか」

「何言ってるんだ、高みの見物を決めこんでいるわけじゃないんだ」

「それなら、炎がでかいとか言って、いったいどういうつもりなんだ？」

「どういうつもりかだと？　大中華民国の将校たるものが最も厳しい状況を前にしてつまらん話を口にするっていうこと自体、いったいどういうつもりなんだ？」

袁唐は聞いていて笑ってしまったが、それは本当のことだと思った。そして歩み寄っていき、彼らに挨拶すると、後ろに立って、話の続きに耳を傾けた。松の葉が軽やかに背筋を掠めて落ちた。袁唐は右手を握りしめて腰に当て、黒く光る鋭い眼差しを前に並ぶ三角の包帯や髪、そして背中のあたりに何度も向けた。

「もちろん、これは重大な問題だ」話しているのは、第五中隊所属の少尉小隊長関小陶《クァンシャオタオ》だ。彼は尖った顴骨《かんこつ》に突き出た赤い唇が目立ち、まるで口の中に胡桃が入っているような聞き取りにくい福建訛りの標準語を操っている。彼は西を向いて立ち、思い詰めた表情で遠く黒煙の立ちこめる天空を眺めていた。「これはいわゆる焦土抗戦の問題で、今日この日の着弾地帯をクリアにするっていうだけじゃ済まされないんだ。これは戦略の問題であって、つまるところ、我々の覚悟の問題だってことだ」彼は急に言いよどむと、夢の中で立ち止まったかのように、ただブツブツと何事か呟いていた。

「こんなことなんでもないさ、単に犠牲になるだけじゃないか」誰かが応じた。

「犠牲になるだけだと！」関小陶は厳しい眼差しで振り返り、取り囲んでいる人の中を探った。「そんなことを言ったヤツは誰だ？　なんでもないとは何だ！　これは犠牲とかいうことじゃないんだぞ――」

するとと応じた男が衆人の中から関に向かって手を振り、自分がどこにいるか示した。その男は色白なほうで黒く細長い眉をしており、才気走った感じを漲《みなぎ》らせていた。「犠牲じゃないなら何なんだ？　いま抗戦の只中にいて、第一の問題は、いかにしてこのすべてを捨て去るかっていうことなんだぞ。これは、明らかなことだ、日本は帝国主義国家だ、つまり、たとえ日本の重工業が貧弱であってもだ。それに対して我々中国は一体どんな国家だ、これは、ここにいるみんながわかっていることだ、哀れな半植民地さ、馬鹿でかい農業国なのさ。クラウゼヴィッツはこう言ってる、つまり、『戦争、それは、力と力の対比である』とね。

彼は次第に語調を強めていき、右手で力強く宙を切った。「つまり、これが原則なんだ！――確かにクラウゼヴィッツはこうも言っているが、これは相対的な力だと。しかしここにおいては、犠牲あるのみだ、日露戦争のようにな、日本が『肉弾』で目的を達したようにだ。この、我々には犠牲あるのみなんだ！　中日戦争においては、この力と力の対比は、このバランスはあまりにも、あまりにも差が大きすぎる。だから、我々がこの戦争をやり抜くんなら、犠牲によらずして、いったい何があるんだ？　あの、閘北《ザーベイ》〔この年八月の上海防衛戦の激戦地。作者はここで重傷を負った〕の大火、それは……」彼は四方の丘陵を指差すと、手で顔の前に半円を描いた。そこに連なる丘陵は突如怒りに燃え、黒々とした雲や赤い雲をひっきりなしに立ちのぼらせていた。「こういうのが、つまり、これが愚かしいと言えるのか？……」

小太りの将校が腹をさすりながら大声で笑いだした。

関小陶《クァンシャオタオ》はなんども反駁しようとしたが、まるで魚籠《びく》に入れられた鱖魚《けつぎょ》みたいにもどかしく口をもぞもぞさせるばかりだった。しかし彼はもはや我慢しきれなくなって、とうとう鋭い言葉でみんなを制した。

「犠牲は決して目的じゃないぞ」

「犠牲は目的さ、最後の、そして最高の目的なんだ」

「それは間違っている」関小陶の唇は色を失い、白っぽく見えた。彼は怒りに駆られた雄羊のように首筋を硬くしていた。

「完全に間違っている！——仮に犠牲がそういう目的だったら、それじゃ、最後の結果はどうなるんだ？　最後は、すべて終わってしまう、君自身が終わってしまえば、中国も終わってしまうのか？　中国までも犠牲にすることで終わってしまうんじゃないだろうね。それはつまり、かつて戦わずして亡国を望んだ奴がいたが、今の君は戦ったのちの亡国を望んでいるんだ、そこにいったいどんな違いがあるっていうんだ？」

青白い顔が狼狽《ろうばい》しはじめた。しかし男は何か嫌悪する言葉を自分の耳元から追い払うように、また手を振りおろした。「それは君にはわかっていない、それはつまり、僕の言いたいのは犠牲であって、どうしてそれが亡国になってしまうんだ！——逆に君が、その、犠牲ってことを理解してないばかりか、しかもその、そういうふうにこの犠牲ってことを汚しているんだ、その、犠牲になった先人の血の跡を汚し、戦死した将兵を汚し、中国軍人を汚しているんだ、そういうことだ！……」

「君の大げさな言い方にはまったく驚かされるぜ」

「ワッハハ！……」小太りの将校が空を仰いで大笑いした。「面白い、面白い」

彼の仲間は密かに彼を睨みつけ、鼻先で軽く冷笑した。

「決して大げさな言い方じゃない。君の度量が小さすぎるんだ」

「それじゃ、中国の抗戦っていうのは犠牲あるのみなのか?」

「その、犠牲以外に、中国にどんな選択ができるんだい?――ほら、あの火を見てみろ!……」彼はまた丘陵のほうを、黒ずんで、そしてうすく赤味すら帯びた道路のほうを、時折銃剣のような青緑色にぎらりと輝く若い松林の連なりのほうを、狂った野獣のように争いながら嚙みつき合い、跳躍しては追い回し合う烈火のほうを指差した。

「いや、違う!」関小陶《クァンシャオタオ》はくじけない。

「犠牲は目的であったことなどない、それは一種必要な手段に過ぎず、あるいは戦争の道徳と言ってもいいのかもしれない。君がこういうことを理解できないなら、君は抗戦そのものをわかっていないっていうことだ」彼は自身の余計な福建の訛りにイラついているようだったが、実は適当な語彙と言葉の方法がなんとも不十分だと思っていたのだ。

「あのな、君は、あの、犠牲ってことがわかってない! 根本的にわかってないんだ! あの、これをわかってない奴は、中国の抗戦に不誠実だってことだぞ!」

小太りの将校はさも面白そうに腰を曲げ、手で腹をさすっていたが、目つきは夕暮れ時のおぼろな新月のように変わっていた。

「問題はね」袁唐《ユエンタン》が彼らの背後から現れて、二人に向かって議論をやめるよう手振りで抑えた。彼は突き動かされるようにしていて、言いたいことが山ほどあるらしく見えた。彼の思考経路は突如晴天のごとく明瞭に澄みわたっていた。「明日」の犠牲のあるなし、その出発点はほんのわずかな相違なのだが、到達点の差異はひどく大きい。彼は主張した。

「それは絶対的な犠牲論で、敗北主義から出発して、またもや敗北主義に帰結するんだ。その論では僕らの力量がどこにあるのか、抗戦の性質がどんなものであるのか、見えていない。つまり近視眼なのに、望遠鏡をかけているのと同じだ。そいつでは勝利の明日を見ることなどできないから、うわべでは英雄を気取ってみても、骨の髄にあるのは失望と悲観なのさ、あたかも義のために仁となるみたいに見えて、本当は死んだらおしまいというわけだよ。その論は極めて有毒で、亡国論にすぐ変貌してしまうんだ、もっとも屈辱に汚された亡国ではなく、勇猛壮烈な亡国ではあるけどね……」

　彼に言い終わらせないうちに、小太りの将校が口を挟んだ。「もし勇猛壮烈にわが国を滅ぼせるんなら、悪くなんかないだろうよ」

「僕らにはそういう勇猛さも壮烈さも不必要なんだ！」袁唐が小太りの将校のほうに目をやると、彼は一気に顔色を変え、目はまん丸になって、小鼻に犬のように皺を寄せ、肉厚の手で襟の金ボタンを弄《いじ》った。袁唐は続けた。

「ちょうど一昔前の兵隊みたいに旗竿よろしく一列になって、最前線に立ち並び英雄的な犠牲となるなんてことが、僕らにはまったく不必要なのと同じさ、僕らは地形を利用し巧妙に隠蔽しなければならんのだ。僕らは阿Q主義〔魯迅『阿Q正伝』から。敗北しても自己満足して忘却する精神〕に反対する、ドン・キホーテ的な盲動にも、軽薄さや浪費にも反対する。なぜかといえば、僕らに必要なのは、別な勇猛さであり、別な壮烈さだからだ。僕らに必要なのは、深謀遠慮であり、艱難《かんなん》に耐えて奮闘することなんだ」

「しかしな、犠牲はどう言われようとも絶対貴重なんだ……」

「覚悟から、道徳から、そして最後の土壇場での振る舞いから言って、間違いなく貴重だとも。でもそれとは違うんだ、もし昔のままの絶対的犠牲論であったなら、主観的にはどう考えていようとも、客観的に言えば自分たちの力を磨り減らし、敵を利するだけで……」

袁唐《ユエンタン》はもっと言いたかったが、関小陶《クアンシャオタオ》が急に嬉しそうな大声をあげた。

「だって、僕らの戦略は持久戦なんだから、消耗戦なんだからな。たとえば上海での戦役だ。あれはもちろんこのうえなく勇猛で壮烈だった、六十万人、三カ月だ、時々刻々、あらゆる細部に至るまで、すべて絶対的に優位な敵の軍事力の前にあって、航空機は冬の烏みたいだったし、重火器ときたら、へっ、夏の田舎の蛙みたいだった。それは最大の犠牲だったさ！　そういう犠牲が、僕らにいったい何をもたらしたんだい？」彼は自分の舌が木の切れ端のように感じて、またもどかしくなってきた。しかしやはり懸命に話しつづけた。

「僕らが手に入れたものは何か？　確かにあると言えばある、たとえば国際的な面子《めんつ》だとか、たとえば民族意識を高揚させたとか、そしてたとえば、幾分なりとも敵の侵略に報復して、中国を屈服させるという夢想を砕き、日本の速《ママ》戦速《ママ》決の戦略に打撃を与えたとか、な。でも、それはどうだろう、もっと重大な問題があるんだ、中国は今後いかに持続的に戦争を続けていけるかっていうことだよ。しかしな、上海では、我々の差し出した代価はあまりにも不必要に高すぎていやしないか、打たれ慣れてしまった根性で、逆に自らを消耗させてしまったんだ、なんという恐ろしい数字だ、六十万人だぞ！　こういう犠牲が我々にいったい何をもたらしたか、みんな、物を見る目をつけているんじゃないのか。どうなんだ、あのせいで杭州湾はガラ空きになり、国防の限界ラインは簡単に手放された、だいたいあの国防ラインの構築には三年かかって、鉄筋とセメントをぶちこんだ永久防御陣地だっていうことだった、慌てふためいて着手した上海の何倍も堅固だったはずだぞ、だがそこには守備兵の一人も置くことがなく、一日だって持ちこたえられなかったし、まるで栗の皮みたいに捨てちまったのさ、蘇州から福山に至る防御陣地を我々はまったく使うことがなかったんだ、本当はあそここそ決戦を準備した場所だったのにな。あの戦役で敵は羽が生えたみたいに我々の首都に迫ってきた、我々は今この場所でようやくガソリンや着火剤、黄色火薬を使いはじめたってわけだ。――なんという悲惨な教訓だろう！」

青ざめた顔の男は、関の言い分を聞いて手を横に振り、もうこれ以上話すことはないと伝えた。小太りの将校は手を後ろに組み、休めの姿勢をとって、炎や火花を高く噴き上げながら崩壊する建物のほうを眺めていた。袁唐と関小陶は互いに手を差し出して堅く握り合った。

赤黄色に、そして暗紫色に燃え上がる炎があちこちに広がっていく……

嵐の海のうねりのような炎が、猛々しく湧き起こり、時には何か楽しげにも見えた……

炎は建物の連なりを次々に呑みこんで燃え上がり、きらきらと輝く火の玉を四方に噴き散らしている……

村々はまるで火で作られているように思えた。やがて時を置かず前方の小松林に炎が移って鮮やかなほど輝くと、深緑色の稜線の背後からオレンジ色の火花が噴き上がり、クリーム色やベージュ色をした炎の光線が走っていった……

空のより高みを目指して鷹が飛んでいく。浮かぶ白雲は黄色くくすんでおり、のろまな牛の群れを思わせた。

深夜になって、空は深い臙脂色に変わり、紫金山が影絵のように浮かび上がっていた。金紅色の大火、黄白色の濃煙、金黄色の激光、紫青色の残煙、それらが周囲に拡散しており、夏の黄昏《たそがれ》時に西域でよく見られる湖水のような明るい緑の輝きも時折混じっていた。それらの荘厳さ、偉大さが空中に高々と顕示されて、あるものは飛龍のごとくしなやかでたくましく、終わることのない謎めいた舞踏を繰り広げており、あるものは日の出のような光芒を周囲に放ち、あるものは珊瑚でできた大森林のごとく夥《おびただ》しい枝葉を見せていた……

今にも雨が降りそうで、どす黒い低い雲が瓦屋根を押さえつけていた。通りを歩く曾広栄《ツァンクアンロン》は、昨日の難題の半分――数量的にはすでに半分以上だ――は解決できたから、心も軽やかで夜の眠りも心地よかった。だが、その心地よさも水の泡みたいに風のひと吹きで破られてしまった。原因はというと、昨夜中山門外の大火が彼に与えた印象があまりにも強烈だったからだ。彼は建物の上から見ていたのだが、感情が夜風に吹かれた身体とともに冷え切って、今日もまだその寒々とした感じが気持ちの底に沈殿していたのだ。第二に、時間は今日までしかなく、実質的にはあと五、六時間しか残されていなかったからだ。第三に、彼の説得工作がいったいどんな出来栄えだと言えるのか、金を支払って出ていってもらったのが一軒、脅しつけて解決したのが一軒、こんなのではまったく、彼自身でさえやっていられないほどひどい皮肉でしかなかった。第四に、あの私塾の先生、あの老いぼれは説得自体が馬耳東風、話は簡単によそ道にそれてしまうから、彼にとってはひどく難物だった。道の砂塵をまきこんだ北西の風が彼の顔にまともに吹きつけ、息を詰まらせた。

黴の生えた灰白色の古い籬《まがき》から、中に続く黒砂利を敷いた細い道の向こうの庇《ひさし》の下に、彼にはその老人が陶器の茶碗で食事しているのが見えた。山羊のように尖った髭が蠢《うごめ》いている。戸を押し開けると、倒れそうなギギギという音がして、この戸までも開けられたくないと思っているようだった。老人は曾広栄をちらっと見ると直ちに茶碗を置いて、のろのろと立ち上がる素振りを見せたが、膝はまだ曲げたままだった。彼は鼻にかかった幅広の鼈甲《べっこう》の眼鏡を袖口で拭き、額のあたりまで持ち上げて宙を見つめると、また鼻にかけた。老人は曾広栄のほうをジロリと眺めたが、そこには何か軽蔑した趣があった。

「先生、おはようございます！」曾広栄が話しかけた。

「おはようございます、先生、どうぞお食事を続けてください」老人は置いた茶碗をまた手に取り、彼の言葉に従ったというふりをした。痩せ細った腕は黄ばんだ薄い皮が骨を包んでいるだけでまるで竹の枝そのものであり、二本だけ三センチほどにも伸ばした指の爪はあたかも鳥の爪みたいに見えた。

曾広栄《ツァンクアンロン》は慌てて手を差し出し、老人をなだめた。「先生、まずお食事を。食べ終わったらすぐに撤退していただきますから」

「父母の国の道を去るや、遅々として吾行くなり……〔孟子万章下〕」老人はブツブツと唱えた。

「いけません、先生！　前回もあなたに申し上げました、日本人は我々を一分一秒も待ってくれはしないんです。あなたに何か道理がおありなら、どうぞおっしゃってください、もしないなら、すぐに退去していただきます。みんな潔くきっぱり撤退しているんですよ」

「国必ず自ら伐《う》ちて、然るのちに人これを伐つ〔孟子離婁〕！――」老人は彼に言葉をかけながら、飯碗を誤って壊すのを怖れるかのように、慎重に下に置くと手でゆっくりそれを撫で回した。

老人の言い方は完全に売国奴の論調で、完全な亡国論だったから、彼は怒りにかられ胸中に湧き起こる怒濤を抑えられず、もう少しで罵りはじめるところだった。「こんな老いぼれの言うことなんか何だっていうんだ！」と、しかし彼はやはりぐっと堪えた。

「それじゃ、先生、まさかあなたは『家必ず自ずから毀《こぼ》たれ、しかるのちに人これを毀つ』〔孟子離婁〕とおっしゃるんじゃないでしょうね」彼は老人の論理の弱点を捉えて、反撃を試みたのだ。「まさか先生もやはり『自ら孽《わざわ》いを作す、活きるべからず〔尚書・太甲中〕』とでもおっしゃるんでしょうか」

この反論で老人の顔はいっぺんに真っ赤に染まった。彼の何か物を飲み込んだみたいにひどく突出した喉仏が、追い詰められたせいか、ひょろりとした細い首に沿って何度も上下しはじめた。それでも老人はガラス鉢の向う側の金魚のようにぎょろりと目を据え、しわがれた声を振り絞って言い放った。「『小は固《もと》より以《も》って大に敵するべからず』、『弱は固より以って強に敵するべからず』、『況《いわん》や之が為に強いて戦うことにおいておや』、『其の民を糜爛《びらん》せしめて之と戦うなり』〔孟子からの引用。負けるに決まっているから弱小国は強国と戦うべきではない、それを強いて戦うのは国民に惨状をもたらすだけだ〕ということだ!」

「まったくどうしようもないんだから!」彼は首を振りながら大声で叫んだ。今日こそ彼は本当に殴りつけてやりたかった。「この『老いて死せざるは賊なり』〔論語憲問〕の老いぼれめ!」彼は心の中でこう罵った。それから憤激した口調で、言葉を続けた。

「日本兵は我々の『父兄』を殺し、『子弟』を捕虜にし、我々の婦女を姦淫し、我々の『宗廟』を『毀《こぼ》』ち、我々の祖先伝来の重器を遷《うつ》しているんです、我々の国を滅ぼそうとしているんです、我々の種族を消滅させようとしているんですよ。だから我々は戦うんです。これこそ国民が望んでいることです。まさに『大旱《たいかん》の雲霓《うんげい》を望む』〔孟子梁恵王〕ような戦争なんです。『秀才は門を出《い》でずしてよく天下のことを知る』って言いますが、先生もそうでしょうねぇ……」

彼は無意識のうちにお世辞の言を付け足していたが、言ってしまってから我ながら恥ずかしく思って、声が小さくなった。

「こういう情勢がお分かりにならないはずはありませんよね。先生、これでもまだ耐え忍べっておっしゃるんですか?」

四十歳ぐらいの女性が中から出てきて、テーブルの角のほうにひっそりと寄り添った。

「『小を忍ばざれば、則ち大謀《たいぼう》を乱《みだ》る』〔論語衛霊公〕と言うではないか！」

「これのどこが『小』なんですか、じゃ、先生は何をもって『大』っていうんですか？」彼はまた大声をあげた。こういう老いぼれを先生と呼ぶこと自体、嫌悪を催し、吐きたくなるほどだった。

「こういうことは耐え忍ぶわけにはいかないんです！　こういう状況に立ち至ったら、もはや戦うしかありません、これはいわゆる『愚と雖《いえど》も必ず明、柔と雖も必ず強なり』〔中庸〕というものです。仮に国家や民族が『小』であっても、たとえば先生、このお宅は――」天井の蜘蛛の巣や家の中に並べられた十数架の長方形の本棚を指差しながら、「『大』なんでしょうか？　天下や国家と比べて、そして民族と比べりゃ、ずっと『小』ではありませんか。それなのに先生は運び出そうとはなさらないし、撤退してくださいってお願いすると、この世の終わりみたいな大騒ぎをなさる、まるで先生の持ち物が奪われるみたいにですよ――いやもし、本当に私が奪ったとして、それは先生のおっしゃる『小を忍ばざれば、則ち大謀を乱る』ということなら、先生はこんな『小』はたやすく耐え忍べるんじゃないですか、なぜそうお出来にならないんでしょう？　先生のこのお宅、先生は耐え忍べないとおっしゃる、しかし先生の国家、先生の民族に対して先生は『耐え忍ぶ』ことができるとおっしゃるわけです、なぜそんなことが言えるんですか？」

老人は力を失ってブルブルと震えだし、のろのろと飯碗を手に取ると、また竹の箸で何口か飯を食べるふりをした。老人は完全に失敗していて、昨夜寝床で考えた話の筋立てが完膚無きまで反駁された。曾広栄《ツァンクァンロン》はよくわかっていた。彼は密かに喜び、さらなる攻撃、追撃を始めた。

「先生！」曾広栄は低い声で誠実に話した。

「すべて日本兵が、我々にこうせざるを得ないようにさせていて、我々は戦いに追いやられ、撤退に追いやられているんです。我々は戦わないわけにはいかないし、先生方は撤退しないわけにはいかないんです」

「ああ！――」老人はまた飯碗を置いて、胃病持ちのように眉に皺を寄せると、箸をそっと飯碗の縁にたてかけた。

「昔太王は邠《ひん》に居《を》り、――狄人《てきひと》が――之を侵し、之を去り――岐山の下に居れり。擇《えら》ぶに非らずして――之を取る、已《や》むを――得ざる――なり！〔孟子梁恵王下「昔、太王は西安彬県にいたが夷狄が侵略してきて、そこを離れ岐山の麓に移った。選択したわけではなく、致し方なかったのだ」〕」老人は大きく頷き、続けてため息をつくようにこう言った。「老羸溝壑《ろうるいこうがく》に転ず、壮者散じて四方にいたる者、幾千人なり！〔孟子公孫丑下「飢饉のときに老人は他郷で死を迎え、壮年の者たちも四散した。その数数千に上る」〕」

突然彼は天を仰ぎ、鳥の爪のような指で苦しそうに自らの髭を掴むと、悲憤に駆られ、声が雨後の谷川の流れのように震えだした。彼は一言一言区切るように語った。「時日――曷《なん》ぞ――喪《うしな》わん！――予、汝と――偕《とも》に――亡びん！〔書経湯誓「この太陽はいつ滅びるのか、私は君とともに死んでいく」〕」

老人の目から麦粒のような小さな涙が絞り出された。彼は猿みたいにゆらゆらしながら近寄ってきて、鳥の爪の手を曾広栄の肩に置いた。ある種の心の波動が曾広栄に伝わってきた。老人は妻に向かって手を振った。

「先生！　撤退は——『已むを得ざるなり！』なんです。『擇ぶに非らずして之を取る、已むを得ざるなり』そのものなんですよ！」

老人の妻はテーブルの端にそっと立ったまま黙りこんで、藍色の袖口で鼻を拭った。

説得に成功した曾広栄は古い竹の籬から「よし！」と一声あげて出てきたが、喜びは何もなく、逆に、心の中はまったくの灰色一色だった。空を見上げると、——空模様もやはり完全にどんよりとしていて、雨が降りそうだった。しかし雨はまだ降っていない。

竹の籬の向こうから堰を切ったような泣き声が聞こえてきて、怯えた野鳥が深夜にあげる鳴き声を思わせた。

「なんていう空だ！　今夜はお前も燃やしてやるからな——」

曾広栄《ツァンクアンロン》は拳を握りしめた。

一九三九・九・五。
西安、崇恥路、六合新村。

第三章

　長江は太陽の沈むところから雄渾な流れを発し、豊穣な鉱物と有機物をもたらして、両岸を肥沃で美しい濃緑色に染め上げる。遥かな帆船は風を孕み、葦の葉陰に寄り添いながらゆったりと航行している。帆船は幾朶《いくだ》もの白雲に追い越されるまま、波の光跡に疾風の影を宿しながら、船首を真っ白な波飛沫にくぐらせていく。こうした古い船には長江流域で生産される米、茶葉、桐油、絹糸、紙などありとあらゆる様々な貨物が載せられている。船は南から北に弧を描いて緑あふれる黄砂の八卦州を廻り、真東に方向を転じると、白い鷗の翼を掠めて、黄濁した波濤に乗り速力をぐんぐん増していき、やがて船影が遥かな山なみの光の向こうに消えていくのだ。

　長江が江南の大動脈だとすると、夾江《きょうこう》は南京の動脈である。冬、その川面は穏やかで澄んでいる。山の上に立って麓のほうを見下ろすと、それは何気なく放り出された帯を思わせ、行き来する船が愛らしい絹の光沢に浮かぶ一片一片の蓮の葉のように見えた。宋代の言い伝えに、徽宗の子、小康王が逃げ延びるときに馬の塑像が動きだして川を渡らせたという物語があるが、それはここのことだ。今は、大きな虫の群れのような烏龍山の連なりが黄金の陽光に照らされ、夾江の東を見下ろしている。切り立つ幕府山は川波を呑みこみ、その西側に蟠踞《ばんきょ》している。山上はすべて要塞が築かれており、帆船が暁風残月を浴びて山下を通りかかると、ぼんやりと暗い山嶺《さんれい》から鋭いラッパの音や深い樹影の奥の馬の嘶《いなな》きなどが、船子たちの耳に届いてきた。

　南京は古い帝国の首都であり、竜蟠虎踞と称される地形だった。

　東北は栖霞《せいか》山。栖霞寺は厳《おごそ》かに樹林の中に趺坐《ふざ》し、時折よく通る鐘の音を夕靄の山谷に響かせ、青緑の琉璃瓦が天空の白雲とみごとなコントラストを作りあげる。秋、槐《えんじゅ》の林の深紅が深い霜に覆われ、落日の時分には、山全体が燃え上がるように見える。歩みを進めると、あたかも燦々と輝く雲海を行くかのように思え、斜陽に照らされた人々の顔が笑みを含んで薄紅に染まる。さらに東に二〇キロ、山稜の起伏は定まらず、茫漠たる葦原が広がる。そこは夏になると深緑一色になって、気まぐれに降下する白鷺や群れ飛ぶ螢を奥深く呑みこみ、冬には、葦の花が晴れた空一面に雪のごとく飛び漂うのだが、ここここそ世に知られた龍潭である。国民革命軍はここにおいて三日間にわたる血戦の末、孫伝芳〔旧直隷系軍閥の領袖。国民革命軍の北伐に敗れたが、満州事変後に抗日の側に立つ〕率いる渡河反攻の主力部隊を撃破した。そして江南セメント工場の煙突が川辺にそびえており、絶えず濃煙を噴き出していた。

　東方にはどう猛な野獣を思わせる大華山、九華山、湯山が連なる。どこもかしこも深い枯れ草に覆われていて、中に分け入ると、誰であれいつの間にか身体のあちこちに裂傷ができてしまう。ときには、雉がいきなり足下から飛び立ち、人を驚かすこともある。ギャギャと鳴き声をあげて二、三〇メートル先まで飛び去って、また深い草むらにふわりと降下すると、あとはもう何の痕跡も残っていない。

湯山付近では毎日部隊の演習が続けられていた。こういう部隊の連中はこのあたりの地形を熟知しており、砲兵陣地の位置から岩石のある場所まで、さらにどこに遮蔽物があって、どこの木の枝が銃身を置けるかに至るまで、誰もがわかっていた。二〇キロ四方の砲兵射撃場では、全身カーキ色のボフォース山砲がまばらな木立の下に常に並べられており、ときには黒ずんだ三八式野戦砲や、甲虫のような口径一〇センチのカノン砲、あるいは一五センチの榴弾砲が、牽引車に曳かれて白楊の林沿いの砂利道から現れた。将兵たちは方向盤を注視してミル単位の数値を大声で報告したり、経緯儀、風向盤、射表、透明な分割紙などを使ったり、あるいは大きな鍬のような望遠鏡で地形や目標を観測したりしていた。それは細長い橙色の丘陵で、深い草原に立てられた木の杭を敵に見立てているのだった。

将兵たちはここで試射を行なうのだが、確実に一発の砲弾で五キロ先の目標にかけられた黄色い布を射抜き、距離の修正も方向の修正も必要としなかった。砲兵学校がここに移転してきて、建物はセメントと鉄骨の宮殿となり、新式の室内射撃場の設備が造られた。京杭《けいこう》国道はこの山麓を通過するのだが、人々は「登山禁止」の看板を目にすることとなり、山上にいったい何があるのかさっぱりわからないまま、山肌一面を覆う紅葉と飛来する鵲《かささぎ》たちを眺めるばかりだった。

東南には二、三〇キロにわたって青龍山と黄龍山がうねうねと続く。夏の暴風雨のときに近在の住民たちが表に出れば、荒漠として薄闇の広がる山々が低く抑えた蠕動《ぜんどう》を繰り返し、地上に届くほど垂れこめた黒雲から霹靂《へきれき》がどよめき、恍惚とした原野に稲光が躍動して、雷が最大の力を発して激しい怒りの赤光《しゃっこう》を放つ様を目にするのだ。野の草が緑に生《な》り染める春と白雲が山々を覆う秋には、中央陸軍軍官学校の学生たちがここで実戦射撃演習を行ない、各種の兵器が山間に次々と轟音を放ち、あたかも本当の戦闘が繰り広げられているかのようになっていく。山々の背後には大連山が静かに眠っており、まるで精力を蓄えた青年が吹く風に髪をなびかせ、月光にその顔を照らさせているかのように見えた。

南方には、方山が独りゆったりと淡い一条となってひっそりと夕暮れの蒼茫の中に佇み、多くの詩人たちの夢想を惹きつけている。牛首山は方山の西にあり、さほど高くはないものの、山頂に古い小さな荒れ寺がある。年寄りが子供たちに、よく話して聞かせているように、そここそ岳飛〔南宋の武将〕が金の軍勢を打ち破ったところである。牛首山は全山桃の樹林で、春になるといっせいに花が咲き、樹間には野生の躑躅《つつじ》も群生しているから、あたり一面が朝霞のように燦々と輝くのだ。

中央には紫金山が雄渾な姿で屹立《きつりつ》し、白石の中山陵を無数の小松の樹林が取り囲んでいる。明の孝陵の赤壁に沿って、巨大な石獣が夕風に吹かれる荒れ草の中に立ち並び、警戒を続けている。

山頂に聳《そそ》り立つ岩石は巨魚の背鰭のような天然の城壁となっていて、明月はそこから上り、白雲はそこに消えていった。生い茂った樹林や散在する岩石の間には、時折見える数名の兵士の姿以外、人影はなかった。ちょうどこのあたりで、兎みたいに身を隠した蔵本英昭が割腹自殺を遂げようとしたのだ。しかし彼は深夜の寒風に吹かれて麓のきらめく灯火を目にし、中国の人々が自分にもたらした豊かで誠実な感情を思い起こしたとき、自分がその人々には何の恨みもないのにもかかわらず、この平和な街を破壊しようとしていて、しかも最初の刃で殺そうとしているのが自分自身だと気づき、決意が砕けた。彼は正義に悖《もと》ることはできないし、これ以上陰謀に服従することもできないと思い、その朝ひっそりと山を降りて食べる物を買ったのだった〔一九三四年南京総領事館書記生の蔵本英昭の失踪事件。武力衝突に発展しそうになったが、ノイローゼによるものとされた〕。

北方の川岸には獅子山が控える。それは小さな山で、まるで門番のようにも見えた。黄濁した河面で敵の戦艦「夕張」が砲身を露わにして獅子山を威嚇したことがあり、今でも軍営には二発の赤錆びた砲弾が陳列されている。

ほとんどの山々は敵の攻撃の方向に向いており、紫金山を中心に東から南に同心の弧状に展開して南京を厳重に防衛していた。数十座の砲台、数百のトーチカ、それらが互いに重なり合い、交差し合って南京の外周を取り囲んでいた。

南京城は太平天国軍がここを拠点に三年にわたる防衛を果たしたように雄大で堅固だった。曽国藩〔清末、湘軍の領袖〕は半年かけて地下道を掘り進めて攻撃を加え、爆薬を棺桶に仕掛けて持ちこもうとしたのだが、城壁にごく小さな穴をあけることぐらいしかできなかった。莫愁湖は、今は泥が沈殿して水草に覆われ、ちらほらと蓮の花が咲いている。それでも玄武湖と比べるとやはり艶《なま》めかしい。長堤には列なす柳と次々に咲きほこる花々があり、蓮と魚群の間を行き来する遊覧船があった。二つの湖、その一つは南京の西に、もう一つは東北に位置しており、南京はこの二つの湖を命の元とし、また外敵から守る障壁ともしていた。鶏鳴寺のあたりから進んでくると、台城に行き着き、前方に玄武湖の幽玄で静寂な一角が広がる。ここは観月に最適な場所で、懐古的な雰囲気が不運な梁武帝の城攻めに敗れて殺害されたあの歴史の一頁を思い起こさせる。もし付近を探索すれば、とある四阿《あずまや》のそばに石柵に囲まれた小さな井戸を見つけるだろう。その水は浅く濁っており、南朝最後の陳朝皇帝の妃張麗華はここで身を投げた。爾来《じらい》井戸の水は臙脂の赤に染まったというが、美しい伝説も亡国の悲惨さを隠すことはできない。

南京の大きな外周は鎮江、句容、溧水のラインだ。さらに遠方には、江陰要塞と常熟の福山鎮があり、呉県から嘉興に至る一線が防御の障壁となっている。

鎮江、句容、溧水は丘陵地帯であり、湖沼の点在する地方もある。道路を進んでいっても前方に村落は見えず、生い茂った樹林の広がりから立ち上る炊事の煙が目につくだけだ。稜線に見える橙色の土地は開墾されたところで、両側の斜面の下方に目をやると、牛と人が水色の空に点綴《てんてい》している。

鎮江は最も豊かな町であり、商業が盛んで、京滬《けいこ》〔北京・上海〕鉄道がこの街を通り、様々な訛りの人々を連れてきた。金山寺の遊覧では鎮江の全景が余すところなく一望できる。岸辺に帆柱が林のように立ち並び、川水は鱗状に金色の輝きを放ち、川面に浮かぶ曲がりくねった筏が物憂《ものう》げに東に向かって漂っていく。江面の遙か遠くに焦山が一粒の田螺《たにし》のように孤立していて、河の潮もその姿を揺るがすことはない。

句容と溧水は痩せた土地柄で、農民の暮らし向きは暗く、自分の植えた米や麦すら口にできないことが度々あって、澱粉や山芋で飢えをしのいできた。茅山一帯はさらに荒れていて、ごく稀に道士を一人二人見かける以外は誰もいないし、山にも雑草や雑木の他には何もないのだ。飢餓のため、風土のため、人々の性格は単純で頑固であり、秋の収穫時の一揆騒動が起こったこともあり、自動車強盗もしょっちゅう現れている。

句容では、黄土色の丘陵に馬種改良試験場があり、優秀なアラビア種の馬が鬣《たてがみ》を靡かせて疾駆し、嘶《いなな》いている。第二世代の子馬が母馬の尻尾の後ろでやんちゃに飛び跳ね、優駿な骨格と艶《つや》やかな毛並みが未来の理想的な収穫、中国にいかなる軍馬が出現するかを暗示している。

こうした丘陵地帯はあたかも理想的な戦場のようだった。もしも我々が鎮江方面において長江と京滬鉄道を制御し、句容・溧水方面で茅山を拠点として天王寺以南の地域と京杭国道を制御すれば、そうなれば、敵の南京進攻に際し、防御において十分に敵を引付け、くい止めることができよう。しかも有利な時期を捉えて攻勢に転じ、兵力を集中して一翼あるいは両翼から出撃できる。攻撃時には、主動的な位置を容易に押さえられ、深く入りこんだ敵を機動的に包囲したうえで、あるいは敵を東方の湖沼地帯に撤退させて殲滅することも可能かもしれない。一九三五年十一月、二個軍団規模の兵力の大演習がここで実施された。参加した部隊は、歩兵師団四個、砲兵旅団二個、憲兵連隊二個、交通兵連隊一個、戦車大隊一個、航空隊一個にのぼり、これにいくつかの軍事学校と中央陸軍軍官学校所属の教導総隊も加わっていた。

長江は東に流れて江陰に至ると、江面が一気に狭まる。切り立つ黄山は二本の足を長江に突っこみ、山上に風を受けて揺れる松の樹林が、遠浅の大石湾と小石湾に逆さの影を映している。長江はここで流れの速度をぐっと高めると、黄濁した波が猛々しく荒れ狂い、白い波濤が渦をなしてどす黒い血しぶきを噴き上げる。まさに一瀉千里である。長江両岸には要塞が構築された。主力は南岸の黄山で、口径四〇センチ以上の巨砲が配置され、朝霧と月夜の秋長江の潮に幽魂無比の睨みを利かせて、遙か対岸の塵埃のようにしか見えない樹林まで俯瞰している。最新式の砲はすべて地下に構築され、その上部を鬱蒼たる樹林で遮蔽している。払暁《ふつぎょう》と日没時には鳥の声と清風が途絶えることはなかった。

東方太陽の国から疾駆してくる軍艦も、ここに来ては、魚貫の陣形〔魚の如く縦に連なる陣形〕にならざるを得ないのだが、まさにそれは我が軍の有効射程内に入ることを意味し、密集した火の包囲網に取り囲まれることになる。敵艦船の甲板が如何《いか》に頑丈で、威力が如何に強大であろうとも、我々は同じように完全に消滅できるのだ！　巫山、香山、蟠竜山、定山、花山、秦望山、蕭山、青山らが起伏を連ね、龍蛇の如く東方から真南にうねり、また真南から西方に移っていって、黄山の外周防衛網をなしている。

「八一三」で中国の全面抗戦が開始されたとき、直ちに封鎖線が設置された。江南造船工場はセメントや鉄骨を材料にし、数千トンクラスの商船に石を積みこんで長江に沈めて、おびただしい数の水雷を網状に長江の波間に散布したのだ。痛ましいことに、江陰の封鎖を決行するその前夜、長江にいたすべての敵軍艦は忽然と逃走したのだ。売国奴黄秋岳〔当時行政院の官僚、発覚後八月に処刑〕が中国の軍事機密を敵に売ってしまっていたのだった。

敵が中国の首都を攻略し政治的任務を完成するには、仮に江西に沿って北上するとするなら、第一に江陰の封鎖線を突破し、要塞を占拠して長江を制圧しなければならず、これができなければ、敵の戦略は雄大で美しい単なる軍事計画のままで終わってしまう。仮に敵が京滬鉄道に沿って前進するとしても、同じように江陰攻略は必須で、敵は海軍と陸軍の連合を果たし攻撃力を増強して、側面と背面の我が軍を掃討し脅威を排除しなければならない。そうしなければ、中国の軍隊は江陰を拠点として大軍をもって鎮澄路〔鎮江と無錫江陰を結ぶ道路〕を南下し、無錫で京滬鉄道を切断したうえで両翼から圧迫して敵を進退ともに窮《きわ》まる不利な状態に追いこむことができるのだ。

江陰城の南四〇キロに工業都市無錫があり、「小上海」とも呼ばれている。恵山から望むと、五〇以上の巨大な煙突が互いを睥睨《へいげい》して黒煙を吐く姿が見える。恵山は江陰城の西にあり、淡い煙霧に優しく包まれて夢のような景勝が作り上げられている。山上では防衛陣地、塹壕がびっしりと配置され、道士たちは寂れた寺の中でしか線香の煙を吸うことも、嘆息することも、山景を眺めることもできなかった。

太湖周辺の梅園で春花の咲く頃、毎日多くの車馬が曳かれてきたが、濃厚な香りは梅園の外に流れ出し、道路に、そして低い籬《まがき》に漂っていた。この梅園の籬の外、雑然とした木立や雑草の向こう側に、鉄筋コンクリート造りの重機関銃遮蔽体が二つ隠されていて、遊覧客の誰ひとり気づく者はいなかった。

太湖の岸辺、春の水面には艶《あで》やかな花弁が一面に浮かび、小さな魚の群れが穏やかな枝垂《しだ》れ柳を枝の下に集まる。夏には蓮の花が密かに淡い香りを放ち、雨の日には雨滴の連なりが空を仰いで開く蓮の葉の上で舞うように旋回する。こうした入り混じった音響が人を夢境に誘うのだ。秋のさざ波の湖面は滑らかな鏡のようで、空を過《よぎ》る鳥ののどかな白い姿をくっきり映し出す。冬、西北の風が起こると、湖水は穏やかな陽射しを浴びて揺蕩《たゆた》い、波を暗礁に打ちつけて白い飛沫を飛ばす。

春から冬まで遊覧客が途絶えることはなく、蠡《れい》湖公園、黿《げん》頭渚、宝帯橋、東大池などあたかも湖全体が巨大な公園のようだ。時にはアメリカの女学生がキャンプに来ることもあり、日本の旅行団がいく組もカメラや弁当を手に「満州協和会」の小旗を靡かせてやってきたこともあった。しかし防衛陣地、塹壕の構築はここでも同様に進められており、あるものは気づかれにくい木立の間に墓であるかのように見せかけ、あるものは茅葺小屋にしか見えない外見で、あるものは土や草の皮で密閉されていた。こうした塹壕は囲碁の布石のようで、錫滬《しゃくこ》〔無錫・上海〕道路のいたるところに造られていた。それらは東亭、安鎮、吼山、尖山のあちこちにあまねく敷設され、指揮所であったり、偵察ポイントであったり、歩兵砲の遮蔽物であったり、あるいは重機関銃の遮蔽物であったりした。張涇橋、楊村、周涇巷、これらの地域のあらゆる場所にも敷設がなされていたのだ。

無錫城の東約五〇キロに常熟城があり、無錫と同じく、米の名産地だった。五月、原野は一面滴るばかりの早稲に覆われ、十月には地平線の彼方まで黄金の稲穂が実る。ここで収穫される米は炊き上げると魚肉野菜の何一つおかずは必要なく、ただ米飯だけで三杯は楽しむことができた。真北一五キロの福山は長江沿いの小規模要塞で、対岸南通の狼山と寒波濁流を隔てて向かい合い、長江下流の扉をなしている。福山口と東方の白茆口、滸浦口は優良な港で、岸壁の水は深く風が穏やかだったから、烏のごとく数多《あまた》の帆船が寄港していた。福山鎮では白米が山のように備蓄されており、遙か昔の時代から米穀市場となっていた。

虞山は常熟西北に鎮座し、下方に広大な尚湖を従え、南に宝石のごとく清澄な昆城湖を望む。剣門は最も美しい景勝で、巨岩がそそり立っている。それは鋭い剣でいきなり真っ二つに切り裂かれた果実のようで、その剽悍《ひょうかん》な山峰に立つと誰もが絶世の英雄になったかのような気概を抱くのだ。古い山寺の木犀は九月の鐘の音に包まれて開花し、時を移さず地面に散り落ちると、地上の青苔を黄金の細粒で覆い尽くす。石屋澗には太公の足跡があり、剣閣には呉王の試し斬りの場が残っている。

無錫、常熟、呉県の一帯には大小無数の湖沼があって、蜘蛛の巣のような縦横無尽の小河川が結んでいる。このような小河は数十メートルごとに一本といった割合で流れていて、水は深く澄んでいる。それらは原野に広く分布し、灌漑にも魚や海老の養殖にも利用され、小型汽船も航行している。

こういう湖沼や小河は敵の攻撃にとってはなかなか越えることのできない障害であり、軍の展開や連絡を困難にさせるし、機械化部隊の行動はさらに制約を受けることになる。しかし防御の側からすれば、逆にこれによって兵力を節減することができ、敵の大量な兵力の集中を不可能にし、部分部分に分割した敵を各個撃破することが可能となる。とりわけ梅雨の季節には水田の水が一面の氾濫状態となって、障害の作用がさらに増大する。長江防衛と呉県左翼の援護のため、そして湖沼地帯の敵を撃破するために、常熟では虞山と福山を拠点とした恒久的防衛陣地、塹壕の建設を急ピッチで進めて、国防第一線左翼の勇姿を出現させようとしたのである。

呉県は有名な「天堂〔天国〕」であり、美しい花と女性を多く産した。花売りの多くは若い女性で、靴下を履かず、ズボンの裾から六月の蓮のような下肢を露わにしている。春雨の降りそぼる日、路地の奥深くに突然「バイ、アイーーランフアーー、モウ、アイーーリフア！〔「白い蘭の花はいかが、ジャスミンの花はいかが」〕」という花売りの声が響き、ゆったりと艶《なま》めかしく路地の隅々を渡っていく。小楼の上でその声を聞く人は、呼び声の主が黒い瞳に笑みを含んだ裸足の少女だと思って窓を開けて見る、するとそこには竹のように痩せ細ったチョッキ姿の中年男の腕に籠を提げた姿があるばかりだったりする。ここでは老若男女、みな文弱で、物売りから使いっ走りまで誰もが河鸍《かわもや》みたいにぼうっとしたところがあった。だから暴力沙汰より口喧嘩で、しかもその口喧嘩さえ相談しているような柔らかな調子だった。あるいは一種の音楽的な声色で、野次馬を周りに惹きつけ、あたかも街頭の歌合戦の様相を呈するのだった。歩く姿は瀟洒でゆったりとした足取り、東坡肉《トンポーロー》〔骨付き豚肉の煮込み〕を食べるにも砂糖を加え、着る物は薄い春絹で頭にはポッチのついた瓜帽子を被り、毎日ほとんどの朝と午後を茶室の閑談で過ごす。最も有名で賑やかなのは呉苑である。こんな話も伝わっている。闔閭《こうりょ》が死ぬとき、三千の宝剣を殉葬にしたのだが、それはまるで彼が戦争を呪詛し、蘇州人の武装を解除して自分自身の鋭い闘争心を抹消したかのようだったと言うのだ。

呉県の地勢はそこに住む人々と同じようになよなよと穏やかだ。山は小綺麗な小山だし、水は軽やかなさざ波をたて、暮春三月には木々に様々な花が咲き乱れ、鶯が飛び交っていく。陽澄湖の蟹が肥えていく時節はまたちょうど留園の菊が満開の時にあたる。人々は夕日の斜陽を浴びて虎丘まで散策することもでき、船に乗って楓橋夜泊を楽しむこともできる。ただ寒山寺の月落ち烏啼く時分にはもはや何の鐘声《しょうせい》もないのだが。

天平山と霊岩山はとりわけ静寂さに包まれているが、道がかなり遠いので、景色にも荒涼とした趣が生じて遊覧客もぐっと少なくなる。しかし京滬鉄道と蘇嘉鉄道〔蘇州と嘉江〕はここで交差しており、東北は水草の生い茂る陽澄湖、南方は澄んだ波の広がる太湖に繋がって、自ずと呉県が国防の中心に据えられることになっていた。そこは北に常熟、南に呉江、嘉興に接している。呉県はあ頭《こうべ》を上げ、胸を張って抗戦の守備位置に立ったのである。

中国の軍隊がもしこの国防ラインにおいて日本軍を阻止するか、あるいは鎮江、句容、溧水の一線を堅守することができれば、南京は盤石で、まったく毫《ごう》も問題はなかったのである。

しかし敵は十一月五日朝もやの杭州湾金山衛に上陸して十一月九日、十日松江と石湖蕩に迫り、十一月十八日嘉興を陥落させた。同時に長江では第一〇艦隊および第一一艦隊が活発に作戦を展開し、常熟の白茆口《はくぼうこう》から上陸して両翼による包囲体制を完成してしまった。

敵は白茆口に攻め入ると兵を分けて南下し、呉県を側面から攻撃した。同時に京滬鉄道方面の敵も昆山、唯亭から正面攻撃を開始し、蘇嘉鉄道に拠っていた敵は呉江から北上した。こうして呉県は三方面から敵の攻撃にさらされて、十一月十九日に陥落した。国防ラインはその威力をまったく発揮しないうちに、敵の手中に落ちてしまったのだ。

十一月二十日、戦いは錫澄路に移った。十一月二十九日敵は武進を占領し、二方面からの江陰攻略が開始された。一方面は無錫から青陽鎮を経て北上し、一方面は武進から大きく回って蕭山、青山に迫り、空からは飛行機が猛烈に爆撃を加えた。この結果、十二月一日には蕭山の県城が攻略され、十二月三日には要塞が占領された。こうして江陰封鎖線の破壊が開始されたのであった。

その後敵の一方面は武進、金壇、丹陽、句容から急進し、もう一方面は呉興、長興、宜興を奪った後、呉興から京杭国道に沿って北上した。ここでこの部隊はさらに兵力を分け、広徳、宣城に西進し蕪湖を襲って京蕪《けいぶ》鉄道を制圧した。この段階で敵は、南京の外郭防衛線を陥落させ南京を大きく包囲する計画を完成したのだ。

ここで敵は天王寺、句容に集結したのち、三ないし四個連隊規模の兵力を完全に機械化して先遣隊とし、主力を三方面に分けて南京に向かい直進した。右翼は京杭国道から湯水鎮を攻め、中央は砕石道路に沿って淳化鎮を攻め、左翼は湖熟鎮と秣陵関へ向かって進撃した。さらに一部は京滬鉄道に沿って鎮江の新豊鎮に攻め上った。


会場の雰囲気は厳粛かつ緊張していて、氷結した川を思わせた。その冷たく凝固した水面下には小魚の一匹さえ生きているとは思えなかったが、傍らに立つと体を虫が這い回るような不安な気持ちに襲われ、冷たい光に心を射すくめられるのだった。しかしこの氷の層の下にはやはり逆巻く激流がほとばしっており、猛烈に衝突を繰り返すエネルギーが横溢《おういつ》していた。それは決して服従せず、死に絶えることも方向を変えることも不可能なものだった。人々は銃の照準を定めるときのように慎重に自己の呼吸を整え、必死で自分自身を制御して荒れ狂う大波の中で木舟を操っているように見えた。

彼らは一糸乱れぬ方形の陣をなし、話をしている人をじっと見詰めて襟を正し端座していた。中には時折ノートを取り出して何事か書きつけている者もある。

灯火はまばゆいばかりに明るく、背筋をぴんと伸ばして立っている逞しい黒い影を照らしていた。大きな拳がさっと振り下ろされてはまた振り上げられ、しばらくそのままの姿勢を保って再び振り下ろされていく……

「トラウトマン〔ドイツの駐華大使〕は何事だ！」

鋭く甲高い声が夕暮れに猛り狂つて疾走する雄馬の嘶きのような激しさで四面の壁に反響した。その声は増幅されて人々の心を打ちつづけた。それはまるで山頂の松を震わせる強風の轟きのようにも聞こえた。

「現在の中国に和平を講じる道が残っているだろうか！　断じてない！　今日我らは徹底的に抗日戦争を続けるのみなのである！」

拳が振り下ろされた。

「戦うんだ！」

拳はまた高く振り上げられ、激しい怒りに震えている。しかし、ただちに鷹の急降下のように真っすぐ振り下ろされた。

「和平の余地などまったくない！　和平の余地はまったくないのだ！　私は現代の岳武穆〔南宋の武将岳飛〕となろう。諸君も岳武穆になってくれたまえ！　さらに私は現代の文天祥〔南宋の英雄〕となるのだ。諸君も私について文天祥となってくれたまえ！　これこそが……」

沈着で武人の気風に満ちたまなざしが、鋭くそして素早く彼を見つめる顔の列を掃いた。

「我ら、我らは天にまします孫中山総理の霊魂に恥ずかしくない戦いをしなければならない。戦死した将兵とその孤児や寡婦に対し、そして我らの同胞に対し、我らの父母に対し、さらに自分自身に対し恥ずかしくない戦いをしなければならない。我ら、我らは革命軍の軍人なのである。講和はすなわち亡国の道だ。これは我ら革命軍軍人の、そして革命党員の恥だ！　これは中国人の道徳に背く行為だ！　我らは何が何でも戦いつづけなければならない。最後の一兵、最後の一寸の土地になったとしても戦うのだ！　南京のひとつぐらい危なくなったからといって何だと言うんだ、かりに南京十個分を敵にもっていかれたとしても、我らは決して講和など考えはしない！……」

拳は絶えず振りつづけられた。その目は少し大きくなり、眼光がさらに鋭くなったように思えた。そして興奮のあまり桃色に染まった形の良い鼻を灯火が照らしだしていた。

「講和には何の道理もない。我らはどんなことがあっても戦いぬき、勝利しなければならない。我ら、我らには揺るがぬ必勝の信念がある。何が講和だ！　中国の真の友とは誰か、敵のために弁舌を弄するものは誰か、我らはすでにはっきりと見抜いた。今やこれは中国にとって明明白白たる事実である。かりに講和を論じるときになっても、ぜったいにトラウトマンの出番はあり得ない！　ましてやこの講和も我らには無用だ、いや、どんな講和が我らに必要だと言うのか！　戦いあるのみ、完全な勝利まで戦うのみ！　中国はいつ講和するのかという質問には、私はこう答えたい。敵兵が首都に迫っている現在のような状況の続くかぎり講和はあり得ない。講和は、中国の領土から日本を叩きだしてからの話だ！……」

皆静かだった。ある者は微風のように首を揺らしながら、興奮と感激のまなざしで、必死に演説者の大きな目を見つめていた。誰もがいかなる細部をも見逃すまいとして彼を見つめていた。広く光沢のある額、角張って威厳のある頬骨、整った硬い髭、白くて並びの良い歯、激高して高く振り上げられる拳、そしてそれが打ち下ろされるときの力強いしぐさ、壁に映しだされた大きな黒い影、ぷっくりと盛り上がったこめかみの青筋、たえず動く口元、こういう彼の細かい属性がすべて注目されていたのだった。

やがて彼は次の一言で演説を締めくくった。

「私はすでに覚悟を決めた。私は総統であり、諸君の模範とならねばならぬ。南京については、私自らがこれを守りぬく！」

この一言で会場は台風が突如穏やかな港を襲ったようにざわめきだした。たちまち誰もが堰を切ったように大声で騒ぎはじめた。

ひとりがさっと立ち上がった。

「それはいけません……」

男は濁った湖南訛りで話しはじめた。それは嗄《か》れて抑揚のない響きだったが、飛び上がらんばかりの感情の高ぶりが感じられた。その上背のある姿勢は、風雲の空に翻る大旗のようだ。

男は自信に満ちた粗野な声でこう言った。

「総統は最高の統率者であられますので、本来はもっと高次元の任務をお持ちのはずであります。しかもそれは、一国の危急存亡に関わる重大なお仕事であります。それから見れば南京の防衛などは小さなことに過ぎず、総統のお手を煩わすべきこととは決して思えません。どうか、この難関は私に当たらせていただきとう存じます。私に南京をお任せください！　松井石根《いわね》などの輩の好き放題には決してさせません！……」

彼らは争って立ち上がり発言をしはじめたが、しばらくして、誰もが湖南の男に同調した。抗日戦争を堅持し、講和も屈服もしないこと。南京は堅持しなければならないが、湖南の男に任せること。彼らの協議はこう一決した。

演説者は演台を降り、何人かの椅子の後ろを回って湖南の男のところまでやってきた。熱い感情のこもった骨太の大きな手が伸ばされ、男の手を握った。そして春のようなぬくもりが二人の間を流れた。

「さあ、南京は君に任せたぞ！　私は君を全面的に信頼しておる。全中国の運命が君の肩にかかっておるぞ！」

湖南の男は勝ち誇った表情を浮かべ、相変わらず自信に満ちた口調でこれに答えた。

「六カ月、必ず守りぬいてご覧に入れましょう！」

「いや、三カ月だけでいいのだ。これだけあれば私は軍の配備を完了できる。君が三カ月守ることができれば、もう十分なのだ」

「太平天国軍でさえ南京を三年守りぬいたのです。六カ月は絶対に自信がございます」

会議は終わった。男は革靴と拍手の乱雑に反響する会場を後に表へ出た。

夜の闇は深く、額に滲んだ熱い汗は長江から吹いてくる大風でたちまち乾いてしまった。しかし男は一枚厚着をしたときみたいなじりじりとした暑さを、まだ背中に感じていた。嬉しくて仕方がなかったのだ。

影のように黙りこんだ衛兵が彼の自動車のドアを開けた。彼は自分の内側から生命の力が湧きあがってくるのを感じた。権力はすでに手にし、戦争も勝利も自分の下僕となったような気がした。彼は自動車に乗りこんだ。このとき男は「南京は俺たちのものだ」と言いたかった。しかし実際言葉にしたときは「俺たち」が「俺」に変わっていた。

シートのクッションも今夜はとくに心地よく、滑らかなアスファルトの路面を行く車の音も軽快だった。彼は両足をぐっと伸ばし、はっきりと自分に語りかけた。

「南京は……俺のものだ！……」

南京守備軍司令長官唐生智《タンションチ》の布告が大通りのあちこちに貼りだされ、新聞の号外にもその声明が発表された。布告の前にはどこでも人々が大勢群がってそれを読んでいた。

そのころ人々はまだ上海の頑強な抵抗に酔っていた。そして、その戦闘がこんなにも早く自分たちの目の前に迫ってくるなど、誰一人夢にも思っていなかった。荷物、道具、家具、装飾品などを運び出さなければならないと考えたことは、もちろん一度もなかった。人々は皆呆然とした面持ちでこの布告を読んでいた。

風が通りの塵埃《じんあい》を巻き上げて吹き過ぎていく。落葉は東のほうから吹き飛ばされてきたり、西北から巻き上げられてきたりしていた。興奮した人々が駆け足で行ったり来たりしている。中にはどういうわけか立ち止まり、空を見上げて痒くもない頭を掻いている人もいた。

知り合いに出会ったときには、何か新しい情報はないかとまず聞き合った。しかしその返答は自分が昨夜の号外で見たものか、根も葉もないデマの類《たぐい》以外にはあり得なかった。

新街口には黒こげになった塀だけが殻のように残っている妙機公司という会社の焼け跡があった。その塀の一角に何か書かれた紙が貼り出され、たちまちたくさんの人だかりができた。後の人が潜りこんだり割りこんだりするので、前のほうがぎゅうぎゅうと押され喧嘩が始まった。押しだされてしまった近眼の男がいる。男は壊されまいとして眼鏡を外したが、手に持ったままどうすることもできない。取り残されておとなしく人の群れを離れた男は、眼前にうごめくぼんやりした影に耳をそばだてた。

軍隊の動きもきわめて慌《あわただ》しかった。総兵力約十五万。二つの師団が長江北岸の浦口鎮と江浦県に配備され、主力は長江南岸に集結した。そしてこの長江南岸は、さらに外側と内側の防衛線に分けられた。外側の防衛線は龍潭、湯水鎮、索墅鎮、湖塾鎮から秣陵関にかけて布《し》かれ、そこに六個師団が展開した。内側は城壁に沿って防衛線を布くこととし、陸軍の他に憲兵の六個連隊と武装警察がこの任に就いた。

この他に重砲兵、高射砲兵、要塞砲兵の各部隊と戦車隊が一つ、新しい軍用トラックが二千台以上、作戦部隊を六カ月間賄える米や小麦粉、さらに無数の弾薬と充分な倉庫があった。

これらの部隊の大部分は前線から引き抜かれてきた精鋭であり、顔つきは薄汚れていたが、豊富な戦闘経験を持ち、みんないろいろな番号の付いた腕章をしていて全国各地の訛りを操っていた。中でも目立ったのは湖北方言と喉音の多い広東語、そして猛烈な勢いでまくしたてる四川の言葉だった。また中にはかつて南京防衛戦に参加したことのある部隊や、南京付近で軍事訓練を受けていた部隊などもあって、南京という町に何とも言いがたい深い親しみを抱いている者が少なくなかった。

十二月一日、守備軍司令長官唐生智《タンションチ》は参謀会議を招集し作戦計画を決定した。そしてただちにシャベル、つるはし、土嚢、鋼板が徴発された。

燕子磯からは行楽客が消えてただ西北の風が枯木に歌い、濁った川波が砂岸に打ち寄せるだけだった。小さな丘陵が淡く血の色の失せた日光のもとに起伏している。この一帯にはすでに縦横に野戦防御陣地が建設されていたが、中には、雨水に流された赤土で塞がれてしまったものや、濃紫の刺のある荊《いばら》に覆われてしまったもの、分断された通信用塹壕《ざんごう》、前方の崖が崩れて土砂の山になってしまったもの、蓬が生い茂ってどうにも使えなくなった散兵壕、梁《はり》の木材が腐りはじめた遮蔽設備などもあった。これらは蔵本事件のときに教導総隊が構築したものだったが、今では使われなくなっていた。

しかしこの局面において、陸軍の各部隊はこの丘陵地帯に散開し、無用だった防御陣地に再びシャベルとつるはしを揮《ふる》いはじめた。一鍬一鍬あらたに掘り起こされた土は、鮮やかな色彩を見せて透明な空に投げ上げられ、また地面や草の上に軽やかに舞い落ちそこを橙色に染めるのだった。

淳化鎮の防御陣地はまったく新しいものだった。これは索墅鎮でも同じことで、枯れた木立の緑に軽機関銃の円形の遮蔽体が構築されたり、地面にミミズのような波状形の分隊陣地が掘られたりしていた。また道路を断ち切って戦車を阻止する塹壕を掘ったり、水辺の高く生い茂った草むらに、荊《いばら》のような有刺鉄線を使って三角形の鉄条網を布いたりもしていた。これらの防御陣地は複雑に交差しながら常緑樹林や村落に向かって、灰色の山並みや濃紺の靄《もや》に包まれた地平線に向かって、さらに果てしない大空の彼方に向かってずんずんと延びていくように思えた。

龍潭、湯水鎮、湖熟鎮、秣陵関、浦口鎮など、あらゆるところでこのような国防陣地の建設が着手されていった。

そして広大な正面と強大な奥行きで構築した野戦防御陣地が南京を包みこんでいった。

城壁の上では兵士たちが忙しい蟻のように作業をしていた。重機関銃を置くべき箇所にはそれ用の遮蔽設備が掘りつけられ、小隊が配備される予定の所には小隊陣地が築かれた。また城壁の底辺に沿って深い穴が掘られ、丸太と土嚢で遮蔽された。城門は閉ざされ、土砂をいっぱいに詰めこんだ麻袋がまるで米屋の店先のように積み上げられた。

灰色の綿入れを着た兵士が八人、大騒ぎをしながら一センチの厚さの鋼板を担いで、積み上げられた木材の脇をそろそろと通っている。噴き出た汗が真っ黒な滴となって兵士の顔をびっしょりにし、力の弱い兵士が一人鋼板の重さに耐えかねて青蛙のようにあえいでいた。通信兵が二人電柱に渡した板を踏んで上に這いのぼり、電線に重ねてカバーを架設している。麻袋を満載した泥だらけのトラックが猛烈な速度でやってきて、数名の兵士たちの側で急停車した。

大通りでも市街戦のための陣地建設が始まった。麻袋、丸太、土砂、鋼板、鋼材、有刺鉄線、針金、スパナ、シャベル、斧、つるはし、のこぎり……などが至るところに散らばっている。

しかし、困ったことがひとつあった。国防防御陣地の設計配置図がなくなってしまったのである。すべての陣地には青焼きされた図があり、この図には陣地の種類と番号、位置、隣接する陣地との関係などが説明されてあり、前方要点と距離の測定値、有効射程距離などが記載されていた。

だからたとえば、重機関銃の遮蔽設備がいったいいくつ作られているのか、司令部がいったいどこにあるのか、だれも見当がつかなかった。そこでみんな仕方なく、これらを採して丘陵と原野の中を走り回り、尋ね回らねばならなかった。しかし、すべては防御のための陣地であったため、崩した土を盛って隠してあったり、草むらで覆ってあったりしていて、その施設のすぐ前に立っている人でさえわからないことが多かった。

さらにもうひとつ、すべての防御陣地には「M」「K」「B」「F」などの文字と番号を刻んだ特製の鎖と鍵があって、もしこれを失くしてしまったら鋼鉄の扉が絶対に開かなくなってしまう。しかもこの鎖がまた鋼鉄の塊のように頑丈で、閉めたが最後、つるはしを使っても腕が痛くなるばかりでびくともしない。これらは陣地見回りの部隊が責任を持って保管しており、交替時に一個足りなくても絶対に許されないものだった。

しかし、この時点ですでに鎖と鍵のほとんどが紛失していた。したがって鋼鉄の扉のうちあるものはむなしく閉ざされたままだったし、あるものは大きく開け放たれたままだった。この開け放たれたままのものは、目前に迫った問題に対してはかえって良かったが、閉ざされたものはどうする術《すべ》もなく、人々はただ深いため息を吐くばかりだった。

ああ、むざむざと捨てられた宝、鋼鉄！　セメント！

一日に空襲が四回あった。

しかしいずれにしても、南京はすでに一切の準備を完了した。

一九三九・九・十一。

西安、崇恥路、六合新村にて。

第四章

十二月四日。

標高四五五・五メートル、東からやや北にかかる九華山は冬の浅い視界の中に沈み、縹《はなだ》色の靄《もや》のように霞んでいる。東山の西から南にうねる斜面はなだらかな傾斜をなしているが、荒涼と雑草が生い茂り、そのまま湯水鎮の東まで続いている。湯山は湯水鎮からやや南寄りの西にあり、標高は三三二・五メートル。北には棘山、赤燕山、狼山、次山などの峰々がつぎつぎと抱えこむような形で連なっている。

この湯水鎮近くに一個師団が展開していた。右地区部隊は一個連隊で、西山の頂上から湯水鎮の西南までを守備範囲としていた。左地区部隊も一個連隊で湯水鎮を守備範囲としていた。その右翼は右地区部隊と接しており、左翼は東山山麓の善司廟に至っていた。

師団直属の砲兵隊は赤燕山に配置された。この二つの連隊の総合予備部隊は赤燕山と老虎橋の一帯に置かれ補充休養も兼ねる第二線陣地を形成していた。右地区部隊から歩兵一個中隊が湯水鎮東南三キロの仙家橋に派遣され、これが戦闘の前哨となった。

×××連隊命令（十二月三日午後二時五分寺庄慈雲寺にて）

一・敵一縦隊、約歩兵二連隊、砲四十余門、戦車二十余、京杭国道を我方に前進中。その歩兵の先頭は目下句容に到達している。我師団はこの敵の阻止を任務とす。

二・本連隊は前線右地区部隊となり、湯水鎮西端――徐家辺――寺庄――西山頂上を結ぶ線を占領し陣地とする。重点を左翼に置き、その後、機を見てこれを移しつつ攻勢に転ずる。歩兵第二大隊第六中隊及び重機関銃第一小隊は仙家橋北端の高地を占領し、主力陣地構築の援護に当たり、その完成後は戦闘の前哨となること。

三・歩兵第一大隊は連隊第一線の右地区部隊となり、右×××師団×××連隊と、左は第二大隊とそれぞれ接し、倣廠以南の地区に対し西山頂上――寺庄東端の一線を占領すること。併せて、重兵器で土橋鎮から湯水鎮に至る大通りを封鎖すること。

四・歩兵第二大隊（第六中隊、機関銃第一小隊を除く）は連隊第一線の左地区部隊となり、右は第一大隊と、左は×××師団とそれぞれ接し、倣廠以北の地区に対し寺庄東端――徐家辺――湯水鎮西南の線を占領すること。

五・戦闘分担の境界は寺庄――塘沢北端――倣廠の線とし、線上は左地区部隊に属するものとする。

六・その外は予備部隊とし硃沙洞――湯水鎮西端の高地に第二線陣地を構築し、その後湯水鎮西端高地の北麓に配置すること。しかし工兵中隊は左地区部隊の陣地建設協力のために一部隊を割くこと。

七・各部隊の陣地建設は本日（三日）午後六時以前に必ず完成し、その後は補強に努めること。

八・通信中隊は寺庄の連隊本部を基点とし、本日（三日）午後六時以前に連隊本部と両地区部隊及び戦闘前哨、予備部隊間の通信網を完成すること。

九・包帯所は公有林付近に開設する。

十・弾薬、物資の補給隊は公有林南道路の森林内に置く。

十一・余は寺庄慈雲寺にいる。

連隊長　周坤

伝達方法
先に命令受領者を召集し、口述してこれを筆記させる。その後追って印刷された命令書を送る。

衛生隊、弾薬補給隊、物資補給隊にはこの筆記を伝令によって送る。

昨日の命令書を手に取って目を通し、第六中隊長張涵《チャンハン》は立ち上がった。

この男は三十四、五歳で鼻が鈎のように尖り、少し猫背でいつも首を曲げ深くうつむいていた。

陣地はとっくにできあがっていて、今は補強作業を進めているところだ。夜明けごろ草地の薄い霜を踏んでその作業ぶりを見に行ったが、兄弟たちは皆力を惜しまずに頑張っていたし、中には西北の風の吹きすさぶ中で上半身裸になり、汗まみれの背中を剝き出しにしている者もいたぐらいだ。すべてうまくいっている。

第三小隊が広大な正面を占領していた。重機関銃の陣地は小さな高地の上にあり、左前方の仙家橋をにらんでいる。これは第二第三小隊の軽機関銃と交叉して銃火による網状攻撃を構成するものだ。仮に敵が淡紅色の石で舗装された京杭国道の並木道を前進してくるか、あるいは南に向かって流れる小川の枯れた柳の川辺にたどり着いたとすると（橋はすでに破壊してあるのでこの川を越すことはできない）、敵の損失は計り知れないものになるだろう。

前方地域の重要目標との距離もすでに計測ずみだ。しかもいろいろなものを使ってその目標を見やすくした。あの黒くて太い幹に細い枝の揺れる柳までは四四〇メートル、白い瓦の一軒家までは六八三メートル、まばらな木立の見える小さな村落の橋の東側までは五三〇メートル、故意に置いておいた草の堆積までは三百と九メートル。

斥候もすでに何組も派遣した。最も遠い所では新塘市まで行かせたが、敵の姿はまったく見かけないという報告だった。すべてはうまくいっている。ただカモフラージュがあまり命令どおりになっていない。こんなちょっとの枯れ草では、新しく赤土を掘りだしたこの陣地を隠せはしないのだ。

彼は命令書をきちんと折り畳んでポケットにしまい、低くて暗く薄汚れた農家の茅の軒下から潜りでて、枯れた藤の巻きついた椿のところまで歩いていった。もう一度陣地を見て回りたいと思ったのだ。

東南から飛行機が数機、あえぐような音を立て頭上を飛んでいった。目の前には風に吹かれた枯れ草の波打つ小さな高地がある。それを見つめながら、急に彼は自分の任務の重大性に心を打たれた。どうして連隊長は自分をこの中隊に派遣したのだろうと彼は思った。もちろんこれは連隊長が彼を信頼しているからで、連隊長はこの六、七年の彼の戦果を高く評価しているのだ。彼はある払暁《ふつぎょう》に行なった攻撃で四つの山の頂上を続けざまに奪ったことがあったし、独りで敵一個中隊の武装を解除したこともあった。蘊藻浜の、泥水に腰まで浸かった塹壕の中で、彼の中隊は九日間持ちこたえた。そして現在、彼のこの中隊が戦闘の前哨になっているのだ。

この前哨の任務は、第一に、主力の陣地を擁護しぬくことで、しかも敵が主力に到達する前にかなりの打撃を与えることだ。第二に、敵に主力の陣地を見誤らせ、その攻撃の方向を誤らせることだ。そして第三に、敵の展開を早まらせ兵力を疲弊させて、我軍に時間的余裕をもたらすことだ。

彼はまた自分に言い聞かせた。

「我が連隊の戦いの鍵を握るのは、今、俺以外にはいないんだ」

それから何事か思い出したように、はっとして立ち止まった。そして慌ててボタンを外し、大切にしまった命令書をポケットから取り出し、見直してみた。

やっぱりそうだ、この命令には已むを得ず撤退するときの道路、態勢建直しのための帰還などについてまったく書かれていないのだ。

「これは連隊長が俺に……」

連隊長はここを死守することを暗に命じていると彼には思えた。このことに気が付かなかったことが、こんなに重大なことを見逃していたことが、彼には不思議でならなかった。そして手が震えだした。それは感激のためだったが慚愧《ざんき》と憂いのためでもあった。

「俺は〝古参のつわもの〟じゃなかったか、どうしてこんなにぼんやりしていたんだ」

見回すとあたりはまったく静まりかえっており、兄弟たちが何人か軒下に立っているほかはすべて遮蔽されていた。彼が目にしたものは、遙かに連綿と続く高地と冬の色をした草木、そして固まろうとも散ろうともしない薄雲のいくつかだけだ。

張涵《チャンハン》は近くの木の根元に腰掛け、ざらざらした幹にもたれかかった。遠く第二小隊の陣地のほうには深緑の灌木といくつかの墓が見えるだけだ。すべてはうまくいっている。

彼はうつむき、川と等高線、二つの重機関銃の符号、散開した歩兵小隊の符号をかさかさした地面に人差し指でつぎつぎと書いていった。そして一つ一つを指差し、「これが第二小隊、これが第三小隊……」と低く呻くようにつぶやいた。ふと四人の小隊長が目の前に立っているような気がした。

そのとき、ゴーン、ゴーン、ゴーンという音が何回も続いて起こった。戻ってきた飛行機が爆撃中で、湯水鎮から猛然と黒煙が噴き上がっている。縹色の大空には六機の双翼機が転回していた。

彼はいっそう心配になってきた。部隊に損害はなかったろうか、陣地が暴露されてしまったんだろうか、そうだとすれば、どの連隊だろう……

しかし彼はやはり先程の思索を続けた。第一小隊長はあばたの段龍飛《トアンロンフェイ》だ。この男は彼が軍曹分隊長だったときの二等兵で、その後七年間彼に従い、最近ようやく中尉小隊長に昇進した者だ。血気盛んな男で戦闘になると野火のように勇ましくなる。欠点は麻雀を始めると何昼夜も続けてしまい、その月の食費まで全部相手に持っていかれないうちはどうしても止められないことだ。

第二小隊長周畏三《チョウウエイサン》はもともときわめて健康な男だった。バスケットのときなどボールよりもっと高く跳び上がることができ、褐色の肌がとても魅力的だった。しかし蘊藻浜と青陽港の戦いですっかり衰弱して血を吐くようになってしまった。この男はどんなときでも沈着機敏に行動することができるのでまったく心配はいらない。

第三小隊長仲超《チョンチャオ》はもっと安心できる男で、年が若く変な道楽もないし中学校も卒業していた。ただこの中隊に配属されたばかりの重機関銃小隊長王煜英《ワンユィイン》については、どうしてもよくわからなかった。それでとても気がかりになって何度か話してみたのだが、この男の簡潔で礼儀正しい言葉からは何も得るものがなかった。しかし中央軍校を卒業したての学生に経験などあるはずもない。だがこの経験こそ学問よりもっと実用的なもので、自分だってこの経験に頼って戦いぬいてきたのだ。そのうえこの男の額は取って付けたように突き出ており、しかもその下に深く窪んだ両の目があって、これがいつも傲慢に構え相手を見下しているような気がして、彼はきわめて不愉快だった。もっともこれははっきりと言いきれるものではなく、この男はいつも節度をきちんと守って行動していたのである。

それにこの男は一分の隙もない礼法を身につけていて、敬礼の動作と姿勢などは誰よりも素晴らしかった。この男が敬礼するときには、踵を打ち付ける軽い音とともに右手がさっと素早く帽子の縁に挙げられている。そして仲超《チョンチャオ》でさえ足の角度が決まらないのに、この男の爪先はきっちりと六十度に開かれている。また他の連中はいい加減に指を曲げたりしているが、この男の左手はしっかりとズボンの縫い目に張りついているのだ。たしかにこういうことはわかっているのだが、彼にはこの男が何とも不愉快に思えた。礼儀作法がいい奴ほど人を馬鹿にすると言うではないか。こいつは自分とつかず離れずの距離を保ち、聞けば答えるが話し掛けなかったら何もしゃべりはしない。まったくてこずらせるぜ！

だが、重機関銃の陣地は申し分のない選び方だったし、出来上がりも素晴らしいと言うしかない。

「奴は穀潰《ごくつぶ》しじゃないのかもしれない……あの機関銃陣地が側面から一斉射撃を始めたとしたら――」

彼は京杭国道を前進してきた敵がばたばたと倒れていく姿を目に浮かべた。重機関銃というものがこのように重要だからこそ、彼はこの男が自分の有能な助手になってくれればいいがと願っていたのである。しかし彼はいつも気をもんでいるばかりで、まったく安心できなかった。

自分はというと、無骨者《ぶこつもの》で、中隊長になれたのはひたすら十九年の経験と歴史のおかげだった。十五歳の雑役兵からまさに一歩一歩、一年一年と這いあがり、あらゆる知識を軍隊と戦闘の中から身につけてきたのだ。

中日戦争のさなかに、とりわけこの戦闘における前哨という今日の任務を考えたとき、自分に与えられた中隊長という地位があまりにも分を越えたものだということは、彼自身よくわかっていた。これはもう中国人が中国人を叩くという戦闘ではない、納得できる戦果を必ず挙げなければならない。

まったく俺は中国人相手のときはあんなに凄い戦果を挙げてきたのだから、日本帝国主義を相手にした今日の戦いで、もしこの俺が役立たずの意気地なしに過ぎなかったら、俺は恥ずかしくて便所に顔を突っこむしかない。たしかに戦闘が始まったらいろいろ難しいことがあるに違いないが、前よりももっと凄い戦果を挙げて初めて顔が立つと、彼は考えていた。こういうことを思いながら彼は「おいおい、俺は〝古参のつわもの〟じゃないか！」と自分に言い聞かせた。

ゴーン！　ゴーンー！……

一機の双翼機が灰色の翼をめぐらすと、上空に赤い円が二つきらめいた。遠くから猛烈な爆撃の音が聞こえてくる。

「俺は考えすぎるのかな。自分のことだけちゃんとやっていればいいんだ。やっぱり、王煜英《ワンユイイン》のところに行ってくるとするか、ちぇっ！」

と彼は心の中でつぶやいた。

兵士が一人、野獣のように頭にもベルトにもいっぱい枯れ草を挿して、稜線を這い上ってくる。そしてそのまま、岸に上がった亀そっくりの格好で、首を伸ばし遙か彼方を見つめている。斜面の下を二人の兵士が通っている。一人は大きなつるはしを、もう一人は黄色い土の付いたシャベルを担いでいた。太陽はまだ昇ったばかりで、一面に広がったまばゆい白い光が人の影を遙か遠くまで長く伸ばしている。うっすらとしたその影は乾燥した枯れ草を掠め、木の枝を掠めて常緑の冬青樹《もちのき》の所まで伸びていた。張涵《チャンハン》は王煜英が鉛筆を持って何か描いているところに来合わせた。王は頭をあげ後のほうを見つめて、また膝に広げた画用紙に描き加えている。

「王小隊長！」

名前を呼ばれると、王煜英はすぐさま立ち上がり敬礼をした。真っすぐ下に伸ばされた左手には紙と鉛筆と真鍮の方向磁石が握られていた。

「要図を描いていたのかい」

「はい、そうです」

王煜英は低く沈んだ声で答えたが、そこには礼儀正しく遣慮深い響きがあった。

「君はどう思う？　我々の陣地には何か弱点があるんじゃないだろうか」

彼は探りを入れてみた。張涵はこの若い仲間と心から打ち解けたいと思っていた。ただあの人を探るような突き出た額と、話などしたくもないというふうに怪しげな光を放って人を見据える目だけが、彼にはどうしても気に入らなかったのだ。そしてこういうのこそ本当に憎たらしい学生の目つきという奴だと思ってしまうのだった。しかし彼は続けてこう言った。

「俺はきっと弱点が多いに違いないと思っているんだが」

「いいえ、万全です」

やっぱり冷たい声だ。

「王小隊長！」

ついに我慢できなくなった。怒りに近いものがこみあげてくる。いつものような明るい口調が消え失せ、彼の声は急に取り付く島もないぐらい乾ききった。

「今、我々の間に遠慮は禁物だ」

彼は王煜英の目を見つめながら話した。そして王がその眼窩《がんか》の奥深くから、ある驚きのまなざしでこちらをうかがっているのを感じた。

「今はみんなが国家のために働かなければならないときだ。我々も自分たちの任務のために、経験のあるものは経験を、学問のあるものは学問を差し出さなければならないんだ。そうして我々の陣地を諸葛亮の八陣図のように完全無比なものに作り上げるんだ。……我々みんなが納得できるのは、こういうものを作り上げたときじゃないだろうか。どう思う……」

王煜英《ワンユィイン》は不安になってきた。なぜこの人はいつも僕のところにやってくるのだろうか？ これじゃまるで僕が悪いことをしたみたいだ。なぜこの人はいつもへらへらずるそうに笑っているんだろう？ 猫背で突き出た顔のもっと先に尖った鼻があって、これでいつも何か臭ぎ回っているみたいだ。なぜなんだ？ 僕にどんな間違いがあるというんだ？

彼はひどく不機嫌になった。しかし結局昂ぶる気持ちを抑えて心の中で自分に言い聞かせた。もっと我慢しなくちゃ！ 味方同士が衝突したとき利益を得るのは誰なんだ？ 敵じゃないか。後は自分の責任を全うしていくだけだ、あいつがくどくど言うことに構ってられるもんか。

こう考えて彼は穏やか口調で、

「私はこの上なく完全だと思います」

と答えたのだが、いささか棘々《とげとげ》しい感じがあったことは否めない。

この答えは張涵《チャンハン》を失望させた。彼は王煜英の話から何か手掛かりをつかみたいと思っていたのだが、何もつかめなかった。

「うーん……」

彼はため息をつき手をもみ合わせた。

「君は遠慮しているんだ。どうしても話してくれないんだな」

王煜英は遙か彼方を見つめていたが、鈍い藍色に煙る九華山から湯山にすっと目線を移したとき、その口元にかすかな笑みがよぎった。それは池に吹く微風が起こすさざ波のようにひっそりと現れ、またひっそりと消えていった。

ここにいったいどんな弱点があるというんだろう？　あの主力陣地の位置はまったく原則にかなったものじゃないか。敵の機械化部隊は道路なしにはその優秀な機動力を発揮できないが、この京杭国道は蟹のような山々によってしっかり抑えられている。この位置は敵から言えばどうしても攻めなければならない所だが、攻撃するといっても容易なことじゃない。何も文句をつける必要がないじゃないか。しかも、僕は一小隊長に過ぎない。すでに決定された陣地に対し意見など言えるわけがないんだ。それなのにこんなに問い詰めてくるのはいったいなぜなんだろう？

結局彼は張涵を見つめたまま何も答えなかった。

張涵は何だか抑えつけられたような気がした。このまま別れてしまえば何もならないし、こいつと向かい合っていても何も話をしてくれない。下手をすると挑発することになってしまう。

仕方なく二人は朝日を浴びながらまったく沈黙していた。日光はやはり冷たく、すっかり葉を落としたポプラの幾重にも重なり合う影は、うっすらとした灰色を呈していた。遠くで爆撃音がする。

「王小隊長！」

張涵は再び話しだした。

「〝へぼな靴職人も三人集まれば諸葛亮に立ち向かえる〟これは俺の田舎のことわざなんだが、俺たちは一致協力しなけりゃならんのだよ、一致協力さ。ワッハッハッ！……」

彼は笑ってから我ながら驚いた。そしてどうして自分がこんなに笑えたのか不思議でならなかった。

王煜英《ワンユイイン》は相変わらず一言ずつ軽く受け答えしていたが、何か脅されているような気がした。

「君の機関銃は？……」

急に、張涵《チャンハン》が尋ねた。彼はこう切りだした後、単刀直入にいろんなことを聞いたほうがいいと思ったのだ。たとえば重機関銃というものはとても大事なもので、ほんの少しのいい加減さもあってはならないとか、一人で尊大に構えるようなことは俺たちには無用だとか……しかし彼はこういう忠告が早すぎるのはよくないし、誤解を生むかもしれないと思いなおした。こうして彼の勇気と自制心は途中で消えてしまい、その代わりにいつもよりもっと不自然な笑いが顔中に浮かんでしまった。頭をいっそう前に落とした猫背の姿が、冬青樹の緑の葉を背景にしてくっきりと見えた。

王煜英はますます驚いてしまった。彼は今までずっと張涵の尖った鼻を見つめていたのだが、それは横から見るとますます鷹のように思えるのだった。

張涵は逆光のためにうす黒くなった飛行機が六機、西北の遠い山に向かって速度を上げ飛び去っていくのを目にした。しかし、振り返ったとき王煜英の目を真っ正面から見てしまったので、慌てて視線を前のほうにそらした。

「君の機関銃は素晴らしいな……」

彼の声は病人のようにか細く、何かへつらっているような響きさえあった。このとき、王煜英の人目を引く額と目の凹凸が彼の目の前に浮かんでいた。

「私の機関銃について、中隊長は何かご指示がおありでしょうか？」

王煜英が問い詰めた。これ以上の侮辱に耐えることはないと思ったのである。もちろん喧嘩を始めるつもりはなかったが、この狡《ずる》そうな笑い顔の裏にはいったい何があるのかはっきりさせるようなうまいチャンスを狙っていたのだ。だから、話し方が少しばかり卑屈になっても構いはしなかった。

「いや、俺の言いたいのは……」

張涵はしどろもどろになった。

「もし、敵の戦車を発見したら……」

彼はぜんぜん考えてもいなかったことを口にしてしまった。

「我方には鋼心弾があります」

王煜英は簡潔に答えたが、もう少しで笑いだすところだった。こんなことのために長いことごちゃごちゃ言ってやがったんだ。

「どのくらいある？」

張涵《チャンハン》はつまらなそうに聞きつづけた。

「五百発です」

「足りるのか？」

「言うまでもなく、どう考えてみても足りません」

「それじゃあ……」

ここまできてようやく張涵はいちばん言いたかったことを話しだした。

「どんな状態であっても、戦いには第一に沈着であることが大事なんだ。何が何でも沈着でなければならない。特に戦闘経験がないものは落ち着いてなくちゃいけないぞ。恐がるなよ、恐いと思ったらもう負けなんだ。こんなことを言っても悪く思わんでくれ。君が卒業したてだというのは知っているよ。あっ、もっとも〝世間知らずの猫は虎よりも強い〟というのも本当のことだけどね……」

しかしここまで言うと、彼はもっといろんなことが話したかったのに、もう何も言葉にならなかった。

そのとき突然、前方に並んだ白いポプラの枯れ枝から信号弾が赤い光を発しながら真っすぐに上がった。それは太陽の光線の中で、艶やかなまでに色々な姿を見せ輝いていた。

「王小隊長！　敵を発見したぞ。しっかり戦ってくれよ！」

この信号は彼らの合図だった。

張涵は急いで斜面を駆け下り、枯れた林の中に消えたが、それからしばらくして、灰色の茅葺き小屋がいくつか並ぶあたりにまたその姿を現した。

王煜英《ワンユイイン》は張涵の後ろ姿を見ながら、何が何だかわからない気持ちに捉われていた。そしてその後ろ姿がまったく見えなくなってから、ようやく方向磁石と鉛筆、それから未完成の要図などを軍服のポケットにしまいこんだ。

歩兵銃の銃声が聞こえはじめた。しかし密集した木の枝もうっすらと青く見える遠い山も、そして蒼白な日の光も何一つ変わったふうには思えなかった。

張涵は急いで中隊本部に戻った。

この中隊本部は高地の下にある農家に置かれていた。主はすでに撤去していて、中には農具とひどく古ぼけた雑多なものだけしか残っていなかった。蜘蛛の巣とほこりにおおわれた水運び用の車が片隅に立て掛けられていて、錆びた鋤、折れた犂、臼の類《たぐい》が角に積み重ねられている。室内は暗く、蝋燭が赤く灯されていた。脚が一本取れ、壁でようやく支えられている木の机に電話が置かれていた。

中に入ると何か黴《かび》臭い空気で息が詰まった。何人かの伝令兵が電話を囲んでいる。

「電話があったのか?」

かかってきていないという返事だった。

遠くから何発か銃声が聞こえてきた。赤い信号弾は敵の大部隊を発見したという報告だ。

彼はぱっと受話器を取ったが、すぐにまた戻した。そしてじりじりしながら行ったり来たりしはじめた。七歩行ってはまた旋風のようにくるりと引き返す。七歩で戸口まで行ってしまうからだ。彼は報告を待っていた。連隊本部への報告は敵の兵力と兵種がはっきりわかってからにしようと思っていたのだ。

飛行機のエンジン音がしたが、何となく違うもののように聞こえた。

しかしすぐさま機関銃が吠えはじめた。あの連続して爆発するようなバリ、バリ……バリ、バリ……という鋭い音は敵のだ。

彼はもはや待てず、送話器を取ってベルの把手《とって》をぐるぐる回した。

「庄里村付近で敵の部隊を発見、詳細な状況はいまだ判明せず……」

彼は受話器を机に投げつけ、戸口を飛び出し一気に高地の上まで駆け登った。そこに歩哨が一人見張りに立っていた。このほか彼は、木立のあたりに見え隠れしながら後方に走っていく斥候を二人、例の灰色の木の幹の陰にじっと立ち尽くし前方を注視している斥候を一人見かけた。

斥候が帰ってきて次のように報告した。

敵の先頭はすでに庄里村に達した。軽機関銃と防護鉄板を装備したサイドカー十数台にカーキ色の羅紗《らしゃ》の軍服を着た敵兵が二人ずつ乗っている。敵のサイドカーが庄里村北端にさしかかったとき、我が軍は射撃を開始しサイドカー一台に損害を与えた。このとき運転していた日本兵は路上に放り出され、サイドカーはポプラの木にぶつかって黒煙をあげ転倒した。現在日本軍は庄里村にあり、サイドカーで道路を封鎖して射撃を開始している。その後方からは各種自動車の入り交じった音が聞こえてくる。かなり近くからの音も、まだまだ遠い音もあるが、日本軍の巻き上げる猛烈な砂ぼこりはかなりのスピードで近づいてきている。

彼は電話で敵の情勢を連隊本部に報告し、また高地の上に戻っていった。

庄里村のほうを見ると、並木の片側にすでに砂埃が舞い、砂埃は干からびた水田の上をうっすらと覆っていた。しかし京杭国道は静かだった。ただ、かなり向こうでは砂埃がやはり舞いあがっていた。彼は望遠鏡を使ってみたが、庄里村の入り口の木立にゴムのタイヤが半分ほど見えただけで後は何もわからなかった。空が霞んで太陽も黄色く見える。鳥の群れがばさばさという羽音をたてて頭上を飛び去った。

いったいどれぐらい来やがったんだ。少ないわけはないな。だが多いからって悪いことはない、戦うにはかえっていいぐらいなもんさ。釣りのときでも魚が少なかったらおもしろくあるまい。

彼はこんなことを考えていた。そして太湖付近に駐屯していたとき、いつも小石橋あたりに魚釣りに行ったことを思い出していた。そのころ彼は柳や槐の木陰に座って波の反射するじりじりとした陽の暑さを頬に感じながら、いつまでも続く蟬の鳴き声を聞いていたものだ。魚はかなり多かった。細長い川鰯《かわいわし》や肥った鮒などはほとんど入れ食いで釣れたし、鱖魚《けつぎょ》や鯉などが釣れることもあった。魚たちは釣り上げられると勢いよく尾びれを動かし、銀や金の滴を光らせたものだ。特に春雨のあと水の漲《みなぎ》るころになると、魚はいつもよりずっと多かった。

毎日夕月の出る時分になると、彼は二合ほどの酒を飲んでいたが、肴は決まって鮒と大根のスープか炒めた川鰯だった。魚が少なくちゃお話にならない。一日釣っていてもやっと一匹だけだったり、ひどいときにはまったく一匹も上げられなかったりしてしまう。戦闘だって同じだ。敵が少なくても多くても変わりはしない。俺はやはり同じように戦うだけさ。彼はこう考えた。

それから急に一部隊を派遣して敵を蹴散らしてやりたくなった。これには段龍飛《トアンロンフェイ》の小隊がいちばんいい。戦闘のとき最良の方法は先に攻撃することだ。しかしこれは今の地位からいって許されるものではなかったので、彼は相変わらず高地に立って彼方を見つめているしかなかった。

そしてまた考えた。戦闘が始まっても、あいつは、あの若造は本当に大丈夫なんだろうか、と。

そのとき突然、赤黒い楕円形のものがわずかに揺れながら並木の向こうを真っすぐに上っていくのが見えた。巨大な泡が水底から湧きあがっていくようだ。

すぐに望遠鏡を取って見ると、それは敵の砲兵の使う繋留気球だった。連隊本部に報告しなければならない。気球は東南上空まで移動して浮かんでいる。この不気味な気球の突然の出現で、青くくすんだ遠い山々が急に地平線の下に消えたかと思うほど低くなったように感じられた。

彼が電話で報告をしているとき、大砲の音はすでに響きはじめていた。最初のは何か偶然の爆発のようだったが、やがてそれは集中し、猛烈になってきた。突然襲いかかってきた暴風雨のように野蛮な力で天地を震わせ、建物を震わせ、人々の心を震わせた。

ヒュー、ヒュー、……ドッ、ガーン！……

ガーン！　ドカーン！　バーン！……
ヒュルー、ヒュルー、グワーン！　ドグァーン！……
彼はまた高地に駆けていった。畑に落ちた砲弾が爆発して黒い土を空中高くはねあげている。丘陵に落ちた砲弾が爆風と振動で建物を倒し、ガラララッ！という夾雑音を響かせている。林は直撃を受け、木の枝が空中に舞い上がっている。まるで火山が急に爆発したようだ。大地は痛苦にあえぎ、木々は豪放に吠え狂い、山々は憤怒の叫び声をあげている。そして田地は激しく震え、大空はうめいていた……

〝古参のつわもの〟である彼は、どんなに突発急変した戦闘においてもきわめて短い時間で冷静になり、その状況に慣れることができた。戦場では時には勇気よりも敏捷が、そして時には敏捷よりも冷静が大切だった。この冷静沈着な態度がまさに彼の長所で、彼が同僚に睨みをきかせ、人の尊敬を受けているのもこのためだった。しかも困難であればあるほど、危険であればあるほどその冷静さは際立った。彼のこの冷静さは鮮やかな深紅の色にたとえられる。紫の中に置かれた深紅は際立って鮮やかだが、この深紅を白の中に置けばいっそう際立つのだ。彼は猛烈な砲火の中で眠ることができた。家で寝るのと同じように草原でも寝られた。近くで爆発した砲弾で土砂が顔にかかっても、鈎鼻のあたりを手でさっと払えば、彼はもう何でもなかった。

あるときこんなことがあった。彼が顔をぱっと払ってみると、それは土ではなく豆粒ぐらいの大小の破片だった。彼は「ハハハ」と笑って起き上がり、破片を日光に照らしながら不思議そうに、「当たったのに、なんで俺は死なないんだ?」と言ったという。

敵が突撃してきたときの戦法はこうだ。彼はまず兵の動きを抑えてじっと待つ。敵がぎらぎらと光る銃剣をかざし酔っ払ったように興奮して走り寄ってくると、そのまま鉄条網を越えさせ、壕の外側きわめて近くまで近寄らせる。そして敵の銃剣が味方の鼻先に触れるばかりになったとき初めて攻撃の命令を下す。ただちに歩兵銃と機関銃による一斉射撃が開始され、手榴弾が投げ付けられて、攻撃してきた敵は完全に壊滅してしまう。こういうとき彼はかすかな笑みを浮かべて、ゆっくりと一服するのだった。しかし状況がはっきりつかめないときや、何かが始まったばかりのときなどは、他の人と同じように、彼も戸惑ったような様子をしている。

現在、敵の砲兵はすでに作戦を開始したが、彼はまた背を丸め尖った鼻を歪めながら、景色でも眺めるようにのんびりとあたりを見回していた。西北、枯れた林の向こうで村が燃えており、黒煙が鱗の形の瓦礫を厚く覆っている。そのうち彼は敵の攻撃がわかってきた。敵ははじめ何の規則性もなくあちらこちらに砲弾を撃ちこんでいたが、その後目標を正確にまとめ、儆廠と湯水鎮一帯に砲火を集中してきているのだ。砲火は濃い哨煙を幾重にも作り上げ、その方角の林や村落、峰などすべて覆い隠してしまった。仙家橋にも何発か命中し、小川の水と泥を岸に跳ね上げている。砲弾で屋根に穴を開けられた家がある。だが中に落ちた弾は爆発しなかった。村がまたひとつ燃え上がった。炎が空を焼いている。

砲兵が活動しているとき、歩兵は何もしない。このことはよくわかっていた。

そして一時間後、大砲の音はしだいに少なくなり、やがてまったく止んだ。

しかし砲撃が止んだとたんに、ある金属的な音が響いてきた。それはきわめて大きな震動だった。あたり一面、山も谷も田畑も、そして人の声もこの音に共鳴してガラガラ……と張り裂けんばかりに響いた。

彼は背筋をのばして頭をあげ遠くを見つめた。この音響は彼の熟知したものだった。

「おっ、戦車が来たぞ！」

戦車と言うと、王煜英《ワンユィイン》の五百発の鋼心弾とあの突き出た額、窪んだ目がすぐに連想された。そして「あいつは本当に大丈夫なんだろうな！」という言葉がまた脳裏をかすめた。

暗緑色の中型戦車が並木の間に現れた。一台また一台と、木にとまった甲虫のように慎重な素振りで這ってくる。

「三台、五台、あと一台……また一台」

彼は戦車を数えていった。

今までこういう戦車を見たことはあったが、戦ったことはなかった。戦車と戦うのに一番いいのは三七ミリの対戦車砲だ。しかし彼にあるのは重機関銃二挺と軽機関銃九挺、少しばかりの歩兵銃と銃剣だけだった。しかも戦闘前哨の陣地は堅固に作る必要がなかったから、陣地前方に対戦車用の壕や鉄条網などもいっさい敷設していなかった。彼らがやったのは道路の数カ所に手榴弾を束ねて置いておいたぐらいのことだった。

鋼心弾と手榴弾の束の効果が限られているのはわかっていた。しかし、今日こんなについていないとは思わなかった。始まるとすぐに敵の戦車がやってきてしまった。これはどうしたらいいんだろう？

だが、連隊長がこんなに自分を信頼してくれているのに、戦車を見つけたとたんに、俺はもうだめですと言っていいのか。今日こそ思う存分に戦うという決心はすでについている……しかし、いったいどう戦うかが問題なんだ。

戦車が来なかったら絶対にうまく戦えますが、戦車が来たんでは〝胡桃にかじりついた婆さん〟みたいに手も足も出ません、などとこの俺が言えるものか。なんていう話だ！……だが本当にどう戦おう？　このまま通過させてしまうか、それともここで阻止するか。怪物め！　まったくこいつは怪物だ。坂も登るし壕も溝も越えてくる。鉄条網も塀も突破し、大樹を倒し遮蔽の設備を圧《お》し潰す。人の真ん前までやってきて狙撃だって轢殺《れきさつ》だってできる。しかも重機関銃に小さな砲まで備えていやがるんだ。これを狙って撃ったとしても、まるで亀が甲羅に豆をばらまかれたみたいに、痛くも痒くもないような平気な顔だ。

あの覗き窓を狙うんだ。あれだって動く標的と同じなんだ……小さな標的だが……

彼は知っていた。訓練された兵士というものは落ち着いているもんだ。戦車がやってきたとき、慌てずにうまく隠れられれば、そう、見つからずにすんだら、奴はその威力を発揮できない。奴はたしかに陣地を突破したり破壊したりできるが、陣地を占領することだけは絶対にできないのさ。占領というのはやっぱり歩兵の仕事なんだ。しかも奴は始終ガタガタ動いているから、撃ってきたってなかなか当たるもんではない。弾が広がってしまうんだ。こう考えて彼はつぶやいた。

「戦場だって、一発ぶっ放したあとにゃ、飯を食う暇もできるってもんさ」

彼は自分の陣地を見回してみた。高地の端から六〇〇メートルにわたる前方正面に何の気配もない。茶褐色の枯れ草と日光以外は何一つ目につかないのだ。

「なかなかやるもんだなあ！　俺の兵隊たちも捨てたもんじゃない」

こう口にして再び前方に目を向けると、戦車はさらに近づいてきており、キャタピラが蛇のようにずるずる動いているのがよく見えた。

彼はこの状況を電話で連隊本部に報告した。

「仙家橋南端の京杭国道上に敵戦車十一輛発見、我方に向かって前進中、現在の距離は戦闘前哨より約三〇〇メートル前方……」

彼は憤怒の形相でうなだれ、こう思った。

本当に奴らを通過させるって言うのか……奴らの思うままにこの戦闘前哨を通過させたら、それは自分にとって最大の恥辱だ……もちろん、中国軍人たるものにとってもこの上ない恥だ。

そこで彼は第一小隊に戦闘準備をさせ、手榴弾の充分な用意と戦車の覗き窓に対する狙撃を命令した。それから上等兵銭金山《チェンジンシャン》と伍長諸華仙《チュファシェン》の二人を狙撃手として指名した。その他の各小隊には敵歩兵に対する狙撃を命じた。

そうしてまた高地に上り、前と同じように散兵塹壕に入って敵の動きを見つめた。

戦車はさらに近づいてきている。一五〇メートル、一三〇メートル……ガラ、ガラ、ガラという響きをあげ、一列縦隊で長江を下る小舟みたいに、頭を上下に振りながら京杭国道を前進してくる。例の黒ずんで見える覗き窓も砲の筒先もすべてはっきりと見える。

蠢《うごめ》き走る蜈蚣《むかで》のようなキャタピラが、あたりを震わせて大きな音を響かせている。今やこの音響はまるで海辺を猛烈に吹き狂う嵐のようで、ほとんど恫喝《どうかつ》とか脅迫というものに近く、この世界が恐ろしい叫びだけによって成り立っているのだと思わせるほど高まっていた。

バーン!……

銃声は村の右端にある高地の下から起こった。

望遠鏡で見ていると、先頭の戦車が二本のポプラを薙《な》ぎ倒して頭を左に回し、道路をそれて針《はり》鼠《ねずみ》のような機敏さで水田に入りこんでいった。そして半円形の砲塔が回転して白い煙を吐き、自分の姿をすっかり隠してしまった。

一発の砲弾が高地に撃ちこまれた。灌木が一本吹き飛ばされ、赤い髭のような根を逆さにし空中を舞いながら落下していった。

二台の戦車が同時に射撃を開始した。
ガ、ガ、ガ!……
ガ、ガ、ガ!……ガ、ガ、ガ!……

ダーン！……

ダーン！……ダーン！……ダーン！……

たしかに戦車の射撃はものすごかったが、陣地はかえって落ち着いていて、一、二発歩兵銃の音がしただけだった。これはいいことだ。

彼は望遠鏡で見つめた。高地の麓に生い茂った蓬の草むらから、銃の青い煙がポッポッと湧いて軽やかに漂った。二台目の戦車の覗き窓を狙った弾がわずか二、三センチ外れた。弾は窓を突き破ることができず、革の布しか撃ち落とせなかった。「惜しい！」彼は一声叫んだ。

ドガーン！　ドガーン！……

小川の前の道路に仕掛けておいた手榴弾の束が爆発した。白い煙がもくもくと湧き上がり、並木も道路もほとんど見えなくなった。この日い煙が消えると、力が抜けたみたいに傾いた戦車が一台、ポプラの木立のところで停まっているのが見えた。キャタピラが一本切断されて地面に伸びきり、まるで死んだ蛇みたいになっている。他の戦車は道路付近に列をなした雁のように散開し、縦深隊列を取りながらあちこちから相変わらず撃ってくる。

ふいにその内の一台が喉の渇ききった牛みたいな勢いで川に飛びこみ、後部を高くしながら前進しはじめた。川の泥が勢いよく跳ね上げられ流れは狂ったように逆巻き乱れた。さらに一台がこれに続いた。

ちょうどこのときである。彼は見つけた。前方三〇〇メートル余のあたりにびっしりと固まった歩兵の一団が出現したのだ。彼らは京杭国道の並木を遮蔽に利用して、猟犬のように慎重な姿勢を取り猿のように軽快な足取りで、戦車の後ろにぴったりとついて進んでくる。手にした武器がきらりとかすかに反射している。

先頭は一個小隊のようだ。その後ろから続々と現れてくるのは、二個中隊規模かあるいはもっと大規模な兵団だろう。駆け足で進んでくる者もいるし、道路を挟んで散開してくる者もいる。

このとき泥だらけの豚みたいな戦車目がけて、川辺の高地の上から手榴弾がつぎつぎと投げつけられた。手榴弾は夏の草むらに潜んでいたバッタか何かに驚いていっせいに飛びだしたように、空中をくるくると回転しながら飛んでいく。しかし戦車は依然として撃ちつづけており、砲と機関銃が鼓膜をつんざくばかりの吠え声をあげながら、黄昏時《たそがれ》のような光と影を高地に作りだしている。

これと同時に第二小隊と第三小隊が一斉射撃を開始した。高地は夏の夜の田圃で蛙がいっせいに鳴きはじめたような密集した銃声で満たされた。すると見る間に戦車にくっついて進んできた歩兵たちが蜘蛛の子を散らすように逃げていった。道路付近に二十数名ほど倒れている。まったく動かない者、火に投げ入れられた毛髪のようにゆっくりと体をひねっている者、傷ついた蟋蟀《こおろぎ》のようにあてもなく道路を這っていく者……ポプラの後ろまで逃げて行って、そこでばったり倒れてしまった者もいた。また一人、また三人というふうに、彼らはまるで泥酔した人のように倒れていった。

彼は気持ちが昂ぶってきた。そしてにやにやしながら独り言を始めた。

「戦車が来たんではかっこよく戦えないとか、確か言ってたよな？　ほら、奴に守られた歩兵だってやっつけたじゃないか！……それに戦車だって倒したんだぜ！」

それから得意そうに微笑み、猫背をもっと曲げてひとり頷きながら、袖口で鼻先をさっと拭き、ぶつぶつとつぶやいた。

「この戦法はまったく凄いぜ！　日本人は、へへッ、奴らはどうして死んだかもわかっちゃいないだろうよ！」

しかしそのあと、彼は怒りだした。重大な誤りを見つけたのだ。

左翼で第二第三小隊の猛烈な攻撃が敵歩兵を抑え、京杭国道のこちら側まで押し返している。そこでは敵が引き潮のように壊滅し、今や満足な足場すらないぐらいだ。しかし第一小隊が敵戦車攻略に全力を上げているので正面前方の敵に対する攻撃力が弱体化し、このため敵に道路の一方において隊伍を整備する機会を与えてしまっている。こうして敵は並木や道路の隆起、田の畦《あぜ》などを利用し機関銃を設置して、第二第三小隊に反撃を開始したのだ。向こうの盛り土の後ろには迫撃砲を二門も持ってきている。敵は攻撃力を急速に盛り返し、兵の数もますます増えてきた。戦車の後ろに歩兵の一部隊が現れて、砲煙を縫って彼らの鉄兜や歩兵銃が見え隠れしている。

やがて敵は高地に向かって攻撃を再開し、彼の頭上にも弾がひゅうひゅうと飛んでくるようになった。

「王煜英《ワンユィイン》の大馬鹿野郎め！」

若造に対する憎しみが彼の胸に燃え上がった。もしも重機関銃とあの二個小隊が同時に一斉射撃をしていれば、敵には撤退の一路しか残されていなかったはずなのだ。

「奴は何で撃たないんだ！　何で撃たないんだ！」

重機関銃が火を吹かないばかりに、この三百余の敵は平静さを取り戻しただけでなく、優勢な火力で第二小隊と第三小隊を圧倒し、正面を威嚇しはじめているのだ。たぶんここを突破口にするつもりなのだろう。

彼は気違いのように怒りだし、鼻を尖らして叫んだ。

「伝令！　あの王小隊長、王煜英を呼んでこい！」

そこに居合わせた伝令の兵がこれを受けて散兵壍壕から這い出ていったとたん、額を撃たれてその場に倒れてしまった。

彼はさらに頭に血が上り、肩を大きく震わせながら、もう一人の伝令に命令した。

「おまえが行け！」

それから罵りはじめた。

「戦車も撃たない、歩兵も撃たない、王煜英の野郎は何考えてやがるんだ！　敵よりも憎たらしい野郎だぜ！　クソッ！」

彼は罵りながら黒いピストルに弾を込め、引き金に軽く指をかけた。四方からの銃声に戦車砲の音が交じって聞こえてくる。
ガ、ガ、……ガ、ガ、ガ、……
ドゴーン！……ドゴーン……

バーン……
ダ、ダ、ダ！　ダ！……ダ、ダ、ダ！　ダー！……
ダーン！……ダーン！　ダーン！……

戦車が一台川岸に上ってきた。そこで少し停まり、またゆっくりと進んでくる。これに手榴弾が何発か投げつけられ、その場は退却していった。他のはすべて小川の対岸に停まっているが、絶えず高地と村落に向かって射撃を続けている。前方正面の敵もさらに増えた。

それから間もなく、王煜英が片側斜面を腰を屈めながら走ってくるのを彼は見かけた。しかしすぐに王はぱっと深い草むらに潜り、鈍く光る鉄兜の半分だけしか見えなくなった。

王の姿を見たとたん、彼は撃ち殺してやりたくなった。しかしちょうどそのとき重機関銃が吠えはじめた。
グ、グ、グ、グ、……
重機関銃は、まさに巨大な霰《あられ》が突然降りはじめたかのように、猛烈な速度の重い響きをたて、ポプラの幹が飛び散り地面が猛煙を噴くほどの激しさで、並木や田圃を撃ちまくった。

道路のあたりにいた敵は驚いてひれ伏し、歩兵銃を頭に掲げてポプラの後ろまで這い戻りひざまづいた。それからひどくぬかるんだ泥水の中にはまりこんだような格好で、立ち上がってはひっくりかえっている。そして薪が手慣れた百姓によって片っ端から割られていくように、ばたばたとこの中国の大地いっぱいに倒れ、永遠の眠りについていくのだった。

敵の軽機関銃も歩兵銃も完全に沈黙した。見渡すかぎり深紅の血で染まり、兵器、鉄兜、背嚢、銃剣などが一面に散らばっている……生き残った者は、銃を投げ捨て恐怖の叫びをあげながら、道路の向こう側を目指し、まるで魂をなくした影のように慌てふためいて逃げ去っていった。

このとき第二第三小隊の銃火がまた激しくなり、高地はすべて我が方の哨煙で覆われて、敵はばたばたと倒れ、再び撤退を始めた。それでも重機関銃が情け容赦なく、海辺の風波のような飛沫を地面に立てながら京杭国道を掃射している。

こうして敵はおびただしい死傷者を出し、生き残ったわずかの者が必死に逃げ帰っていき、後方に向かって救援信号弾を打ち上げた。真紅の信号弾が一発、そしてまた一発上がっていく。これを追って緑色の信号弾も遙か向こうの枯れ木のあたりから打ち上げられた。

すべてが夢ではないかと思われた。戦局の展開があまりにも早く、孤につままれたようで彼には何とも信じられなかったのだ。彼は心臓が高鳴り、いつのまにか大きな口を開けて笑いだしていた。

王煜英《ワンユイイン》はすでに彼のすぐ側に転がりこんできていた。彼は王のほうを振り返り、期待に胸を弾ませながら物問いたげなまなざしで真っすぐにこの部下を見つめた。しかしその顔はもどかしそうに引きつり、心の中を息苦しい思いが駆け巡っていた。

えーと、えーと、俺はいったいどういうふうに、無骨な俺の思いをこいつに伝えたらいいんだろう……

彼は右手を差し出し、ちょっとためらってから王煜英の左肩をぽんぽんと叩いた。そして感動のあまり声を震わせながらこう言った。

「キョッ、兄弟よ！　君の働きはものすごいぞ！　たぶんわかっていたと思うけど、俺は君を誤解していたんだ。もう、いいんだ、さあ、持ち場に戻ってくれ……」

それから何か人を拒絶するような感じで、さっと手を振った。

王煜英はいったいどういうことなのかさっぱりわからず、また自分の部署に帰っていった。途中、行く手で砲弾が爆発し、土砂がぱらぱらと降りかかった。

王煜英が行ってしまうと、張涵《チャンハン》はいっぺんで気持ちが軽くなり、安心してほっと一息ついた。

ああ、あの目つきはやっぱり利口な男の目つきだ。脳味噌ときたら、ありゃ完全に戦争経験のある奴のものだぜ！……俺はなんてぼんくらなんだ、例の「三信心」〔国軍の軍規に、上官、部下、自己の任務の三つを信ずることとある〕を忘れていたよ。しっかりしなくちゃ！……

彼は自分が情けなくて辛かった。そして、恥ずかしそうに手で鼻の先を拭った。しかし、何と言っても愉快でたまらなかった。勝ち戦なのに仏頂面でいられるわけがないではないか。だからこの情けなさも辛さも実はほんの少し心を通過しただけのことで、あとはさっぱりと消えてしまっていた。

　ところが敵の戦車は再び突撃を開始した。怒った猪のように見える五台が、凹凸の多い地面を駆けて、まっしぐらに高地の重機関銃陣地を目指し突き進んでくる。それに山家橋正面突破を目指す三台が肥った家鴨《あひる》みたいに尻を振りながら、第二第三小隊に向かって進んできている。

　今や両軍ともその最大の攻撃力で戦闘を再開したのだ。
　ガ、ガ、ガ、ガ！……
　ガラ、ガラ、ガラ、ガラ……

　グググ！　ググ……
　タ、タ、タ！……タ、タ、タ！……
　ダーン！……ダーン！……

　機関銃の陣地を攻撃していた戦車が一台突然燃え上がった。ガソリンの真っ黒な煙の中でオレンジ色の炎が燃え広がっていくのが見える。火花はまるで液体のように滴り落ち、近くの枯れ草に燃え移ってあたりを黒焦げにしている。

　残りのうち三台が射撃しながら高地を後退し、攻撃の矛先を第一小隊に変えてまた進みはじめた。やがて一台が陣地に突入した。灯りにぶつかっていく甲虫みたいにめちゃくちゃに動き回っている。逃げ遅れた兵士三名がたちまち圧し潰された。機関銃が草地を掃射し、飛び散った枯れ草が空に舞っている。

この戦車はすぐに手榴弾の投擲目標となった。しかし手榴弾はカーンカーンという音を立てるだけで、鋼板には当たるものの、すべて遠くまで弾き返された。投げた兵士が逆に驚いて地面に伏せている。そのうち戦車は高地の後ろから下り、仙側家橋の側面に回ってその辺の百姓屋を撃ちはじめた。この攻撃で張涵《チャンハン》の中隊本部も灰となり、本部要員が三名戦死した。

陣地を攻撃していた戦車は、はじめは三台だけだったがのちにもう三台増え、最後にはどこから来たのかさらに新たな一台が加わり、後方からの突撃をはじめた。これで第一小隊は動揺してしまった。兵士たちは散兵塹壕の中で、もはや冷静沈着に手榴弾を投げることも、軽機関銃で戦車の覗き窓や腹を狙ったりすることもできなくなり、つぎつぎに塹壕を離れていった。陣地はあっと言う間に混乱し、兵士たちは悲鳴をあげて逃げ回った。

砲弾で頭を半分吹き飛ばされ、草むらに倒れながらもまだ銃をしっかり抱えていた者もいた。機関銃で背中に七つも穴を開けられ、灰色だった木綿の軍服が深紅になってしまった者もいた。常緑灌木の陰で立て膝姿勢をとり、戦車の覗き窓を歩兵銃で狙撃しようとした兵士は、まさに引き金を引こうとしたとき、キャタピラに灌木ごと薙《な》ぎ倒され、轢《ひ》き潰されてしまった。緑色の粘液のような葉と交じり合いぐちゃぐちゃになった血まみれの彼の肉片に、戦車のキャタピラの跡がはっきりと刻まれていた。

またある兵士は被弾した左腕が皮一枚で肩からぶらさがっていた。しかし突然彼は痛みを堪えて歯を食いしばり、まったく血の気を失った唇で手榴弾の蓋を開け、歯で発火の紐を抜いて右手でこれを投げつけたのだ。だが投げつけたとたん、彼は力なく崩れていった……

第一小隊長段龍飛《トアンロンフェイ》はすっかり頭にきて、あばたの顔が真っ青になっていた。敵の思うがままに自分の小隊を全滅させるわけにはいかないし、自分の守っている陣地を突破されるなんて問題外だ。もしそうなったら、もはや人に会わせる顔がない。自分の七年に及ぶ勇名も地に墜ちてしまう。こんなふうにして死ぬなんて光栄でも何でもないじゃないか！

彼は赤革の弾薬帯から弾を抜き出し、二十連発自動小銃の二つの弾倉をいっぱいにして、それをさっと振り上げ、伝令兵の焦松《ヂャオソン》に向かって荒々しく叫んだ。

「おまえら、俺について来い！」
七、八名の兵士が彼とともに戦車目指して突撃していった。しかし、うち二人はすぐに機関銃で撃ち殺され、互いに重なるようにして倒れた。一人の兵士の胸にもう一人が頭を静かに乗せている。
段龍飛は戦車の後ろに素早く回った。キャタピラが機械のように回転している。彼は敏速にこれによじ登り、砲塔に身を伏せた。戦車は彼を振り落とすかのように激しく飛び跳ね、すさまじい震動をはじめた。彼はあごを鉄板に叩きつけられ舌を噛み切ってしまった。塩辛い血が口いっぱいに溢れ、顔面全体がしびれた。しかしやっとのことで左手で砲塔を抱え、片足をキャタピラの鉄板の覆いにかけた。それから戦車の上にへばりついたような格好で少しかがみこんで、自動小銃を握りしめた。そして戦車の蓋の穴からぐっと中に近づき、そこにいた奴の後頭部を狙って引き金を引いた。
バ、バ、バ、……バ！……
それからすかさず、手榴弾を投げこんだ。

バウン！……ガラグワーンガガガ……

手榴弾が中で爆発し、いくつかの破片と白い煙が穴からぱっと飛びだした。戦車はたちまちおとなしくなって、ただあてもなくそのまま前に進んでいった。その盲目的な動き方は、頭をむしり取られた蠅がまだ死なずに動いているような姿を思わせた。

この予想外の成功に彼は躍り上がった。そしてまた別な戦車によじ登ったのだ。しかしこのとき第三の戦車の機関銃が彼を狙って火を噴いた。パ、パー！……

弾は耳をかすめ、戦車の鉄板に灰白色のすり傷をいく筋か作った。彼は例の蓋をこじ開けて手榴弾を中に投げこむと、振り返って第三の戦車に自動小銃で反撃しようとした。しかしその瞬間戦車の砲塔が回った。砲身が鈍重な力で彼の腰を殴りつけ、彼を叩き落とした。そのあとキャタピラが彼を圧し潰し、頭をぐしゃりと砕いた。それはまるで鳳仙花《ほうせんか》をつぶして作ったマニキュアのようだった。

小隊長にならって焦松も戦車によじ登った。しかし彼はまったく失敗してしまった。まだ足場が安定しないうちに地上に振り落とされ、足を挫《くじ》いてしまったのだ。投げ出された銃が草むらの中で光っていた。このほかに三人の兵士が生き残っていた。小隊長の惨死が彼らを憤らせ、その復讐のために期せずして皆、仇の戦車めがけて走り寄った。二人が思い通り戦車の近くに迫った。そして同時に覗き穴に手榴弾を投げつけたが、鉄板に当たって地面に弾き返された。もう一人の兵士はあまり近づきすぎて戦車に跳ね飛ばされ、袖をどす黒い血で染めていた。このあと、弾き返された手榴弾の破片がこの兵士の腹部深く突き刺さった。

張涵《チャンハン》は高地にいて、このすべてを、この小川と高地で起こったすべてのことを、完全に目撃していた。段龍飛《トアンロンフェイ》の戦車に対する闘いもはっきり見ていた。彼はまるで歯痛のときのように左手で左のあごを抑え、ぐっと歯を噛みしめていた。彼は苛立っていたのだ。しかもこれは今まで経験したことのない苛立ちだった。

陣地は結局戦車に破られてしまった。優秀な小隊長二人のうち、段龍飛はすでにやれてしまったし、重機関銃一挺がまだ断続的な射撃を続けているとはいえ、王煜英《ワンユィイン》ももはや生き残れることはないと思われた。それにここが戦闘の前哨であるために兵士の補充ができず、前方の広大な前線正面の中で部隊は孤立してしまっている。

ふと彼は、あの秋の日に広東を攻撃したときのことを思い出し、予備隊を連れてきて自ら迎撃に当たろうかとも考えたが、現在こういう状況になってしまった以上、すでにどうしようもなかった。そして成り行きに任せるしかないと彼は心を決めたのだ。

往々にして戦闘というものは、最後の一分、いや最後の一秒で勝敗が決まるものだ。彼はこの一分、一秒を待つことにした。第一小隊のように壮烈な戦死を遂げる覚悟で胸がいっぱいだった。

確かにまだ彼には第二小隊と第三小隊が控えていて、この闘いを続けていく力が残っているはずだったが、二つの小隊がどうなっているのか彼には答えられなかった。すでにかなり以前から小隊の連絡が途絶えており、銃声と硝煙によってしか小隊の状況は判断できなかったからである。

「そうだ、今日は悔いのない戦いをしなくちゃいけない。もしかすると、これが俺の最期になるかな。それなら、なおさらだ」

彼はこういうふうにつぶやいた。それから戦車をやりすごし前方の敵歩兵に全力を集中するよう、命令を下した。

やはり敵の歩兵はまたもや潮のようにつぎつぎに湧きあがり、並木のあたりに姿を見せはじめていた。

彼は望遠鏡を取り出し、尖った鼻をそこにぴったりくっつけた。

敵戦車による突撃と砲撃、そして機関銃の掃射を受けて、王煜英の小隊は九人しか生き残っていなかった。その内一人は腕に傷を負い、白い布を巻きつけていた。

第六機関銃は兵もろとも、あの予備陣地の中で土砂の下敷きになってしまった。第五機関銃は長時間の射撃のため過熱し、薬莢《やっきょう》をたびたび挟むようになってしまい、継続的な使用ができなくなっていた。弾薬もほとんど撃ち尽くし、今ではたった二本の弾薬帯が残っているだけになってしまった。地面は薬莢で埋め尽くされ、草むらや弾薬箱のまわりは薬莢の山となっている。そして斜陽に鈍く反射する真鍮の黄色い光の中で、まだいくつかの薬莢が火薬に焼かれたまま黒く燻《くすぶ》っていた。

　しかし、敵の戦車は依然として活発に動き回っており、歩兵も再び新たな攻撃を始めている。双眼鏡を覗くと、木立の中では歩兵砲が犬のようにうずくまっているのも確認できた。

　王煜英《ワンユイイン》はむず痒いような苛立たしさに駆られていた。どうやって戦えばいいんだろう。近距離の射撃はすでに不可能だし、陣地も敵に知られてしまった。そして弾は少なすぎる。平均射撃速度は一分間に六百発だから、もしも最初と同じようにやったら弾なんかあっと言う間になくなってしまう。敵に与える損失が仮に最初と同じぐらい大きかったとしても、一分後、二分後はいったいどうなるんだ……

　敵の散兵が突破口に向かい、海浜を襲う高波のような勢いで前進してくる。歩兵砲は仙家橋右翼の高地と村に対し攻撃を開始し、機関銃もどこからか撃ちはじめてきた。

　状況は刻々と変化し、一秒ごとに緊張の度合いを深め、重要さを増してきている。今となっては、もはやじっくり観測する暇などなく、熟慮、分析したり作戦をめぐらしたりする猶予もまったくない。ここでは毎秒ごとに即刻決断することが要求されていた。

　敵を一歩も進めさせてはならない！

　彼は急いで攻撃目標を指示した。長い間咳きこんでいた人みたいに声がほとんどつぶれている。

「目標！……左前方……並木後方の散兵！……攻撃限界！……右、川辺より三番めの木！……左、京杭国道！……約……六五〇！……」

第五分隊長のふとっちょ徐広鳴《シュクアンミン》が復唱を始めようとしたとき、砲弾が一発突然飛んできた。

ヒュ、ヒュ、ヒュルルッ！　ゴーン！……

蟬が何匹か逃げていったときのような音をたてて、砲弾の破片が耳をかすめていった。土砂が飛び散る。砂煙が龍燈〔龍の形をした長い張り子の提灯〕のように舞い狂い、あたりは何も見えない。うめいているのは誰だろう……

ヒューッ！　ゴーン！……ゴーン！

さらに何発か続く。充満した砂塵と硝煙の苦いような渋みで窒息しそうになる。

王煜英は散兵塹壕の壁にもたれ右肩に首をすくめ鼻を覆った。絶望が彼を襲う。しかしこの絶望は生命を惜しむ動物的本能からくるものではなく、旺盛な野心の挫折のなすわざだった。

第五機関銃もおしまいになったとしたら、ピストルで一人や二人倒したとしても、我々はもう手足をもぎ取られた蟹みたいになってしまうんだ。そのときどうやって戦う。彼はそうなることを恐れた。そしてあまりにも不当だと思った。見上げると、あたり一面黄味がかった灰色の光線が蔽い尽くし……天は見えない。

「まだ始まっちゃいないんだぞ！」

彼は叫んだ。

グオーン！……グオーン！……

グ、グ、グ、グ！……

ダダ、ダ、ダ、ダ……

バーン！……

ドーン！　ドーン！……

砲声が遠ざかる。

「小隊長！　小隊長！」

楊全《ヤンチュエン》一等兵が呼んでいる。

「俺はここだ！」

さっと影がひとっ走り寄ってきた。そう、確かに彼が見たのは影だけだった。この男の疎《まば》らな髭も赤らんだ鼻とけだるそうな表情も、細長い顔と衣服の色や折り目も彼には何一つ見えず、黄色の縁取りをした灰色の人の影のぼんやりとした輪郭がそこにあるだけだった。

「小隊長、小隊長！　機関銃が壊れました！」

「壊れただとっ！」

この叱責は余計だったし無茶だった。

砂塵がおさまっていく。

機関銃は本当に壊れたんだし、人は五人死に、足を負傷しているのもいるんだ。それはわかっていた。ちぎれた腕が一本機関銃の上に巻きつき本体を少し傾けている。

彼は急いで散兵塹壕を飛び出ると機関銃の側に倒れこんだ。ちぎれた腕は馬安国《マーアンクオ》上等兵のものだった。太く黒い指に長い間蓄えて買った金の指輪がはめてあった。彼はこの腕をぱっと投げ捨てたが、このときまた一人やられた。弾丸が一発江富生《チャンフーション》の鉄兜を縦貫し、この男を枯れた狗尾草《えのころぐさ》の草むらに大きく口を開けたまま仰向けに倒したのだ。

王煜英《ワンユイイン》の感情はすでに麻痺していた。こういう死者たちはもはや少しも彼を引きつけなかった。彼はひたすら、敵の砲弾が作った擂り鉢型の穴の近くに伏していた。そして機関銃座の脚の上や左右に頭を伸ばしながら、すでに傾いてしまった金陵兵器工場製造の〝№.５４１８０〟マキシム重機関銃を丁寧に点検した。この機関銃は敵の砲弾で前の脚を一本折ってしまっただけらしかった。

彼は近くにいた兵にスコップを持ってこさせ、擂り鉢の縁に土を盛った。それから馬安国の鉄兜を脱がせてこちらに投げるよう楊全に命令した。彼は鉄兜を受け取るとそれを引っくり返し機関銃の折れた脚に逆にかぶせた。そして鉄兜の上と下を土で固め最後に手でぱたぱたと叩いた。こうして銃はまた水平を保ち、射撃が可能となった。

喜びのためか、戦闘の緊張のためか、彼はほっと息を吐いた。

しかし敵はすでにあまりにも近づきすぎていた。

彼は左手で弾薬帯を引っ張り右手で銃把を前に押してから、左手を力いっぱい引いて右手で銃把を元の位置に引き戻した。それからまた銃把《じゅうは》を前と後ろに二回ずつ動かすと、弾薬が二発、銃の腹から落ちてきた。

「さあ、充塡したぞ！」

彼は距離を定め、高度調節装置を固定して射撃を開始した。
グ、グ！……グ、グ！……グ、グ、グ！……
敵二人に命中したのがわかった。一人は墓の盛り土にゆっくり倒れ、もう一人はびっくりして持っていた銃を放りだした。

そうだ、こういうふうにして奴らの正面に照準を据え、奴らを一歩も進めさせないようにしてなくっちゃいけないんだ。彼はこう思った。

しかしこのとき彼は肩を撃たれた。何かが激しくぶつかってきたような衝撃で、彼は思わず地面に伏した。何の痛みも感じなかったが、触ってみると指が赤く染まった。だが彼は「構うもんか！」と憎々しげにつぶやくと、また手を伸ばして銃を握りしめ再び撃ちつづけた。
グ、グ！……グ、グ！……
だんだん左手から力が抜けていった。それは重たいものにゆっくりと圧し潰されていくような感覚だった。

「小隊長！　私が、私がやります」

声は足を負傷していた張剛《チャンカン》だった。彼は苦痛に顔を歪め、何度も自分の足に目をやりながら、機関銃のほうに這い寄ってくる。

「小隊長！　私がやります。すごい血ですよ！」

王煜英《ワンユイイン》は射撃を止めて振り向いた。彼は敵にのみ集中していて自分も部下の兵士も眼中になかったのだ。

張剛の声にはっと気がついて見回すと、陣地に生き残っているのは楊全《ヤンチュエン》、張剛、王福堃《ワンフークン》、自分の四人だけだった。大工だった男と病気のために中隊本部に残してきた王遠田《ワンユエンティエン》を含めて、三十五人の全員がかつてここにはいたのだ。突然彼はへなへなとなった。これは今まで一度も、負傷していなかったときでさえ、感じたことのない無力感だった。

彼は自分の青春を思った。恋人の黄棠《ホワンタン》を、あの赤い服が大好きだった師範学校の女学生を、そして家庭を、故郷の風景を、友人を……思った。

このとき初めて彼は、子供のように大粒の涙をぽろぽろ流し、張剛の前で泣き崩れた。

三十三人が、いや、あの二十九人は、どうして当たり前に生きていくことができなかったんだ？　どうして普通の人生がおくれないんだ？　どうして世界には戦争がなければいけないんだ？　人類はどうして殺し合わなければいけないんだ？　地球を全部自分の手にしたファシストの求める快楽とか、栄光とはいったいなんなんだ？　どんな支配者だって一食に平らげる飯の量は決まっているだろうに、そして奴らにも青春、家庭、愛情、友情、娯楽なんかがあるんじゃないか、それなのに、どうして他人のことが考えられないんだ？　飽食しているのにまだ他人のものを奪い、他人には虫でも食わせておけというのはいったい何故なんだ？　すべての人間がお前に自分の世界を捧げるとでも思っているのか？……頭の中をこういう混乱した思想の一つ一つの影が掠めていった。力がまったく抜けていく。傷が彼に休息を求めていたのだ。張剛《チャンカン》は機関銃の銃床を握っていた小隊長の手をふりほどいた。

「小隊長！　どうか休んでください、さあ！　我々兵隊には、こんなこと何でもないんです。まだまだやれますよ！」

「いや、俺はいい！」

王煜英《ワンユイイン》はこう言いながら草むらに頭をがくりと落とした。土の匂いがした。

「君も怪我しているじゃないか……君こそ休め……」

「何でもありません！　小隊長！　やらせてください。私の傷はあなたよりちょっといいようだし、重傷じゃありません」

草むらの中にまだ頭は突っこんだままだ。目の前には暗黒が広がり、その中をちかちかと光るものが浮遊している。彼は何事かぶつぶつと言ったが、このまま死んでしまいそうな気がした。

楊全《ヤンチュエン》がぱっと躍りでた。そして彼のほうに近寄り右手にかがみこんだ。

「小隊長、しっかりしてください！」

その声で意識が甦り、彼は頭を起こした。

「大丈夫だ……俺は、何でもない……」

そしてまた右手で銃床を握ろうとした。

しかし楊全がその手を抑えた。

「小隊長！　私がやります、私はかすり傷一つしていないんですから」

「だめだ！」

彼は絶対に納得しない。

「小隊長として、俺は、なんていうざまだ、兵一人の働きもできないなんて……」

このとき高地の下のほうにちらっと目をやった張剛が突然声をあげた。

「小隊長！　敵が来ました！」

彼は即座に起き上がった。この一瞬、彼の窪んだ目は爛々と輝き、心の中であらゆる力が甦った。そして荒々しく楊全の手を払いのけると銃を奪い取り引き金を引いた。
グ、グ、グ、グ、グ……
鋭利な長い銃剣を振りかざして高地の下から機関銃陣地に突撃してきた敵の一部隊は、見る見るうちに倒れ、つぎつぎと転げ落ちていった……

しかしほどなく、蛇の脱け殻のように最後の弾薬帯も銃から落ちた。終わった。もはや弾は一発も残っていないんだ！

彼は手慣れた動作で機関銃の銃身を本体から取り外し、銃床を草むらに放り投げた。そしてその銃身を右手に握って敵に立ち向かった。最初に飛びこんできた敵は彼に額を打ち割られた。敵は顔中血だらけになり、右足で人を蹴るような格好をしながら彼の真ん前で仰向けにばったりと倒れた。

楊全《ヤンチュエン》はスコップを髭面の敵の下あごに突き刺した。髭は大きく目を剝いたままだ。

張剛《チャンカン》は三本の銃剣に同時に刺された。しかし雑草の上にごろんと転がると、ゴム靴を穿いた敵の脚を蟹のように両手で挾みこみ、これに嚙みついた。

王福堃《ワンフークン》は敵の銃にしがみつき、奪い合いをしている。

どこからこんな力が湧いてくるのかわからなかったが、王煜英《ワンユィイン》はまた銃身を振り回し、つぎつぎと三人の敵を打ち殺し、二人に傷を負わせた。彼は叫んでいた。

「やっちまえ！　兄弟たち！　俺たちは！　もう最後だぞ！　みんなの恨みは、倍にして返してやるんだ！……」

最後に、彼の腹を銃剣が貫いた。続いて後ろからも刺され、筋骨が銃剣を静かに呑みこんでいった。


「九・一八」八周年。

西安、崇恥路、六合新村にて。

第五章

枯れ草についた水玉が光っている。すべてが静まりかえっていた。四門のボフォース式山砲も静かに控えている。砲手たちはそれぞれの定位置に着き、まばらな常緑樹と紅葉した木々が彼らを覆っていた。

「一号装填！——榴弾！——信管装着！——第一砲撃て！——コンパス！——四九〇〇！——高低一八ちょうど！——命令待て、——撃て！」

第一砲手王有山《ワンヨウシャン》は山東人で、顔にそばかすがあり、ひどく訛りのきつい故郷言葉で話す。口頭命令を聞いて彼は直ちに環状のコンパスの数値を合わせ、距離と高低も正した。原野に突如、彼の高らかな鼻音が響く。「四九〇〇！　高低一八ちょうど！——」彼は第三砲手に手を差し出し、指を下に振って指示した。

第三砲手趙仁寿《チャオレンショウ》は、赤黒い顔色で筋肉質、二十歳そこそこの農民のように見える。彼はまず深く背を丸めて両手で台座を摑み、薄黒い大きな足をガッと開いて腰を伸ばすと、台座を持ち上げた。彼は歯を食いしばりそれを左に移動させてまた下ろした。それから台座を手で二度ほど叩き、台座後方約一〇〇〇メートルにある松の木に標定点を定めた。それは黄土色の丘陵の稜線に立っている。第一砲手の高らかな鼻音がまた湧き上がる。「標定点、後方正面の一本松、標尺三一八四!」コンパスの気泡に目をやるが、それは動いていない。彼は護板に数値を書いて、大声で報告する。「完了!」

第二砲手岳正《ユエジョン》は早くから砲の安全装置と尾栓を開けており、熟練した手つきで指針を合わせている。第四砲手は口の悪い朱方《チュウファン》で、彼は陳小栄《チェンシャオロン》から砲弾一発を受け取ると、岳正を手伝ってそれを砲身に装填し、拳で尾栓を押した。尾栓は自動的に閉じられ、ぎらりと青白く光った。岳正は安全装置を閉めた。

「第一砲完了!」砲車長が報告した。

「第一砲、撃て!」砲車長が命令する。

岳正は安全装置を外し、左手に握った火縄を引いた。

ゴーン

砲口から白い煙が噴き出し、周囲に広がっていくと濃厚な異臭があたりを覆った。砲身は一度後退して、すぐさま原位置に戻った。

ギューン、ギューン、ギューン

晴れた空に波濤が岸を打つような大きな響きが轟いた。

ダーン
「右へ一〇！——五三〇〇！——撃て！」

ゴーン
「五〇〇〇！——撃て！」

ゴーン
「原距離！——撃て！」

ゴーン！——ゴーン！——ゴーン！

砲車長たちが次々に命令を発している。

「第四砲、撃て！」

「第三砲、撃て！」

「第四砲、撃て！」

夜明けの村に時を告げる雄鶏の鳴き声のように、あちこちから声が次々に上がる。砲手たちは全員きびきびと動いており、砲の尾栓が絶え間なく煌めいていた。四門の砲が同時に怒号をあげた。

穏やかな空を襲う暴風雨のように、随所で巨大な音響がどよめく。それは陣地の付近を徘徊するや直ちに飛び上がり、あらゆる丘陵を歓喜に包んで、遠方の樹林に喧騒を伝えていく。砲煙が人の姿を呑み込んでは、またその後ろ姿や、腕、そして足などを少しずつ吐き出していく。

「原距離！——全門、三発、撃て！」

暴風雨のような轟音が一陣一陣と続いていく。

かなりの時間、彼らには敵の砲声が聞こえなかった。

十二月四日から六日に至る血戦で、敵は湖熟鎮と湯水鎮を占領し、両翼を広げて包囲する陣形を取り淳化鎮を攻撃した。淳化鎮は突き出た形に置かれていたが、王耀武《ワンヤオウー》部隊が死守して作戦を継続していた。七日、敵機が夥しい夕暮れの蝙蝠《こうもり》のように、何度も何度も爆撃を繰り返した。敵砲兵は激しい砲撃を集中し、人口の密集した穏やかで平和な街を四時間で完全に破壊した。灰燼と化した瓦礫にただ残煙が漂うのみだった。

連隊の全員がまるで破《や》れ寺の土像のように全身泥まみれとなって、鉄と砲弾の嵐を衝《つ》き、陣営から敵に向かって潮のごとく突撃していった。一つの波が進むと別な波が退却し、また新たな波となって前進していく。敵歩兵の進攻は何度も跳ね返され、屍体が陣地に積み重なっていった。

やがて、敵の砲兵がまた砲撃を開始し、濃密な砲声はまるで機関銃のようだった。満身創痍の大地がもがき、咆哮し、瓦礫を宙に飛ばす。一個連隊の将兵はばらばらに散り、生き残っている者はわずか二、三百のみだった。陣地は揺れ動いていた。

この日、午前八時までの戦闘は勝利のうちに展開しており、観測所の報告によると、敵の砲兵陣地に我が軍の砲撃が命中したということだった。しかし、敵機の空襲と敵砲兵の第二次砲撃により、二百四十トン以上の空爆弾と三千発以上の砲弾が襲いかかり、付近の村落の大部分が破壊された。石灰の落ちた壁の残骸、剝き出しの骨のような梁、傾いて倒れかかる柱、それらには燃え盛っているものもあった。周囲の樹林は枝も葉もことごとく打ち払われ、村後方にあった毛細血管のように鬱蒼と茂った林も、今や何の痕跡も残っていない。陣地付近にも榴弾が着弾し、蝙蝠のごとく飛散した破片が砲手一四名を殺傷した。一人の砲手が泣いていると、飛び散った土塊が口を直撃し、彼の門歯二本を打ち落とした。

前方では四十五分間にわたる機関銃の集中射撃があった。立ち向かう中国の歩兵が、一列一列砂塵の中をよろめくように進んだが、一発の砲弾が彼らの前面で炸裂し、砲煙が舞い上がった。

ドガーン！——敵の砲弾がうなりをあげて飛来する。

ギューン、ギューン、また数十発の砲弾が発射され、一発が第三砲の後ろに着弾して、土塊と枯草を砲手たちに浴びせかけた。そしてもう一人砲手が負傷した。

敵機が空中を旋回している。敵機一小隊が陣地に向かってまっしぐらに飛んでくる。まるで岩陰の草むらに潜む雉を発見した禿鷹のように、上空から飄然と飛来し、旋回して重々しく頭上を掠め飛ぶ。

ゴーン

ゴーン！

敵機が方向転換したとき、砲手たちはまた射撃を開始した。

突然、前方の歩兵が敗退してきた。西風に吹かれた枯葉のように、こちらに一枚、あちらに一枚とばらばらになり、混乱して逃げ惑っている。後方からは砲弾が追いかけてきていて、彼らの黒ずんだ影が煙霧の中に見え隠れしていた。しばらくすると彼らの姿は明らかになり、表情も見えてきた。彼らは黄土色の稜線から湧きでて、砲弾に打ち払われた林の外に慌ててまわりこみ、群れをなして次々と陣地に撤退してくる。片手に歩兵銃、もう一方に鉄兜を提げた様はまるで買い物籠をぶら下げているように見えた。

砲手たちはこの光景に呆れ、憤った。

「ああいう呑んだくれまで戦争に来ていたのか！」朱方《チュウファン》が最初に罵った。

「もし俺が督戦隊〔憲兵隊〕だったら、ああいう卑怯者たちの自由になんかさせはしないんだ！」

彼は自信たっぷりに自分の腿を叩いた。

「卑怯者めが！　あいつらは俺たち砲兵に何をさせようっていうんだ、まさかこのボフォース砲を担いで突撃しろっていうんじゃあるまい、まったく卑怯な奴らだ！」王有山《ワンヨウシャン》が同調した。

「小隊長に訊けばいい」趙仁寿《チャオレンショウ》が朴訥に言った。

「小隊長だって、俺やお前とおんなじだぜ」陳小栄《チェンシャオロン》が不満そうに答えた。

「それじゃ、俺たちは自分たちで戦うしかない！」趙仁寿が正直に言った。

「何が、自分たちで戦う、だ！」朱方が頭にきて怒鳴った。「歩兵があんなザマになって、お前はどう戦えるんだい！」

ところが、その歩兵たちはまた突然踵《きびす》を返して、あの林を越え、黄土色の稜線に姿を現した。そして前へ、前へと進み、一五〇メートル、二八〇メートル、四〇〇メートル、五〇〇メートルと前進してまた薄黒い影となり、ゆっくりと消えていった。最後の一人の影が見えなくなったとき、砲手たちはやっと歓喜の声をあげた。

「中国の兵なら、ああいうふうに戦わなくっちゃならないんだ、まったくとんでもねえ！」

「あんなふうに戦わなかったら、卑怯者だ、飲んだくれでなかったら大飯食らいのアホだ！」

機関銃の音が鳴り響いた。近い。まるで黄土色の稜線のその場にいるみたいに感じる。歩兵銃も饒舌な雀のようにその丘陵一帯に展開している。砲兵は射撃を中断した。ただ歩兵砲だけが猛り狂って白い砲煙を空に浮かばせている。

最初の命令は副中隊長からで、続いて小隊長が命令を発した。

「二号、装填！——榴弾！——直ちに信管準備！——全隊！　原標点に戻れ、左一〇〇！——一三〇〇！——右に展開、一〇〇！——左から撃て！」

のんびり構えていた砲車長たちが一気に緊張し、砲手たちも迅速に行動しはじめた。王有山と趙仁寿は照準を合わせている。岳正《ユエジョン》は慌ただしく安全装置と尾栓を開けた。第七砲手呉玉英《ウーユィイン》は砲弾箱から弾身と薬筒を取り出し、陳小栄と第六砲手に手渡した。梁興隆《リャンシンロン》は呉玉英の手から弾身を受け取ると、信管の銅の指針を「ＯＶ」の位置に揃え、帽子をかなぐり捨て、梁興隆からまた薬筒を受け取って弾身に装填した。

第四砲が射撃を開始した。五秒後に第三砲が射撃を始める。続いて、第二砲も……

「全隊！――一四〇〇！――さらに一〇〇！――距離三！――連射準備！　各三発発射！」

四門の山砲が同時に火を噴き、百八発の砲弾が突撃しかけた敵の散兵に雷のように襲いかかった。

それでも、歩兵はやはり撤退してきた。散り散りになったどす黒い影は、およそ百二、三十はいて、よろよろと身を隠しながら左翼一帯を逃げ落ちてくる。敵の砲兵は射程を伸ばし、砲弾が天を切り裂くような轟音を立てる。それらは遙か後方に着弾し、呻吟か嘆息のような不気味な響きを発した。

小隊長が頭部を負傷し、観測所は撃破され、電話線は損壊した。砲手たちにも死傷者が相次いだ。

グッ、グッ！……グッ、グッ、グッ！……前方の橙色の稜線から敵が現れ、続いて機関銃の掃射が始まった。

「敵だ！」趙仁寿《チャオレンショウ》が叫び、頑丈な腕を高く挙げた。

グッ、グッ！……グッ、グッ、グッ！……また別な機関銃の攻撃だ。

まるで頭のすぐ上で炸裂するかのように銃弾が降り注ぎ、みな慌てふためいた。

「こんちくしょうどもが！　滅茶苦茶にぶっ放しやがって！」朱方《チュウファン》は鉄兜を脱ぎ、怒り狂って投げ捨てた。

機関銃は依然として橙色の稜線からけたたましく吠えまくっており、またさらに数丁加わったかのようで、地面の枯れ草がめちゃくちゃに飛び散り、木の枝もぶち折られる音を立てていた。敵歩兵の一隊が稜線から忍び寄り、斜面を突進してくる。ゴリラのように腰を曲げる者、猟犬のように飛び跳ねる者、彼らは突如飛び上がってはまた止まり、身体を木の根や土坑に隠しながらひっきりなしに撃ってきて、銃の煙が次々に黄土色の枯れ草から立ち上った。距離は三〇〇メートル以内、敵はまさに突撃を仕掛けようとしていた。

それは危急のときであった。敵歩兵の突然の出現とその接近した距離は砲兵にとって非常に不利だった。砲兵は接近戦にはまったく無能なのだ。通常なら砲兵陣地は歩兵のラインの直後に置かれ、歩兵の援護を得ることになっており、指揮所ではいつも砲兵を先に撤退させてから歩兵を引き上げるようにしていた。現在の状況は不明で、秩序は混乱しており、敵はいきなり面前に現れたのだ。

「榴散弾！——全中隊！——目標、正面の敵散兵！——距離ゼロ！——各三発、撃て！」

副中隊長の命令を聞いて砲手たちはすぐさま活発に反応しはじめた。陳小栄《チェンシャオロン》は慌ただしく棒状両用信管を抜いてゼロ秒の刻みに固定し、砲弾を朱方に手渡したが、あまりにも興奮していて手が震え、砲弾を落としそうになった。朱方は彼を睨みつけると罵った。「おい、何をビビってんだよ！」朱は砲弾を奪うように受け取った。岳正は砲弾を砲身に装填し、大声で叫んだ。「撃て！」

バララーン！

バララーン、ドガーン、ドガーン！

五〇メートル向こう側で、幾つもの白煙の塊が巻き上がった。白煙はもつれ合い絡み合って、子犬が草原でじゃれ合っているように見えた。耳は轟音の衝撃で何も聞こえなくなり、ぼんやりとした声が流れるだけで、大声を張り上げるか手振りで伝えるかしかできない。敵は目の前の木立に接近していた。すると突然林の枝葉が吹き飛んで、そこにいた敵の機関銃が急に黙りこんだ。

「二発！」

「三発！」

バン、バララーン、バララーン！

砲煙が薄れていったとき、砲手たちはあの木立が木っ端微塵に吹き飛び、敵兵の死骸が犬のように丸まっているのを目にした。何体かは黄土色の草地に足を投げだしていた。しかし橙色の稜線から敵は相変わらず射撃を続けている。

ドガーン！

ドガーン！

砲手たちは砲撃を継続した。

趙仁寿《チャオレンショウ》は敵の一人が木のまわりを転げまわるのを見て、子供のように興奮して手を叩き、驢馬が啼《な》くみたいな大きな笑い声をあげた。「ハハ、ハハ！——あいつら、俺たちを撃つつもりだったんだぜ！　こちとらは大砲だぞ！」

朱方《チュウファン》は趙仁寿に苛立っていて、彼を睨みつけると、煙草を一本取り出し、口の端に咥えた。「てめぇに何がわかる！　おい、趙のガキ、てめぇが戦場をわかるようになったら、屁をこいても様になるってもんだ！」彼はポケットからマッチを取り出し、煙草に火を点けた。「てめぇ、いま俺たちがどんなに危ないかわかってるのか、てめぇなんぞ、年中薄ぼんやりしやがって、何が危険かもわかってねぇ、目ぇ開けて寝てるあほんだら！」彼の唇が動くと、煙草の煙も動き、青白い煙がぽっと立ちのぼった。

趙仁寿は顔色が真っ青になり、まるで台座から落ちそうになったかのように、薄黒い大きな足をしっかり組んだ。彼は蟹のように口角から泡を飛ばして、溜まった鬱憤を口ごもりながらも一気に吐きだした。「あんたは、俺たちが、俺たちが、あいつらに負けるって言えるのか。あいつらが俺たちの上にのっかかってきて糞を垂れるって言うのかい？　いつも俺をバカにしやがって、笑い者にするんだ。俺はちょっと一言言っただけじゃないか、間違ってなんかないぜ、今日こそ、あんたが俺を笑い者にする理由なんかあるわけない！」彼は言えば言うほど激してきて、大きな拳を握り締めると、台座の脇にまるで寺の韋駄天像みたいに立ち上がり、殴りかからんばかりの形相をした。

朱方も大声をあげはじめた。「てめぇも男なら、俺様の金玉を潰してみろ！　てめぇ、一丁前の御託を並べやがって！　大砲、大砲、大砲は歩兵の前では鼠に出くわしたみてぇになっちまうんだ、てめぇにわかるか！」

「俺にはわからん！　俺は、俺たちの大砲もあいつら歩兵を撃てるって言ってるんだ。あんたは、あんたは撃つなって言うのか、違うか、俺は撃つ、絶対に撃ってやるんだ！」

理屈の上では朱方《チュウファン》は決して間違ってはいなかったが、趙仁寿《チャオレンショウ》が彼の言うことを誤解していたのだ。しかしどういうわけか、今日朱方はいささか狼狽《うろた》えてしまった。普段朱は気ままに趙に指図していたのだが、その誰もが知っている「あほんだら」が、今日はなんとこんなに勢い込んで自分に歯向かってくるではないか。そのポンポンと威勢のいい言葉に、朱は思わず抵抗できなくなって、自分が何かよくないことを口にしてしまったかのように感じてきた。彼は逃げだしたくなって、わざと白鋼の尾栓を撫でまわした。

「もういい加減にしないか！」王有山《ワンヨウシャン》が父親のように大きなため息をつきながら言った。「敵は攻撃仕掛けてきたばかりだ、お前らは何が面白くて喧嘩してるんだ。やる気があるなら日本兵と戦え。それより俺をちょっと休ませてくれ、日本兵はまもなく攻めてくるんだ、お前ら喧嘩やる暇なんかないぞ！　わかったか、大切な大切なお二人さんよ！」

岳正《ユエジョン》と梁興隆《リャンシンロン》がいっせいに笑いだした。

機関銃が梅雨時の豪雨のように、重々しい音をたてて撃ってきた。護板の何箇所かでダンダンという音が響く。突然、十数発の迫撃砲弾が陣地に着弾し赤黒い光を発した。

ガルーン、ガルーン、ガルーン！

土埃と硝煙がまっすぐ噴き上がり、最初は漆黒に、ついで灰黄色に変じて砲手たちを包みこんだ。第三砲に砲弾が命中したのだ。護板は冬枯れの蓮の葉のように歪み、二基の水準器は吹き飛んで、円形のメーターはぐにゃと変形して地面に落ちた。車輪は完全に粉砕し、車輪の輻《や》が地面に飛散している。梁興隆は胸を機関銃で撃たれ拳大の穴があいた。彼は呻き声一つたてずに車輪の脇に仰向けに倒れ、血を滴り落としている。呉玉英《ウーユィイン》は片方の足を吹き飛ばされ、草むらの中を苦しそうに這い回ってもがいている。王有山は左腕の内側に機関銃を浴び、肉がえぐり取られて開いたばかりの蓮の花みたいになっている。敵の第二次侵攻が始まった。

バラランー！――白い砲煙の塊が林の後方を転がっていく。

ガガ！　ガ、ガ、ガ……

味方のチェコ式軽機関銃二挺の射撃が始まった。しかしそのうちの一挺が故障したらしく射撃を中止した。そしていいほうの一挺も敵に撃ち壊された。

側面からも機関銃の銃声があった。それはなだらかに続く高地の、あの密集した灌木のあたりからで、見るだに憤激を催す「膏薬旗」こと日章旗が振られている。機関銃はまさにそのあたりから撃ってきているのだ。

「おい、さっさとやれ！」岳正はいちいち大声を上げている。彼は陳小栄《チェンシャオロン》の動作の緩慢さに我慢できないのだ。

しかし実際は、陳小栄の動作は敏捷で熟練したものだった。砲煙で両目が効かなくなったときに、信管のメーターの刻みを読めるやつなんかいやしない。岳正はこういうことをわかっていないのだが、仮にわかったとしても、彼はできないことが許せなかったろう。

ひとしきり砲声が続き、正面の敵は撤退させることができた。あの林は銃弾で原形をまったく留めておらず、黒ずんだ木の幹が並ぶだけで、それも針金のように歪んでいた。敵兵の死骸が無残に横たわっており、その体に砕け散った木の枝や葉が降りかかっていて、まるで彼らがここで野営していたかのように見えた。

しかし敵はまた側面から包囲してきて機関銃の掃射を再開し、銃弾が秋の虫みたいに枯れ草の上を乱れ飛び、銃声を撒き散らして、薄《すすき》の豊かな房を四方に飛び散らせ、赤みのさした草の茎が兵たちの顔に降りかかった。砲車長が倒れたが、誰もそれに気が付かなかった。銃弾は威嚇するような調子で空中に炸裂し、低いときには眉や目のあたりにぶつかってくる感じがして、なんだか自分の頭が早朝や黄昏時に僧侶の叩く木魚になってしまったような錯覚を起こさせた。

そうしているうちに突如、後方からも敵兵が出現した。機関銃もまた後方から撃ってきて、第二砲で二人の砲手が負傷した。前方では橙色の稜線にも鉄兜が現れ、動きはじめている。工具箱が被弾して木片が吹き飛んだ。

「こんちくしょうめ！」朱方《チュウファン》は両手を腰あたりで交差させた。「こんな戦闘は俺様も初めてだ！」
四、五〇人の敵がなだらかな丘陵の遮蔽物を使いながら左翼から第四砲に近づいてきている。ぎらぎらと光る銃剣をかかげて、叫び声をあげながら蜂のようにかたまって向かってくる。後方の敵もまるで冬に巣作りを争う烏と鵲《かささぎ》みたいな凄まじい雄叫びをあげて、疾風のような突撃を開始した。正面の敵は野獣の群れだ。橙色の稜線から駆け下りてくる数がみるみる増えて、あの林のあたりに集っている。

バラーン！

第二砲はまだその林に砲撃を加えつづけていた。第四砲では入り乱れての格闘が始まった。敵は銃剣をかかげ、二人の砲手が大シャベルと十字ツルハシを振るっていて、一人が敵を抱えこんで地面を転げ回り、それ以外は歩兵騎銃を構えて突撃してくる敵を迎え撃ちに走りだした。

朱方はみんなに手を振って、金魚のように目を見開き、「俺たちは捕虜になんかならねぇぞ！捕虜になるやつは中国人じゃねぇ！　臆病者のあほんだらだ！」彼は叫びながら車軸から棍棒を抜き取り、飛び上がって、大きな目を剝きだして攻めてきた敵の顔に打ち下ろした。敵兵は手で顔を覆い、風に吹かれた小さな木のように揺れ動いた。朱方が腕を伸ばしてその兵の握っていた銃を奪おうとすると、別な敵兵が銃尾をかかげて向かってきた。

「売女《ばいた》のスッポン野郎が！」朱方は罵りながら、棍棒を二人目の兵の銃めがけて打ち下ろした。手が痺れ、棍棒が折れた。朱は折れた棒の切れ端を投げ捨て、横を向き、敵が刺してきた銃をパッと握りしめた。ちょうどその瞬間、大シャベルが飛んできて敵の左腕をなぎ落とし、血みどろの腕が草むらに転がった。見ると、あの「あほんだら」の趙仁寿《チャオレンショウ》の笑顔があった。「まったく、はしゃぎまわって手に負えないやつだ！」朱は昂奮して言い聞かせるように独りごちだ。

趙仁寿は身を翻し、その大シャベルを引きずりながら立ち去った。地面の枯れ草や土塊が掘り起こされていく。趙は駆け出しながら朱に向かって叫んだ。「早く銃を拾えよ！」

朱方《チュウファン》は急いで銃を拾い上げたが、心中何か気恥ずかしい思いがしていた。今日はあの「あほんだら」に助けられた。普段はあんなにバカにして、いつもからかっていたのに。朱が振り返ったとき、自分が棍棒で殴りつけた敵兵がまだ立っているのが目に入った。その兵はしきりに血に塗れた目を拭っている。朱はすぐさまその男の喉元と腰に銃剣を突き立てた。朱が銃剣を抜こうとしたそのとき、太腿のあたりを敵に刺され、引き裂かれるような激痛に襲われて、彼は倒れこんだ。それは顎髭を生やした敵だった。敵は骨を嚙み砕くような貪婪《どんらん》な呻き声を上げ、いったん銃剣を抜き取って、また激しく刺してきた。彼は迅速に避けて回転し、飛び起きると銃床の底板で敵の顔を思い切り何度も衝いた。前歯がこぼれ落ち、口が朝顔の黄色い花ように割れた。そして頰骨が卵の殻のように砕けて鮮血と灰色の脳漿が額から噴き上がった。

趙仁寿《チャオレンショウ》は顔を紅潮させ、大シャベルで宙に二度三度と弧を切った。三人の敵兵が取り囲んでいたが、誰も近寄れず、飛びかかると見せてはまた退き下がり、銃剣をちらつかせながら挑発してくる。すると彼はいきなり大シャベルを敵の一人の喉元に振り下ろし，その男の軍服の襟ごと喉仏のあたりを抉り落とした。残った二人の敵兵がかかってきて銃剣で彼の背中を刺そうとした。彼は機敏に振り返り、シャベルをまっすぐ前に突き立て、大声で叫んだ。

「おめぇら日本の鬼ども！　俺たちにかかってくるってか、俺たちの大砲はてめぇらなんかなんでもねえんだ！」

シャベルの刃が敵の右頬に刺しこまれ、まるで土を掘り起こすかのように肉を抉った。続いて押し寄せてくる敵が幾重にも彼を取り囲んだ。彼は狂犬に囲まれた乞食のような憎悪に滾《たぎ》る叫び声を張り上げた。彼は、完全に攻め狂っている。どす黒いまでに紅潮した顔に皺を寄せ、灰色の大きな脚で、まだ動きの許されているわずかな地面の上を旋回し、大地を踏み鳴らしていた。また一人の敵が彼のシャベルに指三本を切り落とされ、悲鳴をあげた。

岳正《ユエジャン》はまだ何もしないうちに敵に銃剣で刺されて枯れ草の上に倒れていた。敵の顔もはっきり見えず、ただ黄土色の軍服に包まれた影がわかっただけだった。彼は濃紺の鋼製歩兵騎銃を強く握りしめ、一本の脚を縮めて、片方の腕を伸ばしている。枯れ草の固い棘が顔を刺したが、彼は何か獣毛のような乾いた香気を感じていた。目の前が突然真っ暗になり、碧緑の電光が美しく透明な曲線をなして振動していた。その中央には鮮やかな黄色の向日葵《ひまわり》があり、それが次第に紫藍色に変わっていって真紅の薔薇になり、凝固して回転すると、それは遠くにあるようにも、またすぐ目の前にも思えて、手を伸ばせば届きそうな気がした。細かな星の光が四方に放射されていく。彼にはそれが何かはわからなかった。彼には一群の人々が笑っているのが見えたが、それは夜更けの静まりかえった池のほとりで立哨していたとき聞こえていた青蛙の鳴き声のようにも思えた。笑い声はたちまち風のように飛び去って急速に縮小し、最後には遙かな市場の喧騒のような、ぼんやりとした微かな痕跡を留めるだけになってしまった。顔を刺す枯れ草の一本一本には薄荷《はっか》が塗られてようで、彼はある種の軽やかな痺れを感じたが、やがてその痺れも失われていった。

猛犬の前で雛を守る雌鶏のように、陳小栄《チェンシャオロン》は敵が自分たちのボフォース山砲に近づくのを許さなかった。彼は両腕を大きく開いて、まっすぐ前を見据え、神経質なほどの表情で警戒を続けていた。近づくものは誰であろうと飛びかかっていった。彼は自分自身に警告した。

「捕虜になるのは、人間だって砲だって恥辱なんだ。人間が砲を捕虜にさせてしまったら、恥は人間のほうにあるんだ」

彼は生きている限り、砲を守らなければならない、敵の手に触れさせてはならない——自分が死ぬまで絶対に。状況の変化はあまりにも速く、彼に砲を破壊する時間も与えなかった。それでなければ、彼は自分の手で砲を鉄の塊にするはずだった。しかし敵は中国の砲を捕獲し、中国の武装を解除し、中国の手から日本と戦う武器を奪い取ろうとしていた。敵は匂いを嗅ぎとった蒼蝿《あおばえ》みたいに陳小栄に集ってきた。銃に付けられた刃が白く狡猾な光にぎらつき、口々に犬のような痰の絡んだ咆哮をあげている。

陳小栄は銃を持っておらず、まったくの徒手空拳だった。眉の下がった色黒の敵兵が野馬のように躍りかかり銃剣で刺そうとしたが、外れて、また身体を斜めに構えて突進してくる。陳は腕を振り回し、隙を見て敵の銃を奪おうとしたが、こちらも剣先の光が肩を掠めただけで外された。彼は痛いほどの怒りに燃えた。そして傍《そば》の木箱から黄銅の信管を何本か摑み取ると、敏捷にメーターの鋼の指針を「OV」に合わせ、次々に敵に向かって投げつけた。一人の敵が銃剣で彼の右胸を刺したが、大腿の肉を信管で吹き飛ばされ、片足で飛び跳ねながら逃げていった。

趙仁寿《チャオレンショウ》は朱方《チュウファン》が枯れ枝の上に仰向けに倒れるのを見た。敵の銃剣が朱の腹に突き刺さり、彼は両手でその銃身を握って抗いながら、苦痛に顔を引き攣《つ》らせていた。普段も大きな目がさらに見開かれ、口を裂けるほど開き、白い歯を剝き出しにして大声で呪詛の叫びを上げている。趙仁寿の手が震えた。彼は自分のことを忘れ、朱方を救出に行こうとした。しかしこのときに、自分の喉元に銃剣が深く刺しこまれた。あらゆるものが、透きとおって底の見える流れに浸されているかのように揺れ動いて見えた。敵兵も、銃も、空の色も――すべてがゆらゆらと揺蕩《たゆた》っていた。


ボフォース山砲と同じように美しい迷彩を施されたドイツ製ティーガー中型戦車三輌を擁する一個連隊の将兵が戦場の原野全域で敵に対する反撃を開始した。なだらかに続く丘陵、不揃いに広がる樹林、寂れた村落、そのあらゆるところから人の叫びと銃声が轟き、砲煙と銃の硝煙が群れなす雲のように次々に原野から立ちのぼり、次第に密集していった。

「目標！――右方黄土色の小高地の機関銃！――五五〇メートル！――撃て！」

「第四分隊！――前へ！」一群の兵が草むらから走りでた。先頭の一人は手を振り上げながら樹林後方に突撃していく。

「歩兵銃班、目標！　黒い林周辺の散兵！――距離四〇〇！――全体、撃て！」

ガッガッ……ガッガッガッ！……楕円形の盛り土後方から、チェコ式軽機関銃が連続射撃を開始した。

バン！――バン！――銃声の起こるところには風が生じ、枯草がたなびき、銃の硝煙が上がるが、人の姿は見えない。

「第一機関銃！――八〇〇メートル！――第二機関銃！　七三〇メートル！――撃て！」

「榴弾！――瞬発信管！――三色火薬装填！――目標、正面、円形の木の下の機関銃！――五〇度！――三発！――用意、――撃て！」

グッグッグッ……グッグッグッ……右側面、灰黄色の高地のマクシミリ重機関銃が火を噴いている。

「第九中隊、前へ！」

バン！　バン！――硝煙が二本の枯れ木の後方から飛散した。

ガラ、ガラ、ガラ……戦車がゆっくりと爬行《はこう》してくる。

ダーン！――一発の砲弾が淡灰色の斜面から放たれ、黄色い灰があたりを覆った。

敵は猛烈に反撃してくる。しかし彼らは最後に引き潮のように敗退していき、淳化鎮を譲りわたした。原野は侵略者の血で一面の紅葉のように赤く染まった。

趙仁寿《チャオレンショウ》は突然眼を開けたが、何も見えなかった。傍《かたわ》らには二人の中国兵がいて、一人はかがみこんで跪き、彼に覆いかぶさるように顔を近づけている。彼の耳元を柔和な声が過《よぎ》った。

「兄弟、兄弟！　大丈夫か？」

趙仁寿は弱々しく顔を上げ、あたりを見回した。中国兵の一隊の前進していく姿がぼんやり見えた。三門の山砲はしっかりしている。彼は満足だった。何か言おうとしたが、喉の激痛が彼を遮り何も声が出ず、ただ喘ぐようなゼイゼイという音を立てるばかりだった。彼は朱方《チュウファン》が懐かしかった。緩慢な動作で必死に顔を動かし、朱方の横たわっているほうを見ようとしたが、高く密生した枯れ草があるだけで、はっきり見ることはできなかった。彼は震える指先を伸ばして、そちらの方角を指した。

二人の中国兵は彼に指差された方角に視線を走らせた。近くの草むらは黄色く枯れて、木々はすでに粉砕されており、前方の枯れ果てた潅木はどす黒く変色していた。さらにその先を見やると、橙色の稜線がなだらかに続き、丘陵は暮れかかる薄い黄色の斜陽を浴びて静かに横たわっていた。

十二月九日までに敵は青龍山を迂回し、上方鎮を占領した。王耀武《ワンヤオウー》部隊は深夜を待って包囲網を突破して脱出したが、淳化鎮は再び放棄せざるを得なかった。そうだ、放棄だ。敵は肉弾戦において淳化鎮を占領することはできず、陥落させることもできなかったのだから。


一九三九・九・二六。

西安、北城にて。

第六章

上方鎮を攻略したのち、敵右翼は中央の兵力と合体し、高橋門を占領、引きつづき中山門、光華門を攻撃して、左翼は秣糧関から牛首山と雨花台に進攻した。中国軍は南京外周防衛から完全に撤退し、南京城内に集中した。

南京城は中国の名城の一つで、城壁は高く厚く、堅固で夥しい煉瓦を積み重ねて構築されている。こういう伝説がある。この城壁は明朝に長城を新たに修築した際に同時に着工したもので、命を下した燕王は野心に燃えた男で、雪夜の狼のように他人を計算し、また自らも神経質に計算していて、自分自身を深く隠そうとしたのだそうだ。こうして西北から東南に瓢《ひさご》のような姿をした大城壁が出現することとなった。この南京城は、だからこそ最も堅固であり、最も完全なものなのだという。

中国においては、革命が高潮期を迎えると、新たに生まれた力は封建の大樹を根こそぎ引き抜こうとするものだ。城壁は封建時代の残存物で、封建のゆりかごであり堡塁であったから、その運命は風雨に浸食されて暗闇に埋没するか、新たに勃興する市場の広々とした道路に取って代わられる、ということしかないはずだった。南京の城壁が無傷で聳《そび》え立っているのは、とても不思議なことではあった。

最初に南京に足を踏み入れた人は、寝ぼけ眼でいきなり、長雨が上がって晴れわたった陽射しの中に飛び込んだような思いに捉われ、きっと戸惑うに違いない。それはある種の物珍しさと喜びの入り混じった感情である。城門から長い距離を歩いてようやく新街口に到着する。その十字路の円形の広場に立てば、うっすらと砂塵を被った赤や黄色の大輪のダリアが目を惹くだろう。そしてあの丸顔の標準時計が時刻を教えてくれる。下関《シアグアン》からここまで徒歩で二時間半はかかるはずだが、中山門はまだまだ先である。

この南京城は、他の町の友人なら「青緑色をした頽廃派」だと言って嘲笑するかもしれない。あの高い挹江門《ゆうこうもん》は爪先立ちで伸び上がって眺めなければならず、三つの城門は神話にある大きな口のようだ。挹江門は厚くどっしりしていて最大規模の大砲でも撃ち崩すことなどできなそうだ。最も驚くべきは、挹江門がすでに深い緑の雑草と苔に覆われて次第に崩落と腐蝕が進んでいるにもかかわらず、城楼の屋根は隅々までしっかりしており、誇らしげな姿を南京人に見せつづけていることだ。

南京人はいつも得意げに、そして丁寧に外地の客に説明する。こういう城壁の瓦は糯米《もちごめ》で一枚一枚貼り合わせてあるのだから、とりわけ堅固なのは当然なのだと。その証拠に、ここでは雨が降ると乳汁のような漿液が煉瓦の継ぎ目から流れだすが、他の町の城壁では糯米を使っていないから、そういう漿液などあり得ないのだと。この堅固さによって、老若男女、将軍も兵士も、南京城壁を強く信頼していた。こういう堅固さへの信頼のゆえに、将軍たちは複雑で散漫な南京外周防衛の戦闘からあっさり手を退き、十五万の大軍を瓢箪型の城壁の中に押しこんでしまう結果となったのだ。

敵は光華門から通済門の間に進攻した。もう一方の敵は、紫金山と中山門を攻撃した。

午後、それはちょうど烏が群れを成して枯れた原野を飛び回り、休むことなく鳴き声をあげていたときであり、ちょうど太陽が分厚い灰色の綿入り軍服に暖かい陽射しを注いでいたときであり、ちょうど兵たちがだるい背中を壁にもたれかけ、肩にずっしりと重たい銃を掛け、穏やかなそよ風の中で居眠りをしていたときでもあり、ちょうど三、四名の歩哨が交代の引き継ぎをしていたときでもあった。まず敵の歩兵が枯れた柳の続く秦淮河を渡り、光華門付近で威嚇的な巡視を始めた。そして、二種類の異なる機関銃が同時に射撃を開始した。しかしこれらの敵兵はただちに光華門を占領する気配はなく、灰黄色の兵と黒い兵器が前方の遮蔽物の陰に配置されて、枯れた木立のまばらな枝々の間から鉄兜の淡い光が見えていた。

「来ました、来ました！　副分隊長！」歩哨の章復光《ヂャンフーグァン》が、林檎を買って帰ってきた父親の姿を見つけたみたいに喜んで、銃を振りかざした。しかし彼はどの敵兵を撃ったらいいかわからなかった。彼は枯れ木に隠れて銃を構えながらじりじりと進んでくる奴を撃とうと思ったが、硝煙を吐きだしているあの軽機関銃にしようかとも思って、目標はだんだん増えていった。最後に彼は銃床を右頬にぴったり当て、左眼を閉じて眉根に力を込め、照準を合わせはじめた。「照準範囲内に目標を取れ、っていうことさ！」彼は銃撃の初動動作に入り、続いてゆっくり均等な力で引鉄《ひきがね》を引いた。バーン、硝煙が顔にかかる。目標にした敵は、ようやく歩き方を覚えた子供みたいに何歩か後ろに下がり、地面から何か拾うかのように両手を前に張り出して、いきなり倒れた。

突然、一発の砲弾が城壁に撃ちこまれ、どす黒い濃煙で何も見えなくなった。ドガーン、ガラガラ、という轟音の他は何も聞こえない。

章復光《ヂャンフーグァン》は立ち込める濃煙の中から飛び出し、副分隊長に報告に走った。彼は腰をかがめ、恐る恐る南京城外のほうを見渡した。そこから五〇〇メートルのあたりには濃緑の秦淮河が見え、枯れた箱柳の木や焼け焦げた家屋の柱、鼠に齧られた餅《ビン》のような垣の残骸があった。しかし人の姿はまったくなかった。彼は心が震えた。敵は少しも恐ろしくなかったが、敵の姿が認められないのは不気味だった。彼は一歩一歩先に進み、ついにまた淡い青空と繊維状の積雲、そして明るい日光を目にし、枯れ木と城壁を見た。それから鵞鳥のように首を伸ばして後ろを振り返った。黄色の灰燼がまだ空中に漂っている。城壁の角が破損して、壊れた煉瓦が崩壊した箇所の周囲に散らばっていた。

二発目の砲弾が撃ち込まれた。続いて三発目、四発目が撃たれ、ドガーン、ドガーンと連続した砲声が響いて、空と大地、街のすべてが震えだした。

また何も見えなくなった。今見えた空、白雲、日光、枯れ木、城壁、すべて消失し、世界は闇の地獄に変貌した。突然、北から狂風が起こり、猛った馬のように駆けまわって激しく嘶《いなな》き散らした。

章復光は地上に這い出た——と言っても、そこは実は城壁の上だったのだが。彼は右手で脇の下に挟んだ銃をしっかり握っていた。闇の原野を飛び交う夜行の虫たちのように、夥しい破片が暗い空をひっきりなしに飛んでいる。土塊と割れた煉瓦がバラバラと落ちてきて、彼の右脚を打ちつけた。彼は貨車の積み荷の中にいるようで、何か大きな力によって一気に放り出されてしまうように感じた。陣地はどうなったか、副分隊長はどうなったか、敵は城内に進攻してしまったのか、彼には何もわからなかった。まさか本当に城壁が破壊されたのか、ここから入ってきたのか、彼は夕暮れの鳥のように思考が完全に混乱していた。恐怖の本能が身体の奥から動きだした。彼は死を願った。日本兵と肉弾戦で刺しちがえることを願った。しかしこのようなまったく状況が何もわからないままいることは、あまりにも情けなかった。

砲声が停止した。章復光は立ち上がり、腹立たしい思いで身体に降り積もっていた塵埃《じんあい》を振い落とした。身体中、灰白色と灰黄色のまだら模様となって、肩のあたりからは薄い埃が煙のように立ちのぼった。彼にはこんなに堅固で高い城壁が崩れた防波堤のようになって、土砂ばかりの大きな斜面と化していることがどうしても信じられなかった。まるで歯の抜けた老人の口みたいに、城壁は二、三メートルにわたって大きく決壊していた。

暗緑色の戦車の群れが板壁の隙間から這いでてくる油虫みたいに進んでくる。ガラガラ、カシャカシャという、キャタピラとエンジンの立てる耳障りな、喘鳴《ぜんめい》のような音を響かせながら。

章復光《ヂャンフーグァン》はまだ両眼を瞬かせている副分隊長のところに走った。

彼らは歩兵銃と機関銃で射撃した。しかし戦車は彼らを相手にしない。横暴な裁判官が雄弁な弁護士を無視してひたすら先に進むのと同じように、絶えず撃ちつづけ、砲声と機関銃の饒舌もやまなかった。

戦車が一輌吠えながら決壊箇所を登ってくる。手榴弾がその前後で炸裂し、各種の兵器が四方から集中攻撃を浴びせる。しかし次に二輌目の戦車が斜面を登ってきて、その後ろに十数輌の戦車が続いている……

陣地が突破された。

章復光は一発一発撃ちつづけた。銃身が過熱している。彼は綿入れズボンを下ろし、銃身に小便をかけた。銃身はジュッと音を立てて生臭い蒸気を噴き出した。彼はまた撃ちはじめる。

副分隊長が近寄ってきた。石榴《ざくろ》のように充血した眼で睨みつけている。その形相は彼自身のすべてを表すかのようだった。

「章復光！　おまえ、死ぬのが怖いか？」

「俺が怖がってるって？――」章復光は斜面を登ってくる戦車に向かって一発撃って、振り返りざま言った。右手でしっかり握った引鉄を勢いよく下に引くと薬莢が躍り出てキラッと輝いた。

「ヘン！　副分隊長！――売女《ばいた》は恥を怖れず、兵隊は死を怖れないってことです！」

「本当にそうか？」

バン！――

その一発は外れてしまい、副分隊長を怒らせた。

「副分隊長！」彼は親指を立てた。

「この俺様がもし卑怯者だったら、これからは俺の章という字を逆さに書いたっていい、どうです？」彼は突然、自分が地面に這いつくばっていてみっともない格好でいることに気づき、蝗《いなご》みたいに頭を低くして、苦痛と憤激にかられながら、「ペッ！」と唾を吐き捨てた。

「兄弟！　怒らないでくれ。俺はただ、お前が勇気を持って――、ああ、俺は口が下手だ、俺はお前にやってもらいたいことがあるんだ。俺たちには大砲がない、あの日本の戦車はなかなか手強い。俺はな、俺とお前の二人で、それぞれ手榴弾を持ってだな」彼は紫色に凍えた手を伸ばして、空中に投げ出された手榴弾を指差し、「あんなもの、何の役に立つ！　効き目があるのは、束にした手榴弾だ！　兄弟、俺たち、手榴弾を持って匍匐前進し、あいつがやってきたら、火縄を引くんだ、七、八発が一気に爆発したら、戦車だって乗ってる奴らもろとも吹っ飛んじまうぞ！　兄弟、どうだ、やれるか」

彼は問い詰めるような眼差しで、章復光《ヂャンフーグァン》の答えに期待した。

「やりますとも、副分隊長！」彼は自分の胸を叩いて、誇らしげに言った。

「副分隊長！　俺は前から言ってあります、俺様の命なんて拾ったようなもんで、一文の価値もないんだ。昔は中国人同士が戦っていたから、卑怯者だけにはなりたくなかったが、まったく面白くもなかった。今日は日本の戦車と命がけでやるんだ、これでこそ親父やお袋に顔向けできるっていうもんだ」

二人はそれぞれ身体に十数発の手榴弾を巻きつけ、敵の戦車に向かって駆け出した。章復光は斜面の下のほうに身を横たえ、戦車二輛が突進してくるのを見て、急いで火縄を引いた。しかし戦車の速度が速すぎて、手榴弾が炸裂する前に一輛目が彼の身体の上を走り抜けた。彼は轢かれて血と肉の塊となったが、その輝くような血の赤は夏の怒雲の光を思わせた。すぐ続いて手榴弾が炸裂し、びっしりまとまった白煙と炎が後続の戦車を呑みこんだ。そうなのだ、中国の軍人の死には代価がいる。たとえその報酬が遅く、自分の目では見ることができなかったとしても。

敵は光化門付近を突破し、歩兵八百を先頭に南京市内に進攻した。

繋留気球が宙に浮かび、砲弾が市内に撃ちこまれ、あちこちで火災が発生した。

南京防衛司令長官は急遽、教導総隊と憲兵隊のそれぞれ一個連隊を光化門での反撃の増援部隊として派遣した。

袁唐《ユエンタン》は小隊を率いて、砕石路沿いに前方の部隊の足跡を踏みながら、駆け足で前進した。彼らの呼吸は荒々しく、そして切迫していた。前方に深緑のヘルメットの群が潮のように湧き上がった。それは斜陽の眩《まばゆ》い光を受けて、大きなうねりを湛《たた》える大河を思わせた。彼らに下された任務は、南京の城門を塞いで、市内に進入した敵を掃討することだった。

敵の砲弾が遠くから飛んできて、また彼方へと飛び去っていく。それらは秋風のようにヒューヒューと吠えながら、電線や梢を震わせ、長く続く響きをたてている。砲弾の一発が前方の建物に落ち、黄色い塵煙が激しく上がった。前方では機関銃と歩兵銃の銃声が一面に響き渡り、手榴弾や榴弾の破裂音も混じっている。また一発、砲弾が砕石路を直撃し、歩兵たちが散開した。静かに横たわっている者もいる。

袁唐の眼は黒く輝き、唇はきつく閉じられていた。彼は、今日が初めての実戦だった。彼らの部隊は中国の最精鋭で、その訓練、素質、装備、そして待遇までもすべて、他の部隊のまったく及ぶところではなかった。彼は初めての作戦が日本軍への反攻であることを、たいへん嬉しく思っていた。彼は罪悪でしかない内戦には加わっていなかった。彼は今初めて、革命者の姿で民族自衛の立場に就き、血に塗《まみ》れた侵略者に向かって銃を撃つことができるのだ。嬉しくないはずがなかろう。

彼は人に対してはもちろん、自分自身にとても誇らしく思っていた。自分の日頃の思想、言論、主張がついに実践の機会を迎えたのだ。この機会がなかったら、すべては絵空事に過ぎず、自分がバカにしている連中から軽蔑されるばかりでなく、自分自身正真正銘、辮髪をたらした阿Q、現実の前に敗北する「ルージン」〔ツルゲーネフの長編小説〕に成り下がってしまうと感じていた。彼自身のために、袁唐《ユエンタン》は誰よりも勇敢に戦わねばならないと思う。確かに軍歴は短かかったが、彼の部隊は花瓶でもなければ、軍楽隊でもないのだ。今日の戦争は白馬に乗った騎士が利剣を掲げ、黄色い薔薇を翳《かざ》して臨む決闘ではないし、原始の部族や封建諸侯の争闘でもない。それは一人の英雄や団体の表象ではなく、全民族、全中国軍の表出なのだ——もとより、結果として一人の英雄や団体の表出となっていくことはありうるのだが。

敵は民家の低い並びと槐《えんじゅ》の木の下に留まっていた。

中国軍が四方からそこを包囲した。

日本兵が抵抗している。彼らは森の中に追いこまれた野猪のように、一旦森の中に入りこんだら出て来ようとはせず、頑健な鼻先と鋭い牙でめちゃくちゃに立ち向かってくる。傷を負った猪は野生の血を緑の草原に滴らせながら、絶望にかられてあたり構わず噛みつき回り、手近な楠の幹まで、噛み砕いて白や赤の樹肌を剝きだしにさせてしまう。

日本兵は機関銃数丁を民家の中や道路端に据え、外に向かって射撃してくる。中国軍も機関銃で応戦し、民家の戸に虫が食ったような無数の穴を開けている。城壁の外のあちこちから敵の機関銃が撃ってくる。中国の砲兵は射程距離を延ばし、味方の軍を援護して、激しい火力で敵の通路を封鎖している。国籍不明の飛行機がブンブンと唸り、上空を烏みたいに旋回している。

第七分隊軽機関銃班六名、歩兵銃班八名、第八分隊軽機関銃班六名、歩兵銃班七名、第九分隊

軽機関銃班五名、歩兵銃班八名、正副分隊長六名、伝令兵一名、これに袁唐自身を含めて、彼の小隊は計四十八名だった。チェコ式軽機関銃三挺、他はすべて中正式歩兵銃〔モーゼル式歩兵銃の一種、蒋介石中正を記念して命名〕で、火力は相当強力だったが、彼の小隊はその中隊の予備部隊だった。それは彼が黄埔軍官学校を出たばかりで資格不足とされ、「第三」小隊だったからだ。袁唐は片手を腰に当て、唇を固く結んで第一小隊と第二小隊の出陣を見送った。彼は中隊長の手を凝視していた。その手がさっと上がったら、彼らは前進するのだ。

程なく、伝令兵が「第一小隊の増援に向かえ」という鉛筆書きした中隊長命令を伝達した。袁は心が震えるほど狂喜し、急いで命令書をポケットにしまうと、右手をサッと上げて、彼の小隊に口頭で命令を伝えた。そして疾風のように任地に向かったのだった。

銃弾が蝿のように飛び交っていた。彼らは瓦の軒に沿って早足で進んだが、まだ一発も撃っていないうちに、第八分隊の兵一名がダムダム弾にやられて歯が吹き飛んだ。

第一小隊は見事な戦いぶりで、すでに六〇メートル前進していた。地面には死骸や背嚢《はいのう》、工作器具などが散乱している。戦士たちは血染めの道を踏みしめ、死体を跨いで先に進んだ。袁唐は、前方に寂れた街路があり、その路地口で第一小隊が展開しているのを確認した。街路の向こう側はすべて敵で、数挺の機関銃が撃ちまくっている。まだ敵は野望を捨てておらず、いまだに城内深く掃討して戦果を拡大しようと思っているようだ。

第一小隊の火力は次第に弱まってきていた。特に十字路あたりではまばらな歩兵銃の音しかなく、明らかに弱勢だった。この状況では敵に有利で、彼らに陣営を立て直し新たに兵の配置をする余裕を与えてしまう。しかもこのままでは、敵後続部隊がこの地から中国軍後方に回って攻撃することを容易にさせてしまう。ましてこのまばらな歩兵銃の音は、ここの中国軍の弱さを教えているようなものだ。だからこそ、袁唐《ユエンタン》の小隊の増派は決定的な戦略的意義があったのだ。

袁唐は考えた。仮に第一小隊に単なる増援として同じように正面に並ぶだけなら、どれほどのプラスがあるだろう、うまくいって敵にさらなる前進を不可能にさせ、敵と対峙して引き下がらないというだけだ。それは保守的な戦略だ。袁唐は若く、彼の血は動脈で激しく滾《たぎ》った。彼はこういう戦略はできないと思った。彼は敵の野心を砕き、敵を殲滅したかった。彼は敵の背後に回りこみ、敵をこの十字路から駆逐して、敵増援部隊の到着前に奴らを殲滅させようと思った。

しかし如何にして敵後方に回りこむか。自分の小隊が街路に出たら、たちまち敵の機関銃の的になってしまう。そこで彼は小隊の全員に、前方の木造家屋まで進むよう手で指示し、ツルハシでその塗壁に穴を開けさせて一人ずつ中に潜りこませた。続いてさらにその先の家屋まで進み、またツルハシで壁を穿《うが》った。それから脆い竹垣と小屋を崩し、荒れた野菜畑を横切って、最後には通りに面した商家に達した。裏扉は閉ざされていて、屋内は暗く、林檎や梨の人を誘ういい匂いが漂っている。

袁唐と三人の分隊長は前方に進み、扉の隙間に目をくっつけて通りの向こう側をくまなく観察した。正面は焼餅《ジャオビン》の店で、赤く塗られた両開きの板戸が落ちかかっている。砲弾の振動で外れてしまったのだろう。袁唐は、そのあたりに誰もいないことを確認した。町の人も敵兵もいない。しかしあの数挺の機関銃は依然として縦横に掃射を続けており、十字路の入り口と街路を封鎖している。そして第一小隊の歩兵銃の音は、途切れそうになりながらも、やはりしぶとく響いていた。

袁唐は三人の分隊長に命令を下した。彼らはそっと片側の戸を開けて、昼に出てくる鼠みたいに速やかに街路を横切り、正面の焼餅店に入りこんだ。敵は気づかなかった。彼は手で合図を送り、彼の小隊全員をこちらに走らせた。

袁の小隊は突然敵の後方に出現したのだ。三挺のチェコ式軽機関銃が階上にしっかり据えられ、交差する火力包囲網を作った。数名の兵が屋根に登り、手榴弾の準備をしている。歩兵銃に弾丸をフルに装填している者もいれば、銃剣を装着して路地に身を隠している者もいた。このとき、一発の手榴弾が爆発し、歩兵銃が直ちに射撃を開始した。敵はこの状況に驚き、慌てて潰走を始めた。チェコ式軽機関銃が最大の速度で掃射を開始すると、六十人もの敵が「無言の凱旋」に送られた。前方の敵が撤退する。死骸を踏み越えて逃れようとするが、逆に死人に絡みつかれて射撃の餌食となり、また死人の山を作ることになった。逃走する日本兵は窓からの歩兵銃の射撃を受け、路地裏では恨みのこもった銃剣の群れに襲われた。

敵兵はすべて退却した。我が軍の対戦車砲がすぐ近くで怒号を発した。十一トン半の敵戦車が対戦車砲の砲撃で貫通し、なすすべもなく路上に蹲《うずくま》っている。

袁唐たちは追撃した。

袁唐は一陣の風のようだった。彼は小隊の兵たちを指揮しながら、銃剣と弾丸で、敵を追い詰めていった。歓喜と興奮が彼の目を黒く輝かせ、口は固く結ばれていた。彼は止まることなく命令を叫び、手振りで意思を伝えていた。

八百の敵が中国軍に完全に消滅させられた。太陽はそのときまさに地平線に沈んでいった。惨めたらしく物寂しい、そして弱々しい赤い色に染まりながら。通りから城壁の破壊されたあたりまで、うっすらと血の臭いを帯びた夕風が吹きわたっていた。


飛行機の爆撃と砲兵の射撃ののちに、敵の一隊が密生した小松林を遮蔽に使って登ってきた。黄色い軍服が一面の緑の合間に見え隠れしている。

関小陶《クァンシャオタオ》は喉が渇いて、口の端にねばねばした塊が張り付いたように感じ、水筒を手に取った。それは何かにぶつかって平たくなってしまっていたが、黄土色の羅紗のカバーでちゃんと覆われていた。彼は無精髭の生えた下顎を突き出し、たっぷりと水を飲んだかのような素振りをして、ほんの一口だけ啜り、また栓をしっかり閉めて大事そうに置いた。水を飲んで、彼の整った唇は赤みを増し、朝露の輝く花のように見えた。

戦闘が始まると、水はこんなにも大切なのだ。ましてこの山の上では一滴の水も惜しまねばならず、死にたくなかったら、水筒を飲み干すようなことはまずできない。彼は喉が渇いていただけでなく、腹もぐうぐうと鳴っており、口の中に何か濁った苦いものが上ってきていた。敵はすでに何度も山を登ってきていたが、その都度打ち負かされて引き戻っていた。敵を決して成功させない、山には夥しい手榴弾があり、セメントと鉄骨の防御設備が随所に構築され、重機関銃もたっぷりあったし、中国軍も十分にいたのだ。

敵がまたもやかなりの数で登ってくる。まるで黄色い蟻の群れがうまいものを見つけて、それにまた別の黄色の蟻たちが群がってきたような感じだ。彼らのルートは描かれたみたいに全く同じだった。関小陶の整った唇から失笑が漏れた。馬鹿な奴らだ！　お前らは足元の血溜まりが見えないのか、お前らの死んだ仲間が見えないのか、また来やがってもお陀仏になるだけだ、彼は思った。

パン！

敵が一人、岩の陰から頭を半分出してきた。その瞬間、関小陶の福建訛りの命令が紫金山の晴れた空に高らかに響き、歩兵銃と機関銃がいっせいに火を噴いた。

ガ！　ガ、ガ、ガ、ガ！

パン！……パン！

他の場所からも射撃が起こる。紫金山のすべてが吼えはじめた。小松林が、巨大で荒々しい岩肌が、山も谷も、空高く帯をなす積雲も、怒りに吼えはじめていた。

敵は熟れた杏のように、風がそよぐだけで、次々と落下していった。関小陶の家には二本の杏の木があり、春に赤い花が咲いた。夜には月明かりが、その枝の影を格子の窓紙に時に明るく時に暗く、映しだした。五月になると、彼は弟と一緒に竹竿で杏の実を落として食べた。杏が脳裏に浮かぶと、彼は回想に浸って、家庭の甘い思い出にふと笑みを漏らした。その微笑みは彼の突き出た唇で広がり、角張った頬にまで及んだ。しかし彼はすぐさま厳しい警戒の表情で顔を起こし、心の中で自分を責めた。なんという無様な考えだ！　お前は戦闘を忘れたのか！

敵の残りはみな山から退却していった。

鳥が群れをなして飛んでいく。黄昏《たそがれ》の黒い影が紫金山を覆い、関小陶の心も覆っていった。黄昏の紫金山は静かだ、山の岩も静かだ。空に浮かんだ雲は鈍色《にびいろ》の綿羊の群となり、遙か彼方は黒ずんで濃紺の地平線と溶け合っている。小松林はある種の油脂のような香気を漂わせ、低い朗誦の旋律までも感じられて、人を穏やかな気持ちにさせてくれる。枯れ葉が数枚岩肌に落ちてきて、カサコソと音を立てた。

すべてが静かだった。静かになると誰もが空腹を思い出すのだが、食料はなく、ただ眠ってしまいたくなるばかりだった。関小陶《クアンシャオタオ》はこういう一人だった。彼は岩の上に腰を下ろしていた。少し寒く、綿入れの外套の襟をしっかり締めた。移動していく雲の合間から、きらめく星が彼を覗いている。南京城内には――どこも同じだったが、一点の火も、微かな明かりさえも見えなかった。以前、南京は眩いばかりの輝きに満ちていた。彼は外套の袖の中で腕を交差させ、まずは大きな欠伸《あくび》をし、それから濁った唾を吐いた。彼は眠たかった、そう、ひどく眠たかったのだ。

しかし彼は、本当に眠りはしなかった。彼はただ深い想いに沈んでいるように、あるいは忘却の中にこもっているように見えた。そのとき、引き裂くような銃声がすぐ近くで起こった。彼は暗闇の中ではっきりと覚醒し、体をまっすぐに正した。遠くない場所でまた銃声がした。

ダーン、パン！

三八式歩兵銃だ！　敵の夜襲だ！

彼はすぐさま駆け出し、彼の部隊を指揮した。

歩兵銃、機関銃、手榴弾、それらが入り乱れて山中に喧騒が響いている。まるで紫金山に無数の口ができて、それらが今夜は敵に対して決して黙らないと決めているかのようだった。機関銃の銃口に臙脂《えんじ》色の火が噴き出し、手榴弾の炸裂する黄味がかった赤い色が激しく放射されている。

一部の敵が陣地に侵入し、暗闇の中で肉弾戦が展開している。関小陶は拳銃を構えながらも、とりとめもない考えに捉われた。敵はいったいどのぐらい来やがったんだ？　しかし彼はまた思った。そんなのどうでもいい、来た奴を殺せば、一人、――一人殺せば一人減るんだ！　彼はもう、どれが敵でどれが味方か見分けがつかなくなっていた。突然、誰かがぶつかってきて、彼は倒れてしまった。手探りで異様な足に触って、彼は一発ぶっ放した。這い上がって地面にしゃがみこみ、顔を上げて見回すと、数名の人影があった。奴らのヘルメットは違っている、銃も違う。彼は猫のように様子を窺い、次々に銃を撃った。彼は彼の部隊の兵たちも同じ様にやってくれるのを願った。

不意に銃剣が尻に刺さり、また抜き取られた。彼は背後に向かって一発撃った。

陣地に侵入した敵はそれほど多くはなく、次第に一切が元どおりの平静さを取り戻していった。やはりあの油脂の香気、あの小松林の低い朗誦があたりに漂ってきたが、雲間に見えた星は完全に隠れてしまっていた。

「小隊長、中隊長がお呼びです」

「いや、今は行けない！——それより僕に救急道具を持ってきてくれないか」

その後、敵の砲兵の射撃が始まり、六月の晴れた夜に輝く照明灯のような砲口が彼方で明滅していた。小松林に落ちた砲弾が炸裂して赤い光を発し、木の枝や葉がバラバラと落下してくる。砲兵の砲撃が始まると、陣地では何もすることがなくなる。歩哨の兵以外は遮蔽物や塹壕の中に篭り、銃を抱えて少し眠ることもできた。関小陶《クアンシャオタオ》も遮蔽物の中で土竜《もぐら》みたいに横になっていた。尻の痛みがきつく、何度も手を伸ばしては摩った。彼は飢えていた。しかし今夜夜襲があったから、夜が明けるまでは冷や飯にもありつけない。彼は杏の実を、家族を思い出していた。

曾広栄《ツァンクアンロン》たちは憲兵であって、戦闘兵ではなかったが、彼らにも同じように首都防衛の任務が与えられていた。普段彼らが受けていたのは特殊な訓練だ。彼らはスパイ工作、政治警察、潜入捜査などどれもこなす、いわば他の部隊の粗探しを専門とするような部隊で、威厳と無聊《ぶりょう》とを併せ持ったような表情で大通りに立ち、通りかかる人々のボタンの掛け方を正すことのできる特権階級だった。しかしながら、彼らが入隊するときには、歩兵の厳格な訓練を同じように受けねばならなかったし、ときには、他の部隊よりずっと厳しい要求が課せられることもあった。彼らの素質は他の部隊より格段に優秀で、「憲兵学校新入生募集」の広告に惹かれて来たのであり、普通は高等小学校や初級中学校程度の教養は持っていて、高等学校卒業生も多く、大学を卒業した者までもいたのである。だから、彼らを戦闘兵として使うのは、もちろん何の不都合もなかった。今日彼らに与えられた任務は、光華門の保守、崩壊した城壁の修復だ。そこで彼らの連隊は教導総隊と連携し、野犬のように侵入してきた敵を側面から挟み撃ちにして、陣地を保守し土を詰めた麻袋で崩壊箇所を塞ぐ戦術をとった。

敵はすでに絶望に陥っていたが、まだ大砲と機関銃で城壁の崩落箇所付近に攻撃を集中していた。曾広栄たちは重たい麻袋を担いでいたから、早く走ることはできず、そのうえ、崩れた城壁に一袋置いた途端に砲弾が飛んできて吹き飛ばされることがかなりあり、一箇所に二十袋も嵌めこまなければならなかったのだ。道の途中には、倒れた者や麻袋もろとも体を吹き飛ばされ、崩れた城壁に重ねられた者もいたが、彼らは呻き声一つ立てることがなかった。兵たちは何人も、何人も連なって麻袋を運び、自分たちの血と肉で次第に崩落箇所を埋めていった。

敵は相変わらず砲撃を続けていたが、それは口径の小さい物に替えられていて、砲声が以前より高く鋭くなり、砲撃の硝煙も小さくなっていた。そのうち敵もようやくわかってきたのかもしれない、血と肉で塞いだ城壁は揺るがすことなどできないのだということを。砲撃は次第に弱まっていた。太陽は地平線にかかり、木々の枝は西方の空に黒い毛のように映っていた。烏たちは遠くを飛び回り、近寄ろうとはしなかった。

曾広栄《ツァンクアンロン》たちは働き蟻の群のようだった。ある者は麻袋を担いで飛び跳ねながら進んでいく、ある者は麻袋を引きずりながら後ろ向きに崩落箇所に向かっている。曾広栄も麻袋を背負い、重い足取りで進んでいた。汗が眉の端に溜まり、目に垂れてきてヒリヒリと刺激するのだが、両手が塞がっていて、拭うこともできなかった。彼は城壁の斜面に差しかかった。足元は煉瓦の破片、死体、麻袋、砲弾の痕が一面に広がり、一歩ごとに足が取られた。鳥のさえずりのような銃声がして頭上を一連の銃弾が掠めていった。顔を上げた瞬間に足がもつれて、担いだ麻袋が彼の頭を超えて前に落ち、黄色っぽい砂塵を巻き上げた。彼は必死に自分に言い聞かせた、頑張るんだ、持ち堪《こた》えるんだ！

曾広栄たちは、転倒しながらも斜面をなんども往復した。そしてついに、夕暮れの日差しの中で最後の作業を完成させ、砲撃下での勝利をかち取った。負傷者五名、副小隊長一名は被弾して遺体も見つからなかったのだが、彼らはついに、この崩落した陣地を守り切ったのだ。曾広栄は暗い夜風の中に立ち、ゆったりとした特別な感覚に包まれた。

一九三九・一〇・五。
西安、北城にて。

第七章

——この章を自由と解放の事業のために戦死した同窓生黄徳美《ホアンドウメイ》君と同志鞏克有《ゴンクァヨウ》君、王洪鈞《ワンホンチェン》君に捧げる。

龍潭の状況は不明だったが、秣糧関を攻略した敵は牛首山と雨花台に全力を挙げて攻撃してきた。

敵は安徳門、花神廟から雨花台に進攻した。そこはあらゆる橋と道路が我が軍によって完全に破壊されており、小道を通るしか方法はなかったが、敵は小道など知る由もなかった。

農民たちに保守的傾向が強いのは、植物的な性格による。祖先の土地への恋着なのか、彼らは依然として南京郊外の、あの赤茶けた丘陵が連なる土地に住みつづけていた。銃声や砲声が彼らを土の匂いのする狭い寝室の奥深く、尽きせぬ悩みとともに追いやった。彼らは薄汚れた板戸を閉めて、か細い木切れや足の欠けた腰掛の類で内側からつっかい棒を立てた。彼らの耳に銃声や砲声が馴染んでくると、彼らはまた戸を開けて表に出て、庇の下に皆でかたまって南京城内のほうを眺め、揺らめく巨大な黒煙にため息をつく。その黒煙はまっすぐ立ち昇って浮雲と連なっている。また彼らのある者は葉が枯れ落ちた木の下で蹲《うずくま》り、深い皺を刻む額に手をかざして、弛んだ瞼で空を仰ぐ。頭上を飛行機がいくつか蜻蛉《とんぼ》のように通り過ぎて、東か北のほうに向きを変えると、たちまち黒い粒が投げ落とされて、城内でまたひとしきり爆音が起こり、爆煙が次々に旋回して立ち昇る。

「日本人は本当にひどいことをやるなぁ……」老人は咥えていた煙管《きせる》の玉の吸口を離し、城内のほうを指さして、憂愁と感嘆の思いに捉われながらぶつぶつと呟いた。それからまた潤んだ大きな唇に吸口を咥え、ため息と同じように長い白い煙を吐き出した。

若者たちはまた違うことを話した。「ちくしょうめ、どうやっても死ぬんなら、俺だって兵隊になってやる！」

そのとき、爆弾を落とし終わった敵機が、急にこちらの村落のほうに向かってきた。農民たちは慌ててパッと散り、それぞれの家に駆けだした。一人の老婦人が取り乱した様子で張り板の剝がれた戸を閉めた。だが、自分の五歳の孫を外に置き去りにしてしまい、その子が大口を開けて泣き喚《わめ》いて、小さな足で盛んに戸を蹴りつけている。老婦人は急いで戸を少し開け、恨めしそうにその子を引っ張りこむと、またすごい勢いでまるで舌を引っこめる蛤《はまぐり》みたいに戸を閉ざした。

ここ数日、農民たちの暮らしはこのように慌ただしく、落ち着かなかった。

光華門や孝衛街のあたりでは、銃声や砲声が強まったり弱まったりしている。農民たちはひよこたちを従えて蝗《いなご》をついばむ雌鶏みたいに村の広場に群がっていた。隣人たちの一部がすでに村を離れてしまったことで、村に残る彼らは却《かえ》って信頼関係を強め、いっそう親密になっていた。

彼らには何ら新奇な情報がなく、取り立てて主張も方策もなかった。顔を合わせればいつも決まった話か、あるいは黙りこむかであり、老人たちは煙草を吸い、若者は膝を抱えて地べたに座りこんで、木の根元を這う蟻の列をじっと見つめているばかりだった。

こういう彼らの元に、見慣れぬ顔の男たちが不意に現れた。土色の馬面の男が一人、あと数名は背が低く、中古品みたいな紺のチョッキを着ていたり、亜麻布の綿入りの長衣を着ていたりした。彼らの着衣は窮屈すぎたり大きすぎたりしていて、身体に合ってなく、とても不自然だった。農民たちはそういう男たちを気に留めず、干渉もしないで、自由にその辺で休ませていた。彼らは壁に寄りかかって腰を下ろしたり、青々とした野菜畑の前で腕組みをしたりしていた。

この連中が突然、恐ろしげに叫びだしたのだ。

「日本兵が来たぞ！　おい、日本兵が来たんだぞ！……」彼らの声は異様にぎこちなかった。

その叫び声で、農民たちは騒ぎはじめた。子供たちは泣きだし、年寄りは痩せた手をブルブル震わせ、犬は道路に頭を向けて狂ったように吠えかけた。鶏は何度も飛び上がっては落ちて、しきりにけたたましい鳴き声をあげている。農民たちのある者は慌てて家に駆け戻り、服や布団などを抱えてきた。何もかも置いてきて、手ぶらの者もいる。

男も女も、年寄りも子供も、完全に取り乱し、口々に「日本兵が来た！　日本兵だ！」と叫びながら、南京城内に向かって走りだした。一人の老人が数十歩走った後に、そのまま座りこんでしまった。その息子が駆け寄って抱え起こそうとしたが、老人は焼けるような眼差しで遠くの木々を見つめ、ただ首を振り、ぜいぜいと息を切らしながら、諦めたようにため息をついた。道路で子供が転び、後ろから来た人に踏みつけられて、涙を拭いながら激しく泣いている。手に持っていたものを落とした少年がいた。少年は最初はそれを拾い上げたが、二度目に落としたときは、ちらっと見ただけですぐに諦めた。

農民たちが駆けていったのは、南京城内へ続く小道だった。彼らはこの土地の道を十分に知り尽くしていたのである。彼らは雨花台を迂回して城壁の下に至った。城壁守備の兵は下に向かって大声で問い質した。敵はどこにいるんだ、と。銃を構えて今にも撃ちそうな様子だ。しかし、農民たちもまったくわかっていない。本当にな、敵はどこにいるんだい？　農民たちはいっそう狼狽して、苦笑を漏らした。申し訳なさそうに、黄ばんで汚れた歯を見せて笑い声をあげる者もいた。また村に戻っていく者もいた。

城壁の守備兵は朗らかに大笑いをした。河南訛りの兵が農民たちに唾を吐きかけ、笑いながら罵声を浴びせた。「この大馬鹿野郎が！　敵はどこなんだ？　敵が来たら、俺様がぶっ殺して犬に食わせてやらあ。大盤振る舞いのおもてなしだぜ！」

農民たちは、あの最初に騒ぎ立てた連中に恨みつらみを言いながら、帰っていった。しかし彼らは、先ほどやってきたそのおかしな身なりの五十人ほどの男たちが、実は敵の便衣部隊だったとは、まったく知る由がなかった。農民たちは日本軍のために一つの難題を解決することになった。彼らは敵の道案内をしたのである。

雨花台は南京城南の要衝だ。それは丘陵で、すっくと聳《そび》え立ち、蕭条たる冬の空から中華門を見下ろしている。普段は名勝の地で、人々は小さな四阿《あずまや》に立って西の茜色の夕霧を眺めたり、古い廟で静かに茶を楽しんだりする。春風が吹きわたる頃には凧上げに興じる人をよく見かける。髭面の国民政府秘書長がその提唱者だった。太極拳に飽き、得意の京劇『司馬懿《しばい》』も唄い飽きた彼は、雨花台に馬車を駆って凧上げに来ることを急に思いついて呼びかけたのだ。それで蜈蚣《むかで》や鳳凰、美人といった各種の凧が春の空を飛び交うことになった。葬儀用の紙の服や乗り物しか作っていなかった紙屋は、商売が一気に上り調子になり、店の主人は毎日旨い物にありつけて脂ぎった顔になった。南京中の人がひどく面白がり、新聞に載せられる漫画も増えていって、雨花台をいっそう艶やかで神秘的な雰囲気にしていった。

現在雨花台は地上高く聳えているが、遙か原始の時代には大河の川底だったようで、地層には五色の雨花石がびっしり埋まっている。数百年も掘りつづけているのに、埋蔵量はまだまだ豊かである。燕の卵ほどの大きさのこれらの石は丸く滑らかで、まるで凝脂のようだ。雨花台の観光客相手にこういう石を売って暮らしを立てている人々はかなり多く、夫子廟の前に屋台を出して、清水を張った骨董の碗に雨花石を浸して、さまざまな色彩や紋様を浮かび上がらせ、詩意豊かな名称で値段を付けている者もいる。一袋二角〔二十銭〕から一枚数十元まで値段はいろいろだ。雨花石は趣味で鑑賞するにはうってつけだが、軍事的に言えば、面倒な邪魔者だった。防御設備を構築するとき、雨花石のせいで地面がシャベルもツルハシも受けつけなかったからだ。結局、完成した防御陣地はひどく脆弱で、砲撃に耐えられる強度はなかった。

雨花台と中華門の防衛は上海閘北《ザーベイ》防衛戦で名を轟かせたあの師団だった〔第八八師団〕。しかしながら、上海撤退後、蘇州河や清陽港などでの戦役を経て、この師団の素質には重大な改変があり、戦闘力も大きく異なっていた。何度も補充を繰り返された結果、新兵が皆「一般人・農民」になってしまっていたのだ。

上海閘北にいたころ鞏克有《ゴンクァヨウ》は上等兵で、副分隊長代理だった。段清生《ドァンチンション》も上等兵で軽機関銃手、王洪鈞《ワンホンチェン》は一等兵だった。現在、鞏克有はすでに分隊長で軍曹に昇進し、段清生は伍長になってやはり軽機関銃と一緒におり、王洪鈞も昇進していた。彼らはみな志願兵で、軍隊生活の長いかなりの古株だった。段清生は痘痕《あばた》顔の笑い上戸で、あたりかまわず壮大な笑い声をあげる。実家の四川にいたころは「天秤棒担ぎ〔重慶などの荷物担ぎ〕」をやっていて、当時はまだ十五、六歳だった。鞏克有は話好きで、滔々と喋りだすと絶対止まらない。彼の煩瑣な安徽訛りは、物寂しい人には喜ばれるが、静かな人には嫌がられた。しかし人が喜ぼうと嫌おうと関係なく、彼のお喋りは続くのだ。彼は低い鼻音で話し、口喧嘩もしょっちゅうだったが、相手が真剣になると、無邪気に笑いだすのだった。彼は間食が好きで、煙草も吸う。あるときなど、歩哨に立っていて紙巻煙草を吸い、敵に何発か撃たれたこともあった。彼らの分隊では、ベテランはこの三人だけで、あとの「兄弟」はみな召集されたばかりの新兵だった。

そういう新しい兄弟たちが彼ら三人の頭を悩ませていた。新兵たちは農民出で、鋤や鍬みたいな簡単な道具は使い慣れていたが、そういう農具よりずっと複雑な歩兵銃を手に取ると、全くどうしようもなくなる。銃弾装塡の基本動作が七段階なのか七十段階なのか理解できないし、照準を定めるときには左目を閉じることができない。それでこちらが手で目を押さえてやっても、今度は手を離した瞬間に左目がバネみたいに開いてしまう。ともかく訓練ができてないのだ。新兵教育の三カ月間というもの、彼ら三人は鳥よりも早く起きて、就寝は農民たちよりも遅かった。新兵たちの背中には拳骨や皮ベルトが容赦なく振り下ろされ、「休め!」「気をつけ!」を練習し、高らかに「いち!、にい!、さぁん!——しっ!……」と声を揃えて行進もした。しかし、新兵たちは練兵場訓練を終えただけで、射撃訓練はしておらず、戦闘訓練もまだで、工兵訓練もできていなかった。

練兵場訓練を終えたと言っても噴飯もので、明らかに左向けの号令なのに三人は右を向き、二人は後ろに向くという有様だ。「歩調取れ!」で前進するときも、アヒルの群れみたいで、左足から出る者、右足から出る者、ボールを蹴る格好の者、膝がどうしても曲がったままの者などもいたのだ。一番ひどかったやつは、教練のときに皮ベルトを足に結んで、一が左、二が右と覚えさせたのに、ベルトを解くと、もはや右も左もめちゃくちゃだった。

こんな訓練しかできない兵が、いったい何の役に立つというのだ。砲弾の灰になるだけではないか。しかも、町村に巣食う蛆虫どもが政府の後方対策を台無しにしていた。宣伝は行なわれず、出征兵士の家族への優待も慰問もなく、すべてペテンと恫喝ばかりだった。徴兵されてきたのは貧乏人だけで、一人っ子だろうが病気持ちだろうが関係なかった。こういうわけだから、新兵の兄弟たちは戦闘に使えないだけでなく、隙を見て脱走する者もよくあった。

太陽が昇り、次第に暖かくなってきた。敵機の一隊が頭上を飛び去ったあと、鞏克有《ゴンクァヨウ》と王洪鈞《ワンホンチエン》は洞から這い出し、空を見上げた。空には波状の雲の層が薄く広がって、九機編成の飛行隊が三隊、青空に黒い影を映して移動している。鞏は機影がよくわからず、訊いた。

「おい、いい子ちゃんよ！　あれは俺たちのかな？」

王は浮かない顔で答えた。

「俺たちのか、だと？――タマは俺たちのだが、落っことすのはあいつらのだ！」

二人は笑った。日本と戦争してもう百日以上も経っており、彼らはすでに戦争を生活の遊戯みたいに感じていた。恐怖もなければパニックもない。ああいう編隊飛行群など、彼らにすれば、雨上がりの岸辺で子供たちが見る蜻蛉《かげろう》と変わらなかった。しかし、例の新兵たちときたら、塹壕の中で針鼠みたいに丸くなっているか、村の廟の祭り見物のように陣地の表に出て体を晒しているか、だった。

「まったくどうしようもない腰抜けどもだ！」

「本当にどうしようない奴らだ。鈍ガメみたいに、手も足も出ないっていうことだ」

「だが俺は、やりようはまだあると思うんだ。あと三カ月、奴らを俺に預けてくれれば、そこそこのレベルにまで持っていけると保証する！　嘘じゃない」

　そのとき前方で急に銃声が起こった。

　段清生はチェコ式軽機関銃を抱えて遮蔽施設から飛びだした。見ると、敵はかなり多く、しかもすぐ近くまで来ている。彼は急いで銃架を立て、緑色のカバーを跳ね除けて足元に置き、安全装置を外した。そして弾帯から弾倉を取り出して右手で持ち、手を伸ばして防塵蓋を前に押し、もう一度顔を上げて前方を注視した。そのとき彼は呆れて笑い、弾倉をまたゆっくり元に戻した。かなり多いと見たのは中国兵だったのだ。みな新兵で、引き潮のように退却している。彼らは転んだり這いつくばったりしていて、銃を路上に放り投げた者も、後から来た奴に足や肩を踏みつけられた者も見える。新兵たちはみな密集していて、七、八十人がいっせいにすぐ前方の土手を目指して駆け上ってくる。敵はどこにいる？　聞こえるのは機関銃一挺とまばらな歩兵銃の射撃音だけだ。しばらくして、彼はついに敵を発見した。およそ十二、三名が中国兵の背後を追いかけ、撃ってきている。機関銃の連射が三人の中国兵の背中を貫いた。段清生《ドアンチンション》はすぐさま銃弾を装填した。しかし照準を構えたとき、また面倒なことに気づいた。あの新兵たちが彼の軽機関銃を邪魔しているのだ。もし射撃を開始したら、はじめに味方に当たってしまう。彼は叫んだ。

「散れ！　散るんだ！　馬鹿野郎どもが、散らないか！――」

鞏克有《ゴンクァヨウ》と王洪鈞《ワンホンチェン》も怒鳴った。

「腰抜けども！　化け物にでも出くわしたのか！　散るんだ！」

「引き返せ、引き返して敵と戦え！」

もしこのとき、新兵たちが引き返していたら、いともたやすく敵を殲滅できただろう。

しかし潰走を始めた新兵たちは戻ろうとはせず、散開することも理解できなかった。死者や負傷者が路上に横たわり、生きている者たちはやはり土手に沿ってこちらに向かって駆けてくる。まるで縫針が糸を引くように、敵を引きつけているのだ。

鞏克有が天に向かって一発撃った。

だが新兵たちは味方の銃は恐れない、いや、初めからこういう銃声自体聞こえていない。言うことを聞かない牛の群れみたいに、陣地目指して走ってくる。あと、五、六〇メートルまで迫った。もし今阻止できなければ、陣地はこういう新兵たち自らの手によって、破られてしまうだろう。しかも追いかけてくる敵を殲滅しない限り、新兵の死傷者は増えつづける。

段清生は軽機関銃の引鉄を引いた。

ガッ、ガッ、ガッ！……ガッ、ガッ、ガッ！……。

十数名の新兵がすぐ前で射殺された。すると、後の新兵たちは風に吹かれた塵みたいに四方に散開した。地面に伏せた者もいる。たちまち正面の空間が開かれた。
ガッ、ガッ、ガッ！……ガッ、ガッ、ガッ！……。
パーン！
パッラーン！——
十二、三名だった敵は、すべて土手の上で死んだ。血まみれの遺骸、ぼろぼろな日の丸、そして中国人の血を吸ってきた機関銃や歩兵銃が陽光に照らされている。

金陵兵器廠〔武器工場〕はすでに完全に撤退していた。工場の建物は鉄筋コンクリート造りで、とても堅固だった。ある迫撃砲中隊がここの守備に当たっており、八二ミリ迫撃砲四門を擁していた。中隊長は黄徳美《ホアンドウメイ》で、上海閘北を防衛していた頃には少尉小隊長に過ぎなかったが、南京に来てから昇進抜擢されたのだ。彼は福建籍の華僑で、棕櫚の林が広がるジャワ島南部の海外で育った。とても情熱的で、特に祖国に対しては執念深いほどの情熱を抱いている。英語、オランダ語、マレー語に通じており、フランス語も少しでき、マンダリン〔中国標準語〕は相当流暢で、福建語を話すときは燕の囀《さえず》りのように聞こえる。署名にはＯＤＢの三文字を連ねて書いたが、それは福建語での発音に基づく縮約だった。彼は言葉少なく、無口で、夢想家だ。彼がじっと見つめているとき、心は南方に帰って夢見ているのだ。帆影と棕櫚の梢から昇るオリオンを、秋葵《チュウクイ》〔恋人の名前〕を、玉宝《ユィバオ》〔弟の名前〕を、様々なデザインのサロン〔巻きスカート〕を、海岸と白雲を、インド人の頭上に載せられた品々を、神話の霧に覆われた覆舟山〔南京玄武湖の九華山の古称〕を、緑色の水面に顔を出した鰐の大きく開いた赤い口が捉える蠅の群れを。

彼は「一・二八〔一九三二年、第一次上海事変〕」の砲声によって祖国に呼び戻され、中央陸軍軍官学校〔黄埔軍官学校〕に入った男で、卒業の一九三六年にこの師団の見習士官として配属されて以来、今に至るまでずっとこの師団だ。祖国を熱愛する彼には自身の「五年計画」があった。一歩一歩、少しずつ、五人の弟を祖国に「移植」し、弟たちを中国のために生き、中国のために死ぬ真の中国人にするのだ。上の弟はすでに航空学校〔中央航空学校〕に入学しているが、二番目の弟はシンガポールに出ており、後の三人はまだ棕櫚の木陰の古巣に残ったままだ。彼の祖国愛は無条件のもので、恋愛や軽信、純真と言ってもいいほどの完全な熱狂状態の愛だった。

祖国から遠く離れた異土に置かれた弱小民族の宿命が、彼の暮らしを厳しく直撃した。父の経営するパーム油の工場は、南太平洋華僑の商売によくあるパターンで、いっときの隆盛から破産に転落していた。はじめ、彼は自分のいる島で海霧と黄濁した波浪の彼方を夢見るように望むだけだった。彼の目にはただ遙かな大陸の渺茫《びょうぼう》たる投影が映るばかりだった。しばらくして彼は祖先の発祥した大地に身を投じた。そして祖先の生きた姿の目鼻立ちも摑めないうちに、喜び勇んで軍服を着るようになり、現実の多面的なつながりの面倒さから彼自身を断ち切った。

祖国のために、彼は毎日熱い汗で薄黒い染みのできた下着を二回も着替えた。彼は部下の兵たちといつも一緒だった。野外での訓練では、兵たちと一緒に泥まみれになって匍匐した。彼は祖国を一篇の詩、一首の歌と見なしており、玉宝《ユィバオ》に手紙を書くときには、文字の一つ一つを彫刻のように刻みつけた。それは死んだ文字ではなく、力だった。読む者の顔を赤らめるほどの歓喜に満ちており、思わず夜空を仰いで月光を浴びても、感動の余韻に顔を動かせないほどの慕情を呼び起こすものだった。蕪湖から南京に部隊の移動があったとき、彼らの乗ったのは荷台に幌のないトタン屋根のトラックで、荷台はひどく揺れて騒がしかった。しかし彼は玉宝への手紙でトタン屋根を揺籠に喩え、激しい振動を揺籠の揺らす手に、車内の喧騒を子守唄に喩えるのだった。

「さあ、さあ、行こう！　素敵な中国に！」

「八・一三戦役」が勃発したとき彼は、蕾が春風に一気に咲いたかのような、青々とした苗が春雨ののちに勢いよく伸びていったかのような思いになっていた。生命に満ち溢れ、精神は高揚し、彼方にあった希望がいきなり自分の元に落ちてきたような感じだった。初めて銃を取ったとき、彼は感極まって取り乱し、興奮のあまりため息をついた。月の夜の神秘的な林の奥で秋葵《チュウクイ》と最初の抱擁を交わしたときのように。彼は初めて祖国の運命のために戦う血肉の誓いを立てた。初めて敵を撃ったとき、彼は若い顔を昂然と起こし、心の屈辱を引き裂いて、見えない手枷足枷を粉々に砕いた。蜜蜂の勤労、獅子の勇猛、常緑喬木の貞潔、彼の強さはそれらを遥かに凌ぐ。彼は砲火と困難の中で、上海閘北を敵の前に巨人の如く屹立《きつりつ》させたのだ。

しかし、大場〔上海北郊の激戦地〕が敵に突破されたあの日から、すべてが完全に違ってしまった。昆山〔蘇州上海間の町〕の戦役で中国軍は止めようのない潰走を続けた。それはまるで堤防が決壊して溢れ出た洪水のようだった。彼は憤激し、そして絶望した。彼は数カ月も伸ばし放題の乱髪を鷲摑みにした。この髪の毛こそが彼の仇敵で、一気に抜き取ってしまわないと気が済まないとでも言うように。普段は穏やかな声は、怒鳴り声を上げつづけたために擦れ、唇には滲んだ血で紫の瘡ができ、目は深く窪んでしまっていた。そして彼はかなり短気になっていた。彼は螺鈿《らでん》を施された光沢ある女性用万年筆を持っていた。それは秋葵《チュウクイ》の贈り物で、彼は手に取るたびにいつも、林檎をかじったような、爽やかな酸味を帯びた芳しい甘みが口に広がるのを感じていた。しかしそのときは、関係のない文字を書き損じてかっとなり、ペン先を思い切り机に突き立てて壊してしまった。それで胴軸が裂けて、チャプリンの映画みたいに手がインクでまっ黒になった。彼はその後、万年筆を紙で丁寧に包み、銃と一緒にいつも肌身離さず持ち歩いている。

幻滅感が広がっていた。第一次上海事変の陰鬱なイメージが悪夢のように彼に取り憑いたのだ。彼は反攻を求めたが、狂風に震える樹枝のように抵抗のしようがなく、圧倒的な力で別な方角に動かされていく。それでも彼方に遠のいた希望が、激しい情熱で心に戻ってくることもあり、彼は自身を奮い立たせようとした。――そして他の人間も、同僚も、部下の兵も奮い立たせようとした。彼は嗄《か》れた声を振り絞り、信徒のような大言壮語を唱えた。こうした大言壮語の出所は自分でもよくわからなかったが、それは突然彼の口をついて噴水のように飛びだした。彼自身、こういう言葉の力に奮い立つのをしばしば経験していた。しかし口に出してはみたものの、彼はいつも空虚な感覚に、非常に空虚な感覚に捉われるのだった。

ある日、彼の部隊はとある村落に到着した。靴に付いた泥が固まってきたので、彼は積み上げられた稲藁の上で靴を脱いだ。空はまだ曇っており、濁った濃霧が灰のようになって低く漂っていた。エンジンがいつまでも続く苦しげな音を不安定な調子で響かせている。あたりには人の叫びや馬の嘶《いなな》きがあり、しかも機関銃の掃射音も混じっていた。こういう状況は、何度も遭遇していくうちに慣れてしまうものだ。極度の疲労に陥ったとき、求めるのはただ休息だけで、生命の危険に晒されていても休息のほうが大事だった。彼も同じで、稲藁にもたれかかると、身体を抱えこむように両手を組み、ぼんやりと前のほうに顔を向けた。前方には低い屋根があり、雀が鳴いている。彼は何も見ていなかったし、見ようとも思わなかった。しかし空模様がどうなるのかふと気になり、鬱陶しげに顔を上げて見回してみた。やっぱり汚れた布みたいな空の色で、前の家の廂に蜘蛛の巣が掛かっているのが見えた。

キラキラと光る水滴をたくさんつけた網の上で、一匹の蜘蛛が蠢《うごめ》いている。その蜘蛛は何か探しているようでも、調べているようでもあり、自分の巣の網を整えているようにも見えた。か細い脚で網を辿って上っているのだが、黒く膨れた胴が動作をいかにも間延びしたものに見せていた。やがて水滴の一粒がその脚で振り落とされた。そのとき黄徳美《ホアンドウメイ》は突然ある物語を思い出し、身体に慄《ふる》えが走った。

戦いに敗れて森の中に逃げこんだある国王がいた。雄大な気迫はすでに失《う》せていたのだが、森でこういう蜘蛛の一匹を見たとたん、気が変わった。国王は敗残の臣下を呼び戻し、戦いを堅持していったのだ。

　黄徳美はハッとして飛び上がった。気がつけば、靴はまだ履いておらず、汚れた泥の中に脚をまた突っこんでしまっていた。彼は集合の呼子を吹き鳴らした。よれよれの格好で座りこんだり眠りこけたりしていた兵たちが、力なく彼の元に集まってきた。兵たちは疲れきり、まるで幽霊みたいにふらふらしている。彼は兵たちに向かって、嗄れ声で息を詰まらせながら、腕を振り上げ、さまざまな仕草をまじえて演説した。木の枝のようにまっすぐ天に伸ばしたり、祈るように胸の前で合わせたり、あるいは何かを地面に叩きつけるかのように振り下ろしたりして、ときには拳を固めて殴りかかろうとする仕草にもなった。彼はこうした仕草で自分の話の語調を強め、あらゆる内容を解釈した。その蜘蛛の物語を、南洋諸島の華僑の生活と熱望を、そして「一・二八」の政治的失敗以後の中国の情勢を、彼は語りかけた。最後に彼は首を振りながら両腕を突き出しては引き戻し、声を限りに繰り返し叫んだ。

「中国は、たとえ野垂れ死んだって、絶対に日本人には渡さない！　我々は命の限り、戦う！　戦いつづけるんだ！　中国が活きるために戦うんだ、日本には死あるのみ！　上海で我々は七、八十日間も戦いつづけ、敗北などしていなかったんだ。退却してしまったから、今日のような無残なざまを晒すことになった。負けるのが嫌だったら戦うしかない、死にたきゃ、退却しろ！　あの国王は、我々はこんな蜘蛛にも劣るとでも言うのか！と言って戦いを堅持したんだ。我々だって同じだ、蜘蛛にも劣るって言うのか！　我々も同じように戦いつづけなければならない！

我々は二度とこんな惨めな格好を晒してはいけない、こんなだらしない様を見せてはいけない！　恐れることはない、失望も不要だ、勝つんだ、生き抜くんだ、我々はあの国王のようにならねばならない、戦いに戻ろう！　戦い抜こう！　戦い抜くんだ！――」

最後の言葉はスローガンそのもので、兵たちも彼に続いて高らかに叫びだした。この日から、黄徳美《ホアンドウメイ》はまた奮起した。南京の最前線で、彼は再び断固たる戦意を堅持した。蜜蜂の勤労、獅子の勇猛、常緑喬木の貞潔、彼の強さはそれらを遙かに凌いでいたのだ。

四門の迫撃砲が敵への砲撃を止むことなく続けていた。敵は金陵兵器工廠にひっきりなしに攻撃してきていた。朝から午後三時までの間に、迫撃砲一門が破壊され、死傷者も増えつづけた。小隊長が二名負傷して運びだされた。

前方の部隊が撤退してきた。黄徳美中隊の兵士たちにも動揺が出はじめ、声を低めて密かに不平を言い合う姿も見られたのだが、黄中隊長が冷静沈着に陣地に立ち、悠然としている姿を目にすると、皆落ち着きを取り戻していくのだった。

しかし実際は、黄徳美は心中焦っていた。前方の銃声がますます近づき、陣地としていた工廠の建物に砲弾が絶えず撃ちこまれ、中国軍はばらばらになって後方に退却してくる。連絡は途絶え、状況は不明だ。送りだした伝令兵は行ったきり消息を絶った。こういう状況下において、一人の指揮官の行動はあたかも球体の重心のように決定的で、わずかな動作一つが部隊の落ち着きをかき乱し、二度と平衡が回復できなくなることを、彼はよく知っていた。彼は敢《あ》えてゆっくりと歩きまわり、自分の姿がどの兵士からも見えるようにしていた。

また一個、隊形を崩した中国軍の部隊が撤退してきた。歩兵銃を天秤棒みたいに担いでいる者や杖の代わりにしている者も見える。そのとき突然、「黄小隊長！」と呼ぶ声がした。

それは上海防衛戦のときにいた軍曹の一人で、煉瓦の破片や丸太、砂嚢などで作った防御設備の向こうから、彼のほうに手を挙げている。

「あっ、劉広恒《リュウグアンハン》じゃないか！」黄徳美《ホアンドウメイ》も嬉しそうに声をあげた。そして「どうして、君らまで撤退したんだ」という言葉が出かかったが、気を引き締めてその言葉を呑みこみ、別な言い方で訊いた。「どう、――君らは敵をどのぐらいやっつけたんだ？」

「かなりの数ですよ！――」劉広恒は黄徳美の階級章に気づいた。「中隊長にご出世ですか！昇進祝いに呼んでくださいね。ああ、今日みたいな戦争ではそれも駄目か、ちくしょうめ！」劉はそう言いかけて、手を横に振り、「黄小隊長、どうして撤退しないんですか、みんな退却してますよ」と言った。

「命令がまだないんだよ」彼は狼狽《うろた》えた。こういう話はしたくなかったから、口元にどうにか微笑みを浮かべてみせた。

「命令なんてどこにあるっていうんです！」

「命令は当然だよ。軍人は命令に従わないわけにはいかないんだ。命令がない以上、我々はやはりここを守る。迫撃砲も三門あるし、砲弾もいっぱいある。国家が金陵兵器工廠を僕に任せたんだ、僕だって金陵兵器工廠をしっかり国家に返すっていうのが道理だろう」

こう言いながら彼はまた微笑みを浮かべた。顔を少し兵たちのほうに向けると、彼らが皆二人の話を聞いているのがわかった。一人の二等兵がそのときちょうど右手で砲弾を抱え、身体を斜めに傾けて、多翼の弾尾〔底弾〕から砲口に装填しようとしていた。

「僕は撤退しない、僕らは勝手に退却などできないんだ！」

砲弾が轟音とともに発射され、白い硝煙が砲口から立ち昇る。砲声が黄徳美の擦れた声を掩《おお》った。

「黄小隊長、またお会いしましょう！──ああ、あんなに声まで潰れちゃって」

黄中隊は敵に対する砲撃を依然として間断なく続けていた。黄徳美は自ら発砲を指揮し、ときには自分で照準を構え、自分で砲弾を装填した。敵の攻撃は激しさを増し、さらに接近してきている。砲がまた一門損壊した。

黄徳美中隊長はまだ撤退命令を受けていない。

敵に包囲され、擲弾筒と狙撃手による攻撃が始まっても、彼らは依然として戦いつづけ、金陵兵器工廠から一歩も退くことはなかった。

段清生《ドアンチンション》は脚を撃たれて、退却していた。彼らの陣地の最後の戦局を支えていたのは鞏克有《ゴンクァヨウ》と王洪鈞《ワンホンチェン》の二人だった。

「お前はあいつだ、あいつに照準を当てるんだ、あの一本立っている木の右側だ、ちゃんと見ろよ、照準を当てるんだ！——」鞏克有《ゴンクァヨウ》は散兵壕の中を走り回り、新兵たちに照準の当て方を教えたり、目標を指示したり、手振り身振りで必死に伝えていた。中には銃の構え方から、呼吸の仕方、銃把の握り方、引鉄の引き方などまでも教えなければならない者もいたのだ。

「ゆっくりでいい、慌てるな、敵の姿を見てすぐにぶっ放すなんてダメだぞ。敵の足と鉄砲の弾とどっちが早いと思う？　しっかり照準を当てて、ゆっくりとな——」

そう教えている先から、人参みたいなずんぐりした指の兵が一発撃ってしまった。この男はまだ引鉄の弾き方がどうしても下手くそだったのだ。「こっちを見ろ！——」彼は命令しながら自分で銃を構え、照準を正して、発砲した。怒りで顔が真っ赤だった。

王洪鈞《ワンホンチェン》は段清生《ドアンチンション》のチェコ式軽機関銃を引き継ぎ、射撃していた。

彼らから見ると新兵はいかにもぎこちなく、萎縮しきっていたのだが、信用できない奴や命令に従わない奴などはいなかった。戦場にあっては食べることが何よりも大問題だったから、二人はいつも新兵たちの腹のことを考えていた。飯が届くと必ず新兵たちに先に配り、自分たちは残り物で済ませた。新兵たちが寝るときには、交代で見回りをし、軍用毛布を整えてやったりもしていた。面倒できつい任務になると、二人がまず率先して取り組んだ。新兵たちの動作に間違いがあると、二人は怒鳴りまくったが、それは厳しい指導というものであって決して過酷に苦しめる類ではなかった。怒鳴り終わればまた親しげな談笑に戻るのだ。

この分隊は古参兵二人と新兵十一人で陣地を堅守していた。陣地は吠え狂う嵐のような砲火に晒されていた。

鞏克有は走り回っていたが、胸の内は空虚で、しっかりとした確信は持っていなかった。もしこの分隊が古参兵ばかりだったらうまくいったに違いない。こんな状況下でも古参兵たちなら銃剣を構えて突撃していき、敵に迫って後退させただろう。しかし今は、ほとんど全員新兵だ、他にどんな方法があるって言うのか、敵のほうからこの陣地に近づいてくるのを待つしかないだろう。

王洪鈞は撃ちつづけていた。高地の下のほうを、深い草に覆われた蛇のように曲がりくねった道のほうを、隆起した墳墓と灌木のほうを、こちらの陣地めがけて伏せたり起き上がったりして迫ってくる数知れぬ敵のほうを、掃射しつづけた。

ついに、敵が陣地の盛土の上から突進してきた。冬の夜に外から吹きこむ狂風のような雄叫びをあげている。

数名の新兵が塹壕から飛び出して後方に駆け出した。しかし彼らは鞏克有が銃をまっすぐ構えて敵を迎え撃っているのを目にすると、しばらく躊躇《ためら》ったのち、やはり鞏克有に従って敵に突撃していった。彼らは鞏の周りにしっかり団結していた。

一人の敵が新兵の銃を撃ち落とした。その新兵は手榴弾を投げつけて、そのまま敵に飛びかかり、もろともに炸裂の煙に覆われた。

王洪鈞《ワンホンチェン》は少し不安になっていた。自分が軽機関銃に銃弾を装塡していたちょうどそのときに、敵が陣地に突入してきたからだ。しかも敵に破られた箇所は自分が軽機関銃を据えている場所のすぐ近くだったのだ。彼は決して撤退しなかったし、機関銃陣地の移動すらもしなかった。銃弾の装塡が済むとすぐまた前方に向かって撃ちはじめた。陣地内に入りこんだ背面の敵など全く気もかけなかった。突破口は安全だと思いこんだ敵兵の一群がまとまって、斜面を緩慢な動作で登ってくる。何人かは疲れ切った様子で銃をぶら下げ、同僚と何事か話ししながら歩いている。このときの王洪鈞の突然の掃射は、二十五発の弾丸で十九人の敵を倒した。狼狽した敵は地面に倒れるのさえままならず、味方の背中に突っ伏して死んでいった。

あの手榴弾の新兵の戦いぶりは鞏克有の心を揺さぶった。敵はすでに幾重にも鞏克有たちを包囲していて、銃剣が彼の背中に刺さった。彼は手榴弾の火縄を引いた。ともにいた新兵たちも全員自分の手榴弾の火縄を引いた。ある者は敵に投げつけ、ある者はまるで醤油の瓶を下げるみたいに手に持っていた。すぐ近くで見ていた敵は恐慌を来《きた》した。中国兵がこんなに愚かでしかも悪辣な戦い方をするとは想像もしていなかったからだ。敵は後ろに引き下がり、大声で罵っている。しかしそのときには手榴弾が次々に怒り狂って炸裂していった。陣地には硝煙が立ちこめ、敵は血まみれの肉片になって吹き飛んだ。屠殺者が屠《ほふ》られたのだ。

鞏克有は腹にも腰にも破片が突き刺さり、血だまりの中に倒れていった。

十二月十一日、敵は雨花台を攻め落とし、中華門を制圧して、雨花台と牛首山から下関に向かって進撃していった。

一九三九・一〇・八。
西安、北城にて。

第八章

すべてが混乱していた。指揮の機構が停滞して命令系統は破壊されていた。機関銃の銃声が市内に轟き、戦闘機が低空を飛びまわっている。あちこちから火の手があがり、新街口のビルも燃えている。人々は犬に吠えられた鶏かなんかのように街を駆けまわっているか、激しく波打つ磯辺に押しこめられたサザエみたいに引き籠《こ》もっていた。

あちこちで市街戦が始まっている。

張涵《チャンハン》は賽公橋にいた。彼はすでに大隊長に昇進しており、新任の中隊長程智《チョンチ》が付き添っている。彼らは自らの体と気力のみで敵の波状攻撃に立ちはだかっていた。遠くから巻き起こる津波のような攻撃が彼らの足下に迫ったと思うと、狂風のような重々しい力が湧きあがって空中から襲いかかる。しかし彼らはけっして動揺せず、持ちこたえて幾たびも敵を撃退した。その都度、敵は力なく、しかし速やかな撤退を繰り返した。この二日間、彼らは敵の南京包囲作戦を打ち破りつづけ、ついに敵は一歩も踏みこむことができなかった。

関小陶《クァンシャオタオ》は紫金山を死守していた。絶対的に有利な地形と陣地の前に敵の死傷者が累々と重なっている。しかしこの紫金山を攻め落とせなかったら、敵は南京城内を占領したとしても、枕を高くしていられるわけがない。そこで敵は焼夷弾による攻撃を開始した。都合のいいことに、全山を覆う青々とした小松林には実に大量の油脂が含まれていた。乾ききった冬の青空の下で、紫金山が燃えはじめた。

このとき、紫金山は紅蓮《ぐれん》の炎に包まれた龍のように見えた。龍は毒を含んだ剣に貫かれ、飛び立とうとする度に打ち落とされる。そして今、龍は伸縮を繰り返し、這いずりまわってもがき苦しんでいる。その口から猛烈に吐きだされる息はどす黒く、うめき声も悲鳴もどす黒く聞こえた。灼熱の烈火と激しい煙によるガスが陣地を襲いはじめた。顔を覆っても咳と涙が止まらない。

この灼熱と窒息から逃れるには、少しでも高いところに出ていくしかないのだが、炎と煙はぴったりと追いかけて上ってくる。それでも彼らは撃ちつづけていた。

歩兵大隊が林を駆け下りて突撃し、敵と肉弾戦を展開している。関小陶はこの肉弾戦をつぶさに見て、すさまじい形相で不敵にも高らかに笑った。彼は荒木貞夫がバーナード・ショーに「日本人は火山のような気質だ」と言ったことを思い出したのだ。

「紫金山は紫金山なんだ、絶対に富士山なんかじゃない！」

彼は激しく叫んだ。彼の眼前には黄金の光芒を放つ炎が夕焼けのように広がっていた。太陽は必ず沈むに決まっている、この炎だっていつかはきっと消えるんだ——それもそんなに遠いことじゃないはずだ。彼はそう思った。そして唇を噛みしめた。

袁唐《ユエンタン》たちも交戦中だったが、今彼のいる散兵壕は十四人の敵によって包囲されていた。激しく撃ちつづけていた彼が最後の一発を手にしたとき、彼は銃口を自分の頭に向けた。しかし彼はすぐに思いとどまった。敵をもう一人撃つんだ、奴らに一発でも多くの弾を使わせるんだ！……彼が最後の一発を撃ったとき、図体の大きな敵が一人、塹壕を飛び越えた姿勢のまま、機関銃の覆いのすぐ前にふわりと墜ちてきた。一瞬、彼の瞳は輝いたが、すぐに暗闇がその視界を閉ざした。

厳龍《イエンロン》は総合防空隊の南昌、武漢への撤退に随行せず、南京残留部隊の任務に就いていた。彼は昔といくぶん違っていた。剃り残しのあご髭をさすったり、古いグラビアなんかを手にしたりしたときなど、やはり妻のことをついつい考えてしまい、胸がしめつけられるような気持ちに襲われることがあるのだが、彼はもう昔の彼ではなかった。髪の毛は伸び放題で櫛も通さず、指の爪に黒く垢がたまっても気にもかけない。一心不乱に当直任務に就いていたし、当直時に煙草を吸うことも稀になった。

近くの建物が燃えはじめて通信ラインが完全に破壊されたときなど、彼は地下室で一本の蝋燭をたよりに無線の修理に取り組んでいたのだ。彼のまわりにはコードとネジ釘、そして金属の破片が乱雑に散らばっているばかりだった。戦争が彼という人間をこんなにも変えてしまったのだ。

あらゆるものが苦難と無秩序に満ちていた。しかし同時にそれは英雄的な自己犠牲と奮闘の姿でもあった。

中山北路はとても道幅が広く、ふだんは低速のバスを後続車が減速もせずに楽に追い抜くことができた。しかし、今はびっしりと車が連なり、車間距離もほとんどないぐらいの渋滞になっていた。クラクションの音がひっきりなしに鳴り響く。二十分で一四、五メートルしか進まないのだ。そして車の列のあいだを兵隊や市民がぞろぞろと歩いており、武器を運ぶ荷車や荷物を積んだロバなどまでぎっしりと続いていた。前方がつかえていても人々は続々とこの流れに入ってくる。流れの中からは散発的に銃声も聞こえていた。みんな何かしら大切な荷物を抱えていたが、あまりの混雑に荷物をあきらめて放り出してしまう人もずいぶんいた。そしてこの路上に放棄された荷物が新たな渋滞の原因となっていった。中には先に進むこと自体をあきらめてしまう人もいたのだが、この流れから抜け出すことすらもはや不可能だった。板に打ちつけられた釘みたいに完全に身動きがとれなかったのだ。人々はさかんに背伸びをして前の様子を見るのだが、彼らの期待するようなことは何も見えなかった。彼らが見たものと言えば、ただ禿げ頭とヘルメットと軍帽と長髪の果てしなく続く波と、そこから突き出た銃の筒先などだけだった。そこらじゅうから叫び声が上がっている。

「押さないでよ！　押さないでったら！」

「もうつぶされそう！　死んじゃうわ！……」

女が叫びながらめちゃくちゃに肘《ひじ》を突っ張った。その肘鉄を背中や胸に食らった人たちが真っ赤な顔で振り向きざまやりかえしたので、その辺が大騒ぎになっている。

すぐ脇で押されていた老人の息が一瞬止まり、目を宙に吊り上げたかと思うと口から白い泡を吹きだした。居合わせた兵士が銃を振りあげて怒鳴りつけた。

「そんなところで止まるんじゃない！　撃つぞ！　ぶっぱなすぞ！」

そして怒鳴りながら本当に発砲したのだ。

この銃声で近くにいた妊婦が失神した。髪を振り乱した顔が苦痛に歪み、下腹部からは出血が始まっている。このとき群衆はすでに新街口から挹江門までの道路をびっしりと塞いでいた。人は群衆の中にあって、自己の力と意志を完全に失っていた。そしてまるで波間に浮かぶ落葉のように、群衆という大波に押されるままに動かされていくしかなかった。

群衆はぎっしりとかたまり、人間と人間とのあいだにはまったく一分《いちぶ》の隙間もなくなっていた。馬は盛んに嘶き、その蹄で人を蹴ろうとするのだが、すでに脚を蹴上げることもできないほど群衆が密集していた。

人の波で押しつぶされた人力車のスポークが一人の兵士の腰に刺さった。

挹江門の三つの城門はすべて半分しか開かれてなく、あとは砂嚢で塞がれていた。守備部隊は人の通行を一切禁じて、群衆に対して散発的な威嚇射撃をしている。群衆は盛んに罵り声をあげて大騒ぎをしている。

しかし群衆はこの城門を結局突破した。転んで倒れたような者を踏みつけて、すごい勢いで流れでている。
この群衆に対し、守備部隊が機関銃の掃射を開始した。大混乱に陥った群衆の中からもこれに応戦して発砲する者があり、城門の上と下とでまるで市街戦を演じているようだ。秩序など完全になくなり、人々が際限なく密集してくる。倒れた人の顔をあとから押し寄せる人が次々に踏んでいく。鼻がつぶされ、眼球が飛びだし……人がばたばたと倒れる。押し寄せる人の足もとで秋の虫のようなうめき声が広がり、倒れ重なった人垣から号泣が響く。それでも人々は城門をめがけて突き進むのだった……

「上から撤退せよと命令されているんだから通せ！」

「上からは誰一人絶対に通すなと命令されているんだ！」

倒れていく人々、押し寄せる群衆……

間もなく、死体と重傷の人間が、半分だけ開いていた城門を厚く厚く塞いでいった。

このとき、軽戦車が三台群衆を波しぶきのように跳ね飛ばしながら、フルスピードで突進してきた。押しつぶされた人の血が戦車のキャタピラを真っ赤に染め、血肉の塊が泥水のようにあたり一面に飛び散った。激怒した兵士たちの罵声と射撃がこの軽戦車に集中したが、軽戦車は人肉でできた道路のうえを、車体を揺すりながら、まるで何事もなかったかのように走り去っていった。

城門は一〇メートルほどの高さがあったが、今ではすでに小さな穴でしかなかった。人々は人間の肉体で作られた坂を登り、腰をかがめてこの穴をくぐっていくのだった。

死者のあいだに埋まってしまった馬が首をもたげて激しくいないないている。馬は自分の悲惨なさだめから抜けでようと、必死にたてがみを振り乱して頭を持ち上げる。見開かれた眼、荒々しい鼻息、茶色の顔には痛々しく膨張した血管が浮き出ている。やがて馬は次第に衰弱し、噛みしめた大きな歯のあいだから白い泡を大量に吹きだした。

田永新《ティエンヨンシン》は曾広栄《ツァンクァンロン》と別れてから、自分の小隊を率いて人混みに揉まれながら挹江門に辿りついた。彼は人の肢体を踏みつけながら歩を進めた。魂が抜けたような気分で、こみ上げる嘔吐を吐きだすこともできなかった。一歩一歩、彼の足が踏むのは人のソファのような腹だったり、打ち割られて血まみれになった頭蓋の額だったりした。彼はもう耐えられないと思ったが、速やかにここを離れようとしても、早く歩けるわけはなかった。どんなふうにしても、この人の肢体が敷き詰められた道を踏んでいかねばならない、他の道などないのだ。しかもこういう状況では、前方に注意を向けるだけでなく、足元にも絶対目を向けなければならない、足元には鋭利な銃剣の刃が突き出ていたり、足に絡みつく様々なものがあったりするし、またどこに空隙ができて深い穴になっているかわからなかった。しかし足元に目をやると、凄まじい形相の、恐怖の血に塗《まみ》れた、様々な形を成す死を目撃しなければならない。彼は顔を上げるしかなく、夢見心地のようにして両足を動かしていた。空を仰ぐと深い藍色の日暈《にちうん》に白い雲が集まり、黄金の陽光が穏やかな微風に降り注いでいた。なんと素敵なんだ！　しかし日本の軍閥はかくも残酷に、直接間接に、中国人を屠殺している。中国人に平和な暮らしを送れなくさせ、悠久の歴史と明媚な風光を持つ都市を壊滅させ、活気に満ちて広々とした大通りを死の道に変えてしまった。こんなに美しい白雲を忘れさせ、あの降り注ぐ陽光に死の混沌と蹂躙とを照らし出させ、あの微風に無残な生臭さを滲みつかせてしまった。

突然、彼の脚が空隙の穴に滑り落ちてしまった。彼は脚をなんとか引きだそうとしたが、後ろから押し寄せる人の脚に踏みつけられた。肩も尻も踏まれていく、頭を跨いでいく者もいたが、同じように倒れかかる者もいて、次々に彼の背中に重なっていった。その重圧はひどくなるばかりだ。彼の後ろから続いていた部下の兵が、小隊長が穴に落ちたのを見て救援に向かおうとし、周囲と揉み合いになった。しかしその部下たちも群衆に押されて、彼に接近することができなかった。一瞬、小隊長が見えなくなった。新たに倒れこんだ人が彼の上にかぶさったのだ。激怒した兵が群衆に向かって手榴弾を投げつけた。続いて二発目、三発目が投げられた。しかし小隊長救出に手榴弾はなんの役にも立たず、怯えきった人や炸裂で吹き飛ばされた人が倒れこんで、彼の上に人の身体がさらに厚く重なっていった。

ダーン！　ダーン！……手榴弾が炸裂していく。「みんなそこを退《ど》くんだ！」「うちの小隊長が、――」兵士たちは爆煙の中で叫びまくった。しかし、それは群衆の恨みと憎しみを買い、逆襲を引き起こしただけで、まったく徒労だった。

曾広栄《ツァンクァンロン》は潮のような群衆から抜け出て、ふらふらと城壁の上に這い上ると、ほっとして長い深呼吸をした。ある種の憤怒と悲哀がこみ上げてきて、彼の乾ききった目から涙が流れた。

「こんなこと、なんでもない！」下関は燃えていて、黒煙が長い尾のように空に突き立っている。人々は混乱して蠢いている。地上はすべて遺棄された物だ。美しい乗用車、衣装ケース、トランク、歩兵銃、大シャベル、黒光りする革鞄、防毒マスク、ヘルメット、書類入れ、靴、鞘《さや》、そして死人に死んだ馬。彼はゲートル〔絆脚〕を解いた。ゲートルを体に結んで城壁の外に降りていこうとしたのだ。しかしもう一方の足のゲートルを解いていたとき、どこからか飛んできた流れ弾が当たった。「あっ、しまった……」彼は頭を押さえて、倒れていった。

長江は穏やかに流れていた。船の数は少なく、これを奪い合って川に落ちる人が後を絶たなかった。落ちた人は頭だけ水面に出してしばらく浮かんでいるが、間もなく円形の波紋を残して消えていく。

艀《はしけ》が一艘岸辺近くに浮かんでいた。しかし近くとはいっても、岸からはちょっと飛び移れそうもないぐらい離れており、その間に黄濁した川の流れがリズミカルな波音を立てていた。

今その艀にはぎっしりと人が乗っている。乗りこめる船など見つかるはずもないのに、人々はひたすら船を求めていた。乗りさえすればすべて解決すると思っているのだ。

しかし運よく艀に辿りついた人々も、そこではじめて重大な問題に気がつく。どうやって動かしたらいいのか、いつ動くのか、食べ物はどうする、男だったらその辺で小用が足せるが、若い娘はどうする……

それでも岸辺にはどんどん人が集まり、みんな羨望のまなざしでこちらを見ている。中には何歩か後ろにさがって走り幅跳びの姿勢をとり、命がけでこちらに飛び移ってくる者もいる。大声を張り上げて泣き叫ぶ老人もいた。老人は艀に向かってひれ伏すように何度も上体を倒し、湿った砂を打ち叩いていた。灰色の長い髭が涙とよだれでべとべとになっている。しかし老人を慰める者は誰もいない。皆が同じさだめの下にあり、年齢も性別も階級も顧みられなかった。これは誰も皆冷淡であわれみの心を失っていたからではない。人々の暖かい気持ちはすべて凍りついてしまい、表現する術《すべ》がなかったのだ。

ある者は艀に飛び移ろうとして混濁した流れに呑みこまれていった。

ある者は助走をつけたものの、どうしても飛べずに岸辺で立ち尽くしていた。

手を取り合って泣く女学生も数名いた。突然そのうちの一人が川に身を躍らせた。しかし自殺するはずの女学生がもがきながら助けを求めた。

「たすけて！」

水面にむなしく腕を伸ばしたが、必死の形相は長い髪で覆われ、そのまま沈んだ。

艀の縁には鉄線を編んで作った鉄条が張ってあり、艀に飛び移れない者もこれにつかまれば何とかなった。この鉄条にしがみついて、艀によじ登った老婆もいたほどである。こうして四、五百人は下らない人数がこの艀にたどりついた。

艀の縁には二本の鉄線を縒《よ》りこんだ太い鉄のロープがかけられており、艀に上がっていけない人はまずこれに縋《すが》りついた。誰もがこれを頼りにしており、年老いた婦人までもこれに縋って上に上がっていった。艀にはすでに四、五百名も集まっており、艀の屋根の上に登っている人もいた。

がっしりした体つきの女性が、二人の子供抱えて岸辺に走ってきた。女性の髪は解けて乱れ、襟元のボタンも取れかかっていた。彼女は、一人の男が両手を広げてバッタみたいに艀に向かって飛びこみ、鉄のロープを摑んで這い上がっていくのを見た。彼女もその男を真似て長江に飛びこんだ。しかし、鉄のロープに手を伸ばしたときには、二人の子供は波に呑みこまれており、声も痕跡も見えなくなってしまっていた。艀に這い上がった女性は、すぐ息子たちがいないのに気づき、胸を叩いて慟哭した。そして身を翻すとまたすぐ河に飛びこんだ。彼女は息子たちを、二歳と三歳になる宝物を絶対救わなければならなかった。

岸辺には安物の靴からなめし皮の財布まで、実にさまざまな物が落ちていたが、誰一人見向きもしなかった。

ただひたすら船だけを彼らは求めていた。しかしもはや船は一艘も見あたらなかった。

誰かが丸太と縄で筏《いかだ》を組み、その上に乗りこんだ。するとまた人々はこの筏に殺到した。先に乗った者は後の者を蹴落とし、後から来た者は先の者を引きずり降ろす。筏は大きく傾いて激しく揺れながらぐるぐる回りはじめ、振り落とされて水しぶきを上げる者もいた。そのうち、この筏に発砲する者まで現れた。

木の板や戸板、テーブル、そのほか考えられる木製の道具がつぎつぎに川に投げ入れられた。これらに乗って川に漕ぎだそうというのだ。まもなく板や戸板、柱などが水面いっぱいに広がった。乗っている人は落ち葉についた水玉みたいにぐらぐら揺れて、落ちたり悲鳴をあげたりしている。しがみついたまま凍死した人もいた。それでも中には長江横断の悲壮な覚悟を固めて、泳ぎはじめた人もいたのだ。

流れの中から叫ぶ者がいた。

「わしは——師団長だ！　おーい——助けてくれ——礼は必ず——」

しかし救いの手はなかった。長江が叫びを呑みこみ、誰の耳にもまったく届かなかったのだ。


十二月十二日夜、憲兵少尉小隊長蔡子暢《ツァイツチャン》は自分の小隊を率いて南京城壁の排水用の穴をくぐり、市外に脱出していた。夜の闇は深かったが、燃え盛る炎に照らされて隅々まではっきり見えた。日指すは上新河。そこに二個小隊分ぐらいの兵を乗せられるような艀が確保されていたのだ。

彼は伝令兵に大切なトランクを持たせて、だいぶ前に出発させていた。トランクには一千枚以上もの写真を貼った数冊のアルバム、友人からの手紙、愛のしるしの小豆一粒、それから大した額ではないけれども金が少々詰めこまれていた。

しかし上新河に辿りついてみると、船も伝令兵も見あたらない。彼は真っ青になり、思わず呻いてしまった。

彼は兵をやって艀を探させ、自分は岸辺に腰をおろして紫金山の大火を眺めていた。炎は流れに映え、低空を紫がかった紅白の色彩に染めぬいている。

「慌てるんじゃない、俺についていて来るんだ」

彼は自分の兵に話しかけた。

「俺は絶対に見捨てない。死ぬも生きるもみんな一緒だ。取り乱さなければ、俺たちには必ず助かる道がある。方法はいくらでもあるんだ、いろいろやってみれば、船なんか必ず手にはいるはずだ」

彼は兵たちを慰めた。しかし誰よりも慰めが必要だったのは彼自身だったのかもしれない。この小隊は彼が鍛え上げたもので、軍隊生活も戦闘も共にしてきた。それが今は共にこの絶体絶命の危地にある。しかもこれは危地の始まりに過ぎず、これから先に待っていることこそが、本当のさらに決定的な局面なのだ。身内の親しさだけでなく、強い責任感が彼らを一つにした。

方法はあると言いきったものの、頭には何も浮かんでこない。結局船が見つからなかったらどうするのか、すでに押えておいた艀の痕跡すらないのに、ほかに船を見つけるなどということが可能なのか、しかも金はトランクの中だ、伝令兵が見つからなかったら、この兵たちの食料はどうする……

兵が一人戻ってきて、船を見つけたと報告した。しかしその報告によると、見つけたのは櫂も櫓も帆も覆いも屋根もない古ぼけて薄汚れた船で、しかも船底には穴が開いているらしく、水が溜っているという代物である。

それでも彼らは急いで乗船した。もちろん船は傾きながら沈みはじめる。兵たちが大騒ぎで体をかがめると、今度は別のほうに傾き、またもや一騒動となる。こんな船では長江横断などもってのほかだし、だいいちすぐさま沈没するに決まっている。俺は下りると言い張って押し合いまでも始まった。しかしこの状況下では船こそ宝であり、すべてであった。どんなにおんぼろ船であろうとも、絶対に捨てられないはずなのだ。

「落ちつけ！　騒ぐんじゃない！」

彼は兵を静かにさせ、落ちつかせたが、船は相変わらず傾いて今にも沈みそうだった。

「俺の命令を聞くんだ！」

彼はきっぱりとした口調で命令した。

「張徳龍《チャントロン》、洪秀松《ホンシュウソン》、君たち八人はこちらに座るんだ――ゆっくりとな。ほかは動くな！　曹清福《ツァオチンフー》、李奇志《リーチーチー》、張友三《チャンヨウサン》、君たちはここに来い。そうだ、落ちつけ」

彼はつぎつぎに指令を出した。

「張瑾《チャンチン》、ヘルメットを取れ、それから君もだ、君たちは船底の水をヘルメットですくうんだ、それを王福和《ワンフーホー》に渡せ、王福和はそれを李奇志にまわせ、――こら、動くんじゃない！　李奇志、それを河に投げろ……」

彼らの水を汲み出す規則的な音が暗闇の中に響いた。この音のする度に、水面に揺らめく曲線となって映っていた星の光がきらきらと乱れ散った。やがて船底の水もようやく減って船はほとんど傾かなくなった。

このとき、彼らの作業の音を聞きつけて黒い影がいくつか近寄ってきた。そしてこの影たちと船尾の兵のあいだで喧嘩が始まった。

「てめえら！　俺たちを乗せないつもりか、文句なんか垂れやがったら、一発お見舞いするぜ！」

鋭い怒鳴り声が響いた。

あと一人や二人乗せること自体何でもなかったが、船底には穴が開いているのだ。それも四カ所、かなりの大きさの穴だ。一個小隊を渡すのさえ危ういのに、これ以上人が増えたらどうしようもない。

蔡子暢《ツァイツチャン》は大隊長のふりをして、拳銃を取りだしながら大声で叫んだ。

「何者だ！　機関銃を据えろ、奴らが少しでも動いたら撃て！——我々は一個大隊である、船にはもう余裕がない」

兵たちは本当に軽機関銃のカバーを外して構え、弾薬を装塡した。

暗闇のなかで影たちがおし黙ったまま立ち去っていったのがわかった。

いくら汲みだしても、船底の穴からの浸水が止まらないので、彼らは手ぬぐいやら布切れやらを持ち出して穴を塞ぐことにした。

また乗船を求める人の声がした。今度は遠い風の音のようにひどく弱々しい。

「何者だ！　動いたら撃つぞ！　こちらは大隊だ！……」

相手が誰だかも何人だかもわからずに、彼は同じように虚勢を張って脅しつけた。

それは二名の負傷兵だった。

「隊長！　負傷しているんです。ああ、もうどうしようもありません。負傷しなかったらもちろん日本人なんか殺してやります。でもこうなっては闘いも何もできゃしません。船もないし——あったところで乗せてはもらえません。日本人の手にかかって死んだほうが良かったんでしょうか……隊長！　乗せていただけませんか……」

「負傷しているのか……」

ずきんと胸が痛んだ。そしてまたひどく嫌な感じがした。この嫌な感じは胸の痛みと正反対の感情だった。

「我々は負傷兵です、私は雨花台で……」

「君たちは何人だ」

「二名です」

「ふたり……早く上がれ！」

彼はもうためらわなかった。

二つの影がひどく緩慢な動作で船に上がってきた。

櫂も櫓も帆もないのにどうやって動かすのか。ため息混じりのざわめきがまた起こりはじめる。しかし絶望の中にあってもなお希望にしがみつくのが、人間という生き物であるらしい。使えるものが何もないところでも知恵が生きる道を作りだす。暗澹たる思いでいた蔡子暢《ツァイツチャン》が、突然顔を輝かせて叫んだ。

「円匙《えんぴ》を櫂の代わりにするんだ！」

兵士たちは円匙を水面に差し込み、めちゃくちゃにかき回した。舟のまわりに乱れた波の輪が広がり、水面に鈍い光がきらめいた。しかし舟はまるで駄馬みたいに言うことを聞かず、元の所をぐるぐる旋回するばかりだった。たしかに船乗り出の兵士もいなかったが、だいいち彼らの動作がまるでまとまっていなかったのだ。

「勝手にやるな！　そんなことをしたって前になんか進まないぞ！」

彼は号令をかけるときのような大声で叫ぶと、兵を左右に分け動作を揃えさせた。すると舟はゆっくりと進みはじめた。

必死に漕ぎつづける兵士たちに彼は絶え間なく細かな指示を出しつづけた。舟のバランスを保つためには、一人一人の座席の位置や体の重心を微妙に調整しなければならなかったのだ。

どこを見ても人影があり、どこからも水しぶきや人のざわめき、そして銃声が聞こえていた。

紫金山と下関は猛烈な炎に包まれている。

舟は岸辺から離れて長江の流れに乗った。銃弾が頭上をかすめる。岸辺の川面は大火に照らされ、まるで燦然《さんぜん》と輝く金属の液体のようになっている。板戸や筏が流れている。

「助けてくれ」という絶望のどん底からのすさまじい叫び声が水中に呑まれていく。人の溺れるときのもがき苦しむむせび声も聞こえてくる。

「蔡小隊長！　蔡小隊長！——」

岸辺から連隊長の声がした。

蔡子暢《ツァイツチャン》は一瞬冷静さを失った。上官の危急の際に取るべき態度はただ一つ、他の選択などありえない。しかし彼らの舟はあまりにも弱々しく、そのうえひどく扱いにくい舟だった。ようやく岸辺から離れてここまできたのに、また岸辺に近寄るなどほとんど不可能に思えた。仮に近寄れても、連隊長を乗せるのはひどく危険だった。もしも機に乗じて逃亡兵たちが押し寄せたら、連隊長はおろか自分たちまで舟もろとも沈んでしまう。

彼はしばらくためらっていたが、とうとう連隊長に対し、こう言ってしまった。

「連隊長！　どうかしばらくお待ち下さい、向こうに着いたら必ずお迎えにきますので」

これは嘘だった。しかし善意の嘘だった。連隊長救出のためにまた来ることなど不可能だったが、彼をすぐに絶望させたくはなかったのだ。

岸辺が遠ざかるにつれて人の声はうねりのように低く沈んでいった。

炎はいっそう明るくなり、そのぬめぬめと赤い貪婪《どんらん》な舌が夜空を舐め、中国の大地とひしめく建物の群れを舐めている。ひろびろとした長江の水面に、この火の粉をまき散らしながら乱舞する炎の影がゆらゆらと漂っている。それはまるで湖面に張りついた巨大な水草のようにも見えた。振り返って浦口のほうを見ると、そこにはやはり深遠な闇をたたえた夜空が広がっていた。風も月も雲もない静かな夜空だった。舟が安定してくると皆の気持ちも落ちついてきた。木舟は規則的な水しぶきの音と漕ぎ手の水をかく音だけを寂しく響かせながら、確実に進んでいた。

しかし舟は彼らをどこに連れて行こうとしているのだろうか。それは誰もわからなかったが、舟が向こう岸に向かっていることと、もはや沈没のおそれのないことだけは確かだった。

皆疲れきっており、機械的な動作の繰り返しの中で、ともすれば眠りこみそうになっていた。ただ蔡子暢だけは完全に醒めていた。彼の全神経は前方の深い暗闇に集中していたのである。

下関と紫金山の火はいっそう勢いを増していた。炎はさまざまな色彩に変容しながら狂気の舞踏を続け、その噴きだす猛煙で南京全市をすっぽりと包んでいる。

とうとう向こう岸が見えた。芦に覆われた細長い線のような岸辺が炎の光で照らし出されたのだ。歓喜が眠気を吹き飛ばした。皆子供みたいにはしゃぎはじめ、中には立ち上がって伸びをするものもいる。これで舟は完全にその安定を失った。

「動くな！　まだ着いちゃいないんだ！」

近くにまだ一艘接岸できないでいる艀があった。その艀の上では大勢の人が口々に助けを求めて大声を張り上げている。蔡子暢《ツァイツチャン》はそのなかに聞き覚えのある声が混じっているのに気づいた。

「君は蔡小隊長か？　蔡小隊長なんだな！」

「誰だ？」

「私は隊長だ！」

またもや偶然の出会いである。このようなときに知り合いと巡り会えるというのは、まったく悲喜こもごもの思いを起こさせるものだ。

「私は隊長だ——君の舟をこちらに寄せろ！　この艀ではもうどうしようもないんだ……」

そのとき突然、艀のあちこちから自分こそ「隊長」だと名乗る声がいっせいに上がった。湖南なまりも江西なまりもあった。甲高い声もつぶれた声もあった。それから年寄りの声も、女の声までもあったのだ……

しかし蔡子暢は笑えなかった。この喜劇の意味する悲惨さにただ心が痛むばかりだった。彼はやはり、こう答えるしかなかった。

「隊長！　どうかしばらくお待ち下さい、向こうに着いたら必ずお迎えにきますので」

彼らは上陸するとすぐ、舟を艀のほうに流してやった。舟が来るのを見て、艀の人々は先を争って乗り移った。中には川に落ちて舟べりにしがみついている者もいた。

岸辺には芦が密生し、浅瀬と、泥土が果てしもなく続いていていた。

道を求めて人々は芦原の中をさまよった。芦は人の背丈よりも高く、動くたびに芦の枯れた長い葉がざわざわと鳴った。眠っていた水鳥が驚いて、羽ばたき飛び去っていく。道はない。ただ高い芦の原野が続くばかりだ。方角がわからなくなり仲間ともはぐれていく。原野に仲間の名を呼び合う声が響いた。隊長はもうどこに行ったかわからなくなっていた。

しかし蔡子暢の小隊はまとまって芦の深みを進んでいた。ざわざわと音を立てながら芦を振り払い、まとわりつく芦の根を踏みしめ、どこに辿りつくかは誰もわからなかったが、ともかく一つの方向を目指して進んでいた。

前方にまた河があった。河岸はやはり延々と広がり、ぼろ舟の影さえ見えない。彼らは河を歩いて渡ることにした。

はじめ泥は深くなかったのだが、すぐに歩行が困難になった。まるで蜜にとまった蠅みたいに、足が泥にはまってなかなか前に進めない。またつるつると滑べりやすい傾斜もあり、下手をすると深みにはまりこむ。減量するためにはヘルメットも工具も背嚢も捨てなければならなかった。最後に彼らは弾薬帯までも捨てた。

寒さが足からじわじわと全身に食らいつき、震えが止まらない。水面がぼんやりと霞んでくる。霧がかかりはじめたのだ。もはや頼れるものは自分の足の感触しかない。片方の足が安全を確認できた場所にしか歩を進めないのだ。あまりにも緩慢な前進。兵の一人が泣きだした。

こんなに小さな河が行く手を遮るとは思いもよらなかった。蔡子暢もどうしていいかわからなくなっていた。こんなひどい目にあったことは今までになかった。家ではわがままのし放題だったし、学校でも自由奔放に生きてきた。しかし今はもう人生のあらゆる苦難を嘗《な》め尽くした思いがしていた。

彼は果てしなく続く泥水の中で、飢え、凍えている。今はまだその胸が水面に出てはいるものの、圧迫されて呼吸も困難になっていた。

「ばかもの！　泣く奴があるか。我々は長江だって渡ってきたんだ、こんな小さな河が何だって言うんだ。こんなことでくたばるはずがないだろうが――」

こういう叱声が兵士たちを泥の中から引っ張り出したのだ。

岸に上がったときに彼らは、まるで抜いたばかりの蓮根みたいに全身泥だらけになっていた。

ぶるぶると震えながらの前進がまた始まった。前方には依然として広漠たる果てしない芦の原野が広がっている。霧が芦の底部を覆い、人の足元に凝結した。

鶏の鳴く声が遠く彼方から聞こえてきた。

一九三九、双十節〔十月十日、中華民国の建国記念日〕、

敵八十一機の爆撃後。

西安、北城にて。

第九章

十二月十三日。

敵が南京に入城した。敵艦隊と戦車部隊はすべて下関に到着した。

小規模な混戦はいたるところで続いていた。下関守備の中国軍部隊が演説中の売国奴を射殺した。紫金山では一個連隊が包囲を突破した。太平路では破壊された街並を行進中の敵に狙撃手の奇襲があった。

南京の占領は流血の終了を意味するはずだったが、事実はその逆で、新たな流血の開始だった。

十二月十三日は血で染められた日である。

敵は難民地区を捜索し、すべての財産を奪い、すべての青年を連れ去った。

敵は紫金山の麓で笑いながら「百人斬り」の競争をした〔原文では「千人斬り競争」。南京入城までに日本軍野田毅少尉と向井敏明少尉が中国人百人を斬る競争をしたと報道され、戦時の武勇談となった〕。

敵は金陵女子大に侵入し、女を連れ去った。

敵は街を歩きながら発砲し、街を流血で染めた。

敵機はアメリカの砲艦パナイ号を攻撃し沈没させた〔一九三七年十二月十二日に発生。後に誤爆事故とされ、米国は日本の陳謝を受け入れた〕。

敵はすべての通行人に最敬礼を強要し、彼らの足元に犬のように這いつくばらせた。それから女のズボンの中を検査した。

敵は一人の娘の体に七回刀を突き刺した。大腸をえぐり出すのに一太刀、喉を掻き斬るのに一太刀、眼を潰すのに一太刀、生殖器に刺しこんで一太刀、左肩から右の尻に袈裟斬りの一太刀

……


古参の上等兵何興常《ホーシンチャン》は志願兵出身だった。彼はたいがいのことは何でもやってきた。炊事夫も分隊長軍曹も土匪《どひ》もやったことがあるし、軍閥の私兵だったこともあれば、国民革命軍に入っていたこともあった。それが今また銃を取り日本と闘ってきたのだ。

彼はロバみたいに頑固でひねくれた性格だったから、「ロバ」というあだ名で通っていた。たとえば誰かが抗日戦争は中国人が生きるためにやるんだと言えば、彼は決まって中国人なんか死んだほうがいいと言う。言いはじめのときは彼自身自分が何を言いたいのかよくわからないのだが、いったん言い出したら、自分の言葉にスッポンのように固執する。とりたてて友人というものもなく、ひょろっと痩せた陳九弟《チェンジュウディ》とは論争から喧嘩になったこともあった。

「君は中国が日本に勝てるはずがないというんだな。中国には四億の人口があって、しかもこん

なに広大だというのに」

陳九弟はだんだん興奮して、雄鶏が喧嘩するときみたいに背中を丸め、何興常の顔面のすぐ前まで顔を近づけて手を振りあげていた。

「あんなちっぽけな日本に何も為す術《すべ》がないというのか！　四億の民がいっせいに唾を吐きかけただけでも、あんな島国なんかなくなっちゃうんだぞ！」

「中国はもうどうしようもないんだぜ！」

何興常は物知り顔の老先生のように組んだ膝を両手で抱え、口角に泡を飛ばしながら頑固に言い張った。

「中国人は確かに多いけどな――屁のつっかえ棒にもならんのだ、糞喰らえだ。中国人は多いが、日本にはな、大砲の弾がどっさりあるのさ！」

「なんていうろくでなしなんだ、てめえは！」

陳九弟は怒りで頰をぶるぶる震わせながら、鼻が相手にくっつくほど近づいた。眼は真っ赤で、ぎりぎりと歯を食いしばり、今にも嚙みつきそうな勢いだ。口からは涎《よだれ》までも垂れている。

「砲弾がどっさりあってもな、それこそ糞喰らえだ！　呉淞のことではっきりしてる、日本は確かに砲弾がどっさりあった、便所にも、河にも、空き地にも命中したさ！　でも中国の犬一匹殺せなかった！　砲弾が多いからって何だっていうんだ、奴ら三日間で上海占領だの、一週間で呉淞占領だのほざいていたが、俺たちは一カ月たっても奴らに毛筋ほどの土地も渡さなかったじゃないか！――」

何興常《ホーシンチャン》は言葉につかえて、むなしく人差し指を立てた手を振り回すばかりだった。わけのわからない気持ちになっていた。心の中で二つの音が同時に響いていたのだ。

うなりをあげて落ちる日本の砲弾、そのすさまじい爆裂音、空を覆う恐怖の響き、これが一つ。

もう一つは、平穏無事な塹壕の中の音だ。あちこちで起こる穏やかな寝息、起きている兵はレコードをかけながら歌っている。

「起て！　奴隷になりたくない人々よ！……」〔八路軍行進曲、後の中華人民共和国の国歌〕

二つとも本当のことであった。しかし彼のひねくれた性格がまたもや彼を怒鳴らせる。

「中国人は多すぎる！　中国は死人が多すぎるんだ！」

これはまるで負け犬の遠吠えそのものだった。

陳九弟《チェンジュウディ》が異様に低い声で彼の話を遮《さえぎ》った。

「それじゃ、どうして俺やてめえが生きているんだ！　てめえはどうして死なずに、ここでくだらん話をしてやがるんだよ！――」

ここまで話すと急に声高になった。

「戦争をやって、死なずにいられるわけがあるもんか、俺たちが千人死んだら、向こうだって八百は死んでるんだ！」

何興常はいっそう狼狽した。手はもう腰から動かない。

「なんだかんだ言ってもな、中国は結局やっつけられるのさ。おまえが何と言おうと間違いないことなんだよ！」

「てめえなんかに兵隊やってる資格はねえ！　さっさと日本に投降したらどうだ、もう田舎に引っこんでぐうたらなお山の大将でもやってろ！　てめえはその歩兵銃に恥ずかしくないのか！

——」

「こまっしゃくれたことを抜かしやがって、この野郎！——中国が負けねえっていうんなら、なんで上海で戦いつづけなかった、なんで撤退なんかするんだよ！」

「上海から撤退したから中国が滅んだっていうのか？　何を言ってるんだ、戦争に撤退はつきものさ、撤退は敗北なんかじゃないんだ。戦争は〝最後の勝利〟まで続けなくっちゃならないんだ。そのときに、てめえみたいなろくでなしがどうなるか、見ていろよ！」

陳九弟は拳を相手の鼻先で握りしめた。

「撤退は敗北じゃないだと、笑わせるな、負けたから撤退したんだ。勝っているのに何百キロも撤退するものか！」

彼は陳の弱点を見つけて、ほくそえみながら切りかえした。そして気分よく怒鳴りつけた。

「おまえこそろくでなしだ。根っからのろくでなしだよ！　俺は自分の勝手で兵隊をやってるんだ、何が恥ずかしくないかだ！　日本と戦いたかったら戦うし、戦いたくなかったら止めるまでよ。俺は中国人だ、だから戦うんだ！……」

最後の言葉を口にしてから、しまったと思ったがもう遅い。彼はあわてて軌道を修正しようとした。

「おまえこそ、腐りきったろくでなしだ！　俺を殴るっていうのか、やってみろよ、殴れたらたいしたもんだぜ。ほらな、戦争だって同じことだ、中国はなぜ撤退したんだ？　なぜなんだ？上海みたいに最高のところを、なんで撤退しなけりゃいけなかったんだ？——」

このとき陳九弟が突然殴りかかった。

「てめえなんか、正真正銘の売国奴だ！」

何興常《ホーシンチャン》は顔を殴りつけられて一瞬何もわからなくなった。眼の前にはただぼんやりとした影がゆらゆらしているばかりだ。しかし彼は雄牛のように頭を下げると、その影めがけて突進した。

そのあとはもう取っ組み合いの大喧嘩だった。

彼はこういう男なのだ。本当は信念も主張もないのにただ執念深くこだわりつづけ、へそ曲がりな諍《いさか》いを起こすのである。

今回部隊が撤退したとき、彼は混乱のなかで本隊からはぐれてしまい、結局市内に取り残された。彼は瓦礫の山の奥深くに鼠のようにもぐりこみ、昼間は絶対に表に出なかった。あまりの空腹に腹がグウグウ鳴っている。一等兵方山《ファンシャン》、二等兵姚法勤《ヤオファチン》の二人が彼と一緒だった。そしてここに来ても、例のごとく三人とも意見が合わず口論ばかりしていた。

「おいロバ、ちょっと黙ってろ！」

突然こう言われて、潜んでいる穴の隙間を通して表を見ると、八、九人の日本兵が数珠つなぎにされた中国人を連行しているところだった。背の低い一人が銃床で殴られている。中国人の一団の中には軍人も市民もいた。

「ほら、おまえの声が奴らに聞かれたぞ……」

そこでまた、突撃して行ったほうがいいかどうかで口論が始まった。しかし突撃は無理だった。方山は闘いたいと言った。彼にはまだ歩兵銃があり、四十六発の弾丸と手榴弾三個が残っていた。みんなでこの弾丸と手榴弾を分けて撃って出ようと言うのだ。

姚法勤には名案がなかった。しかし武装解除して降参するんだという何興常の考えにはまったく賛成できなかった。こんな考え方にも、こんなことを言いだす奴にも腹が立ってしかたがなかった。それでは中国人としての面目がまるつぶれだし、あまりにも情けない女々しいやり方だ。

何興常が投降のことを持ちだしたのは、南京が陥落したんだから投降もしかたないということを何気なく口にしたのがきっかけだった。それが例のごとく、しだいに投降以外に助かる道はないというように強調された。そして彼はこれに依怙地《いこじ》になって固執したのだ。彼は言い張った。

「日本人だって虎や狼じゃないんだ。奴らが本当に人を食うとでも思ってんのか？　こっちが戦闘を止めにして、鉄砲を差し出すって言ってるのに、殺すはずがないじゃないか、ハ、ハ、ハ！

……」

しかし結局方山は猛烈な勢いでこの廃墟を飛びだした。彼は日本人とどうしても戦いたかったのだ。突撃しかなかった。突撃か死か、彼にはもはやこれ以外の道はなかった。別れるときの彼は手榴弾を二個姚法勤に渡した。

「兄弟！　十八年たったらまた会おう！〔中国の侠客の世界の決めゼリフ。十八年後にはまた英雄となって現れるという意味〕この手榴弾を使ってくれ、そうだ、おまえは銃を失くしたんだったな、もう二度と武器を落とすんじゃないぞ、兄弟！　武器は命の次に大事なもんなんだぞ。もちろん敵と戦うときには欠せないが、おまえ自身を守ってもくれるんだ。俺はもう出ていく、おまえは勝手にしろ、どっちにしてもくれぐれも注意を怠るな！」

彼は言い聞かせるように姚法勤《ヤオファチン》に語りかけた。それからクルッと振り返り、弾薬帯を指差しながら何興常《ホーシンチャン》に詰めよった。

「てめえにはこれを渡そうと思っていたんだがな、この卑怯者め！　てめえは武器をみんな日本にくれてやるって言うじゃないか、日本のすけべ野郎への贈り物にするためになんか、俺の弾を渡すわけにはいかねえんだよ！　てめえにはやらねえ、一発だってやるもんか。俺たちの部隊に〝同士撃ちを禁ず〟っていうのがなかったらな、てめえみてえな腰抜けなんか、真っ先にぶっ殺してやらあ！」

方山《ファンシャン》が出て行った後も、二人は口論を続けていた。姚法勤は妥協しなかった。彼は捕虜になるより餓死したほうがいいと言い張った。

しかし何興常は日本人が彼を丁重に扱うだろうと夢見ていた。日本人は彼を殺すはずもなく、食事まで与えてくれるに決まっている。彼は今まで通り兵隊をやり、軍服も金も中国の部隊よりぐんと良くなる。そのうち出世もして、ピカピカの軍靴を履いて美人の若い嫁さんをもらうんだ……

しかし姚法勤はどうしても納得しない。彼は強く言いつづけた。投降したらそれこそ最期だ、たった今縛られて連れて行かれた連中がいい見本じゃないか、投降など絶対にできないのだと。姚法勤は彼の幻想をうちくだき、その信念をくつがえした。彼は現実に戻り、そしてまた葛藤に悩んだ。

丸一日が過ぎて、彼らの空腹は極限に達した。もはや出て行くしかなかった。しかし彼らは穴から一歩出たとたん、日本人に遭遇してしまった。姚法勤はすぐさま手榴弾の安全ピンを噛み取ったが、何興常がさっと手榴弾を奪い取り、瓦礫のほうに投げ捨ててしまった。日本兵との距離はまだかなりあった。何興常は銃を頭上にかかげて声高に叫んだ。

「同胞のみなさん！　私は銃を差し出しますよ！」

とうとう彼は日本兵を「同胞」にしてしまったのだ。

日本人がこちらに向かってきて、ただちに銃を奪い取り、二人に思いきりびんたを喰らわせた。二人とも頬がびりびりし、口の中が切れて血が滲み出したのがわかった。

日本人は笑っている。何興常はひどく後悔した。そしてどうしていいかまったくわからなくなった。

その日の夕方、二人は飛行場の近くの建物に押しこめられた。そこにはすでに四百人以上もの軍人や市民、そして軍服を捨てた軍人などが監禁されており、人間の発するあらゆる臭いが息苦しいほど充満していた。泣いている人、ため息をついている人、おし黙っている人、大声で叫んでいる人……

「こうなったら、もう早く死んでしまいたい」

「ああ、俺はもっと徹底的に戦うべきだった！」

「殺すはずがないよな、僕たちはふつうの市民なんだ。ああ、母さん！　母さんはいったいどうなったんだろう？」

「俺は日本兵と刺し違えるつもりだったんだ、でもできなかった、いくら後悔しても遅すぎる！」

「殺すはずがないよ。殺すんだったら、なぜすぐにやらないんだい？」

「殺さないだって？　じゃ生かしておいてどうするんだ？　日本人がおまえみたいな奴を大事に養ってくれるっていうのか！」

「もしここにいるみんなが全員銃を持っていて、いっせいに突撃したらすっとするだろうなあ」

「俺たちはもう投降しているんだ。それなのに、このうえ殺すなんていう道理は通るわけがない！」

「私は商売人なんでございます、でもあの人たちは私が兵隊だとおっしゃって、どうしても私の申し上げることを聞いてくれないのでございます。ああ……」

とりとめもなく、一人一人が自分の話をしていた。

姚法勤《ヤオファチン》は立ち尽くしたまま、一言も口をきかなかった。何興常《ホーシンチャン》はまた考えこんでいた。現実の進行と自己の考えのあいだの食い違いをどうしたらいいのかわからなかったのだ。人々はまるで肥溜めに密集する蛆《うじ》のように、狭い建物の中で蠢《うごめ》きひしめいていた。

翌日、二千人近い中国人が訓話の隊形を取って並ばされた。前に訓話をする人のためと思われるテーブルが一つ置いてあった。

しかし一時間がたち、二時間過ぎても、訓話をする人が現れない。ようやく、おとなしく並んでいた人々のあいだに疑惑焦燥の声が起きはじめ、厳粛な雰囲気が一気に消し飛んだ。そして不安と混乱が全体に広がった。

空はそのライトブルーの光が眼にまぶしいほど穏やかに晴れわたっている。広々とした飛行場のところどころに砲弾の痕が見えた。飛行場の周りには堀割があり、深い緑色の水を静かにたたえている。その緑を枯れ草が獣の毛のように覆っている。堀はかなり深いように思えた。人々はしだいに私語を交わしはじめた。

「なんで立ちっぱなしでいなけりゃいけないんだろう?」

「日本人がやることなんか、わかるもんか!」

「何か変わった趣向があるのかもな」

「そんなもの、あろうとなかろうとおんなじじゃないか！」

二千人が薄汚れた黄色の八ミリの麻縄で腕を縛られて立っている。歩かされるときは目刺しみたいな格好になり、立ち止まると、まるで丸太の柵そのものだった。この麻縄一本で人々は同じ運命に繋がれてしまったのである。

何興常は自分の腕の麻縄を見つめて大きなため息をつき、姚法勤《ヤオファチン》のほうに顔を向けた。しかし姚法勤はうなだれたまま、まったく顔を上げようとはしなかった。何興常《ホーシンチャン》は恐ろしかったのだ。

「殺されるはずがない」と何度も自分に言い聞かせてはいたのだが、この恐怖を消し去ることは、どうしてもできなかった。

ついに日本人が現れた。

「さあ、いよいよ点呼だ！」

恐怖と歓喜の声が入り交じり、またざわめきはじめた。

しかしいきなり始まったのは、機関銃による掃射だった。

「撃ってきやがったぞー！」

絶望の叫びが湧き起こる。

ガガガ、ガガガー！……

機関銃は容赦なく吠えつづけた。

人々は泣き叫びながら次々と倒れていく。次々と、次々と……

硝煙が濃霧のように人々を呑みこむ。彼らは台風に飛ばされているかのように、また悪夢にうなされているかのように、酔いつぶれた者のように、あるいは業病に苦悶する者のように……次々と倒れていった。

しかし彼らに恐怖はなかった。恐怖の訪れがあまりにも遅かったのだ。恐怖すら彼らを見放した……怒りと憎しみだけが彼らのものだった。殺されてもなお、怒りと憎しみだけは彼らの骸《むくろ》から離れてはいかなかった……

姚法勤は銃弾が腕をかすっただけだった。腕の縄もいつのまにか解けた。しかし逃げまどう人々に押されて、彼も地面に倒れこまざるを得なかった。

顔を上げると、そこに血まみれの何興常が眼を閉じてあえいでいるのが見えた。どこをやられたのかはわからない。姚法勤はまるでこの男が、自分たちに機関銃を撃ってきた張本人のように思えてならなかった。そして無意識のうちに、彼は何興常を殴りつけていた。

何興常はぱっと眼を開いた。しかし自分を殴ったのが姚法勤だとわかると、苦しそうに笑みを浮かべた。姚法勤はまだ所かまわず殴りかかっている。何興常の苦しげに歪む口もとから、か細い言葉がぽつりぽつりと漏れた。

「兄弟……もっと殴ってくれ……当然の報いなんだから……おまえまでも道連れにして……だが兄弟……忘れるな……俺はどうなっても……絶対に投降しちゃならん……」

彼は空のほうを指差しながら、弱々しく腕を上げた。

「日本に投降するのは……死ぬこと……なんだ」

それから突然ガチガチと激しく歯を噛み鳴らし、狂暴な叫び声をあげた。

「奴らは俺たちの敵だ！」

しかし彼はすぐにまたぐったりとして、瞼《まぶた》が力なく閉じられていく。

「おい、兄弟よ……兄弟よ……死んだ振りをするんだ……さあ、早くしろ……死んだ者の下に潜れ……それから……生き抜いて……部隊を探すんだ……この恨みを絶対に……忘れるんじゃない……」

声は次第に弱くなった。やがてそれは囁きのようになり、そして消えた。

姚法勤《ヤオファチン》の胸に何興常《ホーシンチャン》の最期の言葉のひとことひとことが鋭く突き刺さった。しかしこのあいだにも、つぎつぎと倒れかかる人々が彼の体に重なっていくのだった。

機関銃の掃射は止まない。

姚法勤は積み重なる死体の下で身動きがとれず、圧迫されて息も苦しかったのだが、それでも少しのあいだ眠っていたようだった。しばらくして彼は蝸牛《かたつむり》のようにゆっくりと、外に這い出ていった。死体の陰に隠れながら、耳を地面にくっつけて様子をうかがい、ゆっくりゆっくりと這っていった。こうして這っては止まり、這っては止まりと繰り返すうちに、やがて堀割から四、五メートルのところまで到達した。

よどんで悪臭のひどい堀に人の血が流れこみ、濃緑の汚水に深紅の鮮血がふぞろいな模様を描いている。それはまるでパレットのうえに無造作に絞り出された油絵の具のように見えた。その暗澹たる色彩のうえに薄茶色の枯れ草の倒立した影が映っている。死体がいくつか浮いているとも沈んでいるともつかない格好で漂っている。

死体が集中していたのは堀端だった。幾重にも、幾重にも重なっている。その中からまだ死んでいない人の苦悶の声が、晩秋の虫のか細い鳴き声のように、ときおり聞こえていた。

敵はけらけらと笑っている。弾んだ話声が行ったり来たるする敵のあいだから聞こえてくる。足で死体を蹴りあげる奴がいる。瀕死の人を射殺する銃声がする。銃声の後にけたたましい笑い声が響く。

敵が何人か近寄ってきた。死んでいるかどうかの確認をしているらしい。姚法勤はおびえていたが、奴らの一人ぐらいは喉笛に嚙みついてでも殺してやるという覚悟も固めていた。しかし敵は軍靴の拍車をガチャガチャさせながら、彼の隠れているところから次第に遠ざかっていった。

姚法勤は相変わらず死んだ振りを続けた。太陽はだんだん西に傾きはじめていた。人のいないのを確認して、姚法勤は死体の下から抜けだした。彼は疲れきっていた。しばらくの体息がどうしても必要だったのだ。

「俺は死にたくない」

姚法勤は思った。

「俺は死ななかったんだ、何としても生き抜かねば……」

何興常《ホーシンチャン》の面影が脳裏を離れなかった。そして忌まわしい気持ちととまどいの感情が同時に起こった。こうして彼の死に関してさまざまな思いが胸を過《よぎ》ったのだが、気持ちのうえではすでに彼のことを許していた。もう彼を責めることもできない。

「もうあいつのことを考えるのは止そう。生きて部隊を尋ねあてるんだ。しかし俺は自分の銃を失くしてしまった、とんでもないことをしたもんだ。俺はなんて馬鹿だったんだ！」

銃のことを思い出すとまったく恥ずかしかった。今の彼にとって、これは投降と変わりないぐらい卑怯きわまる行為だった。中国人の面汚しの卑怯な行為だった。しかしすべてはもう過去のことだった。たしかに後悔は新たな勇気を奮いたたせ、良心を慰めて進むべき道を示すのに役立つが、いつまでもこだわるのは無意味だ。今最も大切なことは、いかに南京を脱出するか、いかにこの飛行場から逃げ出るかということだ。ともかく暗くなるのを待つしかない。

彼はまた悔やんだ。

「俺はやっぱり、あの方山《ファンシャン》と行動を共にするべきだったんだ！」

日没が近づき、烏が木の枝に集まりはじめていた。しかし暗くなるまでには、姚法勤《ヤオファチン》の待ち望む夜の到来までには、まだずいぶんかかりそうだった。

敵の重々しい軍靴の響きがまた始まった。軍用車の音もする。彼はまた死体の中に潜りこんだ。何をしようとしているんだろう、死体を運んで埋めるのだろうか、恐怖に胸が高鳴った。前方をうかがっても死体の陰で何も見えない。ただ地下足袋を着けた足や、軍靴を履いた足が見えるばかりだった。

軍靴の拍車が夕陽にギラリと光り、獰猛《どうもう》な笑みを浮かべたように見えた。そして敵兵の影は夕陽を浴びて異様なほど巨大になり、あたかも全世界を覆い尽くそうとしているかのように映った。

「何を始めるんだろう……」

こう思った瞬間、姚法勤はわかった。軍用車が運んできたのは薪と石油だったのだ。

日本兵は何回も往復して、薪を無造作に死体と重傷者の上にばらまき、それから石油をかけて回った。まだ死んでいない人たちの悲鳴が起こる。雪に鳴く猿の声のようなその叫びは、悲痛な余韻を残して彼方の空へと漂い、いつまでも続いた。太陽が沈んでいく。夕靄《もや》が赤から紫、そして暗紫色に変わった。太陽は地平線に没する前に、この不気味な夕靄に呑みこまれていった。

炎が上がった。それはたちまち猛烈な勢いとなり、夕暮れの空を真っ赤に照らしだした。烈火のなかからすさまじい音が響く。それは叫びや怒号、呻き声などというものではなく、炎が人肉を焼き人骨を嘗《な》めるジジジ、ジュジュという音だった。その音は悲鳴にも罵声にも呻吟にも聞こえた。死に切れぬ魂の、日本人への呪いの叫びに聞こえた。

もうもうと立ちこめるどす黒い油煙に、人間の焼け焦げる生ぐさい臭いと石油の臭いが混じり、鼻を、眼を、喉を猛烈に刺激する。そしてこの悲痛な刺激が心を震わせる……

姚法勤は死んだ振りを続けられなくなった。火が間近に迫っているのだ。死ぬか生きるかは、この瞬間にかかっている。

はじめ姚法勤《ヤオファチン》は死体の中から這いでようと思った。しかし日本兵は数十名もいて、武器も体力も失った自分一人の力ではどうしようもない。すぐに殺されてしまうことは目に見えている。たとえ死体の下でひどい火傷《やけど》を負ったとしても、表に飛び出すような無茶は絶対できない。生きてさえいれば、道は必ず開けるんだ。しかし火はますます近づいてくる。姚法勤は堀割を目指して、死体の陰を必死に這いつづけた。そしてついに堀端に辿りついた。

「ああ、神よ！」

姚法勤は堀の中から空を見上げた。紅蓮《ぐれん》の炎で空は赤く染まっていた。彼は堀の水に漂いながら、激しい歓喜にひたっていた。それからふつふつと報復の思いが湧きあがり、涙が止めどなく溢れてきた。

戸を開けて入ってきたのが日本兵だったので、張《チャン》の奥さんはすっかり慌ててしまった。娘の阿蘋《アーピン》はすぐに奥の間に隠れ、中から鍵をかけて閉じこもっている。彼女は中で、声を立てないようにしっかり口を噤《つぐ》み、引き出しから取り出したはさみを握りしめて、泣いていた。

敵が入ってきたとき、二人はちょうど日本人が誰彼かまわず強姦するという話をしていたところだった。鼓楼では強姦されたあげく殺されたお婆さんがいたそうだ。お婆さんは下半身を裸に剝《む》かれ、まるで悪質な冗談のように、陰部に草を詰められていたという。

十四人の日本兵に輪姦された十三歳の娘の話も出た。大切に育てられた可憐な花のような少女で、まだまだつぼみの娘だったのに、ひどい輪姦で息も絶え絶えになり、下腹部が無惨に腫れ上がっていたのだそうだ。

「人間のやれることじゃないわ、まったく畜生にも劣る奴らなのよ!」

奥さんは日本軍を罵倒していた。しかしこう罵ったほんの数分後に、日本兵が自分の家に、自分の目の前に現れたのだ。

奥さんは何をどうしたらいいのかまったくわからなかった。ただひたすら命がけで娘を守り、何としても娘を逃がすことだけを思いつめていたのだ。

彼女は日本兵の前にひざまずいた。自分がどうなっても、阿蘋《アーピン》には指一本触れさせないつもりだった。

しかし日本兵は穏やかに彼女に近寄り、彼女を助け起こして椅子に座らせた。そして中国語で話しかけるではないか。

「ニィテ、プヤオパ……(恐がらないで下さい)」

奥さんはすっかりわけがわからなくなってしまった。

本当に日本人なのかしら、どうしてさっきの噂《うわさ》みたいなことをしないんだろう。いったい何をしたいのかしら。これだけで済むはずはない、きっと何か恐ろしいことを考えているに決まっているわ。日本人も中国語が話せるなんておかしい、この人は広東の人かもしれない。

奥さんは日本兵を見つめた。しかし手の震えは止まらなかった。涙で潤んだ瞳も震えたままだった。「ニィテ、ツォ　ウォテ　マァマ、ウォテ、ツォ　アルツ。（あなたは私の母さんのような方です、私はあなたの息子みたいな者です）」

今度はこの日本兵がひざまずいた。そして溢れる涙で頬を濡らしながら、奥さんを見上げて微笑んだ。それから彼は張家の祖先の霊を祭ってある部屋に行き、またひざまずいて俯《うつむ》き、敬虔な祈りをささげた。

厳龍《イエンロン》はひどい霧の中を歩いていた。彼の前方には先ほどからうっすらと灰色の陰影が見えていた。それは近づくに連れてしだいに濃い色になり、やがて林の形に変わり、そしてはっきりと林が姿を現した。

彼には休息が必要だった。すでに両足にはひどいマメができている。しかし厳龍は少しも怯《ひる》まなかった。彼は歩きながら自分自身に言い聞かせた。

「僕はもっとつらい目に遭うべきなんだ。本当の中国軍人はこうやってできあがる。これは僕の鍛錬だ。昔の僕はどうかしていたんだ、本当に恥ずかしい。僕はもっと自分を鍛えなけりゃならない」

彼は木の根元に腰をおろした。木の根はひどくゴツゴツしていて座りにくかったが、彼は満足だった。今の彼にとって快適な座り心地など、まさに唾棄《だき》すべきものだったのだ。

大粒の水滴がポツリポツリと厳龍の体に落ちてきた。ふと見上げると大きな木の枝に外套のようなものが何枚か掛かっている。ぼんやりとしてよく見えないが、八枚はあるようだ。不思議に思って近づいてみると、それは日本兵の首吊り死体だった。それもどうやら自殺のように見えた。巌龍には絶え間なく落ちてくる大粒の水滴が、これらの死体の目から流れ出る声なき涙のように思えた。

「なぜなんだ?」

日本兵の自殺が何を意味しているのか、彼は深く考えこまざるを得なかった。

「日本は南京をすでに占領した。彼らは喜んで軍刀を振り上げ歓呼の声をあげるべきなのに、なぜ首を吊ったんだ。これは途方もない皮肉なのか。彼らの言う〝生命線〟に到達し、勝利をかち取ったときに、なぜ自殺しなければならないのだ」

突然彼の脳裏にひらめいたことがあった。彼は自分の前途と中国の前途に光明が満ちていることを確信したのだ。それは目の前の深い霧がすっかりなくなってしまうような思いだった。そして袁唐《ユエンタン》の言うように、日本は重大な矛盾をその内部に抱えているがゆえに、必ず敗れるということが、このときはっきりとわかった。

巌龍は歩きつづけた。行く先は徐州である。丸一日歩いた。

はじめは何か食い物が買えると思って飢えに耐えていたが、どうにもならなくなり、畑の大根を引き抜いて食べた。大根は霜を経ていて梨みたいに甘く感じられた。

疲れたときは道端で、五分、十分という具合に休んでまた歩きはじめた。太陽が沈んでまた暗くなると、昼間消えていた霧が再び低く大地を覆いはじめ、木立の影を薄い藍色や紫色に染めていった。彼は少しでも早く自分の中隊に追い着こうと、ひたすら歩きつづけた。彼は自分を試すために、故意にめちゃくちゃな歩き方をしているのかもしれなかった。以前の彼自身の生き方が、彼の歩みの鞭となった。痛みを伴う厳しさで前進しつづけることだけが、現在の彼に満足と平穏を与えるものだった。彼は御者《ぎょしゃ》であり、鞭打たれる馬であった。

やがて厳龍《イエンロン》はだんだん足元がおぼつかなくなったが、それでもそれから二十キロ以上も歩いた。しかし厳龍は失敗した。道を間違えたのである。

「いったいどうしたんだ、いつまでたっても着かないじゃないか!」

彼は立ち止まった。

道は、相変わらず平坦で広々としていたが、北極星の位置から見ると、明らかに方向が違っていた。前方には原野が開けていて、木々や枯れ草、そして農作物が見えた。しかし後ろにも同じように、木々や枯れ車、そして農作物が続き、池や小川も見えていた。

彼は頭の中が完全に混乱してしまった。やたらに腹立たしかった。顔つきがひどく険しくなっているのが自分でもわかったが、厳龍はすぐに自制心を働かせ、歩きつづけなければならないと思った。それでもやはりしばらくの間、座ったまま立ち上がれなかった。

北極星が夜空の黒い羊のような雲間に見えかくれしている。それは自分の心の中の明暗のように思えた。侵略者日本の没落が見え、中国の希望の明日を彼は確かに見たが、しかしそれは暗く果てしない道なのかもしれなかった。

風のように、彼の脳裏をさまざまな人が過っていく。安慶にいる妻が海棠《かいどう》のような唇に微笑みを浮かべて、何かを話しかけたそうに、自分を優しいまなざしで見つめている。あの鼻っ柱の強い黄九成《ホワンチョウチャン》は、スペアミントドロップを嘗《な》めながら拗《す》ねたように俯《うつむ》いてこちらを睨んでいる。それから袁唐《ユエンタン》、以前この頑固な男に出会ったり、あるいはふと思い出したりしたとき、自分は決まってぎこちない思いがしたものだが、今は彼のことがなつかしい。あの走り出したら止まらない猪みたいな男はどうしているのだろう。彼に会いたい。厳龍はそう思った。

このほか、深い霧の林の中で首吊り自殺をしていた八人の日本兵、そして切断された、あの銀色のハイヒールを履いた片足、そのなまなましい姿が厳龍の脳裏を片時も離れなかった……

彼は背負っていた黒革のケースをおろし、蓋を開けた。中のものをまさぐってみると、紙や不揃いな鉛筆、ナイフ、ノート、消しゴム、それから磁石盤があった。別に何も目的があって開けたわけではなかった。今の自分には、これらがまったく無意味だということを確認したかっただけなのだ。彼はケースの蓋を閉め、今度は拳銃を取りだして満足げに撫でさすった。

「さあ、出かけるんだ！」

彼は土地の人に道を訊ねたいと思った。しかしどこにそんな人がいるのか、このあたりにはただ原野と樹木、枯れ草と農作物しかない、空の雲とまばらな星しかなく、枯れ草が時折発する物寂しい不気味な音しかない。家も、犬の吠え声も、灯火もない。

しかし彼はついに希望の物音を耳にした。自動車の走る音だ、そして停まる音だ。

彼は喜んで駆けだしたが、手にはまだ拳銃を持っていた。

自動車が一台、影のように路上に停まっているのが見えた。車の側に立つぼんやりとした二人の後ろ姿が見える。どうやら軍用車と軍人のようだ。彼はさらに喜び、近づいていって、その男が振り向こうとしたとき、ポンと肩を叩き訊ねた。

「おい、兄弟！　この道は徐州に……」

その男は肩を捻って、彼から身を避けた。もう一人が彼に向かって撃ってくる。銃火が夜色の中でオレンジの光を放った。

「敵だ！」

彼も男たちに向かって発砲した。一人が自動車の脇に倒れ、もう一人はどこかに逃げて見えなくなった。

彼は胸に歓喜が湧き上がってきた。「俺は通信兵だぞ、通信兵にだって敵を討つ日があるんだ、あのちくしょうどもをやっつけるんだ！」

彼の心の火は激しく燃えさかった。あの八名の首を括った日本兵とここの車の脇に倒れた敵が、彼の心に燃える火の勢いをいっそう激しくさせた。

彼はまた前に向かって、よろめきながらも進んでいくのだった。

一艘の艀が長江北岸〔北岸は南京の向かい側、長江を渡ったことになる〕に停泊していた。人々は渡れればそれでいいと思っていたが、停泊した場所から岸までの黄濁した七、八メートルを超える力はなかった。五、六百人が額に皺を寄せ、腕組みしたり首を伸ばしたりして、船が来ないかと、彼方を見つめていた。船はあったのだが、遙か遠く、水平線上に黒い煙が上っているのが見えるだけだった。そのとき野獣のような叫びが起こった。「大変だ！――」。灰色の軍艦が一隻、長江と空が接するあたりに現れたのだ。人々は混乱し、次々に河に飛びこんでいく。なんとか江岸に泳ぎつく者もいたが、木切れや葉屑とともに河に流されてしまう者もいた。

軍艦は下関に停泊し、甲板を人が行き来している。その後方から一筋の黒煙が、そしてさらにもう一筋の黒煙が上がっている。

ゴーン！――

軍艦が艦砲射撃を開始した。

まるで地震のように、艀は激しく揺れた。何か柔らかい物が飛んできた。人が人の上に倒れていく。硝煙に木の破片が混じり、あたり一面に飛び交っている。長江の水がワラワラと不気味な音を立てて潮のように膨れ上がる。艀には大きな穴があき、死傷者数は二百人にも及び、川に吹き飛ばされた者もいる。水しぶきが上がり、大波がなんども艀を襲った。

敵は一艘のモーターボートを送ってきた。

それには一人の売国奴と四名の中国語のできる日本兵が乗っており、艀に横付けすると、皆こちらに上船してきた。艀は揺れ動き、長江の水は光を放っていた。

「軍人はこちらに並べ！　一般人はそちらだ！——」

彼らは命令し、艀の人々を一人一人検査しはじめた。

張涵《チャンハン》はいつものように少し猫背で、尖った鼻の顔を前に突きだしていた。賽公橋の戦闘で彼の部隊の多くは犠牲になり、ほとんど残っていなかった。あの日、彼が自分の拳銃の銃口を頭に当てたとき、副官の曹湘卿《ツァオシャンチン》が後ろから彼に抱きついた。

「こんな死に様、何の役に立つっていうんですか！　我々はこれからまた三年や五年は日本と戦うかもしれないんですよ、憎しみの心は大切にとっておき、戦闘できる人間を一人でも残しておくのは、無意味なことじゃないと思います」

こういうことがあって、昨夜張涵は敵の歩哨の目を潜り、長江を渡ってきたのだ。彼は我ながら不思議に思っていた。あんなに道路のすぐ脇で、あんなに赤々と篝火を焚いて、数名の敵兵が固まっていたのに、あの困難な状況下で歩哨の防衛線を突破できたのだ。あれは敵兵が勝利に酔って隙があったからなのか、それともこちらのほうが怯えきって細心の注意を怠らなかったからなのか、それとも両方の原因からだったのか、彼にはわからなかった。

「俺は死を恐れているのか、俺はあいつらの検査を受けるのか」敵が近づいてきたとき、彼はこう考えていた。

張涵は怒りが込み上げてきて、拳を握りしめ、近寄ってきた敵の顔を思い切り殴った。敵は踏みこらえきれず、何歩か後ろに下がって、川に落ちた。

「やってしまえ！　殴るんだ！——」周りの人々も怒号をあげ、敵に殴りかかっていった。

「俺たちは中国人だ！　亡国の民にはなるものか！」誰かの叫び声が聞こえた。

張涵は自身の取った行動と人々の情熱とに感激していた。彼も顔を上げて鼻を突きだすようにし、声高に叫んだ。「俺たちは中国人だ！　俺たちは中国の軍人だ！」

「俺たちは中国人だ！」

「俺たちは中国の軍人だ！」

敵と売国奴はみんな川に投げこまれた。そのあと乗り合わせた人々も皆、まるで驚いた蛙のように、次々に長江に飛びこんでいった。長江は激しく逆巻き、大きな波を立てていた。

ゴーン！

ゴーン！

敵の軍艦の艦砲射撃がまた始まったのだ。


至るところに死体が転がっていた。中国人、日本人、軍人、民間人のさまざまな死体が果てしなく続いている。焼け死んだ者、殺害された者、強姦された者の死体があり、腐乱した死体や野犬に片腕を喰いちぎられた死体なども……

曹公侠《ツァオコンシャア》先生は日本兵に捕まり、死体運びの作業をさせられていた。

死体運び！　先生はもちろん今までこんなに辛く、ぞっとする仕事をしたことがなかった。塾の子供たちの鼻をつまんで苦い薬をむりやり飲ませたときでも、これほどひどくはなかった。

先生は知識人として尊敬されていた。皆からは「先生、先生」と呼ばれていたし、妻でさえも他人と語すときは「私たちの曹先生」と言っていたぐらいだ。当然読み書き算盤《そろばん》のすべてに通じていたが、野蛮下品なことなど口にしたこともなかったのだ。それが死体運びをさせられるとは、夢にも考えられないことだった。この非力な知識人である先生が、死体の眼を剝《む》きだしにした苦悶の表情や手足をもぎ取られた血まみれの死体に接しなければならないのだ。そんな勇猛果敢な度量など、もともとあるはずがなかった。

しかし先生はとうとう丸一日のこの作業を続けさせられた。そして完全に知識人としての理性を失った。

今日は彼らを監督する日本人が交代していた。昨日の日本兵は革靴で人を蹴ったり、拳や銃床で殴りつけたりするとても狂暴な奴だった。昨日はこの男の銃剣に中国人が二人刺し殺された。山東から来た屈強な大男と、痩せさらばえて力なく倒れた老人の二人だった。

今日の日本兵は昨日の男みたいに喚《わめ》き散らしながら殴りつけたり蹴ったりはしなかった。始終何事か思いつめているようで、黙ったままだ。疲れきった腕をだらりとさせ、休めの姿勢でつっ立っている。しかしときおり作業中の中国人たちに、疲労を滲ませた鋭利な眼光を飛ばし、皆をぞっとさせた。この男も髭が濃く、青々とした剃りあとが不気味だった。中国人から見るとこの男もまた恐ろしい日本人であり、ほかの日本兵とまったく同じだった。

突然、向こうから犬の悲鳴のような叫び声が上がった。中国人がまた一人殺されたのだ。血染めの軍刀がギラリと光った。

彼らを監督している日本人が、まぶしい光線を見てしまったときのように、思わず眉根をひそめた。

曹公侠《ツァオコンシャア》先生の相棒は瘡《かさ》だらけの頭の男だ。二人は今、銃剣で胸を刺された日本兵の死体を、大きな穴まで担いで行くところだった。先生は監督の日本人をちらりと見た。

先生は自分の生活と心理の急激な変化に、我ながら驚いていた。自分がこのように変わり得るということが信じられなかった。だいたいこの監督の日本人を先生はまったく理解できなかった。それに相棒の瘡だらけの男にしても、今までの自分なら絶対に声もかけない相手だったろう。あまりにも身分が違いすぎて、先生にとってこの男と話すこと自体が、自分の体面を汚すことだったのだ。この男に近寄っただけで、まるでその汚らしい瘡が自分に伝染するかのように毛嫌いしていたはずである。しかし今はこうしてこの相棒のそばにいると、真冬に暖炉のそばにいるみたいな暖かさと心地よさを感じるのである。

それからこの死体運びだが、先生はその死体がどのような人物で、どのような死に方をしたかにかかわらず、悲痛な思いをしていた。しかし今は、妙な話だが、こういう日本人の死体を運んでいると、心の底から不意にある種の痛快さのようなものが、あるいは喜びと満足の混じったような気持ちが湧きあがってくるのである。

二人は今日だけですでに三百体以上もの日本人の死体を運んだ。そしてそれらをあらかじめ掘ってあった長方形の穴にきちんと並べた。穴は長さ一五メートル、幅二メートルに掘られてあり、何のために使うのかわからなかったが、中には薪などがおびただしく敷きつめられていた。そこに一体一体死体を運びこむのだ。それらがどれだけの数になるのか、先生にはわからなかった。

先生はこの日本兵の死体をおろしたとき、無意識のうちに笑っていた。そして死体のだらしなく開いた口が憎たらしく思えて、思わず足で蹴ってしまった。

しかし不運にも、先生の行動はすべてあの監督の日本人に見られていたのだ。

日本人が先生のほうにやってくる。だが男は先生を殴りつけようとはしなかったし、銃も向けてはこなかった。男は先生の前で腰をかがめると、指で地面に一つ丸を描いた。それからまた後ろに退き、先生を見つめながら右手を首の後ろにあて、首を斬り落とす真似をした。その眼には大粒の涙が溢れている。それが何故なのか、理由はわからなかったが、その日本人は泣きはじめたのだ。

一九三九、一〇・一二。

西安、北城にて。

尾声——エピローグ

軍隊生活の半生と南方的な性格によって、彼の決意は鉄のように硬かった。彼は命令書を丸めて投げ捨てたかったが、腹ただしい思いで、やはりポケットにしまいこんでおいた。砲声があたりを震撼させ、ガラス窓はビリビリと軋《きし》んでいる。こういうことが彼をいっそう激怒させる。こんな戦闘の仕方なんかあるものか、こんな退却の仕方なんかあるものか。十数万の大軍がいっぺんに挹江門《ゆうこうもん》に押し寄せた。退却の配置もなければ、船もなかった。

「フン！　命令書なんか糞食らえだ！——俺のやり方は、こうだ！」

彼はすっくと立ち上がり、拳を握りしめた。それは暴風雨の中に聳える山の峰のように見えた。いささかも揺るがぬ山の峰だ。

彼は部下に命令を下した。江南鉄道に沿って蕪湖に転進する、敵の包囲網を突破するのだ。

こうして彼は白馬に跨《また》がり、彼の師団の悲憤にかられた兵たちを指揮し、廃墟と遺骸を踏みながら、四方を炎火と銃声に囲まれた混乱の夜の闇から脱出していった。精悍な白馬は、高く頭を上げ、燃えるような眼光で、沸騰する霧のような鼻息を噴き、四つの蹄で大地を逞しく無情に踏みつけ、「ヒッ！ ハーン、ハーン！」という鬱積した嘶《いなな》きを発した。馬上の彼は、英俊な眼光を飛燕のように走らせて周囲を睥睨《へいげい》した。

無数の散兵の姿が見えた。歩兵銃を逆さに担いで孤独に進んでいく者や路傍でさまよっている者、静かな闘志を秘めながらも覚束《おぼつか》ない足取りの者も見え、路上に横たわり手枕で寝ている者もいた。そういう兵たちは彼と彼の部隊の姿を、歓喜の眼差しで迎えた。彼らはふだん閲兵のときぐらいしか、こういう神々しい人を、こういう勇猛で厳《おごそ》かな人を見たことはなかった。そしてこんなに堂々として、整った、厳粛で情熱溢れる部隊も見たことがなかった。彼らは部隊に道を開け、中には部隊に向かって捧げ銃の敬礼をする者もいた。

「この兵たちの指揮官はどうしたんだ！」彼は思った。「こういう兵たちはまだまだ戦えるのに、ほら、よく見てみろ。しかし彼らの指揮官はいったい、本当に銃殺ものだ！ 南京を放棄して、こういう兵たちまでも棄てていったのか！――こんちくしょうめ！ 中国は絶対に戦い抜く、戦わねばならない。こういうふうに敗残の姿を晒させてはいけないんだ……」

彼は右手を挙げ、馬上で雷のように吠えた。

「突進して行きたい者は俺に続け！ 突撃する勇気のある者は俺に続け！」

たちまち数千人もの兵が集まった。

彼らは雪解けの大河のように堤防を決壊させる勢いで、南京包囲網を突き破っていった。彼らは南から来る台風のように、包囲している敵に最大の風力をもって襲いかかった。敵は、その力の前では哀れなほど無力で、塵のように吹き飛ばされていく……

彼らは十二月の野火のように荊棘《けいきょく》の中から、道無きところから、自身の熱狂と火炎で道を切り開いていく。そして路上の一切、荊棘が灰燼と化し、灌木が焼けて炭となり、岩も無残に焼け爛《ただ》れる……

彼らは柵を破った猛獣のようで、突進していったときには血染めの牙で噛みつき、皮を引き裂く鋭い爪で、摑みかかるだけだった。しかし敵は、あの狸ども、兎どもは、そして同じように鋭い爪を持った狼どもは、食いつかれて呑みこまれるか、尻尾を巻いて四方に逃げ惑うかしかできなかった……

彼らは二万人だった！

彼らこそ名だたる中国の「鉄軍」だ！——そして陸続と結集してきた熱い血の流れる抗戦の軍人たちだった。

蕪湖、それは中国の著名な米市場の一つで、春耕のとき、杜鵑《ほととぎす》の鳴き声の中で、降りしきる煙雨の中で、蓑笠の農民やのんびり鳴き声をあげる牛が原野に広がり、匂い豊かな黒い土が絶えず犂《すき》の下から掘り起こされる。その肥沃、その艶やかさ、田は銀色の雨水に潤い、泥土が水を含んでしっとり濡れていく。青年たちは田植え歌を歌う。実りのために、そして愛のために。畔に立つ娘は摘んできた赤い花や白い花を手に取って唇にそっと触れ、情けと恥じらいを含んだ笑みを田の人に投げかける。娘は裸足で青々とした若草を踏んでいたかと思うと、不意に怒ったように、泥水を田の人に蹴りつける。

秋の収穫のときには、市場のあちこちに「黄金」とか「白銀」とか呼ばれる穀物や米が積まれ、川には米船が集まり、江水が金鱗の波で喜び満載の船を洗っていく。林のように密集する帆柱、風をはらんだ帆は白い鷗の数よりも多い。行き来する人々も賑やかで、価格を争ったり、収穫の歌を口ずさんだりしている。その交わす声は巣に帰る鳥のようだ。村里には芝居の舞台がかけられ、銅鑼や太鼓がいっせいに鳴らされる。

しかしこの繁栄した町、平和な村を侵略者の砲声が完全に変えてしまった。長街、中街、二街はみるみる火の海に呑まれ、焦土と化し、廃墟と化し、屠殺の場に、地獄に変容した。村は寒々として冷たい風が吹きわたり、白日に人の姿を見ることはない。まったく人っ子一人見えないのだ。深夜には、主人を失った犬の憂鬱な遠吠えが静寂を破る。ひっそり吹きつける風に向かって、幽鬼のように一つ飛ぶ流蛍《りゅうけい》に向かって、厚い雲にかかる淡い月の光に照らされた自分の影に向かって、犬は吠えかかっている……

青年たちは憎しみの思いを抱いて出ていった。彼らの新たな道に向かって出ていった。残っているのは老人と子供たち、しばしの気休めで貧しい暮らしをしている者たちだけだ。そしてごく少数だが、中国人の道徳に背いた者たちもいた。蕪湖は「難民の溜まり場」でもあった。長江は渾々《こんこん》と流れきて、また渾々と流れさる。難民たちもおびただしい数で押し寄せ、また流されていった。老人や子供の手を引き、飢えと寒さに耐え、雨風に濡れそぼり、次々と群れをなしてここに流れつくのだ。

十二月八日、敵はこの惨憺たる蕪湖を占領した。

侵攻してきたのは敵第十八師団と傀儡軍の于正山《ユイジョンシャン》部隊だ。

彼らは二万人！

彼らこそ名だたる中国の「鉄軍」――そして陸続と結集した熱い血の流れる抗戦の軍人たちだ！

彼らは雪解けで漲《みなぎ》る大河のように、南から巻き起こる台風のように、十二月の野火のように、柵を突き破った野獣のように、蕪湖に向かって急進撃を始めた。その堂々とした整然たる姿、厳粛で情熱のほとばしる軍勢のなんと力強いことか。あの将軍は白馬に跨り、まるで神のように、巨人のように、英俊な眼差しで四方を見渡している。白馬は力強い鼻息で絶えず嘶き、四つの蹄を敏捷に振りかざし、舞い上がる黄塵を龍のように蹴散らしている。

昼、太陽が高く照らしているとき、彼らの密集したヘルメットは黄金の輝きを放つ。それは木々に遮られた彼方から大きくうねり、塵埃《じんあい》の立ちこめる大地の深みに押し寄せる長江の波濤のようだ。樹林や村落を次々に超えていく彼らの部隊。村の赤犬が狂ったように吠え、尻尾を激しく振って隊列の周りを駆けまわる。鶏が群れをなして屋根に飛びあがり、拍手するみたいにして翼を震わせ、暁の光を浴びたときのように首を立てて鳴きはじめる。人々も笑顔で村落から駆けだしてくる。老人は黄色い歯を見せ、子供たちは部隊の掛け声を真似て叫び、行軍する縦隊の横に新しい隊列を作って並ぶ。

人々は再び中国軍旗を、中国の部隊を見た。懐かしさと喜びが老人たちの皺を伸ばし、涙で目が光る。人々は作りたてのご飯と料理を持って駆け寄り、兵士たちに振るまう。道路の脇には茶や湯を満たした甕や椀が並べられる。これまでの痛苦はすべて忘れられ、すべての苦難が過去のものとなる。押さえつけられてきた心に新たな歓喜が芽生え、新しい希望が燃えはじめる……

深夜、時にはおぼろな月明かりの下を、時には輝く明星の下を、時には厚い雲に覆われた空の下を、部隊は雄々しく、黙々と進んだ。馬も声ひとつ立てず進んだ。寒風の吹きわたる原野を、わずかな咳の声と歩調を取る足音、馬の蹄の音、銃剣が鞘の中で立てる微かな接触音、川のベルトの摩擦音、部隊からはただこれだけしか聞こえない。部隊は音を潜めて、ひとつの村落を、一本の川を、ひとつの樹林を超えていく……

時には部隊は深い霧の中を進んだ。後ろの人は前の人の朧《おぼろ》な背中にぴったりと張りつくようにして進んだ。道路も方向も同僚も、太陽も見えないけれど、勇猛さが彼らの道で、戦闘が彼らの方向、心と銃が彼らの道連れ、祖国と決意が彼らの太陽だった……

時には部隊は狂風の中を進んだ。背後から吹きつける風は、彼らの歩みをまるで翼が生えたように速めた。前方から吹きかかる風に、彼らは光る銃剣をかざし、頭を低くし、屈強な姿勢で進んだ。軍旗は風にはためき、軍服が風をはらむ……

時には部隊は冷たい雨とぬかるみの中を進んだ。灰色の綿の軍服は中まで雨が浸みこみ、体が震えて肌が粟立った。しかし彼らの心はいつも熱を帯び、戦闘の炎が燃えていた。草履や布靴はぬかるみにはまって脱げ、泥が彼らの脚を引っ張った。彼らは裸足で前進し、何度も何度も転んだが、その度に起き上がって、また前進した……

彼らは飢えと寒さを押して前進した……

彼らは敵の射撃の中を進んだ。敵機の追跡と捜索の中を進んだ。倒れた人も、まだ死んでない限り、すぐに起き上がり、ゲートルで傷口を包んでまた前進した。誰か倒れると、後から続く者がそれを乗り越えて進んだ。射撃者には反撃し、道を遮るものは破壊した……

一日、一日と進んでいき、……ある晴れた日に、彼らは蕪湖に到達した。

敵だ！

「こんちくしょう！　やっつけろ！――」

彼らは直ちに攻撃を開始した。丘陵に向かって、街に向かって、日本軍と傀儡軍に向かって。

雪解けで漲る大河のように、南から巻き起こる台風のように、十二月の枯れ草に燃え広がる野火のように！　彼らは柵を突き破った野獣だ！　山野を覆い尽くす中国軍！　堂々たる中国軍！

パン、パン、パン……中国の歩兵銃が吠えている。

ドッ、ドッ、ドッ……中国の軽機関銃が吠えている。

グッ、グッ、グッ……中国の重機関銃が吠え出した。三十節式〔民国十年十月十日、十が三つ並んだ記念日に製造されたことによる命名〕の機関銃だ。

ダーン！　ダーン！　ダーン！……中国の迫撃砲も吠えはじめた。

彼らは前進する。彼らは深入する。彼らは突撃する。彼らは怒号をあげ、高らかに笑う。

すぐさま中国の丘陵が感動に震えて、低くうねるような響きを立てはじめた！　中国の大河が快哉の叫びをあげて激しく揺れ、中国の街は歓喜に舞いあがり、燃えはじめる。

銃の硝煙、砲煙、火炎、焦げた煙、塵埃、怒声が見渡す限り広がっている。

敵は侵略の勝利に酔っていた。強姦と略奪に酔っていた。中国軍の突然の反攻に彼らは混乱し訳が分からなくなっていた。彼らはまったく予知しておらず、わずかな情報も入手できず、準備も少しもできていなかった。中国軍からの発砲があり、激しく撃ちこまれ、あちこちから攻撃されるようになってから、ようやく彼らは銃を取り、ズボンをたくし上げて駆けだし、緊急召集の笛を吹き鳴らしたのだ。しかしそれはあまりにも遅すぎた。彼らの歩哨は中国軍に片付けられており、警戒部隊も中国軍が消滅させていた。中国軍は赭山《しゃざん》を占領し、包囲の体制を完成した。中国の迫撃砲弾は彼らのすぐ手前にまで着弾している。

彼らは四方に逃げ回り、めちゃくちゃに発砲している。

中国の民衆は閂《かんぬき》や棍棒を手に取り、崩れた塀の角や破壊された家屋の中に潜み、敵が走ってくるのを待ち構えた。奴らが来たら突然飛び出し、閂を高々と振り上げて頭をぶっ叩く。あるいは背後に回って棍棒で奴らの脚をへし折る。自分の持った棍棒も折れる……

一人の老人が包丁を手に取り、厚底の布靴を履いた大きな脚をバタン、バタンと引きずりながら路地の表に駆けてきた。蹴つまづいて転んでもまた起きあがってくる。老人は二人の敵の退路を塞ごうとしていたが、敵は一気に老人を跳ね飛ばして去ってしまった。だが、後ろからまた二人、続いてくる。老人は口元に冷笑を浮かべた。その目には乾いた涙が光っていた。老人はただちに迎え討った。敵はまたすぐさま老人を蹴散らして去り、その後にまたもや数十人の敵が現れた。「わしは必ず、お前たちの一人はやっつけるんだ！」老人は心中焦って、一人に飛びつこうとした。しかし敵はまた老人を跳ね飛ばしていく。最後の一人が老人を押し倒し、銃床で老人の腰を殴りつけた。老人はその場で激しく慟哭した。

「ああ、わしの息子よ！……」

老人の息子阿英《アーイン》は六人の日本兵に刀で生殖器を抉《えぐ》られて死んだのだ。

「うわぁ！――」突進していった日本兵がひき返してきた。その背後から中国人の叫び声が聞こえる。

「やっちまえ！」

「殺せ！――」

老人は起きあがった。そして敵に包丁を振りおろすと、まるで犬が骨に齧りつくように、弱った歯を剝き出して噛みついた……

「殺せ！——」

「殺せ！——」

「こんちくしょう！　どこまでも逃げてみろ！　わしらの中国から出て行くんだ！……」

中国兵が市街に突進してきた。丘陵に、長江の岸辺に突進していった。

屠殺者に相応の報いが下された。

部隊が集合する。将軍は白馬に跨り、市街は熱狂する人民の歓呼に溢れた。

十二月二十日、中国軍は蕪湖を奪還した。

一九三九、一〇・一三。

西安、北城にて。

後記

阿　壠

初めに、本書は敗北主義者の書いたものではない。どのような敗北主義であっても、敗北主義は結局敗北主義に過ぎない。

もしも本書から敗北主義が指摘されるのなら、テーマそのものが敗北主義だとまで言われるのなら、私は自分の禿筆《とくひつ》と不幸とを烈火の中に投げ入れてしまおう。しかし、私はここで警告しておきたい。私の作品は黒を白と言いくるめるようなでたらめではなく、気まぐれな切取りと剽窃《ひょうせつ》によって自ら装飾する花束でも、攻撃の剣でさえもない。

軍事的な観点からは無論のこと、経済的政治的観点から見ても、持久戦〔一九三八年に発表された毛沢東の抗日戦争の軍事方針〕、この理論はすでに金字塔のように確立されている。それには不朽の歴史性があり、プロメテウスの偉大さがある。敗北主義は消え残る霧であるが、この理論は日光だ。敗北主義は月を見上げて喘《あえ》ぐ牛だが、この理論は客観的存在の必然性を把握している。

中国における戦役についていえば、敗北主義は同じく粉砕されている。南京の一戦は中国にとって、もとより相当厳しく不利なものだった。しかし勝利は決して廉価なものではなく、直線的なものでもない。まして帝国主義の工業国家と半植民地・半封建的な停滞した農村経済の状態にある国家との戦争では、勝利の道のりはあまりにも遠い。それを勝ち取るためには、どんなに大きな困難を乗り越えなければならないことだろうか。中国と日本の今日の戦争は、まさにこのようなものである。国家の象徴としての我々の国旗が、その四分の三を鮮烈な紅が占めている理由は、まさにこのことをよく説明している〔ここでは中華民国の青天白日満地紅の国旗を指す〕。まして南京の一戦から生じた消極的な影響は、南京の陥落に始まったのだが、南京の陥落で完結もしているのだから。そして徐州の一戦は中国を軍事的な潰走と混乱の泥沼から奮い立たせ、武漢の一戦は持久戦に有利な貴重な安定を中国にもたらした。さらに豫南〔河南省南部〕、鄂北〔湖北省北部〕の一戦、および最近の洞庭湖畔の奪取によって、勝利の曙光はすでに中国の軍旗を少しずつ照らしはじめている。これらは鉄のように有力な事実であり、敗北主義はこれにより裁かれなければならない。去れ、敗北主義よ！　お前のふさわしい場所に去っていくのだ。

しかし私に忠告をしてくれ、私のために心配をしてくれた友人たちに対し、彼らの純真な心に対し、私は何よりもまず感謝する。この感謝は、私が彼らから受けたものがあまりにも多いからであり、また私の熱愛する祖国に対して彼らの与えたものが、彼らが私に与えたものよりもさらに多かったからだ。

私はなぜこのように書くのか。

第一に、歴史は一つの真実だからである。人は歴史を改変することはできない。つまり、真実を改変することはできず、真実を改変する必要もないのだ。古代の英雄の画像から、我々は非人間的な勇姿を見る。心には尊敬の念が起こるが、尊敬されているのは線や色彩で作られた絵に過ぎず、それらの線や色彩の結合が我々の心に結んだイメージに過ぎない。それはすでにその英雄本人ではなく、我々に尊敬されたときにその英雄は忘れ去られている。彼はすでに画像とイメージによって簒奪《さんだつ》され、歪曲されているのである。あなたはこうした古代の英雄の画像を見たいのだろうか。人の手によって改変された我々の抗戦——その中にはあなた自身もいたのに、美しい色彩であまりに厚く塗られ、あの何にも代え難い親身な感覚も失われている——の画像を望みたいのか、そんなことが本当にここで起こったとでも言うのか。真実でない以上、そこにもはや生命は宿らず、親身な感覚もありえ得ない。しかも、塗りたくった色彩が拙劣だったら、それは罪悪ですらある。真実にはいかなる毒もないのに、なぜ改変しなければならないのか。真実は最も美しい。紅の上に紅を塗りこめて、紫や黒に変質させる必要などない。それに、ただ真実のみが、ただそれが真実でありさえすれば、我々に無害であり、有益なのだ。

第二に、事後の譴責《けんせき》は卑劣だからだ。事後に英雄的な話をしても、同じように決して美しくなどなく、無益でさえあるからだ。これは教会でなされる譴責でも、阿Q的な風刺でもない。では目的は何か、暴露だろうか？——暴露的な側面が我々に経験と教訓とをもたらす、という意味で行なわれる暴露ならば、それでもいいだろう。経験は血肉の昇華で、教訓は錯誤の沈殿である。失敗の原因に触れるのを恐れては経験とはなり得ず、錯誤の事実を恐れて教訓はあり得ない。経験と教訓は客観的に存在しているよう黄金の秋の豊穣な実りが客観的に存在しているように。砂金も客観的な存在だし、林檎もたわわに実って存在している。に。砂金は泥砂の中から掬《すく》い上げなければならないし、林檎も木から摘み取らねばならない。砂金取りの労苦がなければ、黄金の冠はこの世に現れず、摘み取りがなければ、芳しく真っ赤な木の実もただ腐っていくばかりだ。そして失敗の原因と錯誤の事実がやはり歴史的に存在しているということは、鉄の事実なのだ。さあ、我々は勇敢に、この失敗の原因と錯誤の事実とを認めようではないか。それはそのまま、経験と教訓とを勇気を持って受け継いでいくことなのだ。過去はすでに過ぎ去った。我々はただ現在と未来とを把握する、そのときこの経験と教訓が、必ず我々を助けてくれるだろう。

しかしもしも、本書に本当に呪うべきところがあるのなら、それは人の視覚の哀れさによるものだろうと、私自身の筆力の不幸によるものだろうと、すべて私の責任だ。一切の不潔さをすべて私の責任としてほしい。しかし抗戦は、神の光のようだ、あの神聖さ、崇高さ、輝き、これこそが不朽なのだ。

一般的に戦争は力と力との対比だと言われる。しかしその力は決して機械的な力ではなく、一種相対的な力なのだ。この前提から出発して、フランスの著名な軍事理論家〔プロイセンのクラウゼヴィッツ著『戦争論』。

「フランス」は誤り〕が防御の可能性とその優越性を結論として導いた。

私も以前、ある論文の中で、戦闘意識と戦闘技術の間の力の均衡について言及したことがあり、やはり同じ結論に到達していた。しかしその結論は戦術上のことではなく、政治についてであった。なぜなら我々は軍事的な抗戦をするばかりでなく、政治的な抗戦をこそさらに必要としているからだ。

南京の一戦から見ると、防御の可能性はあったが、防御の優越性はなかった。

それはなぜか。

防御が単に戦術の問題だったからだ。その軍事力の運用は、政治の力との協調が行なわれなければならなかった。不幸にもそのとき、我々の政治の力に対する認識があまりにも不足していた。いわゆる相対的な力とは、軍事力と政治力を内に包括するものである。そして防御とは軍事力に過ぎず、しかも軍事力の一つの形態でしかなく、すべてではないのだ。だから軍事上、絶対的に優勢な敵が兵力を集中していけば、劣勢の防御は当然のことながら、脆弱《ぜいじゃく》な防衛しかできない。ではその戦術をとって考えると、防御自体から言って、相対的な力の運用において同じように重大な欠陥を内包してしまう。

南京防衛戦は、我々は不利で、劣勢で、脆弱だったと認めねばならない。しかし、それはあのような狼狽とあのように惨憺《さんたん》たるありさまが不可避だったというのでは決してない。同じ条件でも異なる運用を実行していれば、その結果は異なっていただろう。そのような結果は、南京防衛戦を完全に異なる勇姿で出現させ、南京戦後の両軍の形成にも異なった展開をもたらしたはずだ。そのような結果は敵にさらに高価な代価を払わせて、こちらには不必要な損失と犠牲を減少させたに違いない。

本来南京防衛戦は、その外周である、鎮江、句容、溧水、蕪湖のラインを強化するのが最良だった。しかし淞滬《しょうこ》の一戦〔「八・一三」、一九三七年八月の上海防衛戦。第二次上海事変〕によって、この戦略は制限を受けることとなった。

それでは次案として龍潭、湯山、淳化鎮、秣糧関、江寧のラインで南京を防衛する、という戦略はどうだろう。これも「太平天国の戦法」とやらで断ち切られてしまったのだ。

本当にこの「太平天国の戦法」でやるのならそれでもよかった。死守すると覚悟を決めたなら、徹底して死守すればいい。軍事的には、ためらいと動揺は誤った対処法よりもさらに質《たち》が悪い。これなどは基本中の基本なのだ。しかし大言壮語の後にやってきたのは結局「退却！」だった。

しかし退却であっても取れない戦法ではなかった。退却は有利でさえあり、それは怯懦《きょうだ》や無能を意味しない。退却は適切な時期と整合性のある計画が把握されていたなら、勝利に等しかった。退却によって勝利を獲得することも可能だったのだ。鄧龍光《ドンロングアン》部隊〔エピローグの戦闘参照〕が蕪湖を奪還したのはまさにこれだ。蕪湖の奪還は鄧龍光部隊が勝利のうちに完全な退却を果たしたというだけでなく、敵第一八師団のほとんどと傀儡軍于正山《ユィジョンシャン》部隊の全部を殲滅させ、それ以降敵の江南鉄道に沿っての南進を不可能にさせたという重大な戦果をもたらした。

当時の情勢は、炎のそばに置かれた枯れ草のように、重大な危機に瀕していた。鄧龍光部隊は一個師団に過ぎなかったが、途上で残兵や散兵を収容した結果、このような奇跡を生んだのだ。しかも彼らの行動は一種の戦術的な認識から出たとはいえ、なんの計画性もなかった。だから、南京防衛部隊が退却の計画を持っていて、兵力を集中し、一点突破の攻撃を仕掛ければ、敵が勝利の満足に酔っている間に、そして敵後続部隊の到達以前に、包囲を突破して脱出することができただろう。少なくともあのように惨憺たる損失はなく、また少なくとも蕪湖奪還と同程度の勝利は可能だったろう。しかし実際の退却は、十数万もの大軍が蜂のように群がって長江から脱出しようとした、ということだ。滔々たる長江には船舶の用意もなかった上に、挹江門の守備部隊は厳しい命令を守ってこの同胞たちに銃火を浴びせたのだ。ここにおいて秩序は完全に崩壊した。死守よりも突破よりもその損失は大きい！

これは血に塗《まみ》れた経験だ！　これは血に塗れた教訓だ！

これは戦術の誤りだ！

しかしここに民族の百代にわたる命運が賭けられたのだ！

ここで私は、ささやかな赤き心を込めて、南京退却の激しい風や波の中にあって想像を絶する苦難に喘ぎながら、抗戦を支えつづけ、そして根付かせ、耐え忍んでいった将兵たちに、四億人の中の一人として感謝の限りを捧げる。

抗戦が始まってまもなく、「偉大な作品」を作ろうという呼びかけが起こった。
しかし、創作にどんな偉大な野心を抱けるのだろうか。抗戦を続ける将兵より偉大な人間などいるはずがないではないか。抗戦そのものの詩史より偉大な作品などあり得ない。血で描きつづける人を前にしたら、ペンで書く人間など取るに足らない、宇宙と比較したら一輪の花がいかにちっぽけなことか。血で作られた作品の前では、インクで書かれた作品に輝きはない、太陽の前の螢に過ぎない！

私自身がペンを執ったのは、続々と現れる壮烈な物語にただひたすら深く心を動かされたからだ。

私を憤らせ、私を本書執筆に着手させ、私を抑えきれぬ気持ちに駆り立てたのは、ある出来事だった。

去年〔一九三八年〕の夏、私は衡山〔湖南省衡陽市南岳〕にいた。日曜日にはよく、長沙からの知合い孫福熙氏や、この地で初対面の艾青氏、劉躬射氏をお訪ねしていて、池田幸子氏のもとへもしばしばお邪魔するようになっていた。鹿地、池田夫妻に対しては、私は言葉にできないほどの感動と感謝の念を抱いており、限りない尊敬と同情も寄せていた。お二人は、敵の側から兄弟の手を差し伸べてきて、血縁の観念から完全に脱却して、正義の職務に就いていたのだ。そして私は彼女との会話の中から、たとえば「野菜運動」〔共産党の根拠地で展開した自給自足運動、「野菜」は「山菜」の意〕、ある戦役における敵の戦術と攻撃の方向、日本の軍事工業のある側面などなど、他では耳にすることもできない話をたくさん聞くことができた。

ある日彼女は私にこんな話をした。以前彼女は中国のルポルタージュ作品を高く評価していたが、最近日本でも、石川達三の『生きている兵隊』以外に、また新しく十六万字に及ぶルポルタージュ作品が出版された。当然それは侵略戦争の賛美であって、意識的には評価に値しないものだ。しかしその分量から言えば、またその作者の鉄砲を一発撃っては一筆書き継ぐという創作態度から言えば、中国のルポルタージュ作品と作者の及ぶところではないという。彼女は作品の書名と作者の名前を覚えておられなかったが、書かれた内容は杭州湾上陸から徐州会戦までの物語で、作者は通信兵だったそうだ。

私は恥じた！ それは私自身の恥辱、中国人の恥辱なのだ！

私は恥じた！ しかしそのとき私は、私自身もルポルタージュを執筆したことがあったのだが、ペンを執る人間の立場から恥じたのではない。私は銃を取っていながら、まだ完全に銃を下ろしてはいない人間として恥じたのだ。

慚愧《ざんき》の後に、憤怒が湧き起こった！

「偉大な作品」が中国に生まれず、日本に出現する、侵略の側に出現するなどということを、私は信じない！ たとえ分量と創作態度について言っただけだとしても、私は反感を抱いた。

これは恥辱だ！

そのルポルタージュ作品を、今日までまだ私は読んでいないが、最近日本の文壇の動向に関する論文を読んで、たぶんそれが『麦と兵隊、土と兵隊、花と兵隊』〔原文は三作が一篇のタイトルとなっており、「と」は「雨（＝予と同音）」と書かれている〕のことだろうと思った。作者は火野葦平のようだ。

中国に「偉大な作品」はないのか？　ある！

中国には血で書かれた「偉大な作品」があるのだ！

しかも、インクで書かれた「偉大な作品」がもしも血で書かれた「偉大な作品」の複写であるのなら、それは近い将来必ず出現するだろう。

その作品は火野葦平の『麦と兵隊、土と兵隊、花と兵隊』よりもさらに偉大なものになるだろう。

そうでなければ、中国にとって恥辱だ！

私はこうして『南京』を執筆した。

しかし私には偉大な野心はなく、心の中で憤怒の炎が燃えていただけだ。

戦争を書くには多くの困難が伴う。

火野葦平は通信兵だから、一つの戦役の全般的な状況を把握しており、兵士の戦闘生活も体験していた。これが彼の作品を完成させる客観的な条件だった。

戦争においては、将軍と兵士の知っていることは完全に異なっている。将軍は兵士がどのような戦い方をするのか知らないし、兵士は将軍がどのように判断し、どのように決断し、どのように処理するのかわかっていない。もとよりこれは一般論に過ぎない。世界の大河はすべて東に向かって流れているわけではなく、東流する大河もまっすぐ直線に流れているわけではない。しかし何と言っても、将軍と兵士の認識が異なることは事実なのだ。戦争においては、将軍の見ているのは森であって、木ではないのだが、兵士の目にしているものはまさに木であり、森ではないのだ。

だから、将軍の描く戦争は、往往にして将軍式の戦争であり、兵士の描くのは兵士風の戦争なのである。前者は大戦の回想録となり、後者からは『西部戦線異状なし』が生まれた。将軍は戦争をしっかり書くことができるし、兵士もまたそうだ。それに、将軍が兵士の筆法で書くことも、兵士が将軍の書き方で執筆することも、私は反対しない。ただ然るべき書き方をきちんとしているかどうかが問題なのだ。しかし、戦争を書く際に、将軍が兵士の立場に無理やり立ってみたり、逆に兵士が強引に将軍の立場から見ていたりしても、いい作品が生まれる可能性はない。

ましてそれが物書きという立場だったらどうだろう。彼の立ち位置は将軍ではなく、あるいは将軍であって兵士ではなく、またあるいは兵士ではなく、もしくは兵士であって将軍ではない、このいずれも一身に引き受けなければならぬというのはあまりに不合理だ。まるで京劇の生、旦、浄、丑《ちゅう》の四役〔順に男役、女役、豪傑、道化のこと〕をすべてこなせと言われているようなものだ。

まして戦場にあっては、状況が瞬時にして千変万化の様相を呈していく。初秋の雲のように、固定された形態はなく、ほんのわずか考えこんでいる間に、一匹の子羊のようだった雲が二輪の白い薔薇に変わっていたりする。あなたは一日に見た雲の形状を完全に描写することができるだろうか。答えられるとしても、今日見た雲はトーチカのような積雲と鱗雲で、巻雲ではなかった、というぐらいなものだろう。こういうふうにしかできはしないのだ。戦争を書くということも同じで、こんなふうにしかできない。

まして軍事行動は厳しく秘密裏に進められねばならない。個人の愛情よりも秘密裏に、あるいは外交よりもさらに秘密裏に行なわれる場合すらある。往々にして将軍の知っていることを兵は知らず、中隊長の知っていることを小隊長は知らない。ある部門の知っていることを他の部門ではわかっていない。戦地の記者は目まぐるしく変化する状況の中にあって、一切を把握していなければならないのだが、それはたいへんに困難なことなのだ。

まして兵種の相違によって任務が異なっており、歩兵は砲兵のことを完全にはわかっていないし、前線部隊は後方の予備隊の任務をわかっていない。技術的にも、戦術的にも、装備のうえでも、動作においても、行動においても、時間と空間のすべてにわたって異なっているのだ。戦争を書く場合、単に軍事面だけ見ても、多方面にわたる知識が求められる。この意味において、たとえ軍人出身の書き手に対してであっても、完全無欠を要求することはあまりに過酷だ。

しかし戦争を書きはじめた以上、これらの問題は作者自身によって解決されねばならない。

私が大胆にも執筆に取り組んだのは、私自身軍事課程を修了しており、塹壕の中で数日間過ごした経験もあったからだ。しかし筆を執ると、湧きあがってくるのは泉のごとき閃きではなく、次々にのしかかる困難であった。たとえば、書きはじめのころ、書き進めた二章分の中に技術的な間違いを二箇所も見つけてしまった。着手前に専門知識のある人にちゃんと見てもらっていたにもかかわらずである。

もう一つ、迫撃砲の口頭命令を例にとってみよう。口頭命令には砲弾の種類、信管の種類、火薬の量、目標、射撃の方法などが含まれることになっていて、間接照準の段階では目標を指示せず、照準点が指示される。これらの要素は一つも欠けることは許されない。目標がなければ的なしで矢を放つようなもので、射撃の距離すらも決定できず、目標に命中させることなど不可能なのだ。面制圧射撃、線目標射撃、翼次射撃などの口頭命令はさらに複雑だ。たった一つの口頭命令でさえ、こんなに多くの問題を含んでいるのである。

だから「迫撃砲！——二〇〇〇メートル！——撃て！——」などという命令は荒唐無稽で、「ドン！　ドン！」というような射撃はあり得ないのだ。

こういうのは聡明な人の誤りである。

私も、自身では誠実な心で執筆に取り組み、小手先の聡明さを弄んでいるのではないと思っているが、こういう誤りがあるのかもしれない。

もう一つ問題がある。

どのようにして小説の感情を整え、統一していくのかということである。

この問題を提起したのは、半年間生活を共にした友人楷〔周兆楷のこと。阿壠の黄埔軍官学校以来の親友〕だ。彼は私と同じように、文学を学んだ人間では決してなかった。しかしこの問題は重要性を持っており、重視に値し、熟考に値した。

一般的に言って、一篇の小説の情感の展開は、小説中の人物の性格の展開に並行している。それは一人あるいは数人の人物を用いて、小説の情感を貫いていくということだ。読者の心の躍動は小説の人物の心模様と一致している。その人物が喜ぶとき、我々も喜び、悲しむときには我々も悲しむ。彼が飢えているなら、我々はたとえ林檎園の中にいて、まさに林檎にかぶりついていたとしても、突然味覚を失ってしまうだろう。その人物が奮闘しているとき、我々も腕の筋肉に力が入って、血液も春に漲る川の水のように滾《たぎ》る。彼が苦難の中にあるとき、我々も自分たちが風雪の中を逃走した挙句、蝙蝠の乱れ飛ぶ夕暮れに蜘蛛の巣が垂れかかった破《や》れ寺で行き倒れになったかのように感じる。そして彼が勝利したときには、我々も突然英雄になり、太陽も自分たちのものだとさえ思えてくる。

しかし本書の中で、私はこのようにすることはできなかった。

それは、南京の一戦はあらゆる角度から、そしてあらゆる分野から書かなければ、その全貌を描き出すことが不可能だったからだ。

しかも事実として、抗戦はある一人の英雄の業績ではなく、少数の人間の壮烈な行為でもない。

それは全民族、全中国人の問題であり、一人一人の将兵の血肉を内包するものなのだ。私には一人あるいは数名の英雄を作り上げることなど到底できなかった。歩兵にも、砲兵にも、淳化鎮の一戦にも、雨花台の一戦にも、挹江門にも、そして戦車との肉弾戦にも、そういう英雄がいたではないか。

それでは、私の作品の情感を支離滅裂にしてしまっていいのだろうか。

——それもできない！

それではどうしたらいいのだろう。私は相対的な意味合いにおいて、人物によって小説の情感を統一させるというやり方を放棄することにした。私は事件によって、戦争によって、小説の情感の統一を試み、その完成を目指したのだ。これは私の大胆な試みに過ぎない。

さてここにおいて、まだ二つの問題が残っていた。

第一は、本書がルポルタージュなのか、それとも小説なのかという問題で、私には答えられない。

本書には本当に起こった事が書かれているが、他のところから移してきた本当の事もあり、また部分的に本当の事も含まれている。この意味ではルポルタージュに似ている。

しかし本書には虚構の物語もある。材料の収集が困難だったため、本当の話は往々にして輪郭を形取っただけ、わずかに輪郭に姿を留めるのみで、私自身が色を与え、血肉を与え、構想を与えた内容もあるのだ。この意味では小説にも似ていよう。

だから私は本書をルポルタージュとも小説とも断定できないのである。

第二の問題は、本書で使われる術語はいわゆる「軍隊の言葉」で、武器操作の動作に近いものまであって、「軍事操典」のような印象を与えてしまうかもしれないということだ。

しかしこれは不可避で、必要でさえあった。なぜなら描こうとしているのが戦争であって、戦争の姿を描出することが求められていたからだ。私はまだまだ書きこみ方が少なかったと思っている。正直に言うが、これは軍事に関する才能をひけらかしているのではない。――必要だったからなのだ。私は逆に、ひけらかすほどの軍事的な知識がないことが残念でならない。


二篇の中編ルポルタージュ〔一九三八年二月に「従攻撃到防御」、四月に「閘北打了起来」を雑誌「七月」に発表〕を完成させたのち、私は『南京』を書く決意を固めた。

しかし執筆する環境ではなかった。執筆環境とは何かと言われると、答えるのは難しいのだが。火野葦平は銃を一発撃っては一筆書き継ぐという態度だったではないか。火野葦平のことを考えると、私はどんなに慚愧し、どんなに憤怒に駆られたことか！

私は決意した。私と私の作品がたとえ「偉大さ」からどんなに遠くとも、南極と北極のように、雀と鉄の鷲のように遠く離れているとしても、必ず書く、彼のように書く、彼のように大量に、彼のように銃を一発撃っては一筆書き継ぐというふうに書くのだと。敵は兵器の上で驕っているように、文字の上でも同じく自分たちの驕りを見せつけている。私は許せない！　我々は軍事的勝利しなければならない、そして同じく文芸においても勝利しなければならないのだ！

しかし本当に私が慙愧しているのは、創作においても何も成し遂げられず、戦闘においても何ら貢献できなかったことだ。

私は負傷したあの日〔一九三七年十月一七日、上海戦線で顔面に重傷を負う〕から、前線を離れてしまった。そして去年十月、夢に見た王国〔延安〕を目指し、――私はしばらくの間国民革命軍の軍服を脱いでいようと思った――風砂を衝《つ》いて、北方にやってきた。しかし今年四月、私は病気になって〔上海戦で負傷した下顎部の化膿〕、西安に移り、ついに何もしないまま半年も費やしてしまった。

私の心はきりきりと痛んだ。理由はどうであれ、戦いたいと願いながら、実質的には抗戦から離れてしまっていたのだ。私は銃を下ろしたばかりでなく、二篇の中編ルポルタージュを書き終えてからは、ほとんどペンを捨てたも同然だったのだ！

この負傷した顎が呪わしい！　自分のプチブル〔小資産階級〕の血が呪わしい！　私はなぜ鳳凰の到来ばかり待つのだ！　雀ならば雀をしっかり摑まえればいいのだ！

そして七月となって、私は再び励まされ、心の譴責の声を聞き、ようやくまたペンを執ることにした。

だがこのときには、今年の春に私が愛する山水〔延安のこと〕に囲まれて書いた二章と他の原稿は、すべて手元になかった。収集してきた資料や地図も、持ち出せないままとなった。病気を治したらまた戻ればいいと思っていたからだ。こうして一切を新たに始めなければならなかった。一切をまた記憶の中から模索し直さなければならなかった。新聞も本もなく、手元にあるのは『戦場にて』一冊、『六カ月来の抗戦』一冊〔ともに不詳〕、そして古本の中から偶然見つけた数枚の地図だけだったが、これだけでも容易なことではまったくなかったのだ。

本書はとうとう書き終えた。もしもこれが抗戦にわずかでも貢献できたなら、私の背負う罪の意識もいくらか軽くなるかもしれない。

胡風先生は何度も繰り返し私を励まされ、貴重な指示を与えてくださった。ここに謹んで感謝の意を表したい。私はペンを執るときいつも、胡風先生の「リアリズムの精神をしっかり把握し、主観の激動に駆られて空虚にならないように」という言葉を噛みしめていた。

それから私の数名の友人、楷、昌、寧、沐の各氏、彼らも各方面から私を励ましてくれた。とりわけ以前からの知り合いではなかった麗然氏は、遙か西康から便りをよこし、私に困難を恐れぬ力を与えてくれた。私はここでこれらの人々にも感謝の気持ちを表したい。

一九三九、一〇、一五。

西安、北城にて。

旧版（一九九四年）の訳者解説

関根　謙

数奇な運命をたどる著者と原稿

本書は「南京陥落」をテーマとした中国で初めての長編小説である。中国語原題は「南京」。原作者阿壠《アーロン》は一九三九年十月、つまり三七年十二月十三日の「南京陥落」から一年十カ月後に、この原稿を完成した。本書はその後半世紀のあいだ政治の闇に葬られていたが、一九八七年作者の友人たちの手によって『南京血祭』と改題されて北京人民文学出版社からようやく出版された。

「南京陥落」前後の状況に関して、その直後の一、二年のあいだに発表された書は極めて少ない。ジャーナリストのハロルド・J・ティンパーリの『戦争とは何か——中国における日本軍の暴虐』（一九三八・七）と日本の石川達三の小説『生きている兵隊』（一九三八・三、中央公論）、同じく日本の火野葦平の小説『麦と兵隊』（一九三八・九、改造）など、ほんの数編と言っていい。世界的な大反響を呼んだエドガー・スノーの『アジアの戦争』の発表は一九四一年のことであり、中国人の長編小説『南京的陥落』（周而復著）も一九八七年まで待たねばならなかった。

このように、事件直後にドキュメントであれ小説であれ、中国人の手による書がほとんど発表されていなかったという事実は、中国における「南京陥落」をめぐる諸問題の複雑さを物語るものである。本書の原作者阿壠も、この原稿を直ちに『抗戦文芸』（当時の抗日戦争文学最大の雑誌）に投稿し、公募原稿中第一位という高い評価を得たにもかかわらず、ついに出版にはいたらなかった。その後この原稿は阿壠とともに激動の中国情勢の中で数奇の運命を辿るのである。

獄死した「文士将校」

阿壠（本名陳守梅《チェンショウメイ》、一九〇七～六七、杭州生まれ）という文学者を一言で言い表すことは難しい。彼は芸術の世界では、詩人、小説家、文芸理論家であり、この『南京』発表当時、すでに都市文壇の中堅的な位置にいた。しかし実生活では国民党軍部の新進将校（一九三六、中国国民党黄埔陸軍軍官学校第十期生、修了後八十八師団少尉）で、南京攻略の前哨である上海戦役（一九三八・八・一三）では前線指揮官として出動し、最終的には陸軍大学を経て、成都中央軍官学校教官陸軍少佐にまで昇進している（その後の調査で一九四八年に南京で大佐に昇進していたことが判明）。ところが阿壠は政治思想的には、逆の立場である共産党の影響下にあり、延安の共産党中央に高級軍事情報を流していたと言われている。創作もそのほとんどが抗日戦争への激しい情熱を基調としたものだったので、ペンネームによらねば発表もできなかった。

阿壠の属していた文学グループは胡風派（七月派）と呼ばれるグループで、文芸理論家胡風《フーフォン》を中心に都市部で活動していた。彼らは文学者の主体性を重んじる自由な集団で多くの若い書き手を吸収していったが、毛沢東の文芸路線に抵触し、やがて共産党による大弾圧（一九五五・五、胡風冤罪事件）を受けることになる。逮捕されたときの阿壠の罪名は「国民党のスパイ、反革命罪」だった。その後彼は天津監獄に十二年間監禁されて無念のうちに獄死した。阿壠が名誉回復を果たすのは、死後十三年たった一九八〇年九月のことである。

このように阿壠は国民党軍部の軍人でありながら共産党を支持し、共産党の影響下の文学グループに属していながら、共産党によって抹殺されるという数奇な宿命を背負った戦闘的な文学者だったのである。

弾圧から守られたノート

本書『南京』の原稿は次のようにして甦った。

阿壠は上海戦役（一九三七年）の十月の戦闘で顔面下部貫通銃創を受けて戦線を離脱し、周恩来秘書の仲介で延安にわたり、共産党の抗日軍政大学に学んだ。しかし演習中に再び負傷して西安に退き、西安でこの『南京』を執筆した。その後共産党の勧めもあって重慶の陸軍大学にわたるのだが、この移動の混乱の中で原稿を紛失してしまう。本書の原稿はその基となったノートによるものである。このノートだけはいつの日か発表できるときのために、阿壠が大事に持ち抱えていたものだった（事実誤認。詳しくは完全邦訳版の訳者解説参照）。

阿壠が胡風冤罪事件で逮捕されたとき、この原稿ノートは他の原稿とともに、中国政府公安部の機密文書として保管された。このため皮肉にも、文化大革命の破壊や焼失からは免れた。これらが遺児陳沛《チェンペイ》の手に返されたのは阿壠名誉回復の後のことで、それから友人の奔走によって出版の運びとなったのである。

このような数奇な運命を背負った書であるので、本書は残念ながら断章の連続になってしまった。しかしその責を自由な創作の時間が限られていた阿壠に問うことはできない。むしろ我々はこの断章の隙間に込められた作者の情念を読みとるべきだろう。

必死の抵抗文学

作者阿壠は南京への緒戦である上海戦役に参戦し、その実戦の経験をもとに、見聞きした事実をまとめて『南京』に取り組んだ。そして現在進行中の戦争の一段階として「南京陥落」をとらえ、南京陥落の全過程に中国人の闘いの典型を見いだしていった。こうして彼は、南京戦を抗日戦争の一つの象徴として昇華したのだ。

阿壠が必死に追及しようとしたのは、何故南京は放棄されなければいけなかったかということである。彼の筆はいささかのためらいもなく、ある意味では無惨に中国軍の内部、伝統の中国、そして中国人の内面に切りこんでいき、「虐殺」に甘んじなければならなかった中国の実体を赤裸々に描いていった。これはもちろん、阿壠自身の内面を徹底的に暴露することにより保障される作業でもあった。

このような苦痛に満ちた創作の中で、彼は中国人の最後の力に確信を持つに至った。最後の力とは、人間の尊厳が蹂躙されようとするときにのみ、（ある場合には遅すぎたとしても）奇跡のように湧き起こり、中国人を一つにまとめていく力であった。

この小説には中国共産党が一度も現れない。だがこれは戦史において、まぎれもない事実であった。歴史学者黄仁宇は最近出版された著書『中国マクロヒストリー』（一九九四・四、東方書店）の中で、中日戦争二千百万の中国人犠牲者のうち、その三分の二以上は国民党軍とその統治下の民間人であり、抵抗の歴史から国民党の力を消すことは妥当でないという指摘をしている。阿壠はこのようなことをまったく意に介していなかったに違いないが、敵日本軍を前にした決死の闘いを全力で描こうとした結果、国民党軍の英雄的な闘いを描く抵抗文学を成立させてしまったと言える。

阿壠が軍人であり文学者であったことがこのような創作を可能とさせたのだが、彼に強い刺激を与えたのは従軍文学者火野葦平だった。敵日本が文学のうえでも「南京陥落」を独占することが、彼には絶対に許せなかったのだ。

「虐殺」にみる人間性

中国近代を代表する文豪魯迅はかつて、中国の歴史は奴隷であった時代と奴隷になりたくてもなれなかった時代の繰り返しだと指摘したが、人間の尊厳を自他ともに認めない状況が中国ではあまりにも長くそして日常的に続いていた。だから彼らの記憶の中で「虐殺と破壊」は、真新しく驚くべき概念ではなかったのだ。

「虐殺」を語るためには、その前に人間としての愛や生活があったことを語らねばならない。阿壠はこの点を重視した。南京虐殺をテーマとする多くの文献は、こぞって虐殺の数と範囲、残酷さの程度を問題にしている。これはこれで非常に大切なことではあるが、そこに生きていた人間の姿が見えない限り、「虐殺」は実体を失ってしまう。阿壠が伝えようとしたのはまさにこの点である。つまり「虐殺と破壊」とは、中国人にとって何だったのかということだ。そしてそこから、人生と尊厳を暴力によって奪われていく悲しみが読者にひしひしと伝わってくるのである。

このような「虐殺」のとらえ方は、二つの方向に発展していった。それは中国人の人間性獲得の道と日本軍の敗北の道である。阿壠は前述のように、中国人の土壇場になって発揮される力を確信したが、ここから更に進んで、暴虐者と死を賭して闘うこと以外に人間性を奪還する方法がないことを伝えようとした。魯迅の言う奴隷の時代は、闘いに立ち上がることによって初めて終わりを告げるのだ。また日本軍による虐殺と破壊を描く中で、阿壠は日本兵が倫理的に崩れていく様をいろいろな角度から再現した。侵略の論理と虐殺の背徳的な悦楽は、永続的に人間の精神を支えられるはずがない。日本軍は現在非常に優勢ではあるが、その精神は南京において衰退の極に達した。この洞察を通じて阿壠は中国の勝利を確信した。本編は死体処理の穴の前で涙する日本兵の姿で結ばれている。日本兵もまた人間であり、戦争の被害者であることを、阿壠は冷静に理解していたのだ。

削除部分を復元

原著『南京』を訳すにあたって、北京人民文学出版社版『南京血祭』で削除されている箇所（本書〔旧版〕第四章十六節〔本書完全邦訳版では第九章三〇〇ページ以降〕は復元できたが、紙幅の関係で本文の全訳ができなかったことをお断わりしたい。

巻末所収の原著者阿壠による解説は、読者の理解の手引きとなるよう要約して載せた。

巻頭の序文を寄せていただいた陳沛《チェンペイ》氏は阿壠の御子息であり、様々な困難を乗りこえて、現在中国天津市内でロボット工学の技師として御活躍中である。本書は陳沛氏の熱意によって出版されたといっても過言ではない。私は一中国研究者として、ここに心からの感謝の意を表したい。

最後に、私を励まし、困難な出版を快く引き受けていただいた五月書房の鶴田實氏と小林豊子氏にも、この場を借りて厚くお礼を申し上げたい。

一九九四年九月　　　　金沢にて

完全邦訳版の訳者解説

関根　謙

1　文学者、戦士——阿壠

阿壠《アーロン》（一九〇七〜六七）は本名陳守梅《チェンショウメイ》といい、杭州の没落した商家の出身である。勤勉実直な少年時代、一時期陳家の私塾に学んだが、商人となるために杭州靴商などで見習奉公をする。当時、暇をみては立ち並ぶ茶館の一角に出かけ、その片隅に佇んで、芸人たちの演じる講釈や朗唱に聞き入っていた。こうしてほぼ独学で教養を身につけたのだ。二十歳の頃から国家や社会の状況に強い危機感を抱きはじめ、勤め先の倒産を機に商いの道を捨てて杭州で国民党に入党、当時もっともリベラルだった国民党左派「改組派」で熱心な活動家となる。二十四歳の時に、おそらく国民党の推薦を得て上海の中国公学大学部経済系に入学、国民党内においても地方幹部としての地位を高めた。翌一年後の一九三二年、第一次上海事変が勃発、大学校舎が戦災により焼失して退学するのだが、三三年には救国の情熱に燃えて南京に向かい、黄埔軍官学校（中華民国陸軍軍官学校）第十期歩兵科を受験して合格、長い軍人生活を開始する。

阿壠の文学者としての人生もこの頃から始まっている。その後、黄埔軍官学校時代に「S. M.」

の筆名で書いた散文が、著名な文学者茅盾の編集する『中国の一日』に、陳独秀とともに掲載されている。

一九三六年黄埔軍官学校卒業、陸軍第八八師団少尉となり、小隊長を拝命。翌年七月、日中戦争開戦に伴い、八月に上海防衛戦の閘北《ザーベイ》前線に小隊を率いて出動するが、二カ月の激戦の後、十月に顔面顎部に重傷を負って撤退、後方に搬送された。半年の療養を経て、三八年大尉に昇進、保安団教練官として湖南省衡陽に赴任する。このころ魯迅の愛弟子、文芸評論家で戦闘的な文芸誌『七月』の主編だった胡風と武漢で知り合い、親交を深めて彼の雑誌に次々に戦場のルポルタージュ作品を投稿するようになる。

この一九三八年、三十一歳の阿壠は人生の転換点を迎えていた。彼は胡風を通して共産党幹部と深く付き合うようになるのだ。その中に当時周恩来の秘書だった呉奚如《ごけいじょ》がいて、その紹介により、延安の共産党抗日軍政大学で学ぶことを決意し、西安へ向かった。彼が西安にある第一八集団軍（旧八路軍）弁事処での手続きを経て、延安に到着するのはこの年の冬のことだった。そして年が明け、この延安で、阿壠は本書の元となる長編作品「南京」の第一章と第二章を執筆した。筆名はやはり「S.M.」。

延安での生活に関しては、理想と現実の矛盾にかなり深刻に悩んでいた形跡もあるが、阿壠は一九三九年年初春までには「南京」前二章を完成している。しかし四月に上海戦の古傷の悪化と演習中の新たな負傷により延安を撤退、西安で治療を受けた。そしてちょうどその頃、国民党と共産党の間の矛盾が激化し、西安・延安の交通が断たれて西安から戻れなくなってしまう。その結果この西安で、十月までに、南京陥落をテーマにした中国で最初の文学作品「南京」を完成することになるのだ。この作品は、阿壠自身の上海戦からの体験はもとより、戦友や同僚からの情報など、当時の第一線にいた人間しか知り得ない内容によって構築された歴史的意義のある文学だった。

ただ阿壠の延安・西安の動きに関しては、別な証言もある。阿壠の所属していたのは蔣介石の信頼の厚い胡宗南《こそうなん》指揮下の陸軍第三四軍団で、延安を包囲していた部隊だったという。阿壠は国民党軍人として包囲網の一端を担う任務に就いており、比較的自在に延安と西安を行き来できたし、延安へ行きたい人々を秘密裏に通過させもしていた。しかし三九年後半からは任務の関係で西安から出られなくなったというのである。

このあたりの話は錯綜しているが、少なくとも、阿壠が胡宗南の部隊にいて、かなり評価の高い将校だったというのは事実だろうと思われる。実際阿壠は西安で少佐に昇進し、新しい任務に就いていた。国民党軍事委員会戦時幹部訓練団第四団教官である。略称は「戦幹団」、全国に四団展開し、共産党の抗日軍政大学のように、国民党の側から愛国青年を組織教育する機関だった。校長は蔣介石、教務長はあの第三四軍団長胡宗南だった。

一九四〇年、阿壠は重慶の『抗戦文芸』誌主催の長編作品公募に「南京」を投稿。第一席となり、賞金を獲得するも、複雑な事情により出版は不可能になる。翌一九四一年、重慶に転出、軍人としては少佐参謀に昇進している。重慶でも戦闘的散文や詩作の創作に勤しみ、多くの筆名を使っていくつかの雑誌に発表していた。特にこの年に書かれた詩集「無弦琴」は繊細な叙情をたたえる秀作である。

阿壠の軍歴もこの重慶時代に輝きを増す。三年間少佐参謀を務めたのち、四四年に陸軍大学第二〇期生に合格、ただちに中佐に昇進した。同期百二十三名の卒業生名簿には、陳守梅の名と共に、後に台湾で陸軍総司令、参謀総長、行政院長を歴任する郝柏村《かくはくそん》や、陸軍少将となる潘光建の名も確認できる。

阿壠の筆名での創作もますます活発化していたが、この四四年に、十五歳年下の文学好きの女性張瑞《ずい》と知り合い、激しい恋愛の末、数カ月で結婚してしまう。そして翌年、日本敗戦の八月に息子沛《はい》が誕生する。

阿壠の愛情生活に関してここでは多くの紙面を割くことはできない。熱愛を経ての結婚と一子の誕生ではあったが、成都名家の令嬢だった張瑞は出産に伴う一種の神経症と高級将校夫人としての煩瑣な日常に耐えきれず、まだ生後数カ月の息子沛を残して服毒自殺をしてしまった。阿壠の衝撃、その心の傷の深さは想像を絶する。妻の死を悼む長編の詩「悼亡」には阿壠のあまりに深い愛情と哀しみが刻み込まれている。

この年、もはや日本軍は敗北し、中国は勝利の新たな光明の時代を迎えるはずだったが、すぐに内戦の混沌の中に沈んでいく。この一九四六年以後の阿壠の足取りはまだまだ不明な点が多く残されている。妻の自死後も阿壠は戦闘的な創作を続ける一方、共産党の友人に国民党軍部の機密情報を提供していた。こうした情報が内戦の展開において共産党軍の勝利に貢献していたということは、のちに阿壠を尋問した公安警察の担当者も証言している。緊張の日々を送っていた阿壠だが、共産党との関係を密告するという警告文書が届き、中央軍校の手配書が出回るようになって、四川から避難せざるを得なくなる。しかし苦しい逃避行を経て、とりあえず実家杭州に戻った阿壠は、友人のつてで南京中央気象局に就職でき、翌四八年には南京の陸軍大学に復帰して兵学研究院の中央研究員に採用されるのだ。のみならず、十月には陸軍参謀学校教官に任用され、同時に大佐に昇進する。成都の中央軍校の手配書は、南京では意味をなさなかったのだろうか。このめまぐるしい変貌は、激動の時代だったからこその経歴と見るべきなのだろうが、陸軍大佐陳守梅こと阿壠は半年後には中国人民解放軍を杭州で迎えるのだ。宿命の歯車は回っていた。

一九四九年五月、杭州解放。阿壠はもし望むなら、その輝ける軍歴からしても、国民党軍とともに台湾に行く道を取ることも可能だったが、共産党の新中国を選んだ。様々な経緯ののち、彼は上海鉄路公安局に一時就職し、のちに天津市で文学関係の重職を紹介されて息子と共に移住する。阿壠は新しい時代の希望に燃えて、詩論や評論を次々に発表した。天津の文学界での阿壠の暮らしぶりは、極めて質素で清廉、「聖者」とまで噂されるほどだったという。文学上の成果として特に注目すべきは、一九五一年に刊行された長編の評論『詩与現実』である。この長編評論はこの時代としては最大の作品あり、もっとも先端的な考察を展開した大著だった。

新たな人民の国に対して大きな希望を抱いていた阿壠だが、人民共和国建国後すぐにいくつもの政治運動が繰り広げられ、その全体を通して、自由な創作に対する拘束の網が次第に絞られ、思想的な圧迫が強まっていった。初期において特にその傾向が集中していくのは、胡風とその友人、そして胡風の雑誌に投稿していた文学者たちに対してだった。こうして一九五五年五月「胡風反革命集団事件」と規定された、国家に対する反逆事件が摘発された。それは毛沢東国家主席が自ら下した決定で、人民共和国において自由な思想を国家犯罪と認定する最初の事件だった。この時、全国で二千名を超える市民が連座して厳しい査問を受け、逮捕された者は九十二名にのぼった。その家族にまで及んだ迫害の実態を考えれば、この冤罪事件の凄まじさが想像されよう。阿壠は胡風本人、作家賈植芳《かしょくほう》と共に、全案件の中心的犯罪者である「骨幹分子」二十三名の中でも最も重罪の三名として名前を挙げられ、十二年の実刑判決が下された。しかし阿壠は冤罪に屈することなく、自己の正当性を曲げることはなかった。公判時の阿壠の毅然とした態度については、いくつもの回想が残されている。

阿壠の十二年の刑が終了しようとする一九六七年、中国は文化大革命の暴力が荒れ狂う時代を迎えていた。阿壠の釈放は却下され獄中生活は無期限に延長された。獄中では阿壠に対して非人間的な処置もしばしば加えられたという証言もある。そしてこの年、獄中の阿壠は脊髄カリエスを発症し、監獄の病院に収容された。最後には触れるだけで骨が崩れ、全身が鱗のようになってやせ細って亡くなったという。

阿壠の冤罪が晴れて名誉回復がなされたのは文革後の一九八二年だった。「反革命分子」の遺灰はゴミとして処理されるのが原則だったというが、阿壠の名誉回復後に挙行された追悼会には、阿壠の遺灰が祀られていた。それは獄中の阿壠の人格に魅せられた看守が密かに保存していたものだった。「聖者」阿壠の品性が偲ばれる逸話である。

2 阿壠と「南京」――長編作品「南京」の概要

阿壠「南京」の原稿は一九三九年十月、南京陥落から一年十カ月後に完成した。これより早く一九三八年には、日本で石川達三が「生きてゐる兵隊」を、火野葦平が「麦と兵隊」をそれぞれ発表している。阿壠の作品「南京」は当時、重慶の文芸雑誌『抗戦文芸』主催の長編小説公募で賞金を与えられた作品ではあったのだが、このとき正式出版には至らなかった。刊行は作品完成から半世紀後の一九八七年、書名は『南京血祭』と改題されていた。しかもこれは原作そのものの出版ではなく、執筆用のノート[1]に書かれた原稿を基にしたもので、原作では三十万字あったという長さも残っていたのは十四万字ほどに過ぎず、編集委員会の判断で変更した箇所があると断り書きまでついていた。

筆者は阿壠の遺児陳沛にこの原稿ノートを確認させてもらったのだが、几帳面な阿壠としては珍しく筆致が乱れており、読み進めるのにもかなり労力のいる文面であった。これは推測すれば、阿壠自身が将来このノートに手を加えてきちんとした形で刊行しようと思っていたに違いないということになろう。しかし彼は当時、内戦から統一へ向かう祖国にとって必要なことは新たな文芸への提言であると確信しており、多くの文芸評論を書くことに全精力を費やしていたのである。「南京」を修正する時間はなかったのだ。そして大変残念なことに、人民共和国建国後は厳しい論争に巻き込まれてさらに時間がなく、最終的には獄中の人となって全く執筆の自由を奪われ、執筆ノート自体が阿壠逮捕の際に中央公安によって極秘文書とされて厳重に保管されることになった。阿壠自身がこのノートを見直す機会は完全に閉ざされてしまうのである。私たちはここに、誠実な創作者としての阿壠の二重三重の無念を読み取らねばならない。

阿壠が長編作品「南京」に着手したのは一九三九年の延安滞在中のことで、初めの二章までを延安で書き、その後のすべての章を、古傷と新たな負傷の治療のために移動した西安で、七月から十月までのわずか数カ月間という短い期間のうちに書き上げている。この事実は、中央公論特派員だった石川達三が陥落後すぐに南京に赴き、そこで実際に見聞した衝撃を翌月にわずか十日間で書き上げて、『中央公論』一九三八年三月号に発表していたことを連想させる。翌一九四〇年までに治療を終えた阿壠は延安には戻らず、国民政府軍事処少佐として重慶に向かっている。「南京」の原稿は、この過程で雑誌『抗戦文芸』の長編賞小説公募に投稿され、審査の結果第一席に選ばれたのだが、後述する複雑な事情により正式出版されないまま原稿が戦乱のなかで紛失してしまうのである。阿壠の一九三九年版原作をもはや見ることができないのは、中国にとっても日本にとっても、そして世界の現代文学にとって取り返しのつかない損失である。

『南京血祭』は本編九章とエピローグ（尾声）からなっている。南京陥落直前の十一月の状況から陥落当日までが描かれており、エピローグには陥落後の象徴的な戦闘の意義が述べられている。これはいくつものエピソードを重ねる形で書かれた作品で、もちろん日本侵略軍の残虐さを容赦なく描いていたが、それと同時に、当時の南京防衛軍内部の問題も鋭く抉り出されていた。また市民の生活や感情、知識人と農民間の矛盾とその克服の過程、中国人の覚醒の実態なども描きこまれていて、南京陥落の真の意味を問う作品であった。作者阿壠は日本との戦いの只中にいる戦闘者・軍人として、戦闘の勝利への道の確信に燃えながら、直面した敗北の意義を闡明《せんめい》しようとしているのである。

3　作品「南京」の性格

阿壠は自作がいかなる文学であるかについて、「後記」において、ルポルタージュ（報告文学）とも小説ともすることができなくなったと述べている。この作品には「真実の話と、他から持ってきた真実の話」があって、ルポルタージュ風ではあるものの、虚構の物語も含まれていたのだ。それは、当時資料の収集がきわめて困難だったためで、「真実の話は輪郭だけ」で自分の経験と想像力を基に創作しなければならないことが多々あり、小説のように思われても仕方がないと阿壠は思っていた。

ルポルタージュへのこだわりは、当時実際に戦地の最前線にいる軍人として次々に報告文学を発表してきた阿壠にとって当然の結果である。阿壠がペンネーム「S.M.」で最初に登場するのは一九三六年であり、胡風の雑誌『七月』への掲載開始は一九三八年のことで、いずれも前線からの生々しい報告文学の作者としてであった。阿壠は文学を通して抗日戦争に対する貢献を果たしていきたいと熱望しており、最も直接に戦争の真実を反映して人々の魂を揺り動かせるのは、ルポルタージュの形式だと考えていたのだ。阿壠はこれまでのようなルポルタージュを目指しながらも、結局は小説的にならざるを得なかったということを深刻に悩んでいたようだ。本作の発表以前に知遇を得て運命的な盟友となった文芸評論家、雑誌『七月』主編の胡風からは、「リアリズムの精神を把握し、主観の激動のままフィクションに走らないように」と何度も助言をされていたと阿壠は述懐している。

戦争の時代においては、ルポルタージュ文学の価値がきわめて高くなることは紛れもない事実である。出版元である人民文学出版社は「報告文学体長編小説（ルポルタージュ風長編小説）」として刊行したのだが、少なくとも本作は、最前線で戦った戦士の心の力（＝魂）によって叫び出された叙事文学であるということだけは間違いない。原作者阿壠の修正の手が加えられなかった無念の事実を、今一度思い起こす必要があるだろう。

4　阿壠の描く南京戦の群像

本作品の登場人物について考えてみると、大きく分けて四つの群像を見ることができる。第一は厳龍《イエンロン》（第一章、第九章）、袁唐《ユエンタン》と曾広栄《ツァンクアンロン》（第二章、第六章、第八章）ら学生知識人出身の青年将校。第二は張涵《チャンハン》（第四章、第八章、第九章）を中心とした農民出身の将兵。ここには第四章、第五章、第八章の兵隊たちが含まれる。第三は、描写は少ないものの、第三章などに登場する中国軍最高首脳や上級将校の群像であり、「尾声」における「将軍」もこのグループと見られる。第四はほとんど各章に描かれている一般の市民や農民の群像である。阿壠はこの四つの群像を中間的な登場人物の設定やそれらの人間関係の配置により、一つの小説世界に結びつけようとしているが、たとえば、第三章、第五章、第七章、尾声などのようにかなり独立性の強いセクションも存在しており、全体の必然性を読み取るのはやはり困難だと言わざるを得ない。ただ明確な意図として指摘できるのは、「時間的経緯」によって展開をコントロールしようとしている点であり、少なくとも「南京陥落」という事態の一貫性は主張されていると言えよう。このような構成上の「弱点」は先にも述べた本来の原作原稿が紛失していることに大きな原因を求めなければならないのだが、それでもなお、読者は読み進むに連れて一つの全体的なイメージを結んでいくに違いない。それは、本作品が一つ一つのエピソードを重ねながら、時間軸に従って、それらが短編や中編のまとまりの中に吸収され、やがて一つの中国の戦争の悲劇として鮮烈な印象を築き上げるからである。まさに「南京陥落」に対する作者の情念によって結びつけられたいくつかの短編と中編の集合体なのである。

阿壠の情念を正面から受け止める役割は、第一の群像グループにあった。彼の描く四つの群像の中で、特に鮮烈なイメージを結ぶのがこの知識人出身者の群像である。最初に登場する厳龍は若い知識人の典型であり、抗日の民族的情熱を持っているものの、実際の戦闘の前では本来の気質的弱さに悩んでいく。それはある意味で、文化と教養によってはぐくまれた高貴な優しさでもあったのだが、彼は級友たちと共に敗色の濃い実戦の中で本当の強さに目覚めていくのだ。やがて最終章において、圧倒的な戦死者の中で決然と進んでいく彼の姿に焦点が結ばれる。それは端的に言ってビルドゥングスロマーン（成長物語）の特質と考えられよう。阿壠自身が事件による一貫性を重視したと述べているように、この小説において南京陥落の時間の経緯は常に大きな位置を占めており、すべての登場人物の運命がこの時間によって決定される。そして厳龍らはこの時間軸の激流に時には弄ばれながら、確実に覚醒していく主体として捉えられる。当然のことながら、この視点は国民党陸軍高級将官である阿壠自身の感性によって獲得されるものなのである。ここに本作品の統一的印象を支える情念のもっとも本質的要素を確認することができよう。

第二の圧倒的多数である農民出身の将兵の物語では、伝統的な中国の忌むべき性格と中国の軍隊の実情が冷静に描かれ、物語の主旋律としては、ぎりぎりの土壇場でなければ発揮され得ない中国人の底力、魂の力の凄まじさが流れている。南京の戦いは民族の存続をかけた土壇場に彼らを追いこんでいったのである。しかし多くの場合、その底力の発揮はあまりにも遅く、むやみに多くの犠牲を伴うものであった。しかも伝統的な行動様式に従って、こうした最後の力さえ出しきれずに悲惨な最期を遂げる者もあまりにも多かったのである。阿壠の筆力は容赦なくこの暗黒に切りこんでいる。

第三の中国軍最高首脳、上級将校の物語は第三章と「尾声」の二部分に集中しているのだが、極めて対照的な姿が描写されている。前者では南京防衛軍最高首脳たちの腐敗と排他的野心とが冷やかに描かれており、後者では民族的な怒りに燃えた将軍の英雄像が主題となっている。しかしこの物語は紙幅自体が少なく、展開に唐突さも明らかに見えており、阿壠にとってはまだまだ完成にほど遠い物語の種のようなものだったのではなかったかと推測される。

第四の市民農民の物語は、彼らが残虐な南京戦における最大の犠牲者として無残に生命を奪われ、家族や財産、そして夢や希望の一切も奪われていくことが主題となっている。ここに描かれる群像はそれぞれ個別で、相互の関連性は薄いのだが、積み上げられた逸話は様々な角度から「犠牲」の真相に迫っている。特に第一章、第二章の人物像はすさまじい迫力があり、侵略戦争の犯罪性が作者の悲痛な叫びとともに伝わってくるような高い完成度を持っている。

本作は、南京陥落を頂点とする日本の残虐な侵略に対する怒りを中心的なテーマとしているとされるが、単純な批判や告発を目指したプロパガンダではない。ここには南京戦に直面した中国人の生き方を詳細に描出しようという意志が強く働いており、明日の抗日の戦闘勝利につながる力を導きだす覚悟が込められている。阿壠のリアリズムの精神を認めるとするなら、まさにこの単純なプロパガンダ的展開を否定したところにこそ注目すべきだろう。彼は現実の中国人の生きざまを、何の脚色もなしに（当時隆盛な啓蒙的立場も一切取らず）、まっすぐ描こうとしていたのだ。

原作執筆地は延安であり、西安であったが、政治的中心重慶は国共合作が破綻の傾向を急速に強めており、戦略爆撃の展開を中心にして日本軍の攻勢はいっそう激しくなっていたのだ。しかしこの執筆作業の中で、阿壠の勝利への確信は少しも揺らぐことはなかった。この意味においても、第一の群像である青年知識人層の描写は重要であった。抗日戦争の真の意義は、この群像の覚醒の物語によって、全体のものとなっていくからである。彼らは南京を巡る時間の経緯の中で、伝統的因習的中国のおよそすべての腐敗、堕落、享楽、裏切り、怯懦《きょうだ》、そして背徳に直面していく。それらは軍首脳や地方の名士たちによるものばかりではなく、一般市民や農民、そして彼らの指揮下にある兵隊たち（それらの多くは農民だった）によって突きつけられる現実だった。彼らはまた精神性においても、想念の確かさを検証されなければならなかった。たとえば、中国伝来の悲観主義と楽観主義、無力感、そしてあの「阿Q精神」、これらの現実的存在を実感しながら、その一切の誤謬性が「南京陥落」という局面において検証を求められたのだ。この過程で、青年知識人の群像は、自分の青春のすべてを犠牲にしなければ、中国の本当の勝利は勝ち得ないことに気づいていく。冷厳な事実を前にした彼らの悲壮な決意は、とりもなおさず、原作者阿壠の情念の深さを示すものだと言えよう。

5　阿壠創作の現実認識と象徴性

阿壠は前節で見たように、リアリズムの精神を基底にしながら、描写においては高度な象徴性をもった抽象化を目指しており、現実の本質を貫いてさらに昇華していく「真理」を表現しようとしている。それは胡風の主張する「主観戦闘精神」の成功した実作化とみることができる。たとえば第一章の日本軍による猛爆を前に発令された空襲警報サイレン音の描写は、まさに現実に起こった出来事が「真理」へと抽象化されていく恰好の例といえよう。

空襲警報の描写には阿壠の鋭い現実認識が表れている。ここで喩えられた「古代の恐竜」とは紛れもなく中国であり、長い歴史と広大な国土と人民を擁する祖国が、白日の下で絶滅の危機にあえいでいる姿を阿壠は瀕死の恐竜に仮託したのである。大きな歴史の潮流の中で、中国の命運は完全に絶望的な状況に陥っているのだが、やはり自分自身の手で「歴史を決定するために響き渡る雄叫びをあげざるを得ない」のである。自己の人間の証明として、これは絶対にやらねばならないことなのだ。どうあっても彼らは叫ばずにはいられないし、叫びつづけなければならない。このいわば暗黒の認識が阿壠の心の底の中国像なのであろう。そして阿壠の戦いは、阿壠の叫び声は、ここから発せられることになるのだ。ここに阿壠の現実認識と象徴化の結合を見るのは自然である。

阿壠における現実認識の深みとその対極に置かれる象徴主義的な傾向については、次の阿壠自身の指摘に着目すべきであろう。

このような誇張した芸術の完成は、「真実」の情緒を前提として初めて保証される。そしてこれによって成り立っているからこそ、この芸術はその反発作用として有効かつ充分に「真実」の情緒を保証するのである。

情緒における「真実」とは、ある情緒の突出のことである。それは高揚して燃え上がるものではなく、集中して先鋭化するものなのである。[2]

阿壠は「事実」の羅列が「真実」になるとは考えない。「真実の情緒」こそが文学の価値を決定する要素なのである。また同時に「南京」の創作において、特定の主人公に強引なストーリー性を持たせるような虚偽も否定した。現実に存在し得ないヒーローなど不要であるばかりか有害なのだ。

6「南京」の文学的達成——日本の作品との比較検討

阿壠は現役の高級将校としての身分を持つ極めて特異な作家であり、その作風にも同時代の他の文学者には見られない独自の品性が認められた。

一九三七年五月に日本軍は杭州湾上陸作戦を敢行するのだが、この状況は伍長通信兵だった火野葦平が『土と兵隊』および『花と兵隊』に作品化した。一九三七年七月七日の盧溝橋事件による日中全面開戦を挟んで、同年八月の上海防衛戦は阿壠が『第一撃』に、さらに同年十一月の日本軍による南京爆撃は「南京」に作品化している。同年十二月十三日の南京陥落は阿壠の『南京血祭』と石川達三の『生きている兵隊』に描写され、石川は陥落後の翌一九三八年一月の状況も作品化している。この年五月の徐州作戦は火野葦平の『麦と兵隊』のテーマとなっており、阿壠も『南京血祭』の「尾声」に印象的な描写を残している。

当時は首都南京陥落以前に、戦時首都として重慶が決定されており、一九三七年をピークに政府機関をはじめ経済、政治、教育などあらゆる部門と産業が重慶に移動していた。一九三八年六月には激烈な「大武漢防衛戦」が展開するが、十月二十七日に武漢も陥落し、日本軍は当地を拠点に戦時首都重慶への戦略爆撃を開始する。そして翌一九三九年五月三日と四日、後に「五三《ウーサン》・五四《ウースー》」と称されることになる大爆撃が重慶を襲う。このころ阿壠は延安および西安で「南京」の執筆に集中している。本作を書き上げた阿壠が国民政府軍事処少佐として重慶に移動するのは、一九四〇年二月のことだ。

(1) 原民喜との比較

阿壠の迫真の筆力は、先述の空襲警報の描写に明らかなように、爆撃下の状況の再現シーンに端的に現れている。

いま、この大通りがまさに地獄と化している。死人、血、砕けた坂、瓦礫、曲がった鉄柱、変形した鉄の扉、後足のない三毛猫、電線、これらの恐怖と痛苦に満ちたものがこの大通りのすべてだった。建物の並びが一列完全にふっ飛んでいた。乗用車が一台灰と鉄骨を残して真っ黒に焼かれている。そして路面は裂け、（中略）そこの壁一面に点々と付着していたのはすべて爆撃で吹き飛んだ人の肉片だった。それは芸術家の描く「桃林に春馬を試す」という図案そのものだ。赤や紫の色をした腸が、葉をすっかり落とした木の枝にひっ掛かっている。（中略）家の軒の上まで飛ばされた子供の首が一つ、やり場のない怒りを込め太陽を睨みつけている。[3]

南京の貧民の暮らしていた下町に対する日本軍の爆撃のシーンである。防衛任務に就く厳龍少尉の視線を通して、爆撃によって現出した凄惨な世界が語られるのだ。厳龍の目に飛びこんできたのは、無機質のものが異様な形に変容し、生命の宿っていた肉体が想像を超える色彩と構図で異質な造形を形作っていく新しい地獄だった。この前後には、爆撃で極限状況に追いつめられていく人々の姿が、たとえば抱いていたはずの孫を失った老婆、幽鬼のようにさまよう群像、救援の人々の遭遇する凄惨な遺体など次々に描きこまれていくのだが、ここに描出されたシーンは、磨きこまれた文章によって爆撃全体の想像を絶する恐怖と破壊を読者に強く印象づけている。

阿壠の筆致は、原爆投下直後の広島を描いた原民喜の『夏の花』[4]を彷彿とさせる。原民喜はこの作品の中で、妻の姿を求めて地獄と化した広島市内を彷徨《さまよ》うのである。

ギラギラと炎天の下に横わっている銀色の虚無のひろがりの中に、路があり、川があり、橋があった。そして、赤むけの膨れ上った屍体がところどころに配置されていた。これは精密巧緻な方法で実現された新地獄に違いなく、ここではすべて人間的なものは抹殺され、たとえば屍体の表情にしたところで、何か模型的な機械的なものに置換えられているのであった。苦悶の一瞬足掻いて硬直したらしい肢体は一種の妖しいリズムを含んでいる。電線の乱れ落ちた線や、おびただしい破片で、虚無の中に痙攣的の図案が感じられる。だが、さっと転覆して焼けてしまったらしい電車や、巨大な胴を投出して転倒している馬を見ると、どうも、超現実派の画の世界ではないかと思えるのである。（中略）路はまだ処々で煙り、死臭に満ちている。[5]

阿壠も原民喜も、この爆撃を無機質なモノと命のあった肉体との異様な変貌において、新たな構図を持った絵の世界と捉える。もちろんこの二人の文学者に交流も影響もあり得ないのだが、創作において不思議な一致が感じられるのである。それは実際の爆撃下で生存の極限と人間性への破壊を経験させられた芸術家の魂が、自然に共鳴した結果だったと言えるのかもしれない。ここに見られる恐怖と無念とは、「南京」執筆当時阿壠の抱いていた深い思いとまったく共通している。

（2）石川達三との比較

阿壠の原作「南京」と石川達三の『生きている兵隊』[6]とは、南京陥落の多くの場面において共通する描写を残している。石川達三は一九三七年十二月二十一日に中央公論社特派員として中支方面に派遣され、翌年正月まで南京に滞在して取材に集中した。そして一月末に帰国後、ただちに執筆に取り掛かり、十一日間にわたり昼夜ぶっ通しで『生きている兵隊』三百三十枚を完成、『中央公論』の同年三月号（二月発行）に掲載された。しかし発売即日に「新聞紙法違反容疑」で発禁処分となり、九月に「禁錮四ヶ月執行猶予三年」の判決が下された。この判決に対し検事側は不服で控訴したが、石川は判決後、再び中央公論社特派員として武漢作戦に従軍した。翌年第二回公判において前判決は確定した。この際にゾルゲ事件の尾崎秀実が証人として出廷していることは有名な事実である。なおその後、一九四〇年に「紀元二六〇〇年」の恩赦により、禁固刑は三カ月に減刑されている。『生きている兵隊』は、戦時中は出版できない状態が続き、終戦後一九四五年に河出書房より刊行されている。

南京陥落、この歴史的事態に対して、阿壠と石川達三とは全く正反対の立場から創作に臨んでいることは言うまでもないが、戦争という極限状況下における知識人の精神性を主題としている点は、モチーフにおける重要な共通の態度として考慮すべきだろう。

石川達三は医学士近藤一等兵の倫理意識の変容を次の有名な場面で描出している。

他の兵は彼女の下着をも引き裂いた。すると突然彼等の眼の前に白い女のあらわな全身が晒された。それは殆んど正視するに耐えないほど彼等の眼に眩しかった。美事に肉づいた胸の両側に丸い乳房がぴんと張っていた。（中略）…（近藤一等兵は）腰の短剣を抜いて裸の女の上にのっそり跨がった（中略）彼は物も言わずに右手の短剣を力限りに女の乳房の下に突きたてた。（中略）医科大学を卒業して研究室につとめて居た彼にとって女の屍体を切り刻むことは珍しくない経験であった。しかし生きている女を殺ったのは始めてである。（中略）生命が軽蔑されているということは即ち医学という学術それ自体が軽蔑されていることだ。自分は医学者でありながらその医学を侮辱したわけだ。(中略)そうだ、戦場では一切の智性は要らないのだと彼は思った。[7]

石川達三は、スパイ嫌疑のかけられた若い女性を強殺する医学士近藤一等兵の述懐を通して、「戦場では一切の智性は要らないのだ」と結論づける。そもそも石川の執筆動機のなかに、「南京陥落」「日本軍大勝利」を祝賀の提灯行列で単純に騒ぎたてて喜びふける日本人の目を覚まさねばならないという強い自覚があった。石川は知識人が脆弱な倫理性に浸っていることを戒めようとする構えを持っていたのである。『生きている兵隊』の初版の「自序」には、次の文章がある。

原稿は昭和十三年二月一日から書きはじめて、紀元節の未明に脱稿した。その十日間は文字通り夜の目も寝ずに、眼のさめている間は机に座りつづけて三百三十枚を書き終わった。(中略)私としては、あるがままの戦争の姿を知らせることによって、勝利に傲った銃後の人々に大きな反省を求めようとするつもりであった。

石川のこの強烈な意識は、次の従軍僧侶片山玄澄の殺戮場面ではさらに明白に読み取れる。

(残敵掃蕩の部隊とともに入ってきた)片山玄澄は左の手首に数珠を巻き右手には工兵の持つショベルを握っていた。そして皺枯れ声をふりあげながら露地から露地と逃げる敵兵を追って兵隊と一緒に駈け回った。（中略）「貴様！」とだみ声で叫ぶなり従軍僧はショベルを持って横殴りに叩きつけた。（中略）次々と叩き殺して行く彼の手首では数珠がからからと乾いた音をたてていた。（中略）いま、夜の焚き火にあたって飯を炊きながらさっきの殺戮のことを思い出しても玄澄の良心は少しも痛まない、むしろ爽快な気持でさえもあった。[8]

石川達三は日本軍における実際の取材を通して、知識人の典型たる医師と僧侶を見出し、その知的精神性の崩壊を、戦時下の必然として描いた。彼にとって、それは戦争遂行のうえで必要な姿勢であり、知識人の持つべき覚悟とでもいうべき精神力であった。しかし石川の筆致の迫力は、原作者の意図を超えて、戦争の凄惨な真実に触れたばかりでなく、日本軍の潜在的に持つ反社会的倫理性の辿る崩壊の道をも示してしまったのだ。即日発禁処分の理由はあまりにも明らかである。

これに対し、阿壠においてはこれまで検討してきたように、南京陥落という絶望的敗北と国家壊滅の危機が、若き知識人の虚弱な傾向性から精神力の高みへと導く決定的状況として捉えられていく。登場人物の第一の群像、知識人の青年将校たちの成長が物語の重要なテーマとなっているのだ。たとえば阿壠は、南京から資産家たちが避難していった後に残る豪邸で、中国兵が略奪を働いている場面を容赦なく描く。近年の反日映画などの作品では決して見られない描写である。荒れ果てた南京市街を感傷にふけって歩いている学生出身の将校袁唐少尉が、ちょうどその略奪の行なわれている豪邸に立ち寄るのである。袁唐は略奪する農民兵に激怒して、反射的にその兵を殴打する。袁唐は叫んだ。「おまえは中国兵だぞ！　それでも中国の兵隊か！　恥知らずめ、中国兵の面汚しめ！」

これに対して農民兵は殴られる理由がわからない。兵は、「わたしは焼いてしまう物なら持っていったって構わないと思いました」と袁に答えるのである。袁はその時、この戦争の性質と自分の立場を深く認識する。

石川達三の描く医学士が医師としての倫理性や精神性から遠ざかっていくのに対し、阿壠は青年将校が殴打という一種の暴力行為を通して、中国の農民兵の本質を肌で知り、さらに知識人として軍務につく意義に目覚めていく姿を描出している。

また宗教家と戦争の現実に関しては、石川達三の描く片山玄澄の凄惨さは筆舌に尽くしがたいものがあるが、阿壠は爆撃下の市街を彷徨う敬虔な仏教徒鐘玉龍《ツァンユイロン》を中心に据え、その遭遇する残酷無比な現実の前に、宗教者としての自制心を失って発狂する姿を描いていく。鐘玉龍は四肢をもぎ取られた死体や、瀕死の人々の群れの中をふらふらと進みながら、精神崩壊の道を辿る。彼は普段全く肉類を摂らず、すべての生命への憐れみと仏への精進に日々を送っていたのだが、この爆撃の日、人肉の破片を口にしてしまうことになる。ここまでの地獄めぐりのような残虐を目の当たりにして、この仏教徒は敵日本への憎悪を滾らせるのだが、そういう憎悪自体、信仰の人が持つべきものではないと鐘玉龍は自責する。しかし憎悪は抑えようもなく膨らみ、仏の御心までもが疑わしく思えるようになっていく。もはやこれまでの信仰生活の中心がぼろぼろになってきているのである。そして「人肉のかけら」、この段階で、彼の精神性は完全に崩壊する。阿壠は戦争の残酷な現実が一人の忠実な信徒を追い詰めていく階梯を描ききった。我々は阿壠の筆致が信仰の尊さを蹂躙するのではなく、戦時下における非人間的状況の告発に全神経を集中していることを注目すべきだろう。石川達三の描く宗教者は、筆とともにますます信仰の理念から遠ざかっていくのだが、阿壠においては全く正反対のベクトルが働き、高い宗教的倫理性が保持されていると言えよう。

（3）日本兵の涙について――「慟哭」の意味

本書邦訳の初版は『南京慟哭』という書名となったのだが、邦題の理由は、阿壠の原作に涙する日本兵の姿が印象的に描きこまれているからである。石川達三と阿壠の双方が持っていた知識人の戦争参加の命題がここに関係している。

石川達三は知識人の脆弱さを超越しなければ戦争遂行はできないとし、その脆弱さの主要な要素として、知性が人の精神に及ぼす倫理的拘束力までも含めてしまった。したがって石川によって描かれる知識人の戦争は、反知性的かつ反理性的にならざるを得なくなるのだ。一方、阿壠は知性の力を最高に発揮する方向性と努力がない限り、中国の防衛戦は戦いぬけないと強く主張しているのである。阿壠は抗日戦争勝利の確信を、倫理的に中国が保持しうる「義」の存在に見ており、侵略者日本の敗北の理由も、日本が理知的で倫理的な「義」を喪失しているところにあると確信しているのだ。阿壠のこうした創作の態度が「南京」における日本兵の涙に結ばれていく。

本書には南京の民家に侵入した日本兵が、中国の老婦人の前で泣き崩れるシーンがあるが、これは阿壠の息子陳沛から原作ノートを示されたときに見出した貴重な一節である。これは中国版の『南京血祭』では削除されており、本書で初めて再現することができた部分である。[9] 中国の反日作品では、日本兵の野蛮さが典型描写の中に組み込まれており、いつも残虐で放埒《ほうらつ》な野獣となって読者の前に現れる。しかし阿壠はそうしたステレオタイプを厳しく拒否していた。彼は最後まで人間を描くことに執筆者の良心を賭けていたと言っていい。ここで涙にくれる日本兵を通して、人間としての彼らもやはり残酷な戦争の被害者の側面を持っているのだということが、切々と伝わってくる。涙する日本兵の存在は史実としては議論の余地があるかもしれないが、現役の前線指揮官の一人としての阿壠こと陳守梅には、多くの戦友や友人を通して、間違いなくこうした情報が寄せられていたのだ。実際当時の中国の新聞には、自殺した日本兵の記事も掲載されていて、勝ち進んでいるはずの日本軍の精神的貧困は、中国知識人の話柄《わへい》に上っていたのである。

自殺する日本兵に関しても、本書第八章において厳龍の遭遇する印象的な場面がある。若き将校厳龍は「勝利をかち取ったときに、なぜ自殺しなければならないのだ」と不思議でならなかったのだが、突然、「自分の前途と中国の前途に光明が満ちていること」を確信し、「日本は重大な矛盾をその内部に抱えているがゆえに、必ず敗れる」と肌で感じるのだ。彼は闇の中を独り、徐州を目指し前進する。中国の勝利を担う若き知識人、青年将校の力強い旅立ちと勝利者であるはずの日本軍人の精神的衰退が、極めて対照的に描きこまれているのである。

（4）対象化される現実——史実との関連における小説

阿壠と石川達三との描写の共通性は、史実との関連においても重要な問題を提示している。それは挹江門《ゆうこうもん》の惨劇に関することである。南京陥落の際、日本軍は南京市内を厳しく包囲し、四方から侵入していったのだが、西北側城門をただ一つ、長江下関に続く挹江門は開けていた。当然この門を目指して、南京市民も中国軍の敗残兵も殺到することになる。生き延びるわずかな好機を挹江門に求めたのである。石川達三は次のように描いている。


南京防衛軍総司令官唐生智は昨日のうちに部下の兵をまとめて挹江門から下関に逃れた。挹江門を守備していたのは広東の兵約二千名であった。彼等はこの門を守って支那軍を城外に一歩も退却させない筈であった。唐生智とその部下とはトラックに機銃をのせて、この挹江門守備兵に猛烈な斉射をあびせながら城門を突破して下関に逃れたのであった。

挹江門は最後まで日本軍の攻撃を受けなかった。城内の敗残兵はなだれを打ってこの唯一の門から下関の碼頭に逃れた。前面は水だ。渡るべき船はない。陸に逃れる道はない。彼等はテーブルや丸太や板戸や、あらゆる浮物にすがって洋々たる長江の流れを横ぎり対岸浦口に渡ろうとするのであった。その人数凡《およ》そ五万、まことに江の水をまっ黒に掩うて渡って行くのであった。そして対岸について見たとき、そこには既に日本軍が先廻りして待っていた![10]

この挹江門での惨劇には、日本軍が故意に開けておくという戦術があったことを前提にしたうえで、さらに次の要素が確認できる。第一に挹江門での戦闘が中国軍内部の武闘であったこと、第二に日本軍の戦術が功を奏し、長江渡河に殺到した中国人が数万人規模で死んだということである。

第一の中国軍内部での武闘に関しては、石川は南京守備軍司令官唐生智将軍が、挹江門守備部隊に対してトラックに据えた機銃を乱射しながら門を突破して脱出したと書いている（史実としては、唐生智は南京陥落前夜の十二月十二日に南京から脱出している)。この部分は有名な箇所で、近年公開された映画『南京、南京』でも、中国軍同士の抗争の場面を残している。しかし映画においては非常にあいまいな形にぼやかされた、いわば中国軍に遠慮したような描写であり、石川の描いた機銃の乱射は映像にもなっていない。

これに対して、阿壠の描く挹江門の惨劇は極めて深刻であり、これまで公表されたあらゆる南京陥落を描く作品において、もっとも残虐な描写となったのは間違いない。事実としての挹江門の大混乱については多くの証言が残っているのだが、注目すべきは、日本軍の圧倒的な恐怖が迫っているとはいえ、生き延びようとする中国軍同士、中国人同士でパニック状態の殺戮が展開してしまったことである。阿壠は新街口や中山北路から、挹江門まで逃げ惑う群衆がびっしりと連なったと書き起こし、群衆の集中した挹江門で行なわれた悪夢のような惨劇を丹念に描写する。阿壠はこのパニック状態に中国の軍隊の致命的な弱点を見出したからこそ、そして中国民族の悲惨な宿命を見抜いたからこそ、このもっとも残酷な描写をあえて詳細に綴りつづけたのである。後世の人々は、この悲惨な史実を原稿に綴っていたときに阿壠の胸を覆っていた深い悲しみを読み取るべきであろう。

(5) 火野葦平との比較

前述したように、阿壠が「南京」を執筆した直接の引き金になったのは、火野葦平の通信兵としての執筆態度に憤激したからである。彼は侵略者の側にこの戦争の文学的果実を奪われることに、本能的な嫌悪感を抱き、激しい闘志を燃やした。[11]

火野葦平の文学者としての姿勢は、次の『麦と兵隊』の序文に現れている。

私は戦場の最中にあって言語に絶する修練に曝されつつ、此《こ》の壮大なる戦争の想念の中で、なんにもわからず、盲目のごとくになり、例えば私がこれを文学として取り上げる時期が来ましたとしましても、それは遙か先の時間のことで、何時か再び故国の土を踏むを得て、戦場を去った後《のち》に、初めて静かに一切を回顧し、整理してみるのでなければ、今、私は、この偉大なる現実について何事も語るべき適切な言葉を持たないのであります。(中略)現在、戦場の中に置かれている一人の兵隊の直接の経験の記録を残して置くことも、亦《また》、何か役に立つことがあるのではないかとも考え、取りあえず、ありのままを書き止めて置くことに致しました。[12]

火野は皇国の聖なる戦争に参加できる喜びに満ち、通信兵としての責務を十二分に意識したのだった。この姿勢の傾向性は、目的が侵略軍の賛美にあるという大前提はあるものの、戦争ルポルタージュ作家にとって極めて理想的な覚悟だったといえよう。阿壠は執筆段階で火野葦平の作品を読んでいないと書いているが、石川達三の『生きている兵隊』も火野葦平の『麦と兵隊』も、出版後かなり速やかに中国語で部分訳が読める状態になっていた。[13]実際、胡風は武漢から重慶へ向かう船中で火野葦平の『麦と兵隊』を読了し、これを「退屈きわまりない作品」で「作者はこれによって私は悪魔になってはいなかったとみずからを慰めているに過ぎない」という感想を持ったと、その日記に記している。[14]胡風の問題にした場面は、侵略の側のルポルタージュの持つ非人間性がもっともよく現れた描写ということができよう。それは『麦と兵隊』の最終段だった。

> 奥の煉瓦塀に数珠繋ぎにされていた三人の支那兵を、四五人の日本の兵隊が衛兵所の表に連れ出した。（中略）ここらは何処に行っても麦ばかりだ。前から準備してあったらしく、麦を刈り取って少し広場になったところに、横長い深い壕が掘ってあった。縛られた三人の支那兵はその壕を前にして坐らされた。後に廻った一人の曹長が軍刀を抜いた。掛け声と共に打ち降すと、首は毬のように飛び、血が簓《ささら》のように噴き出して、次々に三人の支那兵は死んだ。私は眼を反《そら》した。私は悪魔になってはいなかった。私はそれを知り、深く安堵した。[15]

この場面は『麦と兵隊』の有名な描写となった部分で、特に最後の一行は火野葦平のヒューマニズムを感じさせる文章として受容する傾向もあるという。しかしここに描かれる排他的感情と人格無視の精神性は、あきらかに阿壠の持ちつづけた創作理念とは異なるものだ。火野葦平には中国に生きる人々との魂の交流が微塵もない。侵略する側の振りかざす「正義」のみが彼の文学を支えているのだ。当時百万部のメガヒットという驚異的な記録は、火野が通信兵として、戦地の状況や兵たちの生活の真実を知りたいという庶民の願いに応え得たからであり、また日本の読者も単純明快に中国の愚鈍と悪辣なイメージを持ちたいと願ったからでもあろう。戦争における文学者の役割に慄然とすると同時に、戦争自体の非人間性の大きな影を改めて感じざるを得ない。

7『抗戦文芸』長編小説公募と「南京」発表までの不可解な経緯

阿壠は、西安に治療のために退いたとき、長編小説「南京」を完成した。「南京陥落」をテーマにした小説が、日本人作家によってすでに発表されているということに対する憤激に駆られ、そして中国軍人であり作家である自身の使命感に燃えて、阿壠は一気にこの長編を書き上げたのだ。その後『抗戦文芸』誌が長編小説の公募を行なっている事を知って、彼は「S．M．」の筆名で「南京」を応募作品として投稿した。そして最終的には、もう一人の応募作、陳瘦竹《ちんそうちく》[16]の「春雷」とともに第一席に選ばれたのだが、この公募は複雑な経緯をたどっており、最終的には公募自体がキャンセルされ、発表の機会を失ってしまう。

『抗戦文芸』は一九三八年に組織された「全国文芸界抗敵協会（文協）」の機関雑誌で、老舎、郁達夫、胡風など錚々たるメンバーが名を連ねていた。胡風は研究開発部門の責任者で、この公募の中心的な役割をになう人物だった。後記において、阿壠は胡風から励ましと創作上の助言を受けていたと記述しているが、胡風はその回想録において、阿壠の創作について二度言及しており[17]、二度目の言及で長編小説公募に作品を提出した事は知らなかったとしている。

（文協の懸賞応募作品の選考に関して）すでに数編の原稿が送られてきており、作者については、その時の選考委員たちの取り決めで、名前と略歴は明かさないことにしていた。原稿は孔羅蓀の手元に置かれ、選考委員の一人として、彼は登録と原稿保管の責任を負っていた。その後、つづけざまに数編の作品を読んだ結果、内容と芸術水準から、最も当選条件にふさわしいと感じたのは、長編報告文学の「南京」だった。この小説は南京陥落を描いたもので、国民党軍の混乱と任務放棄を非難し、敵の残虐ぶりを告発していた。よくできた作品だと思ったわたしは、他の選考委員にも尋ねてみると、誰もがこの作品の素晴らしさを認めていた。ところがこのことから、孔羅蓀がこっそり作者名を見てしまい、しかもその名が広まってしまうという予想外のことが起きた。梅林がこの作者は、以前『七月』に作品を発表したことのあるS・M《ママ》だとわたしに告げた。（S・M《ママ》自身は規則を順守して、応募することをわたしへの手紙に書いたり、ほのめかしたりしたことはなかった）。こうして応募規則を破ったのが選者ということで、選考が思わぬ方向に動きだし、わたしは窮地に立たされた。結局、当選作品なしとすることで決着をつけ、二篇の比較的優秀な作品に「原稿料」を与えることになった。[18]

胡風の回想録の記述をまとめると、事の顛末は次のようになる。

応募作品の選考委員会は、阿壠の作品を確かに受け付けたが、選定作業中に、委員の一人であった孔羅蓀《こうらそん》が好奇心に駆られて、封印された作者の名前を見てしまった。委員会は公平選考の原則のもとで作業しており、作者名は匿名にされていて、委員はそれを知ってはならないことになっていた。阿壠の名前は孔羅蓀から他の委員にも知らされ、それが胡風の知人で、胡風の雑誌『七月』の常連投稿者であることが皆の知るところとなってしまった。公平の原則に基づく厳粛な公募はこうした「不注意」によって泥を塗られ、結局、この公募自体をキャンセルしなければならない事態になった。しかし「不始末」の起こる直前まで選考の査読は進んでおり、この段階で、委員たちは皆阿壠の小説を第一席とすることで一致していた。阿壠の作品に対する高い評価は、この段階ですでに確定していたのだ。そしてこの「不始末」の妥協案として、阿壠には賞金四百元が渡されることになった。端的に言って、これは表面化されはしなかったが『抗戦文芸』誌におけるスキャンダルといってもいい事件だったのである。胡風はこの賞金について、先の引用に続けて次のように述べている。

賞金は分けることができても、懸賞小説の波及効果を上げることはできなかった。「南京」などは、全員が一致してその出来をほめながら、発表や刊行の機会も与えられなかった。なぜなら、資金を提供した新聞社は彼らとつながりのある作家に賞を取らせたかったのだが、出てきたのが『七月』に関係する書き手だったため、失望して新聞に掲載すると言いださなかったからである。（中略）彼は賞を取る栄誉は得られなかったが、四百元は治療のために大いに役立った。そのために文協に抗議しなかったのみならず、謝意すら示してくれた。中国的とは、損害を受けた者の諒解をこのように容易に得られるということに他ならなかった。当時、中国で唯一の南京大虐殺を描いた作品が現在に至るもなお、それにふさわしい評価を受けることもなく、また影響を与えていないということは、いかにも残念と言うしかない。[19]

この問題について胡風夫人梅志《ばいし》も同様な証言をしている。[20] 梅志によると出版を申し出ていたのは、当時の有力紙である『掃蕩報』だったが、幻の第一席作品が左翼文芸誌『七月』と関係の深い作家のものだということがわかって、出版計画はうやむやのうちに消えてしまったという。また、阿壠の『南京血祭』を出版するために奔走した詩人緑原《りょくげん》によると、この作品が当時出版できなかったのは、阿壠が戦闘の真実の姿と残酷な死をあまりにもリアルに描写しすぎたからだという。国民党政権下おける言論抑圧を匂わせる発言である。

どれも理路整然とした説明なのだが、阿壠の作品がそれほど高い評価を持っていたとなると、いくつかの疑問が湧いてくる。第一に国民党軍系の出版社がこの作品の刊行から手を引いたとしても、左派系の胡風ら関係者たちがなぜ、この作品の出版を考えなかったのかということである。胡風自身『七月』を冠にしたアンソロジーや個人集、詩集などの出版を行なっていたし、他のメディアへ売り込むことも考えられたのではないかという疑問が湧いてくるのだ。第二に孔羅蓀ほどの名のある文学者、編集者が、なぜこのようなばかげたミスを犯したかということである。彼は巴金との親交も篤く、新中国の文壇でも重鎮的存在だった。しかもこれは『抗戦文芸』という正式な機関紙の公募選考作業であり、学生の同人誌の編集とはわけが違うのである。よほどの理由がない限り、これほど不名誉な初歩的ミスは犯さないだろう。第三は出版を申し出ていたという『掃蕩報』の問題である。この新聞は国民党の中央軍機関紙で、この当時『中央日報』と並んで国民党を代表する新聞だった。第一席の作者と『七月』の関係が明白になったがゆえに、この新聞社の申し出ていた出版計画が立ち消えになったというのだが、よく考えてみるとやはりおかしい。問題の左翼雑誌『七月』の編集責任者胡風が『抗戦文芸』の編集委員であり、研究部門の責任者であることは、公然たる事実だったはずだ。選考に胡風の意見が反映されると見るのは、当時の文学界にあっては、意外でも何でもない当然のことなのだ。

この三つの疑問は、阿壠個人の事情、あるいは胡風ないし孔羅蓀など『抗戦文芸』側の個別な事情によって、解答が与えられるものではない。もっと総合的な「時代」を見る視線が必要なようだ。

さて『抗戦文芸』の記録によるとこの長編小説公募への応募作は全一九点、応募全作品の総字数は百五十万字、阿壠は二番目の投稿作品、その原作は三十万字、圧倒的な長編だったのである。阿壠と賞金を分けた陳瘦竹は英文学を専攻した翻訳者でもあり、ワーズワースやバーナード・ショーに関する論著もある学者肌の人物だった。彼の『春雷』は江南での抗戦と反売国奴の闘争を描いたもので四一年に重慶で出版され、後に戯曲『江南の春』と改題されて当地で上演された。好評を博したという記述もあるのだが、『春雷』だけが出版されていたという事実は興味深い。選考委員全員が実力を認めていた「南京」は結局出版されなかったのである。まったく対照的な出来事と言わざるを得ない。

長編小説「南京」を取り巻く環境は、きわめて好ましくないものだった。阿壠の小説は、日本軍の残虐を描写するばかりでなく、戦闘の真実の姿を伝えようとする中で、国民党軍の腐敗、国民政府蒋介石の戦略的失敗、戦術の混乱、退廃的な国民性にまで触れていた。当時共産党と国民党は統一戦線を組んでおり、重慶は連合政権の臨時首都で、『抗戦文芸』はその統一戦線政策を文化面で支えるメディアだった。国民党軍の腐敗と敗北を抉《えぐ》ることは、統一戦線を批判することに直結し、ひいては共産党の政策に一石を投じることにもつながった。阿壠の「南京」は、はっきり言って、この時代の「政治」が要求する「戦時小説」ではなかったのだ。優れた作品であるだけに、その政治的危険性も大きかったのである。

阿壠の「南京」を受け取ったとき、選考委員会のメンバーはその知性によって、「南京」の非凡な達成と作者の文学的才能をよく見抜いていたのだが、同時にこの作品の底流に危険な因子が潜んでいることもわかっていた。厳封されていた「南京」の作者名を開けるよう、孔羅蓀を衝き動かしたのは彼の「好奇心」などではない。一種の自己保存の本能が高級編集者孔羅蓀を動かしたのだろう。それは単に彼一人のためではなく、選考委員会全員の安全のためでもあったはずだ。賞金四百元を二人に与えて、公募自体をキャンセルするという決着は、彼らの苦心の妥協策だったと見ていい。その後陳瘦竹の『春雷』だけが出版から上演まで順風満帆の道を歩むのに対し、明らかにそれよりも文学的には上だった「南京」がまったく日の目を見られなかった理由も明白だ。当時の文芸政策に沿った作品は直ちに出版され、そうでないものは敬遠されたのである。

歴史的な意義のあった長編小説「南京」を葬ったのは、こうした国共連合政権の国家総動員体制と膨張しつつあった権力の影に萎縮していく左翼知識人の自己規制、自己検閲の姿勢だったのではないだろうか。これはその後の中国文壇を襲う影であり、数々の粛清の悲劇を暗示する事件でもあったのだ。胡風の悲劇も阿壠の悲惨な最期も、このときにすでに宿命的に育まれていたのである。

阿壠自身は、自分の応募した長編小説公募に関して、それほど多くのことを語っているわけではない。『阿壠致胡風書簡全編』[21] 書簡番号一二五（一九三九年一一月八日西安発）の胡風宛の手紙末尾に、「文協の長編小説公募（の結果）はまだ死刑判決が出ていません。刑を待つ身は嬉しいものではありません（待囚者是不悦的）」と書いたのが最初で、その後、数回のやり取りが残されているだけだ。

阿壠は延安で「南京」執筆の決意を固めたときから胡風に相談をしており、原稿もしばしば胡風のもとに送って意見を聞いている。しかも阿壠が公募に応じている事実は、この書簡番号二五の文面からすると、すでに胡風との間で周知の事実だったに違いない。とすると、先に述べた『抗戦文芸』公募の厳格な規定は最初から崩れていたことにならないだろうか。胡風は選考委員の中心的な人物だったのである。応募番号二番の力作が自分に関係の深い人物の作であることを、胡風はずっと隠していたのだろうか。阿壠は書簡番号二七[22]（一九三九年一一月二一日西安発）で、「「南京」に関しては前にも申し上げたように、こんなにあなたにご迷惑をおかけしてしまって、果たしていいものかどうかわかりません」と述べて、胡風への気遣いを見せている。これは前述の胡風の回想「わたしは窮地に立たされた」と呼応している。以上を踏まえると、「南京」が胡風と緊密な関係にある阿壠の作品であることは、当初から選考委員会周知の事実であり、「匿名原則」は重要でなかったと推測せざるを得ない。選考において問題だったのは、「匿名原則」が破られたかどうかではなく、「南京」原作の内容だったとみるほうが自然だろう。

さて実直な阿壠も、応募作品の選考が延期されていたときにはかなりいらだちを見せ、書簡番号三二で次のように述べている。

「南京」を文協に投稿したことをまた悔やんでいます。私の願いは速戦《ママ》速決《ママ》で、もし自分のためになるなら歯の治療もでき、本も出版できると思ったのです。しかしこんなに延期してしまうとは思いもよらず、私は持久戦を余儀なくされてしまいました。[23]

選考は翌年になっても続けられていた。前述の第一陣六作品（「南京」を含む）の査読が終わったとの通信が『抗戦文芸』載ったのは一九四〇年五月だったが、その直前にはどうやら選考に関する「批評」が原作者に届いていたようだ。阿壠は書簡番号三八（一九四〇年四月一日西安発）で次のように述べている。

「南京」についての批評は読みました、読みましたとも、そしてじっくり考えました。しばらく時間を置いてようやく気を鎮めたのですが、今回は、忍耐強く次のような結論に達しました。私自身の序文の中でも早くから自覚的に指摘してきたことですが、歴史を叙述するに当たっては、私には一人の中心的な人物を設定して物語を貫くようなつもりは全くありません。だから登場人物はささやかな人々であり、物語もこまごまとしたものの集まりなのです。それに事実上、一人の人物に集中することなど不可能なのです。……それ故に、私に書き直せと言われても、以上の理由から私にはできません。私はそれぞれの章に登場する人物をきちんと書き上げること、それぞれの事物をしっかり書き込むことしかできないのです。[24]

この手紙の日付と『抗戦文芸』通信欄の日付は接近しており、応募作品の匿名原則が初めから無視されていたことは明らかであろう。またこれまで検討してきた阿壠の「南京」の文学的特性が、ここで原作者によって改めて確認されていることも注目に値する。選考結果が確定したのは一九四〇年の年末で、発表は一九四一年一月一日付だった。阿壠には選考結果が年末には届いていたようである。彼は次のような怒りの文面を胡風に送っている。書簡番号四八、一九四〇年一一月二〇日西安発である。

私が不愉快なのは、お金のせいです。当選しなかったというのならそれでいいのに、なぜまたお金を持ちだすのでしょうか。私はこう想像せざるを得ません、こわもての顔で「兄弟よ！金だ、受け取りたまえ！――しかし文句を言ってはいけないよ！」と言われているような、あるいはいわくありげな笑みを浮かべながら「君に不合格のお金をあげよう、不合格な栄光を与えよう、しかし君は我々の公平な権力に対して署名して承諾しなければならないんだ」とでも言われているようなものです。……私はお金に頭を下げなければならないのでしょうか、いや、それはだめです、私はまだ彼らに頭を下げるのですか。

……〈しかし自分の状況を考えるとやはりお金が必要だ、という記述〉……

だから私は四百元を受け取ることにしました。「南京」の書名と筆名を誌上に公表すれば、本作の歴史的事件における失敗の証拠となり、将来の人のために一種の索引の効果が残せるでしょう。しかしどうかお願いですから、「陳守梅」という本名は露出させないでください。そうしないと、私の文芸の仕事は難しくなり、軍事の仕事（これが私の本業です）もおしまいになってしまいます。……（もう一つ反動的な考えがあります、本作は修正を加えないことにし、その

本来の姿で世界に登場させてみたいのです)[25]

ここには阿壠の憤懣やるかたない思いが爆発している。胡風は前述のように、「阿壠は四百元に感謝していた」と回想していたが、この手紙を読むと、阿壠の怒りと苦しみが手に取るようにわかり、またそれを突き通して一種の哀しみの情まで伝わってくる。文協のやり方は、札束で頬を殴りつけて感謝を強要し、そのうえ原作者に沈黙を強いるようなものだ、と阿壠は胡風に訴えている。そして自身の治療や重慶への旅費の工面など考えて、やむを得ず、四百元を受け取ることにしたという経緯も書き込まれている。また阿壠は、文学者として軍人として生きていくために絶対に身分を隠さねばならず、胡風と文協の全面協力を願い出ているのだが、その件には痛々しい思いを禁じ得ない。注目したいのは括弧内の記述である。自ら「反動的な考え」と述べてはいるが、「南京」原作に一切修正を加えないでそのまま読者に見せたいという気持ちは、自らの創作への不動の自信の表れでもあり、また原作に相当厳しい批評が加えられていたことをも示唆している。それは筆者の推論のように、現下の統一戦線政策に基づく抗日戦争推進のわかりやすく啓蒙的な作品こそ進歩的であり、阿壠のような暗黒の現状告発作品は時代からすれば「反動的」以外の何物でもない、という批判の流れだったのではないだろうか。

阿壠の自作への思いは、『阿壠致胡風書簡全編』の刊行まで知り得なかった。この問題の複雑な絡み合いは、今後まだまだ時間をかけて解きほぐしていかねばならないのだろう。

注

1……「南京」執筆用ノートとは南京気象台の業務用大型帳簿の裏に書き込まれた草稿である。阿壠は一九四七年に重慶から杭州・南京へと下り、その際に化鉄の紹介で南京気象台に職を得ている。原作「南京」は一九四〇年脱稿後、一九四一年にも一度書き直されているが、それらの原稿は紛失していた。執筆ノートには中央公安の印が押され、証拠物件の通し番号が付されている。現在北京魯迅博物館所蔵。

2……阿壠著『人・詩・現実』（羅洛編、北京三聯書店、一九八六年七月）所収「誇張片論」六四頁

3……本書六三頁

4……原民喜（一九〇五～五一）詩人、小説家。広島市生まれ。慶応義塾大学文学部英文科卒。原爆投下時に広島市幟町の生家で被災。『夏の花』は『三田文学』一九四七年六月号に発表された。鉄道自殺。

5……原民喜『夏の花』（『原民喜　作家の自伝七一』所収、日本図書センター、一九九八年四月）一四一～一四二頁

6……石川達三（一九〇五～一九八五）秋田県横手出身、一九二八年早大英文科中退、一九三五年『蒼氓』で第一回芥川賞受賞。

7……『現代文学大系四八　石川達三集』（筑摩書房、一九六三年）所収「生きている兵隊」、一五六～一五八頁

8……同右、一六一頁

9……原文は魯迅博物館所蔵「胡風文庫」に保管されている。

10……前掲『石川達三集』一九四～一九五頁

11……『麦と兵隊』の中国語訳は半月刊文芸誌『雑誌』（上海出版）の「特訳稿」として第二巻第二期から第五期（一九三八年九月一六日〜同年一一月一日）に、翻訳者呉哲非で連載されたが、翻訳途中「五月一六日」の項で「未完」としたまま中断された。理由は付されていない。一年後重慶の文芸誌『弾花』第三巻第一期（重慶出版、一九三九年一一月一〇日）に張十方訳で部分訳が掲載された。単行本としても二種類刊行された。1、『麦与兵隊』（哲非訳、雑誌社出版、一九三八年、この書では「五月二二日」まで訳されている）、2、『麦田里的兵隊』（雪笠訳、満州国通訊社出版部、一九三九年）。

12……火野葦平『麦と兵隊』初版前書より、『土と兵隊　麦と兵隊』（社会批評社、二〇一三年五月）二二二頁

13……『生きている兵隊』は前掲の文芸誌『雑誌』第一巻第一期（一九三八年五月一〇日）に「未死的兵」と題され、白木訳で部分訳が掲載された。なおこれらの翻訳文献情報は、復旦大学張業松教授の提供によるものである。

14……前掲『胡風回想録』一五九〜一六〇頁

15……前掲『土と兵隊　麦と兵隊』最終段　二一九頁

16……陳瘦竹（一九〇九〜九〇）本名陳定節、江蘇省無錫出身。国立武漢大学外文系卒。南京国立編訳館をへて、戦後は国立中央大学（南京）教授、江蘇省文聯副主席など。

17……最初の言及は『胡風回想録』一四〇〜一四一頁。胡風は「西安で延安に戻れる日を待つ間、日本帝国主義の南京大虐殺を告発したルポルタージュ文学「南京」を書き上げ、抗敵文協が主催した〝文学賞〟に応募した。ところがおせっかいな連中が勝手に封を開けてしまったため当選は見送られたが、彼には一等賞の報酬が与えられた。彼はその金で重慶にやってきたわけである」と述べている。

18……同右、二六七〜二六八頁

19……同右、二六九頁

20……梅志『胡風伝』（北京十月文芸出版社、一九九八年一月）四三五頁

21……『阿壠致胡風書簡全編』三二頁

22……同右、三四頁

23……同右、四〇頁

24……同右、四七頁

25……同右、五九頁

阿壠年譜

２０１５・12・18 制作・関根

１９０７年（０歳） 3月29日、杭州市の中流階層家庭、陳家の長男として生まれる。陳家の祖籍は安徽省。本名、陳守梅。生家は古い繁華街の一つである「十五奎巷」にあり、家の地番は五号。父陳溥泉は税務や金融の仕事に従事、生母との間に2男1女。継母との間に19歳離れた末弟陳守春。

１９１８年（11歳） 陳一門の私塾に学ぶ。一家の没落に伴って退学、以後独学。特に茶館の外に立ち、中で行なわれている講談・歌謡などに聴き入り、詩歌の素養を深める。

１９２２年（15歳） 陳一門の助力を得て高級小学校に入学。茶館の外での独学を深め、旧体の詩詞を書きはじめる。

１９２４年（17歳） 高級小学校を修了。

１９２５年（18歳） 杭州の靴商に「学徒（見習い）」として入職。ほどなく絹商「沈奎記」に転職。これらの商舗はいずれも十五奎巷付近の店と思われる。

１９２７年（20歳） 勤務先の沈奎記が倒産、失業したが、これを機に商人となる道を拒絶。春、小学校教師の紹介で国民党に入党。遅くとも晩夏までに、杭州国民党1区7分部、および1分部で党内の仕事に就く。「紫薇花藕」の筆名で杭州の新聞紙上に旧体詩と散文小品を発表。この年に独学で英語を学ぶ。

１９２８年（21歳） 国民党内での活動を深め、左派の「改組派」に加入。

１９２９年（22歳） 国民党内で活発に活動、鎮海県県党部幹事、杭県県党部幹事に就任。

１９３１年（24歳） 杭州から上海に出る。中国公学大学部経済系（社会科学院）に合格、正式な高等教育を受けはじめる。この間、魯迅の著作を中心とした「五四」以来の新文学作品やソ連文学を主とした外国文学作品の中国語翻訳版を大量に渉猟。

1932年（25歳） 中国公学在学中に国民党内で地位が昇格、上海呉淞区党部幹事を半年間兼任、後に実業部江浙区行業管理局弁事員及び科員に就任。この年、中国公学の校舎が第一次上海事変により焼失、退学。同校での就学期間1年。

1933年（26歳） 中華民国中央陸軍軍官学校（黄埔軍校）第10期歩兵科に合格、校舎のある南京に引っ越し、当地で通学する。所属は学生第一総隊歩兵大隊第二隊。学校での実家の登記は「十五奎巷五号」。この間に中国共産党地下党員陳道生らと交流を深め、影響を受ける。

1935年（28歳） 初めて「S．M．」の筆名を用いて上海の文芸雑誌『文学』などに自由詩や散文を発表。

1936年（29歳） 筆名「S．M．」の散文「五月二十一日」が茅盾主編『中国的一日』に掲載される。この年、黄埔軍校修了。実習期間を経て、国民党第88師団第523連隊所属少尉小隊長を拝命。この頃には実家の焼失や凋落を経て、陳家は「杭州市横紫城巷五十一号韶華巷」に転居していたと思われる。

1937年（30歳） 8月12日、所属部隊が上海戦の防御陣地構築のために江蘇から上海閘北に移動、翌13日、上海防衛戦が勃発、最前線で指揮に立つ。10月23日の戦闘で、小隊指揮中に日本軍の爆撃を受け、顔面右頬部分及び歯牙・顎部を砲弾の破片が貫通するという重傷を負う。前線から撤退を余儀なくされ、実家の杭州で最初の治療を受ける。その後さらに後方に移り、南昌、長沙の病院に収容される。

1938年（31歳） 春、衡陽の湖南省全省保安団隊督練処に大尉教練官として赴任。7月、武漢に赴き胡風と初めて知り合う。11月、胡風を通して中国共産党中央委員会長江局の呉奚如と知り合い、その紹介により徒歩で衡陽から西安に向かう。西安において共産党指導下の第18集団軍弁事処で延安抗日軍政大学入学の申請を行なう。冬頃から抗日軍政大学慶陽四分校、延安抗大で学びはじめる。衡陽滞在中、胡風編集の文芸誌『七月』にルポルタージュ「従攻撃到防御」（2月）、「閘北打了起来」（4月）をはじめ、一連の詩作を「S.M.」の筆名で発表。

1939年（**32歳**）年初、延安にて長編小説「南京」に着手、前2章完成。4月、歯牙・顎部に潰瘍ができる。発熱を押して野戦演習に参加した際に、右眼球を野草の棘で負傷。西安に撤退して治療を受ける。しかし西安滞在中に延安との交通線が閉鎖され、延安に戻ることが不能に。10月、西安で国民党軍事委員会戦時幹部訓練第四団に少佐教官として就任。7～10月、「南京」1章2章を書き直し全編を書き上げる。重慶で刊行された文芸誌『七月』に「S.M.」の筆名で組詩「従南到北的巡礼」を発表。11月、「従攻撃到防御」と「閘北打了起来」が胡風編集の『七月文叢』シリーズに『閘北的七十三天』というタイトルで組み入れられる。

1940年（**33歳**）2月、ルポルタージュ「斜交遭遇戦」を発表。中華全国文芸界抗敵協会主催の長編作品公募に小説「南京」を投稿、最高の評価を受けるが、諸般の事情により出版不能となる。賞金として400元を受領。

1941年（**34歳**）2月、西安から重慶に向かい、国民党軍事委員会政治部軍事処第二科に少佐科員として就任、間もなく軍令部第一庁二・三処に少佐参謀として転出。市内山城巷に友人と部屋を借りる。「聖門」「師穆」などの筆名を用い、鄒獲帆、姚奔、曾卓らが重慶で創刊した雑誌『詩墾地』に詩作を発表。

1942年（**35歳**）詩集『無弦琴』が『七月詩叢』シリーズとして希望社（桂林）から刊行される。この頃桂林南天出版社の依頼で散文集「希望在我」を準備したが、原稿郵送中に遺失。

1944年（**37歳**）春、重慶の国民党陸軍大学第20期に合格、成都での実習に参加、このとき中佐に昇進。成都で平原詩社の方然、蘆甸などと友人として交流、この頃から詩歌評論を中心にした文学評論を書きはじめる。5月8日、15歳年下の張瑞と結婚。

1945年（**38歳**）筆名「阿壠」で論文「箭頭指向」を胡風編集の文芸雑誌『希望』に発表。「人仆」「方信」「魏本仁」などの筆名で同誌に詩作を発表。8月、息子陳沛誕生。

1946年（39歳） 3月、妻張瑞自殺。4月、長編の詩「悼亡」を完成。夏、陸軍大学を卒業し、成都国民党陸軍軍官学校に中佐戦術教官として赴任。この間、国民党軍隊の編成や配置状況などの軍事情報を胡風経由で共産党に伝える。またこの時期、成都において方然や倪子明らと文芸雑誌『呼吸』を創刊し、編集の中核を担う。

1947年（40歳）『閘北的七十三天』を小説集『第一撃』と改題し、海燕書店から出版。上海の新聞『大公報』『時代日報』、および賈植芳、耿庸などの編集による『雑文・諷刺詩叢刊』に詩論や文学評論、政治諷刺詩などを発表。4月、脅迫的な匿名の警告文を受け取る。5月、密かに任地成都から出奔し、重慶に脱出。阿壠脱出と時を同じくして、国民党中央軍校の手配令状が重慶に到着、阿壠は重慶からさらに実家の杭州に逃避。8月、南京に赴き、偽名陳君龍で南京中央気象局に資料室代理主任として就職。

1948年（41歳） 7月、国民党陸軍大学兵学研究院第16期に中佐研究員として採用される。10月、昇進し、国民党陸軍参謀学校に大佐教官として就任。この期間、中国共産党地下組織に軍事情報を提供しつづける。詩、詩論、評論、政治詩などを精力的に書き、『泥土』（北平）、『荒鶏小集』（成都）、『横眉小輯』（上海）、『螞蟻小集』（南京）、『時代日報』（上海）などの誌紙に発表。

1949年（42歳） 年初に詩論集『人与詩』を上海書報雑誌聯合発行所から出版。5月、杭州、上海から国民党軍敗走、共産党政権に。6月、北平で開催された中国文学芸術工作者第一次代表大会に招聘される。同年9月、上海鉄路公安局に一時期就職。

1950年（43歳） 1月11日、天津に入り、天津市文学芸術工作者聯合会創作組組長および天津文学工作者協会編集部主任に就任。2月、魯藜主編の雑誌『文芸学習』の編集に参加。筆名「張懐瑞」で『文芸学習』誌上に発表した「論傾向性」と上海の『起点』誌上に発表した「略論正面人物与反面人物」が批判を浴びる。この年、毛沢東主席宛に公平な対応を求める書簡を提出。

1951～52年（44～45歳） 詩論『詩与現実』3巻（五十年代出版社）を刊行、すぐに批判を受け出版禁止となる。

1953年（46歳） 評論集『作家的性格与人物的創造』を上海新文芸出版社より出版。

1954年（47歳） 詩論『詩是甚麼』を上海新文芸出版社より出版。

1955年（48歳） 5月、「胡風反革命集団」の中核分子として逮捕投獄される。

1966年（59歳） 2月、天津市中級人民法廷から有期徒刑12年の判決が下る。8月2日、「罪を認める」態度が良いということで、天津市中級人民法廷から「繰り上げ釈放許可」の宣告があったが、文化大革命の影響で実現せず。

1967年（60歳） 服役中に骨髄炎を発症。3月17日、監獄の医院である天津新生医院で逝去。

1980年（阿壠死後13年） 9月、中国共産党中央委員会、「胡風反革命集団事件」の冤罪を公式に認定し、連座した人々の名誉回復を実行。阿壠は「革命のために少なからぬ有益な仕事を成し遂げた」と再評価される。11月6日、天津市中級人民法院、阿壠に対する原判決を破棄、阿壠の無罪確定。12月23日、中国共産党天津市委員会、阿壠の名誉回復を宣言。

1982年（阿壠死後15年） 6月23日、天津市文学芸術界聯合会、中国共産党中央委員会宣伝部、同天津市委員会宣伝部の共催で阿壠と蘆甸の追悼会が開催される。

訳者あとがき・謝辞

関根　謙

阿壠の創作の原点にあったのは、人の尊厳についての思いだ。阿壠は、天が平等に与える恩恵、あるいは天賦の人権として尊厳は信じない。人間らしく生きるためには、厳しい抑圧に抵抗しぬかなければならない、そうして初めて作り上げられていく誇りが人の尊厳として光を放つと確信していたのだ。これは自民族の英雄的気質を称えて敵国に対し排他的な憎悪を掻き立てる性質のものでは決してなく、尊厳を蹂躙する力に対して被抑圧者の覚醒を強く求める、国境を超えたヒューマニズムの精神とも言えるものなのである。

阿壠の死後、半世紀が過ぎた。阿壠の遺した業績の輝きは、さまざまな障壁の大きさにもかかわらず、次第に広く深く、私たちに届きはじめている。偏狭な民族主義や国家第一主義の横行する現代、阿壠文学の再確認は、中国においても日本においても、新たな次元で重要な問いを発しているように思える。

このたび、阿壠の「南京」原作ノートを基にした『南京血祭』完全邦訳版『南京　抵抗と尊厳』を刊行できたのは、私の研究生活を支えてくださった多くの方々のお力によるものである。中でも特に、一貫して私の研究を支援してくださった阿壠のご子息陳沛氏、中国現代文学研究の畏友李振声氏に、そして今回の出版を快くお引き受けいただいた五月書房新社店主大杉輝次郎氏と編集担当者片岡力氏の熱意と温かい励ましに、心からの感謝と敬意を表したい。

二〇一九年八月　関根　謙

[著者] 阿 壠 アーロン

本名、陳守梅（チェンショウメイ）。1907 年杭州市生まれ。国民党軍の将校として抗日戦争に従軍し、1937 年の上海防衛戦で顔面下部貫通銃創を負う。文芸評論家で文芸誌『七月』の主編だった胡風と知り合い、国民党の将校でありながら共産党系の文学グループで極秘裏に活動。延安抗日軍政大学で学び、1939 年西安で長編小説「南京」を執筆。共産党政権成立後、毛沢東の文芸路線に抵触し 1955 年の「胡風冤罪事件」に連座、天津監獄に 12 年間監禁され 1967 年獄死した。1980 年に名誉回復。1987 年「南京」が友人たちの手によって『南京血祭』と改題されて書籍化。主な著書に、詩集『無弦琴』、ルポルタージュ『第一撃』、詩論『詩と現実』などがある。

[訳者] 関根 謙 せきね・けん

1951 年福島県生まれ。慶應義塾大学大学院修士課程修了。中国現代文学専攻。『抵抗の文学』で文学博士。慶應義塾大学文学部長を経て『三田文学』編集長に就任。慶應義塾大学名誉教授。

主な著書に『近代中国　その表象と現実〔女性・戦争・民俗文化〕』（編著・平凡社）、『抵抗の文学 ―国民革命軍将校阿壠の文学と生涯―』（慶應義塾大学出版会）などが、また主な翻訳書に、梅志『胡風追想 往事、煙の如し』（東方書店）、虹影『飢餓の娘』（集英社）、格非『時間を渡る鳥たち』（新潮社）、李鋭『旧跡 ―血と塩の記憶―』（勉誠出版）などがある。

南京《なんきん》　抵抗《ていこう》と尊厳《そんげん》

本体価格……一九〇〇円
発行日……二〇一九年一〇月一八日　初版第一刷発行
著者……阿《アー》　壠《ロン》
訳者……関根《せきね》　謙《けん》
発行所……株式会社　五月《ごがつ》書房新社
東京都港区西新橋二―八―一七
郵便番号　一〇五―〇〇〇三
電話　〇三（六二六八）八一六一
FAX　〇三（六二〇五）四一〇七
URL　www.gssinc.jp
装幀……今東淳雄
地図作成……石井裕一（三月社）
編集・DTP……片岡　力
印刷／製本……株式会社　シナノパブリッシングプレス

ISBN: 978-4-909542-24-3 C0097